벌집

La colmena

세계문학전집 242

벌집

La colmena

카밀로 호세 셀라

남진희 옮김

민음사

고개를 돌리는 게 더 낫다.
거울에선 이유를 찾을 수 없으니까.
― 케베도

차례

벌집   9

1

"미래에 대한 전망은 절대 잊어선 안 됩니다. 이제 이런 말을 하는 데 진력이 나긴 했지만, 이 세상에서 이보다 더 중요한 것은 없으니 어쩌겠소."

도냐* 로사는 끔찍하게 큰 엉덩이로 손님들을 툭툭 건들며 카페 탁자 사이를 오갔다. 그녀의 입에서는 끊임없이 "젠장.", "정말 짜증 나네!"와 같은 험한 단어가 쏟아졌다. 도냐 로사는 일종의 자기 세상인 카페와 카페 주변과 그 나머지 부분으로 세상을 나누었다. 봄이 와서 아가씨들이 반소매 차림으로 돌아다니기 시작하면 그녀의 두 눈동자가 반짝인다고 이야기하는 사람도 있다. 하지만 나는 그따위 이야기는 말 많은 인간들의 헛소리일 뿐이라고 생각한다. 도냐 로사는 세상사 쓸데없는 일로 귀중한 돈을 낭비할 그런 부류는 아니었다. 봄이 오든

---

* 여자 이름 앞에 붙이는 존칭.

지 말든지 말이다. 그녀가 좋아하는 일이라고는 육중한 몸을 끌며 탁자 사이를 이리저리 돌아다니는 것뿐이었다. 혼자 있을 때면 잠자리에서 일어났다가 다시 잠자리에 들 때까지 구십 센티모*짜리 싸구려 담배를 입에 물고 홀짝홀짝 오헨 술을 마셔 대면서, 기침도 하고 묘한 미소를 짓기도 했다. 기분이 좋을 땐 부엌에 있는 낮은 의자에 앉아 소설이나 잡지 나부랭이를 읽기도 했는데, 피비린내 나는 이야기일수록 더 좋아했다. 이럴 때엔 사람들에게 농담을 던지기도 했고, 보르다도레스 거리에서 혹은 안달루시아행 급행열차에서 일어난 사건들을 들려주기도 했다.

"돈** 미겔 프리모 데 리베라 장군과도 친한 사이였던 나바레테가 장군을 찾아가 무릎을 꿇고 '장군님, 제발 하느님의 사랑으로 제 자식 놈을 용서해 주십시오.'라고 싹싹 빌었다는군. 그런데 마음씨 따뜻한 장군이 안타깝다는 투로 '나바레테, 자네 아들은 나도 어쩔 수 없네. 자신이 지은 죄의 대가로 사형을 받는 수밖에.'라고 대답을 했다는 거야."

"대단한 사람들이군! 배짱도 있어야 한다니까!"

도냐 로사의 얼굴은 검버섯투성이였고, 피부는 항상 허물을 벗는 도마뱀 같았다. 깊은 생각에 잠길 때면, 그녀는 멍하니 앉아 얼굴에서 허물을 벗겨 내곤 했는데 어떤 때는 그 벗겨 낸 게 종이테이프만큼이나 길 때도 있었다. 꿈에서 깨어나 현실로 돌아오면, 그녀는 빙글빙글 웃으며 카페 손님들 사이를

---

* 스페인의 옛 화폐단위로, 100센티모가 1페세타임.
** 도냐와 쌍을 이루는 단어로, 남자 이름 앞에 붙이는 존칭.

오갔다. 속으로는 손님들을 경멸하면서도, 치석으로 거무스름해진 이를 드러내며 간간이 웃어 주기도 했다.

돈 레오나르도 멜렌데스는 구두닦이 세군도 세구라에게 육천 두로를 빚졌다. 얼굴은 말상인 데다, 구루병에 걸려 정말이지 말라비틀어진 구두닦이는, 지난 몇 년 동안 모아 온 돈을 몽땅 돈 레오나르도에게 빌려 주고 말았다. 그는 레오나르도에게 잘 투자했다고 믿었다. 돈 레오나르도는 남들에게 뜯어낸 돈을 밑천 삼아, 별다른 성과도 기대할 수 없는 일에 손을 댔다가 망해 먹곤 하는 사람이었다. 사업에서 다 망해 먹는 것은 분명 아니었다. 다만 완전히 망하지도 그렇다고 성공하지도 못하고 어찌어찌 끌고 나갔다. 그래도 돈 레오나르도는 언제나 번쩍이는 넥타이를 맸으며, 머리에는 포마드를 바르고 다녔는데, 그 냄새가 얼마나 지독한지 저 멀리에서도 맡을 수 있을 정도였다. 세상을 다 돌아다닌 듯한 거만함, 다시 말해 뭔가 있는 사람 같은 분위기를 풍겼다. 그렇다고 별다른 세상 경험이 있는 것 같지도 않았다. 그는 지갑에 오 두로 이하를 넣고 다닌 적이 없는, 그러니까 언제나 지갑에 돈이 두둑한 사람들만이 취하는 그런 태도를 보여 주었다. 그는 자기에게 돈을 빌려 준 사람들한테마저도 아무렇게나 대했다. 오히려 돈을 빌려 준 사람들은 그를 만나기만 하면 비굴한 웃음을 흘리며 최소한 겉으로는 존경 어린 눈빛으로 바라보았다. 그를 재판정으로 끌고 갈 생각을 한 사람이 없었던 것도 아니었다. 그렇지만 실제로 불을 댕긴 사람은 아직까지 없었다. 돈 레오나르도는 두 가지 말버릇이 있었다. 예를 들어 '마담', '뤼(거리)', '크라바트(넥타이)'와 같은 토막 프랑스어를 입에 달고 다니는 것과, 언제나 "우리 멜렌데스 가문은……." 따위의 이야기를 시도 때도 없이 들먹이는 것이었다. 돈 레오나르도는 교양 있고, 많은 것들을 안다는 듯 티를 내는 사람이었다. 체스를 두어 판 둔 다음엔 언제나 밀크 커피를 마셨다. 혹 옆 탁자에서 누군가 담배를 피우는 것을 보면 정중하게 말을 건넸다. "담배를 말 종이 한 장만 주시겠습니까? 한 대 말아 피우고 싶은데 마침 종이가 떨어졌군요." 그러면 보나마나 상대방은 이렇게 이야기했다. "저는 그런 담배는 피우지 않는데요. 괜찮으시다면 이거라도……." 이런 경우 돈 레오나르도는 언제나 모호한 태도를 보이며 뜸을 들여 대답했다. "저는 원래 그 담배는 그리 좋아하지 않는데, 이번 한 번만 바꿔 피워 보지요." 가끔 옆 탁자 사람이 가볍게 "종이가 없습니다. 미안하군요."라고 말하면 돈 레오나르도도 별수 없이 담배를 포기할 수밖에 없었다.

손님들은 낡긴 했지만 제법 값이 나가는 둥근 대리석 탁자에 팔꿈치를 괸 채 여주인이 지나다니는 것을 보았다. 하지만 굳이 일부러 그녀를 쳐다보는 건 아니었다. 사람들은 제대로 굴러가지 않는, 그리고 아무도 그 이유를 설명할 수 없지만 모든 사람이 조금씩 파멸로 빠져드는 것만 같은 이 세상에 대해 쓸데없는 생각만을 굴렸다. 둥근 탁자를 만든 대리석 대부분은 사크라멘탈 공동묘지에서 비석으로 쓰이던 것이어서, 어떤 것에는 희미하게나마 비문이 여전히 남아 있었다. 덕분에 한 장님은 손가락 끝 감촉으로 탁자 아래쪽에 새겨진 글자를 읽어 내기도 했다. "여기, 꽃다운 젊은 나이에 세상을 뜬 에스페란사 레돈도 양이 잠들었습니다."라거나 "산자부 차관을 지낸 라미로 로페스 푸엔테 박사 여기 잠들다."라는 비문을 읽어 낼 수 있었다.

카페 단골손님 대부분은 세상일에는 다 이유가 있는 법이니 쓸데없이 고치려 노력할 까닭이 없다고 믿는 사람들이었다. 도냐 로사의 카페에 오는 사람들은 담배를 피우며 그들 가슴 한편을 가득 채웠던, 혹은 삶을 깨끗한 백지로 만들어 버린 가난과 사랑, 그리고 가슴 깊이 간직한 추억에 깊이 빠져들곤 했다. 이미 희미해져 버린 과거의 추억에 빠져 꿈을 꾸듯 살아가는 몽상가처럼 침묵에 잠긴 사람이 있는가 하면, 다정다감한, 혹은 뭔가 애원하듯이 축 늘어진 동물 같은 표정으로 기억을 더듬는 사람도 있었다. 평온을 되찾은 바다처럼 이마에 손을 대고 쓰디쓴 표정을 짓는 사람도 있었다.

어느 오후에는 탁자를 넘나들던 대화가 완전히 자취를 감춰 버리기도 했다. 하긴 대화라고 해 봐야 새로 태어난 새끼 고양이, 식량 배급에 대한 이야기나, 기억도 나지 않아 "금발에 몸집이 호리호리하고 얼굴이 아주 귀여웠던 아이가 떠오르지 않으세요?"라고 물어야만 했던, 혹은 "언제나 손으로 뜬 스웨터를 입고 다니던 다섯 살 정도 되던 아이"라고 상기시켜야만 했던 죽은 아이 이야기 따위가 대부분이었다. 그런 오후에는 카페 분위기도 병든 환자의 불규칙한 심장박동처럼 불안정했고, 공기는 칙칙한 잿빛으로 물들었다. 그렇지만 가끔 어디서 불어오는지 모르지만, 카페에 앉아 있던 한 사람 한 사람에게 미적지근한 바람이, 비록 잠깐일지라도 희망의 숨구멍을 열어 주는 바람이 번개처럼 카페를 스쳐 지나가곤 했다.

풍채 하나는 누가 봐도 그럴듯했던 돈 하이메 아르세였지만, 그는 되돌아오는 어음을 결제하지 못했다. 카페에서는 모르는 체해 주었지만 모두들 알았다. 돈 하이메는 은행에서 대출을 받았고 이를 바탕으로 어음을 몇 장 발행한 적이 있었다. 그런 데 결국 일이 터지고 말았다. 어떤 사업에 손댔다가 사기를 당해 빈털터리 신세가 되었고, 덕분에 어음 결제를 요구받아도 돈을 줄 수 없는 처지가 되고 말았다. 돈 하이메 아르세는 분명히 정직한 사람이긴 했지만 운이 없었다. 특히 돈 문제에 있어선 정말 재수가 없는 사람이었다. 그가 성실히 노력하지 않았다는 점은 분명히 사실이었지만 운도 없긴 없었다. 아르세 씨만큼이나, 혹은 더 게으른 사람에게도 가끔 한두 차례는 행운이 찾아와, 몇천 두로나 가진 재산가가 되어 그동안 밀린 빚도 갚고 좋은 담배를 피워 물고 하루 종일 택시를 타고 돌아다니며 거들먹거리기도 했다. 하지만 돈 하이메 아르세에게는 이런 행운은커녕 정반대로 불행만 계속되었다. 최근에는 새로운 일거리를 찾아 나섰으나 아직까지도 구하지 못한 것 같았다. 무슨 일이든 닥치는 대로 하겠다는 마음이었지만 딱히 그럴 만한 일이 나타나지 않았던 것이다. 그는 도냐 로사의 카페에 들러 벨벳 의자에 머리를 기댄 채 금박 입힌 천장만 우두커니 바라보며 하루를 보냈다. 가끔씩은 발로 박자를 맞추며 나지막한 목소리로 노래를 부르곤 했다. 그렇지만 돈 하이메 아르세는 스스로 재수가 없는 사람이라고는 생각지 않았다. 어쩌면 아무 생각 없이 살아가는지도 모르겠다. 거울을 바라보며 "누가 거울을 만들었을까?"라고 중얼거리거나, 사람을 짜증 날 정도로 뚫어지게 바라보며 '저 여자에겐 자식이 있을까? 아니면 아직도 순결한 노처녀일까?'라는 식으로 얼토당토않은 생각을 했다. '이 카페에는 폐병 환자가 몇 명이나 될까?'라는 황당한 생각도 떠올렸다. 돈 하이메는 지푸라기처럼 가느다랗게만 담배에 불을 붙였다. 이번에는 '연필 깎기로 예술의 경지에 도달한 사람이 있었는데, 그 사람은 아무리 바늘처럼 뾰족하게 연필을 깎아도 연필심이 부러지는 법이 결코 없었다!'라는 생각을 떠올렸다. 돈 하이메는 다리에서 경련이 느껴지면 자세를 바꾸곤 했다. '이상하네! 심장이란 녀석은 이런 식으로, 쿵쿵쿵, 평생 동안 낮이고 밤이고, 겨울이고 여름이고 쉬지 않고 뛰다니!' 하며 생각을 이어 갔다.

카페 안쪽 당구장으로 올라가는 곳에는 한 달여 전에 아들을 잃은 여인이 늘 같은 자리에 앉아 있었다. 죽은 아들은 이름이 파코였는데, 우체국에 취직하기 위해 준비하던 중이었다. 처음에는 사람들 대부분이 그가 근육 무력증에 빠진 게 아닌가 생각했다. 그런데 어느 정도 시간이 흐르고서야 그것이 아니라는 걸 알았다. 그는 일종의 뇌막염을 앓았던 것이다. 파코는 얼마 되지 않아 곧바로 의식을 잃고 말았다. 그는 우체부가 되기 위해 레온, 카스티야라비에하, 카스티야라누에바, 발렌시아 지방의 조그만 마을 이름까지도 거의 다 암기할 정도로 열심이었고, 그 때문에 마을 사람들 모두 매우 안타깝게 여겼다. 파코는 아주 어렸을 때, 겨울비를 심하게 맞은 적이 있었는데 그 후로는 늘 몸이 좋지 않았다. 그랬던 탓에 결국 그의 어머니는 혼자 남았다. 큰아들도 있었는데 그는 어디에 사는지도 모를 정도로 이곳저곳을 정처 없이 돌아다녔던 것이다. 그녀는 오후가 되면 도냐 로사의 카페에 들러 계단 아래쪽에 앉아 몇 시간씩 꼼짝도 않고 몸을 녹이며 시간을 죽이곤 했다. 그녀가 아들을 잃은 다음부터 도냐 로사도 더 따뜻하게 대해 주려고 노력했다. 하긴 많은 사람들이 상중에 있는 사람들에겐 더 잘해 주려고 노력한다. 기회만 닿으면, 마음을 단단히 먹고 얼른 잊어버리라고, 그래야 잘 버틸 수 있다고 충고를 던진다. 도냐 로사는 파코 어머니를 위로하기 위해, 바보가 되어 구차하게 삶을 영위하기보다는 하느님께서 데려간 것이 훨씬 낫다고 말했다. 파코 어머니 역시 이 말에 동감한다는 듯이 미소 지으며, 잘 생각해 보니 도냐 로사의 말이 옳다고 맞장구쳤다. 파코 어머니의 이름은 이사벨 몬테스였다. 그녀는 남편 산스와 사별한 미망인이었다. 도냐 이사벨은 부푸러기가 일어난 낡은 외투를 입고 다녔지만 여전히 눈에 띄는 얼굴이었다. 풍기는 분위기로 봐선 좋은 집안 출신 같았다. 카페 사람들 대부분은 그녀가 말없이 조용히 앉아 있는 것을 존중해 주었다. 드문 일이긴 하지만 화장실에 다녀오는 여인들이 그녀가 앉아 있는 탁자에 잠시 몸을 기댄 채 질문을 던지기도 했다. "어때요? 이젠 좀 정신이 났나요?" 도냐 이사벨은 빙그레 웃기만 할 뿐 대답을 하는 경우가 거의 없었지만, 가끔 기분이 좋을 때에는 고개를 들고 상대를 바라보며 이렇게 말했다. "오늘따라 정말 예뻐 보이시네요!" 그렇지만 대부분은 입을 다물었다. 상대가 자기 자리로 돌아갈 때에야 그녀는 가볍게 손을 들어 작별 인사를 했으며, 다시 혼자만의 침묵에 빠져들었다. 도냐 이사벨은 자기가 다른 부류의 사람이라는 것을, 최소한 보통 사람들과는 다르다는 것을 잘 아는 것처럼 처신했다.

이젠 늙었다는 말밖에는 들을 수 없는 노처녀 엘비라 양이 담배 파는 소년을 불렀다.

"파디야!"

"예! 부르셨습니까?"

"트리톤 한 개비 줘!"

노처녀는 가방을 뒤졌다. 달콤하면서도 부끄러운 과거가 담긴 편지가 가방 가득 들어 있었다. 그녀는 삼십오 센티모를 꺼내 탁자 위에 올려놓았다.

"감사합니다!"

"뭘!"

그녀는 담뱃불을 붙여 한 모금 빨아들이더니 공허한 눈빛으로 담배 연기를 길게 내뿜었다. 잠시 후, 다시 담배팔이 소년을 불렀다.

"파디야!"

"예! 부르셨습니까?"

"편지 잘 전했겠지?"

"물론이지요!"

"뭐라고 했어?"

"아무 말 없었는데요! 집에 없었어요. 가정부가 저녁 식사 시간에 반드시 전해 줄 테니 걱정하지 말라고 했어요."

엘비라 양은 입을 다물고, 담배만 뻑뻑 빨았다. 오늘따라 미열에 몸살기까지 있어서 눈에 보이는 것 모두 어른거리며 마치 춤을 추는 것 같았다. 엘비라 양은 개처럼 살아왔다. 아무리 생각해 봐도 살 만한 가치를 찾을 수 없는 그런 삶이었다. 하는 일은 아무것도 없었다. 이것은 분명한 사실이었다. 하는 일이 없기에 그녀는 제대로 챙겨 먹을 수도 없었다. 소설 나부랭이를 읽거나, 카페에 들러 담배를 피우며 뭔가가 걸려들기만을 기다렸다. 그러나 아주 가끔 하나씩 뭔가 걸려들 뿐이었고, 그 것도 대부분 별 볼 일 없는 것이었다.

마드리드 출신인 돈 호세 로드리게스는 며칠 전에 몇 푼 안 되긴 했지만 복권에 당첨되었다. 친구들은 그에게 이렇게 말했다.
"운이 좀 있었네!"
돈 호세의 대답은 마치 머릿속에 외워 두기라도 한 것처럼 언제나 똑같았다.
"별거 아냐! 겨우 팔 두로밖엔 안 되는걸!"
"됐어요. 더 이상 말할 필요 없어요! 당신에게 돈 달라는 말은 절대로 안 할 테니까!"
돈 호세는 법원 서기로 근무하는데 뭔가 좀 저금해 놓은 게 있는 것 같았다. 친구들 말로는 그가 라만차 출신인 돈 많은 여자와 결혼했는데 그 여자가 바로 죽는 바람에 재산을 상당히 물려받았다는 것이다. 부인이 남긴 포도 농장 네 곳과 올리브 농장 두 곳도, 건강이 최우선인 법인데 시골 공기가 호흡기 계통에 좋지 못하다고 핑계를 대며 얼른 팔아 치워 돈으로 챙겨 놓았다는 것이다.
돈 호세는 도냐 로사의 카페에서 언제나 잔술을 청하곤 했다. 그는 밀크 커피나 시켜 먹는 가난뱅이나 속물이 아니었다. 여주인은 자기와 똑같이 오헨 술을 좋아한다는 점에서 언제나 호감 어린 눈으로 그를 바라보았다. "오헨이야말로 세상에서 최고지. 위에서도 잘 받고, 오줌발도 굵어지게 하고, 강장제도 되고. 그뿐인가. 피도 만들고 무기력증도 쫓아 주는걸." 돈 호세는 항상 적절한 말만 골라서 했다. 이 년 전쯤 내란이 끝난 직후 어느 날엔가 바이올린 연주자와 말싸움을 벌인 적이 있었다. 그 자리에 있던 사람들 대부분은 바이올린 연주자가 옳다고 생각했다. 그러나 돈 호세는 여주인을 불러 이렇게 이야기했다. "지금 당장 이 후안무치한 놈을 내쫓으시오. 그러지 않으면 내가 다시는 이곳에 발도 붙이지 않겠소." 그 말에 도냐 로사는 바이올린 연주자를 길거리로 내쳐 버렸고, 그 후론 다시는 그의 소식을 들을 수 없었다. 처음에 바이올린 연주자 편을 들었던 사람들도 생각을 바꾸어 먹고, 결국 도냐 로사의 결단이 당연하다는 식으로 이야기했다. 사람은 엄할 필요가 있고 때로는 벌을 줄 수도 있다는 것이었다. "이런 무례한 일들을 그냥 놔두면 세상이 어디로 갈지 불 보듯 뻔하지요." 손님들은 진지한 표정으로, 그렇지만 조금은 부끄럽다는 듯이 이렇게 이야기했다. "규율이 없으면 좋은 일을 할 방법이 없어. 할 만한 가치가 있는 일 말이야." 이런 이야기가 탁자 이쪽저쪽에서 들려왔다.

나이를 제법 먹은 듯한 사내가 큰 소리로 농담을 했다. 오십 년 전에 마담 피멘톤한테나 통했을 것 같은 농담이었다.

"그 망할 년이 나를 속여 먹을 작정이었던 거야! 그래, 분명해! 자기 딴에는 얄팍한 꾀를 썼지! 그런데 그년에게 백포도주 몇 잔 사 주었더니 나가다가 그만 문에 얼굴을 처박았지 뭐야! 하하! 송아지 새끼처럼 피를 질질 흘리더군. '오! 랄랄라, 오! 랄랄라.' 하면서 속에 든 것까지 다 뱉어 내고 가 버렸지. 불쌍하게도 늘 술에 절어 비틀거리고 말이야. 그 꼴을 보고 있자니 웃음이 절로 나왔지!"

옆 탁자에서 몇몇 사람이 부러운 눈길로 그를 바라보았다. 마치 부지불식간에 무아지경에 빠져 말없이 행복한 미소가 지어지는 그런 표정이었다. 사람들은 어리석음으로 인해 알랑거리는 경우가 종종 있다. 속으로는 엄청난 반감을 느끼면서도, 다시 말해 견딜 수 없는 반감을 느끼면서도 겉으로는 웃음을 짓는 경우도 있다. 경우에 따라서는 아첨으로 인해 살인이 일어나는 경우도 있다. 예컨대 좋은 관계를 유지하기 위해, 혹은 좀 더 잘 보이기 위해 범죄를 저지르기도 하는 것이다.

"그런 거지같은 인간들은 반드시 이런 식으로 다뤄야 합니다. 우리같이 점잖은 사람들은 이런 인간들이 기어오르게 봐둬서는 절대로 안 됩니다. 우리 아버지는 언제나 여우에게 이렇게 말씀하셨지요! '포도 먹고 싶으냐? 그럼 와서 가져가 보렴!'이라고 말입니다. 하! 하! 그러면 여우는 다시는 그곳에 나타나지 않았지요."

살이 통통히 오르고 윤기가 반지르르하게 흐르는 고양이가 탁자 사이를 휘저으며 뛰어다녔다. 편하게 사는 덕분에 건강하고, 그래서인지 조금은 오만불손하게 보이기도 하는 그런 고양이였다. 그 고양이가 갑자기 어떤 부인의 다리 사이로 지나갔다. 부인은 화들짝 놀란 표정을 지었다.

"망할 놈의 고양이, 저리 가지 못해!"

이야기를 주절주절 늘어놓던 사내는 부인에게 다정하게 미소 지었다.

"그렇지만 부인, 가엾은 고양이가 잘못한 거라도 있나요?"

장발 청년은 이 와중에서도 시를 지었다. 마음이 멀리 달아난 탓인지 이런 소란에도 전혀 개의치 않았다. 그래야만 아름다운 시를 쓸 수 있는지도 모른다. 주변에 신경을 쓰면 시적 영감이 달아나 버리는 모양이다. 시적 영감이란 눈도 멀고 귀도 어두운, 그러나 눈부시게 아름다운 나비와도 같은 것이다. 그렇지 않다면 설명할 수 없는 것이 너무 많다.

젊은 시인은 〈숙명〉이라는 긴 시를 쓰고 있었다. "숙명"이라는 제목을 놓고 "그 숙명"이라고 할까 고민을 한 적도 있었지만, 자기보다 더 많은 시를 발표한 다른 시인들과 상의한 끝에 그냥 간단하게 "숙명"으로 결정했다. "숙명"이 더 단순하면서도, 사람을 끄는 묘한 힘이 있고, 더욱이 신비한 느낌을 준다는 생각 때문이었다. 그뿐만이 아니었다. "숙명"이라고 부르는 것이 뭔가 더 암시적인 데다가, 뭐랄까 모호한 느낌을 풍기는 것이 훨씬 더 시적으로 느껴졌다. 이런 식으로 제목을 붙이면 "그 숙명"을 말하는지, 아니면 "어떤 사람의 숙명"인지, "불특정인의 숙명"인지, "죽음을 부르는 숙명"인지, 아니면 "행복한 숙명"인지 "파란 숙명"인지 "보랏빛 숙명"인지 뭘 말하는 것인지 쉽게 드러나지 않는다. "그 숙명"이라고 하면 훨씬 더 제한적이어서, 상상의 나래를 펴고 모든 속박에서 벗어나 자유롭게 훨훨 날아갈 수 있는 여지가 사라지는 것이다.

젊은 시인이 이 〈숙명〉이라는 시 한 편과 씨름하기 시작한 지도 벌써 여러 달째였다. 삼백 행이 넘는 시를 써 놓았고, 시집 발간에 대비해 표지까지 미리 구상해 놓았을 뿐만 아니라, 시집을 구입할 가능성이 있는 독자들이 제때 살 수 있도록 미리 알림장을 보낼 명단도 만들어 놓았다. 활자체까지 이미 결정해 놓았다.(단순하면서도 깔끔하고, 조금은 클래식한 분위기를 풍기는, 그리고 편안하게 읽어 내려갈 수 있는 그런 활자체였다. 그러니까 한마디로 그것은 '보도니'체였다.) 그리고 이 책을 펴내는 이유까지도 이미 써 놓았다. 그렇지만 아직도 두 가지 문제가 해결되지 않아 고민스러웠다. 하나는 책의 맨 마지막 장에 "신께 감사하노라."라는 말을 쓸 것인가 말 것인가였고, 또 다른 하나는 책날개에 들어갈 약력을 직접 쓸 것인가 아니면 다른 사람에게 부탁할 것인가였다.

도냐 로사는 이를테면 감각이 뛰어난 그런 여자는 아니었다.
"이젠 내 말을 알아들었을 거예요. 역마살 긴 인간은 제부만으로도 충분해요. 나쁜 놈! 당신은 아직 새파랗게 젊단 말이에요, 내 말 알아들었어요? 그것까지도 좋아요! 교양머리도 없고 아무것도 아닌 주제에, 제가 무슨 양반이라고 헛기침이나 하고 거드름만 피우는 것을 어디서 본 적 있어요? 나는 절대로 그런 꼴은 못 봐요!"
도냐 로사의 인중과 이마에 땀이 흘러내렸다.
"야, 이 바보야, 신문 사러 이제야 가는 거야? 어떻게 된 게 여기 인간들은 사람을 존경할 줄도 모르고 예의도 없으니……. 언제 나만 건드려 봐라, 머리털을 죄다 뽑아 놓을 테니까! 어떻게 되는지 보여 줄 테니까!"
도냐 로사의 생쥐 같은 두 눈이 페페를 뚫어지게 바라보았다. 페페는 사십 년인가, 사십오 년 전에 몬도녜도에서 온 나이 많은 종업원이었다. 도냐 로사의 두툼한 렌즈 뒤 작은 눈은 꼭 박제된 새의 휘둥그레진 눈 같았다.

"뭘 봐! 뭘 보느냐고! 아이고, 저 바보 멍청이……. 처음 올 때나 지금이나 달라진 게 없네! 하느님도 저 멍청이의 촌티는 어떻게 못 하나 보지? 자, 빨리 좀 서둘러! 그리고 제발 조용히 일 좀 처리해 봐! 조금만 더 젊었어도 발로 차서 길거리로 쫓아 버렸을 텐데……. 내 말 알아들었어? 우리 좀 그만 귀찮게 하라고!"

도냐 로사는 가볍게 배를 두드리더니 이번에는 페페에게 존댓말을 사용했다.

"자, 가 봐요! 가서 각자 할 일 하세요. 당신도 알다시피 우리 누구도 미래에 대한 전망을 잃어서는 안 돼요. 아, 그리고 물론 존경심도 잃어서는 안 되지요! 알았죠? 존경심요!"

도냐 로사는 고개를 들고 깊이 숨을 들이켰다. 코 밑에 난 솜털이 결투를 신청하는 도전자처럼 용감하고 당당한 모습으로, 사랑에 빠진 귀뚜라미의 검은 더듬이처럼 떨렸다.

카페에는 아련하게 사람의 가슴을 찔러 오는 묘한 슬픔이 감돌았다. 지나치게 확실한 과학에만 의존하는 탓에 우리는 도대체 사람의 가슴에서 지금 무슨 일이 일어나는지 아무도 모를 뿐더러, 죽는 순간까지도 계속될 고통을 느끼지 않고 잘 참아 낼 수 있다.

수염이 하얀 신사 한 분이 가무잡잡한 아이를 무릎에 앉힌 채 밀크 커피에 스위스 빵을 적셔서 먹여 주었다. 그는 돈 트리니다드 가르시아 소브리노라는 사람인데, 지금은 사채업을 하지만 어렸을 적엔 상당히 말썽꾼이었다. 걷잡을 수 없는 바람기에 휘말려 복잡하게 살아온 것이다. 그러나 아버지가 돌아가신 후 스스로 맹세했다. "지금부턴 정신 바짝 차려야 해! 그러지 않으면 트리니다드, 넌 심하게 고통받을 거야!" 그 후 그는 장사에 뛰어들어 착실하게 산 끝에 상당한 부자가 될 수 있었다. 일생을 건 꿈이 있다면 그것은 국회의원이 되는 것이었다. 이천오백만 명 중에 뽑힌 오백 명이 된다는 건 그리 나쁘지 않을 거라고 그는 생각했다. 그래서 혹시나 국회의원을 시켜 주지 않을까 하는 생각에 몇 년 동안 힐 로블레스 당의 삼류급 당원들에게 알랑거린 적도 있었다. 어떤 지역구가 되든 상관없었다. 꼭 정해 둔 지역이 있었던 것도 아니니까. 이들을 접대하는 데 들어간 돈도 만만치 않았고, 홍보비도 그가 상당히 대 주었다. 덕분에 그는 이들에게 좋은 말은 들었지만 입후보는 고사하고 당수가 주최한 모임에조차 단 한 번도 초대받지 못한 채 꿈은 막을 내렸다. 이 일이 있은 다음 그는 한동안 정신적으로 심한 고통을 받았다. 그러고는 마침내 레로우크스 당에 뛰어들었다. 이 급진정당에서는 한동안 일이 순조롭게 풀리는 것만 같았다. 그러나 내전이 일어나는 바람에 별로 화려하지도 못했던 그의 정치 인생은 종지부를 찍고 말았다. 언젠가 알레한드로 당수가 들려주었던, 아직도 기억 한편에 머물고 있는 기관지 《대중 문제》 같은 것에서 그는 조금 거리를 두었다. 다른 사람들이 자기의 지난날을 상기시키면서 입방아를 찧지 않고, 자신을 조용히 살아가도록 가만히 놔두는 데 만족하며, 그는 돈벌이가 되는 사채업에 매달렸다.

오후가 되면 손자를 데리고 도냐 로사의 카페로 나와 손자한테 간식을 시켜 주며 다른 사람과 어울리지 않고 혼자서 음악을 듣거나 신문을 보거나 하면서 소일했다.

도냐 로사가 탁자에 몸을 기대며 미소 지었다.

"엘비라, 요즘 어때요?"

"당신도 잘 알다시피, 별거 없어요."

엘비라 양은 담배를 한 모금 빨더니 고개를 약간 옆으로 기울였다. 두 뺨은 엉망인 채 축 처졌고, 눈은 눈병에 걸린 것처럼 충혈되었다.

"그 일 잘 정리됐어요?"

"무슨 일……?"

"그러니까……."

"아, 아뇨! 글렀어요! 사흘이나 함께 지내 주었는데 고작 머릿기름 한 병인걸요."

엘비라 양은 씁쓸하게 미소 지었다. 도냐 로사는 측은한 마음에 얼른 눈길을 돌렸다.

"양심 없는 사람도 있으니까요!"

"젠장! 뭘 더 바라겠어요!"

도냐 로사는 엘비라 양에게 다가가더니 귓속말을 했다.

"돈 파블로와 그동안 있었던 일을 정리하는 게 어때요?"

"그러고 싶진 않아요. 누군 자존심이 없나!"

"에이! 문제없는 사람이 어디 있나요! 그러니까 내 말은 다 엘비라를 위해서 하는 말이에요. 한때는 돈 파블로와 잘 지냈잖아요."

"그렇지도 않았어요. 억지만 부리는 데다 어찌나 미련한지. 그런 탓에 그를 싫어하지 않을 수 없었는걸요. 그러니 어떡하겠어요? 꼴도 보기 싫은데."

도냐 로사는 다정한 목소리로 이야기했다. 설득력 있는 충고에 적절한 목소리였다.

"좀 더 참아 보지 그래요! 엘비라, 아직도 어린애 같은 데가 있네!"

"그렇게 생각해요?"

엘비라 양은 탁자 밑에 침을 뱉더니 장갑 안쪽으로 입을 닦았다.

베가라고 불리는 돈 마리오 데 라 베가는 돈을 상당히 번 인쇄업자였는데, 그는 언제나 광고에나 나옴직한 시가를 입에 물고 다녔다. 옆 탁자에 앉은 사내는 이 사람의 환심을 사려고 열심히 노력했다.

"좋은 시가를 피우시는군요!"

베가는 눈길도 주지 않은 채 딱딱하게 대답했다.

"그렇소! 나쁜 물건은 아니지요. 일 두로나 하니까 말이오."

옆 탁자에 앉아 연신 웃음을 짓는, 몸집이 조그만 사내는 혹시 "나도 당신 같은 팔자라면……."이라고 말하고 싶었는지도 모른다. 그러나 감히 그렇게 말할 용기가 없었다. 그리고 다행인지 마침 그 순간, 그런 말을 한다는 게 부끄럽다는 생각이 들었다. 인쇄업자를 바라보며 다시 비굴한 웃음을 지었다.

"일 두로라고요? 적어도 칠 페세타*는 될 줄 알았는데."

"아니오. 일 두로에 삼십 센티모를 팁으로 주었소. 이만하면 나에겐 충분하오."

"그러시군요!"

---

* 스페인의 옛 화폐단위로, 5페세타가 1두로.

"이 로마노네스 같은 부자들만 이런 시가를 피우라는 법은 없으니 말이오!"

"로마노네스 같은 사람만 피우는 것은 아니지요. 그렇지만 당신도 보다시피 저 같은 놈이 어떻게 그런 시가를 피워 볼 수 있겠습니까! 여기 있는 사람들 대부분도 마찬가지고요!"

"하나 피워 보겠소?"

"예에……! 무슨 농담도……."

베가는 튀어나왔다면 후회할 뻔한 말을 입 속으로 삼키면서 빙그레 웃었다.

"그러면 당신도 나처럼 일을 해 보시오."

인쇄업자는 엄청나게 큰 소리로 한바탕 웃어 댔다. 그러자 이번에는 옆 탁자에서 비굴한 웃음을 흘리던 사내가 웃음을 거두었다. 얼굴이 붉어지고 귓불이 타는 것 같았다. 두 눈이 불에 덴 듯이 화끈거렸다. 카페에 앉아 있던 사람들의 시선을 느끼고 싶지 않았던지 그는 고개를 떨어뜨렸다. 사람들이 다 자기만 바라보는 것 같았다.

모든 일을 부정적으로만 생각하려 드는 한심한 돈 파블로가 마담 피멘톤에 대해 이야기하며 싱글거리는 동안, 엘비라 양은 꽁초를 버리고 발로 비벼 댔다. 엘비라 양은 가끔 진짜 공주 같은 표정을 짓곤 했다.

"고양이가 무슨 잘못을 저질렀나요? 야옹아! 야옹아! 이리 오렴! 이리 와!"

돈 파블로는 부인을 바라보았다.

"고양이가 얼마나 영리한지 잘 봐 두어야 합니다. 어떨 땐 사람보다도 나으니까요. 눈치가 굉장히 빠른 동물이지요. 야옹아! 야옹이, 이리 온! 이리 와!"

고양이는 고개도 돌리지 않고 종종걸음 치며 부엌으로 사라져 버렸다.

"돈도 많고 영향력도 큰 친구가 있는데, 아, 그렇다고 기분 나쁜 사람이라고는 생각하지 마세요, 그 친구한테 술탄이라는 페르시아산 고양이가 한 마리 있는데 정말 대단한 놈이지요."

"그래요?"

"물론이지요. '술탄, 이리 오렴!'이라고 부르면 꼭 먼지떨이처럼 생긴 탐스러운 꼬리를 살랑살랑 흔들며 왔다가, '술탄, 저리 가!' 하면 금세 자존심 센 신사처럼 가 버리거든요. 비단결 같은 털에 걸음걸이는 어찌나 당당한지……. 그런 고양이는 흔치 않으리라고 믿지만, 사람으로 치면 알바 공작쯤 된다고 할까요? 그 친구는 고양이를 친자식처럼 사랑하지요. 정말 귀여워하지 않을 수 없는 고양이지요."

돈 파블로는 카페를 한 바퀴 죽 훑어보았다. 엘비라 양과 잠시 동안 눈이 마주쳤다. 돈 파블로는 눈만 몇 차례 껌벅거리다가 고개를 돌렸다.

"고양이들은 정말이지 정이 많아요. 여러분은 고양이가 얼마나 정이 많은 놈인지 느껴 보신 적이 있습니까? 일단 어떤 사람한테 정을 주면 평생 절대로 변하는 법이 없지요."

돈 파블로의 목소리가 조금은 쉰 듯해지자 더 무겁고 엄숙하게 들렸다.

"고양이를 본받아야 할 사람들이 많지요."

"맞는 말이에요!"

돈 파블로는 깊이 숨을 들이마셨다. 만족스러운 표정이었다. 사실 "고양이를 본받아야 할 사람" 운운한 것은 불쑥 튀어나온 말이긴 했지만 멋지다는 생각이 들었다.

종업원 페페는 단 한 마디도 하지 않고 구석에 있는 자기 자리로 돌아갔다. 자기 자리에 도착해서 그는 한 손을 의자 등받이에 얹고 뭔가 희한한 것을 보기라도 하는 것처럼 거울을 물끄러미 바라보았다. 앞에 있는 거울로는 가까운 곳을, 뒤에 있는 거울로는 카페 안쪽을, 구석에 있는 거울로는 옆쪽을 바라보았다.

"저 악마 같은 년! 언젠가 가랑이를 쫙 찢어 놓아야지! 돼지 같은 년! 여우 같은 년!"

페페는 뭐든 금방 잊어버리는 사람이었다. 감히 큰 소리로 말할 수 없는 그런 이야기는 작게 투덜거리는 것만으로도 그에겐 충분했다.

"흡혈귀, 박쥐 같은 년! 가난뱅이한테서 빵을 뺏어 먹으려들어?"

페페는 기분 나쁠 땐 토막말을 즐겨 사용했다. 그러다가도 기분이 조금 가라앉으면 모든 것을 잊어버리고 만다.

네다섯 살 먹은 꼬마 아이들 둘이 탁자 사이에서 따분한 표정으로 기차놀이를 했다. 카페로 들어갈 때는 한 아이가 기관차가 되고 다른 아이가 객차가 되었다가, 문 쪽으로 향할 때는 서로 역할을 바꾸었다. 아이들에게 신경 쓰는 사람은 한 사람도 없었다. 아이들 역시 별로 내키지 않는 듯 굳은 표정을 지었지만 정말 진지하게 위아래를 오갔다. 규칙을 잘 지키는 아이들이었다. 기차놀이가 너무너무 싫증 나지만 한번 재미있게 놀아 보자고 약속한 이상, 그리고 정말 재미있게 놀기 위해서 무슨 일이 일어나든 오후엔 기차놀이를 하기로 약속한 이상, 기차놀이를 계속해야 한다는 식이었다. 기차놀이가 재미없다고 하더라도 무엇이 문제란 말인가. 아이들은 최선을 다했다.

페페는 아이들을 보며 말했다.

"너희들 자빠지겠다……."

카스티야에 산 지 벌써 오십 년이 넘었지만 페페에게는 여전히 갈리시아 지방 말투가 남아 있었다. 아이들은 페페에게 "괜찮아요."라고 대답했다. 그리고 믿음도, 희망도, 사랑도 없이 그저 괴롭지만 의무를 수행하겠다는 각오는 포기할 수 없다는 듯 계속 기차놀이를 했다.

도냐 로사가 부엌으로 들어갔다.

"가브리엘, 몇 그램 넣었지?"

"육십 그램 넣었는데요."

"그것 봐! 아이고, 그런 것 하나 제대로 할 줄 아는 사람이 없다니까. 그러면서 근로조건이 어떻다고? 사십오 그램만 넣으라고 말했잖아! 우리말도 제대로 못 알아들어? 제대로 들으려고나 하는 거야?"

도냐 로사는 숨을 거칠게 들이마시며 다시 쏘아붙였다. 그 모습이 마치 숨을 몰아쉬며 황급히 달려가는 기관차 같았다. 가슴으론 쉰 소리를 내며 그녀는 온몸을 부들부들 떨었다.

"돈 파블로가 초콜릿이 너무 묽다고 불평하거든 마누라 데리고 잘 나오는 가게로 가라고 그래! 차라리 그래 주면 좋겠어! 그러면 저도 깨닫는 바가 있을 거야! 하느님 덕분에 이곳에선 손님이 남아돈다는 것을 저 재수 없는 인간도 알게 될 거란 말이야! 알아들었어? 불만 있으면 딴 데로 가 보라고 해! 그러면 우리는 더 이익이니까! 제가 무슨 왕이나 된다고……. 마누라는 독사처럼 굴고, 나도 이젠 질렸어. 정말이지 도냐 푸라도 지긋지긋해!"

가브리엘이 늘 하던 대로 조심스럽게 도냐 로사의 입을 막고 나섰다.

"들리겠어요!"

"들으려면 들으라지! 그러라고 하는 거야! 나는 하고 싶은 말은 해야 하는 성격이야! 오직 자기를 기쁘게 해 주려고 무던 애를 쓰던 천사 같은 엘비라를 저 바보 천치가 왜 차 버렸는지 도저히 알 수 없어. 언제나 뒤에 숨어 불평만 퍼붓는 도냐 푸라의 극성마저도 엘비라는 용케 잘 참아 냈는데 말이야. 돌아가신 우리 어머니 말씀마따나 사람은 오래 살고 볼 일이야!"

가브리엘은 폭언을 퍼붓는 도냐 로사를 진정시키려고 노력했다.

"조금만 진정하세요."

"현명한 사람이라면 어떻게 처신해야 하는지 너도 곧 깨달을 거야. 네가 도둑놈이 아니라 결점 없이 완벽한 사람이라면 말이야. 원하기만 하면 어떤 것이 너에게 최선인지 잘 알게 될 거야."

담배팔이 파디야는, 담배 한 갑을 통째로 산 낯선 손님과 이야기를 나누었다.

"늘 이런 식입니까?"

"네! 그렇지만 나쁜 여자는 아니에요! 성질이 좀 과격해서 그렇지 본성이 나쁜 여자는 아니에요."

"그렇지만 종업원한테 바보라고 고래고래 소리 질렀잖아요!"

"그 정도야, 뭐……. 가끔은 우리한테도 남창이니 빨갱이니 해 대며 소리 지르는걸요."

낯선 손님은 눈에 보이는 사실을 믿을 수 없다는 표정이었다.

"그래도 괜찮단 말인가요?"

"그럼요! 이 정도가 뭐 대순가요."

낯선 손님은 어깨를 으쓱했다.

"그래요! 그래……."

담배팔이는 다시 카페를 한 바퀴 돌았다.

낯선 손님은 생각에 잠겼다.

'저기 지저분한 상복을 입은, 바다표범같이 사나운 여인네가 문제인지, 이 바보 천치같이 아무 말 없이 앉아 있는 사람들이 문제인지 잘 모르겠네. 언제 한번 날을 골라 저 나잇살이나 먹은 여자를 잡아다가 치도곤을 먹이든지 해야지 원……. 하긴 저들은 그런 건 생각도 못 하겠지! 속으론 하루 종일 욕을 하면서도 겉으로는 굽실대는 꼴이라니. ‘이 바보야! 꺼져! 도둑놈! 못난 놈!’ 소리를 듣고서도 가만히 있다니……. 홀리기라도 했나. ‘이 정도가 뭐 대순가요.’라니. 별수 없는 인간들이군. 이런 대접을 받고도 좋다고 실실거리고 말이야.'

낯선 손님은 계속 줄담배를 피워 댔다. 그는 마우리시오 세고비아라는 사람으로 전화국에 다녔다. 이 이야기를 지금 해 두는 것은 다음에 또다시 등장할지도 모르기 때문이다. 나이는 서른여덟이나 마흔 살쯤 되어 보이고 빨간 머리에 주근깨 투성이였다. 그는 이곳에선 상당히 먼 아토차에서 살았다. 여기에 온 것은 순전히 우연이었다. 어떤 아가씨를 뒤쫓아 왔는데 말을 걸어 보기도 전에 그 아가씨가 길모퉁이를 돌더니 첫 번째 문으로 사라져 버린 것이었다.

구두닦이 세군도가 소리를 질렀다.
"수아레스 씨, 수아레스 씨."
수아레스 씨 역시 이곳에 그리 자주 들르는 사람은 아니었다. 그는 자리에서 일어나 전화가 놓인 곳으로 갔다. 발목을 묘하게 절뚝거리며 걷는 그는 요즘 유행하는 밝은색 양복을 입고 코안경을 걸쳤다. 나이는 쉰 살 정도 먹어 보였고, 치과 의사나 이발사일 것 같았다. 어찌 보면 화학제품 영업사원 같기도 했다. 굉장히 바쁜 사람 같은 분위기를 풍겼다. "에스프레소 한 잔! 구두닦이 좀 불러 주고! 택시도 좀 잡아 줘!"라는 말을 한꺼번에 쏟아 낼 것 같았다. 이런 바쁜 사람들은 이발소에 가면 면도하기, 머리 깎기, 손톱 다듬기, 구두 닦기, 신문 읽기를 한꺼번에 해치운다. 이들은 친구와 헤어질 때면 가끔 "몇 시부터 몇 시까지 카페에 있을게. 그 후엔 잠시 사무실에 들렀다가 해 질 무렵엔 처제 집에 잠시 머물 예정이야. 연락처는 전화번호부에 나올 거야. 아직 해결해야 할 자질구레한 일이 많아서 그만 가 봐야겠어."라고 말하곤 한다. 누구라도 이들이 사람을 썩 잘 부리는, 성공한 유명 인사라는 걸 한눈에 알 수 있다.
수아레스 씨는 작지만 품위 있는 목소리로 통화했다. 자기가 철저한 사람이라는 점을 과시하고자 조금은 꾸민 것 같은 목소리였다. 그의 재킷은 약간 짧아 보였고, 바지는 투우사들이 입는 것처럼 통이 좁았다.

"너구나……!"

"〰〰〰〰〰〰〰〰〰〰〰〰〰"

"뻔뻔하네! 뻔뻔해! 너 정말!"

"〰〰〰〰〰〰〰〰〰〰〰〰〰"

"그래, 그래……. 너 좋을 대로 해!"

"〰〰〰〰〰〰〰〰〰〰〰〰〰"

"알았어! 좋아! 걱정 마! 잊지 않을 테니까."

"〰〰〰〰〰〰〰〰〰〰〰〰〰"

"납작코, 잘 있어. 안녕!"

"〰〰〰〰〰〰〰〰〰〰〰〰〰"

"헤헤! 여전하네. 우리 귀염둥이! 잘 있어. 곧 데리러 갈게!"

수아레스 씨는 자기 자리로 돌아왔다. 빙그레 웃으며 다가오는데 이번에는 다리 저는 모양새가 전율하듯 떨렸다. 조금은 요염하고, 바람기가 느껴지는 걸음걸이였다. 수아레스 씨는 커피 값을 계산한 다음 택시를 한 대 불러 달라고 부탁했다. 택시가 오자 얼른 자리에서 일어나 그쪽으로 갔다. 그는 로마 시대 검투사처럼 고개를 쳐들고 걸었다. 얼굴엔 만족스러운 기쁨이 넘쳤다.

회전문이 그를 집어삼킬 때까지, 사람들은 그의 뒷모습을 끈질긴 시선으로 뒤쫓았다. 유난히 남의 눈길을 끄는 사람도 있는 법이다. 그런 사람들은 이마에 별 같은 것을 달고 다니기 때문에 언제든 쉽게 눈에 띄었다.

여주인은 반쯤 몸을 돌려 계산대 쪽으로 향했다. 니켈로 도금한 커피포트는 끊임없이 부글부글 끓으며 에스프레소를 만들어 내고, 낡은 구릿빛 금전 출납기는 계속 덜그럭거리는 소리를 냈다.

밤새 담배에 찌들어 얼굴이 누렇게 뜬 종업원 몇 명은 풀이 죽은 모습으로 대리석 탁자 위에 쟁반을 올려놓고 비스듬히 기댄 채, 주문받은 것과 금색, 은색 거스름돈을 지배인이 내주기만을 기다렸다.

지배인은 수화기를 내려놓고 종업원이 요구한 것을 나누어 주었다.

"또 아무 할 일이 없는 것처럼 잡담만 나누네!"

"사장님, 우유를 더 가져오라고 주문하는 거예요."

"우유를 더 가져오라고? 오늘 아침에 얼마나 가져왔는데?"

"늘 가져오던 대로 육십 리터 가져왔어요, 사장님!"

"그런데 모자라단 말이야?"

"충분할 것 같진 않은데요."

"여기가 산부인과가 아니라는 건 잘 알지? 얼마나 가져오라고 했는데?"

"이십 리터요."

"남지 않겠어?"

"남지 않을 거예요."

"무슨 말이야, 남지 않을 거라니? 남으면 어떡할래? 어디 한번 말해 봐!"

"남지 않을 거예요. 장담할게요!"

"그래, 언제나 장담한다고 하지. 장담한다고 말이야. 하긴 그렇게 말하는 편이 낫겠지. 그렇지만 남으면 어떡할래?"

"안 남아요. 보세요, 어떻게 남겠어요. 홀이 저렇게 꽉 차 있는데."

"그래? 홀이 꽉 차 있다고? 말은 쉽게도 잘하네. 그건 내가 정직하고 후하게 장사하기 때문이야. 그렇지 않았으면 벌써 다른 가게로 다 가 버렸을 거야. 얼마나 쫀쫀한 인간들인데."

종업원들은 눈에 띄지 않으려고 고개를 숙였다.

"이봐! 거기, 기운 좀 내! 그리고 그 쟁반엔 웬 블랙커피가 그렇게 많아? 손님들이 스위스 빵도 있고, 카스텔라도 있고, 과일 파이도 있다는 걸 모르는 거 아냐? 모를 수밖에 없지. 너희들이 말을 안 하는데 알 턱이 있나. 내가 망해서 길거리에서 복권이나 팔고 다니는 꼴을 보고 싶겠지! 그렇지만 나보다는 너희들이 먼저 신세 조질 거야. 난 너희들이 어떤 인간들인지 너무 잘 알지. 똑똑히 해! 빨랑빨랑 움직여! 내가 꼭지까지 돌지 않도록 기도하라고!"

종업원들은 빗소리라도 들은 것처럼 무표정한 얼굴로 각자 쟁반을 들고 계산대에서 벗어났다. 아무도 도냐 로사 쪽을 바라보지 않았다. 당연히 도냐 로사를 생각해 주는 사람도 없었다.

앞에서 이야기했던, 둥근 탁자에 팔꿈치를 괸 손님들 중 한 사람이 창백한 이마에 손을 댄 채 괴로움이 가득한 슬픈 눈빛과 걱정스럽고 겁에 질린 표정으로 종업원과 이야기했다. 그는 부드러운 미소를 지으려고 노력했지만, 길가 아무 집에나 들어가 물을 청하는 길 잃은 꼬마 아이 같은 표정이었다.

종업원은 우유 따라 주는 아이에게 고개를 까닥였다.

우유 따라 주는 아이인 루이스는 여주인에게 다가갔다.

"사장님! 페페 씨가 그러는데 저 손님이 돈을 못 내겠다는데요."

"어떻게 하든지 돈을 받아 내라고 해! 그것이 제가 할 일 아냐? 만약 돈을 못 받아 내면 제 돈이라도 채워 놓으라고 해! 그러면 상관없으니까. 거기까지만 이야기할게."

여주인은 안경을 고쳐 쓰고 그쪽을 바라보았다.

"그런데 누구야?"

"저기 금속 테 안경을 쓴 사람요."

"뭐 저런 놈이 다 있어! 정말 웃기는 놈이네, 저런 꼴에. 그런데 왜 돈을 못 내겠다는 거야?"

"글쎄요…… 돈을 하필 가져오지 않았대요!"

"그렇다고 일 두로도 없단 말이야? 이놈의 나라엔 어딜 가나 불한당뿐이니!"

우유 따라 주는 아이는 도냐 로사를 쳐다보지도 않고 기어들어가는 목소리로 말했다.

"돈이 생기는 대로 와서 갚겠대요."

도냐 로사의 목구멍에서 놋쇠 두들기는 소리가 터져 나왔다.

"모두들 그렇게 말하지. 하지만 돌아오는 놈은 백에 하나도 없어. 아무리 잘 봐줘도 시간이 지나면 잊기 마련이고. 말도 안 되는 소리 하지 말라고 해! 키워 놓은 까마귀가 네 눈깔까지 파먹는 법이라고. 페페한테 가서 말해! 잘 아는 것처럼 얌전히 길가로 끌어내, 좀 아픈 데로 두어 대 갈겨 주라고 말이야. 제기랄!"

우유 따라 주는 아이가 페페에게 가려고 하자 도냐 로사가 몇 마디 다시 덧붙였다.

"그리고 페페더러 얼굴 잘 기억해 놓으라고 해!"

"예, 사장님!"

도냐 로사는 그곳에 남아 어떻게 일을 처리하는지 바라보았다. 루이스는 늘 들고 다니는 우유 포트를 쥐고 페페에게 가서 귓속말했다.

"사장님 말씀은 이게 전부예요. 나한테 더 이상 말하지 마세요."

페페가 다가오자 손님은 자리에서 천천히 일어났다. 가느다란 철사 테로 만든 싸구려 안경을 쓴 그 손님은, 창백하고 초췌한 얼굴에 말라비틀어진 약골이었다. 낡은 윗도리와 해어진 바지, 그리고 짙은 잿빛 중절모에는 기름때가 찌들었다. 신문지로 싼 책 한 권을 겨드랑이에 꼈다.

"원하신다면 이 책이라도 놓고 가겠습니다."

"필요 없어요! 빨리 나가세요! 더는 귀찮게 하지 말고!"

손님은 페페를 뒤따라 문 쪽으로 걸어갔다. 두 사람 모두 밖으로 나갔다. 날씨는 싸늘했고 그래서인지 사람들도 발걸음을 재촉했다. 신문 파는 아이들이 석간신문을 사라고 소리쳤다. 전차가 처량하고 음울하면서도 비극적인 소리를 내며 푸엔카랄 거리로 내려갔다.

이 손님은 별 볼 일 없는 사람이 아니었다. 길거리에서 언제나 마주칠 수 있는 사람, 저속하고 흔해 빠진 사람이 아니었다. 왼팔엔 문신이 있고, 허벅지엔 흉터가 있었다. 그는 공부도 할 만큼 한 사람이어서 프랑스어도 곧잘 번역했다. 학계와 문학계의 동향을 주의 깊게 관찰했으며, 문예지《태양》에 실린 연재소설도 줄줄 외울 정도였다. 그는 젊었을 적엔 스위스 여자를 애인으로 두었고 최신 경향의 시도 쓴 적이 있었다.

구두닦이는 돈 레오나르도와 이야기를 나누었다. 돈 레오나르도의 이야기는 이런 것이었다.

"우리 멜렌데스 가문이야말로 카스티야에서 가장 오래된 가문들과 친척 관계를 맺어 온 유서 깊은 가문이지. 한때는 많은 사람들의 생명을 좌지우지할 만큼 엄청난 토지를 소유한 지주이기도 했고. 그런데 당신도 보다시피 이젠 내가 이 꼴로 길 한가운데 나 앉는 신세가 되고 말았으니."

구두닦이 세군도는 돈 레오나르도에게 존경심을 느꼈다. 자기가 평생 모아놓은 돈을 몽땅 털어 갔다는 사실 때문인지 그에게 두려움과 심지어는 충성심마저 느꼈다. 오늘따라 돈 레오나르도는 구두닦이에게 이런저런 푸념을 늘어놓았고 구두닦이는 강아지처럼 그의 주위를 뛰어다녔다. 그러나 언제나 오늘 같지는 않았다. 재수 없는 날도 종종 있었던 것이다. 그런 날이면 구두닦이는 돈 레오나르도에게 진짜 개 취급을 당하기 일쑤였다. 운 나쁜 날이면 그는 풀죽은 모습으로 돈 레오나르도에게 조심스레 다가가 나지막하게 물었다.

"하실 말씀이라도……."

돈 레오나르도는 대꾸조차 하지 않았다. 구두닦이는 개의치 않고 다시 끈덕지게 말을 붙였다.

"날씨가 상당히 춥군요!"

"그렇군!"

구두닦이는 웃음을 지었다. 돈 레오나르도의 목소리만 들어도 행복했다. 그 말소리를 들었다는 것만으로도 몹시 기뻐, 그가 만일 또 육천 두로를 빌려 달라고 하면 구두닦이는 기꺼이 또 빌려 주었을지도 모른다.

"구두 좀 광을 내 드릴까요?"

구두닦이는 얼른 무릎을 꿇었다. 돈 레오나르도는 언제나 그를 바라보지도 않고 별로 내키지 않는다는 표정을 지으며 쇠로 만든 구두통 발판에 발을 올려놓았다.

그러나 오늘은 아니었다. 돈 레오나르도는 기분이 좋은 것이 분명했다. 필시 무슨 주식회사라도 세우려고 계획을 꾸미는 것이었다.

"예전엔, 오, 정말이지, 우리들 중 누군가가 증권회사에 나타나면, 사람들이 우리를 보고 주식을 사기도 하고 팔기도 했는데……."

"정말 그 모습을 봤어야 하는데……."

돈 레오나르도는 입가에 애매한 표정을 지으며 손으로 허공에 찡그린 얼굴 표정을 그렸다.

"담배 마는 종이 있으십니까? 담배 한 대 말아 피우고 싶은데 마침 종이가 떨어져서……."

옆자리 사람에게 물었다.

구두닦이는 입을 다물고 못 들은 척했다. 그것이 자신의 의무라는 것을 잘 알았다.

종업원과 커피 값을 내지 못하는 남자 사이에 벌어지는 실랑이를 바라보던 엘비라 양에게 도냐 로사가 다가갔다.

"다 보았지요, 엘비라?"

엘비라 양은 잠시 뜸을 들이다가 대답했다.

"가엾어요! 하루 종일 굶었을지도 모르잖아요, 도냐 로사."

"당신마저도 나에게 감상적으로 나오기예요? 좋아요! 내 맹세하건데, 마음이 약한 것으로 따지면 나만 한 사람도 없을 거예요. 그렇지만 그걸 악용하려는 사람에게는……!"

엘비라 양은 뭐라고 대꾸해야 좋을지 알 수 없었다. 이 여자는 굶어 죽고 싶지 않아서, 적어도 젊은 나이에 굶어 죽고 싶진 않아서 자신의 삶을 내던진 감상주의자였다. 할 줄 아는 것도 없고, 그렇다고 미인도 아니고, 세련된 여자라고 볼 수도 없었다. 어려서부터 집에서 봐 온 것이라고는 쓰레기 같은 끔찍한 사건들뿐이었다. 엘비라 양은, 살아생전에 위험인물로 낙인찍혔던 피델 에르난데스라는 사람의 딸로 태어났다. 피델 에르난데스는 아내 에우도시아를 구두 만드는 송곳으로 찔러 죽인 죄로 사형선고를 받고, 1909년 그레고리오 마요랄의 손에 교수형을 당했다. 죽을 때 그가 마지막으로 남긴 말은 "국에다 독약을 타 먹였으면 귀신도 모르게 해치울 수 있었는데."였다고한다. 엘비라 양은 열한 살인가 열두 살 때 고아가 되었다. 그녀는 비얄론으로 가, 성 안토니오 교회에서 잡일을 하던 할머니와 함께 살았다. 할머니는 생활이 무척 어려웠고, 아들을 교수형으로 잃은 뒤로는 몸이 급속도로 쇠약해졌다. 얼마 되지않아 할머니도 죽고 말았다. 마을 처녀들은 동네 입구에 있는 교수대를 가리키며 "네 아빠도 이것과 똑같은 교수대에 걸려죽었지. 어휴, 재수 없어!"라고 놀리곤 했다. 엘비라 양은 더 이상 참을 수 없어, 시골 장터에 과자를 팔러 오던 아스투리아 남자를 따라 마을을 떠났다. 그녀는 남자와 이 년여를 함께 떠돌며 살았다. 남자가 어찌나 폭력이 심했던지 그녀는 허리를 못 쓸 정도였다. 결국 오렌세에서 남자를 받아 버린 다음, 그녀는 비야르 마을에 있는 펠로나 창녀촌에 들어갔다. 이곳에서 말라카의 딸을 만났다. 말라카는 프란셀로의 목장에서 땔감을 주워 파는 사람인데, 열둘이나 되는 그녀의 딸들은 모두 몸을 팔았다. 이때부터 엘비라에겐 상황이 노래하듯이 순조롭게 풀려 나가기 시작했다. 물론 이렇게도 말할 수 있다면 말이다.

가엾은 엘비라 양에겐 어두운 면이 있었지만, 그것이 그리 큰 문제는 아니었다. 그녀는 마음씨가 곱고 소심하면서도, 약간 거만한 구석도 있었다.

돈 하이메 아르세는 아무 일도 하지 않고 지내는 탓에 조금은 따분했다. 매일 천장만 쳐다보면서 엉뚱한 생각만 하는 것도 지겨웠다. 그는 의자 등에 기대 있다가 고개를 들더니, 자식 잃은 부인에게 뭔가를 설명하기 시작했다. 그 부인은 언제나 당구장으로 연결된 달팽이 모양 계단 아래 앉아 조용히 인생이 흘러가는 것만을 지켜보았다.

"사기……, 악질 조직……, 물론 잘못된 것이지요. 나 역시 이를 부정할 생각은 없습니다. 사실 이런 것을 빼면 아무것도 없지요. 은행이 하는 짓은 언제나 실수투성이며, 지나치게 부지런하거나 지나치게 경솔한 공증인들은 때가 무르익기도 전에 서두르는 통에, 결국은 일을 아무도 이해하지 못하게 엉망진창으로 만들어 버리곤 하지요."

돈 하이메는 천박해 보이는 동작으로 체념을 드러냈다.

"이러면 결국엔 반드시 일이 터지고야 말지요. 부도가 나거나, 분쟁이 생기거나, 누군가 돈을 떼이거나 하는 일 말입니다."

돈 하이메 아르세는 말을 아끼며 천천히 이야기했다. 그의 말에 위엄이 묻어나기도 했다. 그는 스스로의 태도에 주의를 기울이며, 자신이 한 말의 효과를 살펴보고, 재어 보고, 숙고해 보듯이 느릿느릿 말을 이어 갔다. 하긴 그의 말 한 마디 한 마디엔 진실이 담겨 있었다. 그러나 아들 잃은 부인은 바보처럼 아무 말도 하지 않았다. 그녀는 눈을 이상하게 뜨고 그의 말을 듣기만 할 뿐이었다. 신경 써서 듣는다기보다는, 졸지 않으려고 애쓴다는 말이 맞을 것 같았다.

"부인, 내가 하고 싶은 말은 이게 전부입니다. 내 말 아시겠어요? 그 외엔, 엉망진창이라는 뜻이지요."

짤막한 말 중간 중간에 떼어먹힌다느니, 처먹는다느니 하는 특유의 점잖지 못하고 상스러운 말투를 사용하긴 했지만 돈 하이메는 확실히 말재주가 있는 사람이었다.

부인은 그를 바라보기만 할 뿐 아무 말도 없었다. 아무런 의미도 없이 가끔 고개만 앞뒤로 끄덕일 뿐이었다.

"부인도 잘 아시다시피, '불쌍한 우리 어머니가 살아나시기만 한다면.'이라는 말이 요즘 유행이지요."

도냐 이사벨 몬테스라는 산스의 미망인 부인은 돈 하이메가 자꾸 "내 말 아시겠어요?"라고 되묻자, 죽은 남편을 떠올리기 시작했다. 처음 만났을 때 그의 나이는 스물세 살이었다. 그는 떡 벌어진 체격에 우아한 기품이 있는 당당한 청년으로 콧수염엔 기름을 바르고 다녔다. 조금 어지럽긴 했지만, 행복한 기운이 자신을 감싸고 도는 것을 그녀는 느낄 수 있었다. 순간적으로 조심스럽게 웃음을 지었다. 잠시 후 뇌막염에 걸려 바보 같은 얼굴로 죽은 불쌍한 파코 생각이 떠오른 것 같았다. 부인 의 얼굴이 갑자기 굳어지며 슬픈 표정이 되었기 때문이다.

돈 하이메는 "불쌍한 우리 어머니가 살아나시기만 한다면." 이란 말을 강조하려고 감았던 눈을 뜨는 바람에 도냐 이사벨 의 표정을 금세 읽을 수 있었다. 부인에게 정중하게 물었다.

"몸이 편찮으신 건 아닙니까? 안색이 상당히 창백한데요?"

"아닙니다. 괜찮아요. 감사합니다. 어떤 생각이 떠올라서요!"

돈 파블로는 늘 별생각 없다는 듯이 엘비라 양을 곁눈질로 바라보았다. 엘비라 양과 모든 관계가 끝나긴 했지만 그녀와 함께 보냈던 시절을 잊을 수 없었던 모양이었다. 좋은 쪽으로 만 생각한다면 그녀는 착하고 순종적이며 사근사근한 여자였 다. 돈 파블로는 겉으론 돼지니 갈보니 떠들며 엘비라 양을 무 시하는 척했지만 속으로는 그렇지 않았다. 돈 파블로는 마음 이 누그러질 때면 작은 소리로 "섹스가 문제가 아니야. 섹스가 아니라 마음이 문제야."라고 중얼거리곤 했다. 그러나 이런 생 각은 잠시뿐이었다. 그는 이내 엘비라 양이 굶어 죽든 문둥이 가 되든 눈 하나 깜빡하지 않고 잊어버릴 사람으로 다시 돌아 왔다.

"루이스, 아까 그 젊은이는 무슨 일이야?"

"아무것도 아니에요. 커피를 마시고선 돈을 못 내겠다는 거 였어요."

"그렇다면 내게 말을 했어야지! 착한 애 같던데!"

"그런 사람은 믿을 필요 없어요! 양심 불량인 거지들이 얼마나 많은데!"

돈 파블로의 아내 도냐 푸라가 입을 열었다.

"양심 불량인 거지들이 많은 건 정말 사실이에요. 하긴 그렇지 않은 사람과 구별하긴 어렵지만. 그렇지만 하느님이 시키신 대로 열심히 일하는 것이야말로 반드시 세상 사람들이 해야 할 일이에요. 안 그래요, 루이스?"

"그렇다고 말할 수도 있지요, 부인!"

"뭐라고요? 이건 의심할 여지가 없는 사실이에요. 일하는 사람은 커피도 마실 수 있고 스위스 빵도 먹을 수 있어요. 하지만 일하지 않는 사람은……. 그래, 일하지 않는 사람은 동정받을 만한 가치도 없어요. 다른 사람들도 공기만 먹고 살 수는 없잖아요!"

도냐 푸라는 자기가 한 말에 대단히 만족해했다. 정말이지 멋진 말을 했다는 기분이 들었다.

돈 파블로는 다시 한 번 고양이에 놀랐던 부인 쪽으로 고개를 돌렸다.

"이렇게 커피 값을 내지 않는 치들에게는 절대로 한눈팔면 안 되지요. 절대로요. 어떤 놈을 만날지 알 수 없으니까요. 방금 거리로 쫓겨난 놈도 세르반테스나 이사악 페랄같이 진정한 의미에서 천재라고 할 만한 놈이거나, 아니면 정말 교활한 놈이겠지요. 내가 커피 값 정도는 대신 계산해 줄 수도 있었는데. 나에겐 커피 한 잔 값은 더 내나 덜 내나 별 차이가 없으니까요."

"그럼요!"

돈 파블로는 갑자기 자기 말이 확실히 옳다는 생각이 들었던지 빙그레 웃었다.

"이런 일은 비이성적인 동물들한테서도 찾아볼 수 없지요. 하긴 동물들이 비이성적이라고는 하지만 사람보다 훨씬 더 훌륭한 면도 있군요. 다른 사람을 속이지 않으니까요. 부인을 그토록 놀라게 했던 저 멋쟁이 고양이도 그저 장난치고 노는 것만 알라고 만들어진 하느님의 피조물일 뿐이죠."

돈 파블로의 얼굴에 행복한 웃음꽃이 피어올랐다. 만일 그의 가슴을 열고 들여다볼 수만 있다면, 아스팔트처럼 검고 끈적끈적한 물질이 가득 찬 것을 발견했을 것이다.

조금 있으니 페페가 다시 들어왔다. 여주인은 앞치마에 두 손을 찔러 넣고 다리를 벌린 채 어깨를 뒤로 젖히며 깨진 종소리 같은 거칠고 메마른 목소리로 그를 불렀다.

"이리 와 봐!"

페페는 여주인을 쳐다볼 엄두도 내지 못했다.

"무슨 일인데요?"

"한 방 먹여 줬어?"

"그럼요! 사장님!"

"몇 대나 갈겨 줬어?"

"두 대요."

여주인은 두 눈을 감으며 주머니에서 손을 꺼내 안경 너머 얼굴을 문질렀다. 쌀가루로 화장했는데도 그 위로 삐죽이 올라온 수염이 그녀의 손가락을 찔러 댔다.

"어디를 걷어찼는데?"

"닥치는 대로요. 참, 다리를 걷어차 줬어요."

"잘했어. 이번 일로 깨달았을 거야. 다시는 정직한 사람들한테서 돈을 빼앗을 생각은 하지 않겠지."

도냐 로사는 통통하게 살이 오른 손을 비계처럼 축 늘어진 배 위에 올려놓았다. 굶주린 사람들에게 심판의 칼날을 들이대는 배부른 자의 모습, 바로 그것이었다. 후안무치한 놈 같으니! 개 같은 놈들! 순대처럼 생긴 도냐 로사의 손가락이 등불에 비쳐 예쁘게, 아니 조금은 요염하게 반짝였다.

페페는 비굴한 눈빛으로 여주인을 바라보며 그 자리를 떴다. 비록 자기 자신도 확신하진 못했지만 마음만은 평온했다.

돈 호세 로드리게스 데 마드리드는 체스를 두는 두 친구와 이야기를 나누었다.

"당신들도 잘 아시겠지만, 팔 두로밖엔 안 합니다. 겨우 팔 두로 말입니다. 그런데도 이러쿵저러쿵 떠들어 대다니."

체스를 두던 사람이 그에게 웃음을 지어 보였다.

"호세 씨, 거저 생긴 건데 아무래도 상관없지 않나요?"

"젠장! 별거 아니라니까요! 고작 팔 두로로 뭘 하겠습니까?"

"하긴 그래요. 팔 두로로는 할 수 있는 게 별로 없지요. 그 말은 맞네요. 그렇지만 내 말의 핵심은 거저 생긴 건데 뭔들 나쁘겠냐는 뜻이지요."

"그렇긴 하죠. 하여튼 아무런 힘 안 들이고 번 돈이니까요."

돈 호세에게 말대답을 했다고 길거리로 내몰린 바이올린 연주자 같으면 팔 두로로 일주일은 너끈하게 버텼을 것이다. 사실 그는 식사량이 얼마 되지 않았고, 담배는 남에게서 얻어 피웠으니 팔 두로로 일주일까지 버틸 수 있었다. 하긴 그보다 더 적은 돈으로 일주일을 연명하는 사람들도 분명 적지 않았을 것이다.

엘비라 양이 담배팔이를 불렀다.

"파디야!"

"부르셨어요?"

"트리톤 두 개비만 줘! 돈은 내일 줄게!"

"그러세요."

파디야는 담배 두 개비를 엘비라 양이 앉아 있는 탁자 위에 올려놓았다.

"한 개비는 남겨 뒀다 나중에 피울 거야. 저녁 먹고 난 다음에 말이야."

"그러세요. 잘 아시다시피 여기에선 모두가 다 서로를 믿으니까요."

담배팔이는 상냥한 미소를 지었다. 엘비라 양도 따라 웃었다.

"그런데 마카리오에게 말 좀 전해 주지 않을래?"

"물론이죠, 전해 드릴게요."

"「루이사 페르난다」를 좀 연주해 달라고 해 줘!"

담배팔이는 다리를 끌며 악단이 있는 곳으로 갔다. 한참 동안 엘비라 양과 눈짓을 주고받던 한 신사가 말을 걸어 봐야겠다는 결심을 굳힌 것 같았다.

"사르수엘라는 정말 아름답지요. 안 그렇습니까, 아가씨?"

엘비라 양은 얼굴을 찡그리긴 했지만 그의 말에 수긍했다. 신사는 용기를 잃지 않았다. 얼굴 찡그린 것을 긍정의 표시로 받아들였기 때문이다.

"좀 감상적이기도 하고요."

엘비라 양은 눈을 지그시 감았다. 신사는 새롭게 힘을 얻은 듯싶었다.

"연극 좋아하십니까?"

"좋은 작품이라면……"

신사는 재미있는 생각이 들었다는 듯이 빙그레 웃었다. 헛기침을 몇 차례 하더니 엘비라 양에게 담뱃불을 붙여 주면서 말을 이었다.

"옳은 말씀입니다. 당연하지요. 영화는 어떻습니까? 영화 보러 자주 가십니까?"

"가끔요……"

신사는 끈질기게 공을 들였다. 최대한으로 노력했다.

"그러니까 조금 어두컴컴한 영화관을…… 어떻게 생각하십니까?"

"나는 언제나 영화를 보러 갈 뿐이에요!"

신사는 반사적으로 입을 열었다.

"물론, 당연한 말씀이죠. 나 역시 마찬가집니다……. 내 말은 요즘 젊은이들 때문이지요. 쌍쌍이 영화관에 오는 젊은이들 말입니다. 우리 모두 한때는 젊었는데……. 그런데 아가씨, 내가 보기엔 아가씨도 담배를 피우는 것 같은데, 여자가 담배를 피우는 것도 괜찮다고 생각해요. 어떨 땐 정말 멋있다는 생각도 들어요. 최소한 나쁠 것 같진 않아요. 각자 자기 방식대로 살아가는 게 좋지 않겠어요? 아가씨 생각은 어때요? 내가 왜 이런 말을 하는가 하면, 괜찮으시다면, (나는 지금 가 봐야 할 것 같군요. 급한 일이 생겨서 그만. 훗날 다시 만나 이야기를 계속할 수 있겠지요.) 괜찮으시다면, 그러니까…… 담배를 한 갑 드리고 싶은데……."

신사는 당황해서 말을 서둘렀다. 엘비라 양은 어느 정도는 무시하는 투로, 그러니까 열쇠는 자기 손에 있다는 투로 대답했다.

"좋아요. 안 될 것도 없지요. 그것이 소원이라면요."

신사는 담배팔이를 불러 트리톤 한 갑을 사서 자기 딴에는 가장 멋진 웃음을 띠며 엘비라 양에게 건네주었다. 그러고는 외투를 걸치고 모자를 집어 들고 밖으로 나갔다. 나가기에 앞서 엘비라 양에게 몇 마디 말을 남겼다.

"아가씨, 만나서 반가웠습니다. 제 이름은 레온시오 마에스트레입니다. 이미 말씀드렸듯이 또 만날 수 있겠지요. 어쩌면 좋은 친구가 될 것 같기도 하고요."

여주인은 지배인을 불렀다. 지배인의 이름은 로페스, 즉 콘소르시오 로페스였다. 그는 시우다드레알 지방에 위치한 아름다운 부촌, 토메요소 출신이었다. 로페스는 젊고 잘생긴 청년으로 언제나 깔끔하게 단장하고 다녔다. 커다란 손과 좁은 이마가 특징이고, 조금 게으른 편이었다. 그는 도냐 로사가 기분이 좋지 않을 때에도 가볍게 받아넘기곤 했다. "저 여자는 혼자 떠들도록 가만 놔두는 게 상책이야. 제 풀에 지칠 테니까." 라고 말하곤 했다. 콘소르시오 로페스는 개똥철학자라고 할 만한 인물이었다. 하긴 그의 철학이 삶에 긍정적으로 작용한 것 또한 사실이었다. 마드리드에 오기 전 토메요소에서 살 때, 그러니까 십 년인가 십이 년인가 전에 있었던 일이다. 그는 어떤 여자에게 쌍둥이를 임신시켰는데 막상 그녀와는 결혼하고 싶지 않았다. 하지만 그녀의 오빠가 퍼부어 댔다. "마루히타와 결혼해! 그러지 않으면 내 눈에 띄는 즉시 불알을 잘라 버릴 테니까." 콘소르시오 로페스는 결혼은 하고 싶지 않았고, 고자가 되고 싶지도 않았기 때문에 기차를 타고 마드리드로 줄행랑치고 말았다. 두 사람이 그를 더 이상 찾지 않은 덕분에 그또한 점차 고향을 잊고 살아갈 수 있었다. 콘소르시오는 언제나 지갑에 쌍둥이 사진 두 장을 넣고 다녔다. 한 장은 생후 몇개월이 되지 않아서 찍은 것으로 벌거벗은 채 요 위에 누워 있는 사진이고, 또 한 장은 첫 영성체 때 찍은 사진이었다. 두 번째 사진은 이미 구티에레스 부인이 된 옛 애인 마루히타 라네로가 직접 보내 준 것이었다.

참, 앞서 이야기했듯이 여주인이 로페스를 불렀다.

"로페스!"

"예, 사장님!"

"백포도주 맛은 어때?"

"요즘은 괜찮아요."

"아니스 소주는?"

"괜찮아요. 그렇지만 곧 바닥날 것 같아요."

"될 수 있으면 다른 걸 내놓도록 해! 지금 당장은 살 돈도 마땅치 않고, 또 사고 싶지도 않아. 꼭 그것을 달라고 할 때만 내놔! 참, 그거 샀지?"

"설탕요?"

"그래!"

"예! 내일 가져올 거예요."

"십사 페세타 오십 센티모에 주겠대?"

“예! 십오 페세타를 내라고 하다가 많이 사니까 오십 센티모를 깎아 주겠대요.”

“잘됐네! 지배인도 이젠 잘 알았지? 설탕은 딱 한 봉지씩만 줘! 절대로 더 주면 안 돼! 잘 알았지?”

“물론이지요!”

시 쓰는 청년은 연필을 입에 문 채 천장만 바라보았다. 그는 ‘아이디어가 떠올라야만’ 작품을 쓰는 시인이었다. 오늘 오후엔 정말 멋진 아이디어가 떠올랐는데, 운(韻)을 맞추지 못했다. 그는 종이에 몇 가지 운을 적어 놓았다. 리오*에 어울리는 운으로 티오**나 트로니오*** 따위가 아닌 다른 것을 궁리했다. 알베드리오****가 그의 머릿속을 굴러다녔고, 에스티오*****도 괜찮을 것 같았다.

“나는 어리석음을 뒤집어쓰고 살아가네! 시장 바닥 천덕꾸러기들의 껍질을 뒤집어쓰고. 파란 눈 소녀는…… 강해지고, 진짜 강해지고 싶다네. 파랗고 예쁜 눈망울의 소녀는……. 작품이 사람을 죽이는 건지, 사람이 작품을 죽이는 건지 모르겠네. 금발 소녀가……. 죽어라! 죽어! 작지만 예쁜 시집 한 권은 남기겠네! 정말 아름다운! 정말……!”

젊은 시인은 얼굴이 창백했다. 너무 창백해 백지장 같다는

* 강.
** 아저씨.
*** 오만.
**** 자유의지.
***** 여름.

생각이 들 정도였다. 광대뼈엔 작은 점이, 아주 작은 점이 두 개 있었다.

"파란 눈 소녀…… 강, 강, 강. 파랗고 예쁜 눈망울의 소녀는…… 오만, 아저씨, 오만, 아저씨. 금발 소녀는…… 자유의지, 자유의지를 되찾는다. 파란 눈 소녀…… 그녀의 자유의지는 기쁨에 겨워 부르르 떤다. 파랗고 예쁜 눈망울의 소녀는…… 갑자기 자유의지를 떨쳐 낸다. 파란 눈 소녀는……. 나는 이제야 되찾는다, 순수한 나의 자유의지를. 파란 눈 소녀…… 부드러운 한여름 햇살에 얼굴을 돌리며…… 파란 눈 소녀는…… 눈의 소녀는…… 소녀는 어떤 눈이었을까……? 한여름 곡식을 거둬들이며…… 소녀는…… 어떤 눈이었지…… 라라, 라라, 라라, 한여름에!"

젊은 시인은 갑자기 카페가 흐려진다는 느낌을 받았다.

"한여름은 온 우주에 입을 맞추며, 즐기네……."

젊은 시인은 현기증이 난 어린아이처럼 몸을 부르르 떨었다. 관자놀이에 열이 오르는 게 느껴졌다.

"뭔가 떠오를 것만 같은데…… 혹 우리 어머니가…… 한여름, 한여름…… 벌거벗은 여인 위를 한 남자가 날아오른다……. 한 남정네! 아니야! 안 돼! ……그럼 나는 그에게 이렇게 이야기하겠다. 절대 안 돼! 세상이, 세상이……. 그래, 재미있네, 재미있어!"

연금으로 연명하는 두 부인은 꼭 원숭이처럼 화장하고선 구석진 탁자에 앉아 악사들에 대해 이야기했다.

"그는 정말 멋진 예술가예요. 그의 바이올린 소리만 들으면 절로 즐거워진다고요. 죽은 남편 라몬도, 그가 고이 잠들어야 할 텐데, 늘 '여보 마틸데, 그가 얼굴에 바이올린을 갖다 대는 것을 잘 봐 둬!'라고 말하곤 했지요. 그를 보기만 해도 삶이 무엇인지를 확실히 알 수 있어요. 후원자만 있었어도 아마 지금보다 훨씬 더 나았을 거예요."

도냐 마틸데는 눈이 하얗게 뒤집어지곤 했다. 그녀는 뚱뚱하고, 지저분하고, 잘난 체 잘하는 여자로 유명했다. 몸에선 악취가 났고 배는 커다란 물 항아리 같았다.

"진짜 예술가예요, 진짜!"

"네! 맞아요! 나는 하루 종일 이 시간만을 생각하며 보낸답니다. 나 역시 그가 최고의 예술가라고 믿어요. 그가 왈츠곡 「명랑한 미망인」을 연주할 때면, 나조차도 딴 사람이 된 듯한 기분이 든다니까요."

도냐 아순시온은 양처럼 순해 보이는 여자였다.

"확실히 색다르지 않나요? 더 멋지기도 하고, 더 감상적이기도 하고……."

도냐 마틸데에겐 발렌시아에서 배우 행세를 하며 사는 아들이 하나 있었다. 도냐 아순시온은 딸만 둘이 있었는데, 하나는 미겔 콘트레라스라는 술깨나 좋아하는 건설부 관리와 결혼했고, 또 하나는 미혼인데 빌바오에서 대학교수와 동거했다.

고리대금업자는 손수건으로 손자의 입가를 닦아 주었다. 그의 두 눈이 다정스레 반짝였다. 그가 옷을 그리 잘 차려입은 것은 아니었지만 어딘지 위엄이 느껴졌다. 꼬마 아이는 밀크 커피 두 잔과 스위스 빵 두 개를 먹어서인지 얼굴에 생기가 돌았다.

돈 트리니다드 가르시아 소브리노는 생각에 빠진 것 같지는 않았지만 꼼짝도 하지 않았다. 그는 조용하고 단정한 사람으로 평화롭게 살고 싶어 했다. 그의 손자는 좀 마른 편이었고, 배만 불룩 튀어나온 것이 꼭 접시 같았다. 손으로 뜬 모자에, 손으로 뜬 워머. 한마디로 그의 손자는 옷을 단단히 입었다.

"젊은이, 무슨 일이지? 어디 불편한가?"

젊은 시인은 대답하지 않았다. 뭔가에 놀란 듯이 눈을 둥그렇게 뜨고 벙어리처럼 아무 말도 없었다. 머리카락이 그의 이마를 덮었다.

"어디 아픈 건 아니오?"

몇몇 얼굴이 그쪽을 향했다. 시인은 멍한 표정으로 빙그레 웃었다.

"이 친구를 일으켜 세우게 좀 도와줘요! 어디가 좀 안 좋은 것 같은데……."

시인은 의자에서 미끄러지면서 탁자 밑으로 굴러떨어졌다.

"도와줘요! 혼자선 어떻게 못 하겠어요!"

사람들이 일어섰다. 도냐 로사는 계산대에서 지켜보았다.

"또 소동을 피우려는……."

젊은 시인은 탁자 밑으로 굴러떨어지면서 이마를 찧은 것 같았다.

"물 있는 데로 데려갑시다. 현기증이 나는 모양인데……."

돈 트리니다드가 다른 손님 서너 명과 함께 시인을 화장실로 데리고 가 정신이 들게 하는 동안, 손자 아이는 열심히 탁자 밑에 떨어진 스위스 빵 조각을 주워 먹었다.

"소독약 냄새를 맡게 하면 정신이 좀 들겠지요. 현기증이 좀 나는 것 같은데⋯⋯."

시인은 변기에 앉아 머리를 벽에 기댄 채 마냥 행복한 웃음을 지었다. 아직 정신은 차리지 못했지만 어쩐지 즐거운 모양이었다.

돈 트리니다드는 자기 탁자로 돌아왔다.

"이젠 괜찮아졌나요?"

"예! 뭐 대단한 건 아니니까요. 현기증이 좀 났던 모양이에요."

엘비라 양은 트리톤 두 개비를 담배팔이에게 돌려줬다.

"이건 네가 피우렴!"

"감사합니다. 좋은 일이 있었던 모양이군요!"

"쳇! 별거 아니야⋯⋯."

언젠가 파디야가 엘비라 양을 좋아하던 남자를 두고 멧돼지라고 부르자, 엘비라 양이 불쾌한 표정을 지은 적이 있었다. 그때부터 담배팔이는 엘비라 양을 대할 때 좀 더 조심스럽게 행동했다.

돈 레온시오 마에스트레는 하마터면 전차에 치일 뻔했다.

"당나귀 새끼 같으니라고!"

"네가 당나귀 새끼지! 이 바보 멍청아! 뭔 생각을 하고 다니는 거야?"

돈 레온시오 마에스트레는 엘비라 양을 생각했던 것이다.

"정말 귀여워! 그래, 정말이야. 확실해! 아마 괜찮은 여자일 거야⋯⋯. 저질은 아닐 테지. 하긴 알 게 뭐야. 누구에게나 삶은 한 편의 소설이니까. 좋은 집안 출신인데 집에서 싸우고 나온 건지도 모르지. 지금 어떤 사무실에서 일할지도 몰라. 노동조합 사무실 같은 데서 말이야. 어딘지 슬프면서도 묘한 표정이었거든. 아마 지금 이 순간 그녀에게 필요한 것은 애정인지도 몰라. 누군가 하루 종일 자기만을 바라보며 안아 주길 바라는지도 모르지."

돈 레온시오 마에스트레는 가슴이 심하게 뛰는 것을 느꼈다.

"내일 다시 와야지…… 그래, 반드시……. 만일 그녀가 와 있다면, 일이 잘될 징조일 거야……. 그런데 없다면…… 없다면 반드시 찾아내야지!"

돈 레온시오는 외투 깃을 세우더니 가볍게 두어 번 뛰었다.

"엘비라, 엘비라……. 예쁜 이름이야. 트리톤 한 갑을 선물받은 게 마음에 들었을 거야. 담배를 피울 때마다 내가 생각나겠지! 내일은 내 이름을 몇 번 반복해 줘야지. 레온시오, 레온시오 하고 말이야. 혹시 레온시오라는 내 이름으로 애칭을 만들어 불러 주지 않을까? 예를 들며 '레오'라든가 '온시오'라든가. '온세테'도 괜찮을 거 같은데……. 술이 당기는데, 맥주 한 잔 해야겠네."

돈 레온시오는 술집에 들어가서 스탠드에 앉아 술을 한 잔 마셨다. 옆자리 둥근 의자에 앉은 여자가 미소 지었다. 돈 레온시오는 등을 지고 돌아앉았다. 그 웃음을 받아 주는 게 어쩌면 배신이라는, 엘비라 양에 대한 배신이라는 생각이 들었던 것이다.

"아냐! 엘비리타*는 별로야! 엘비라가 나아! 엘비라가 더 간결하고 예쁘니까."

---

* '엘비라'의 애칭.

둥근 의자에 앉아 있던 여자가 어깨 너머로 말을 걸었다.

"이봐요, 샌님! 담뱃불 좀 빌려 주실래요?"

돈 레온시오는 부들부들 떨면서 담뱃불을 건네주었다. 그러고는 얼른 술값을 치르고 황급히 거리로 나섰다.

"엘비라…… 엘비라……."

도냐 로사는 지배인 곁을 떠나기 전에 물어보았다.

"악사들에게 커피를 주었지?"

"아니요!"

"그래? 지금 당장 갖다 주고 와! 완전히 녹초가 된 모양이던데…… 심통이 난 건지……."

악사들은 무대 위에서 「루이사 페르난다」의 마지막 소절을 억지로 연주했는데, 다음과 같이 시작하는 이 곡은 정말 멋들어졌다.

> 엑스트라마두라의
> 떡갈나무 숲엔
> 조용하고 아늑한 나만의
> 작은 집이 있다네…….

이 곡을 연주하기 직전엔 「음악의 시간」을, 그 전엔 「축제의 꽃, 아름다운 마드리드 아가씨」의 한 부분인 「장미 한 다발을 든 아가씨」를 연주했다.

도냐 로사는 악사들에게 다가갔다.

"커피 가져오라고 말해 뒀어요, 마카리오."

"고맙습니다, 사장님!"

"무슨 말씀을요! 잘 아시겠지만, 나는 말한 것은 반드시 지켜요. 한 번 약속하면 절대로 어기지 않죠."

"잘 압니다!"

"곧 커피를 가져올 거예요."

축 늘어진 황소처럼 툭 튀어나온 커다란 눈을 껌뻑거리던 바이올린 연주자는 담배를 말며 멍하니 도냐 로사를 바라보았다. 도냐 로사는 경멸스럽다는 듯이 입을 삐죽댔다. 그녀는 맥박이 거칠어지는 것을 느꼈다.

"당신 것도 가져올 거예요, 세오아네."

"잘됐네요."

"그런데 당신은 스스로가 너무 퉁명스러운 것 같다는 생각이 안 드나요?"

두 사람의 비위를 맞추기 위해 마카리오가 얼른 중간에 끼어들었다.

"사실 그는 배가 너무 심하게 아프답니다, 사장님!"

"그렇다고 그렇게 퉁명스러울 것까진 없잖아요? 이런 사람들은 교육을 좀 받아야 해요! 뭔가 이야기 좀 해 주려고 하면 길길이 날뛰질 않나, 기껏 잘 대해 주고 기분을 맞춰 주면, 제가 무슨 귀족이라도 되는 것처럼 '잘됐네!'라고 대꾸하질 않나…….

자기 동료가 도냐 로사를 달래는 동안, 세오아네는 입을 다물고 가만히 있었다. 잠시 후 그는 옆 탁자에 앉은 신사에게 물었다.

"참! 그 젊은이는 어떻게 되었죠?"

"물을 좀 뒤집어쓰더니 정신이 든 모양이에요. 별거 아니었어요."

인쇄업자 베가는 옆 탁자에 앉은 아첨꾼에게 담배쌈지를 넘겨주었다.

"자, 한 대 말아 피우시지요. 다른 사람 눈치 좀 그만 보고! 나도 한때 당신보다 더 심했던 적도 있었지만⋯⋯. 그때 내가 뭘 했는지 아시오? 난 정말 지독하게 일을 했소!"

옆 탁자에 앉은 사람은 선생님 앞에 불려 나온 학생처럼 웃었다. 기분이 좋을 리 없었지만 애써 모른 척하려고 했다.

"잘하셨네요!"

"물론이오. 일만 했지, 다른 것은 아무것도 생각하지 않았소. 그 덕분에 지금은 당신도 보다시피 매일 저녁 담배를 피우며 술도 한잔할 수 있을 정도는 되었소."

옆 탁자에 앉은 사람이 고개를 끄덕였지만 별 의미는 없어 보였다.

"저도 일하고 싶은데, 일자리가 없어서⋯⋯."

"그런 소리 마시오. 일은 하겠다는 마음만 있으면 되지⋯⋯. 당신 정말 일할 생각은 있는 거요?"

"그럼요! 물론이지요."

"그렇다면 정거장에 가서 짐이라도 나르지 그러시오?"

"그런 일은 감당할 수 없을 것 같아서요. 사흘도 못 돼 나가떨어질 텐데요. 그리고 학교도 조금은 다녔고⋯⋯."

"그게 지금 무슨 소용이 있소!"

"하긴 그렇지요."

"이것 보시오! 이건 당신만이 아니라 많은 사람들이 겪는 문제이기도 하오. 하는 일 없이 팔짱이나 끼고 카페에 죽치고 앉아 빈둥거리는 사람들 말이오. 결국 언젠가는 기절해 쓰러지고 말 거요. 방금 화장실로 데려간 비실비실한 젊은이처럼."

학사라고 말했던 젊은이는 담배쌈지를 인쇄업자에게 돌려주었다. 구태여 상대가 한 말에 반대할 생각도 하지 않았다.

"잘 피우겠습니다."

"천만에! 당신 정말 학사 출신이오?"

"예! 삼 차 교육과정 시절에 다녔습니다."

"좋소. 내가 당신에게 기회를 한 번 주겠소. 빈민 수용소에 들어가거나, 병영에 들어가 줄 서는 일 없도록 말이오. 어떻소? 일 좀 해 보겠소?"

"물론입니다, 선생님! 두말할 나위 없습니다."

"내일 나에게 오시오. 명함을 한 장 줄 테니. 12시 전에, 그러니까 11시 30분경에 오는 게 좋겠소. 당신이 할 줄만 안다면, 그리고 하겠다고만 한다면 우리 인쇄소에서 교정 일을 볼 수 있을 거요. 마침 오늘 아침 데리고 있던, 정말이지 뻔뻔스러운 놈을 내쫓아 버린 참이었소."

엘비라 양은 돈 파블로를 힐끔힐끔 쳐다보았다. 돈 파블로는 옆 탁자에 앉은 젊은이에게 뭔가를 설명했다.

"소다는 정말 좋은 것이지요. 몸에 해롭지 않으니까요. 문제는 의사들이 소다를 처방할 수 없다는 것인데……, 소다나 처방받자고 의사를 찾아가는 사람은 없을 테니 말이에요."

젊은이는 별생각 없이 동감한다는 듯한 표정을 지었다. 탁자 밑으로 보일락 말락 하는 엘비라 양의 무릎에 온통 신경이 가 있었다.

"거기 쳐다볼 필요 없어요. 다 부질없는 짓이니. 내 말 들어 보면 잘 알겠지만 괜히 쓸데없이 기름 칠 필요 없다고요."

돈 파블로의 부인 도냐 푸라는, 가짜 보석을 주렁주렁 매달 고 이쑤시개로 금니를 쑤시는 뚱보 여인과 이야기를 나눴다.

"똑같은 말을 몇 번씩이나 되풀이하는 데 지쳤어요. 남자와 여자가 같이 있으면 말썽이 생기기 마련이에요. 남자가 불이라 면 여자는 불쏘시개인 셈인데 어떻게 되리라는 것은 너무 뻔 하잖아요! 제가 말씀드린 사십구 번 플랫폼에서 벌어진 일은 정말 틀림없는 사실이에요. 세상이 어디로 가려고 이 모양인 지, 원!"

멍하니 넋을 놓고 있던 뚱보 여인은 손가락 사이로 이쑤시 개를 부러뜨렸다.

"정말이에요. 내가 보기에도 사람들 모두 채신머리가 없는 것 같아요. 수영장 때문인지도 모르겠어요. 예전에는 확실히 이렇지 않았는데…… 요즘은 어떤 아가씨든 내가 소개해서 당 신과 악수하면 하루 종일 불안한 마음이 가시질 않아요. 적어 도 예전에는 없었던 그런 생각이 들어요. 안 그래요? 손을 어 디다 둬야 할지 좀 알아야 할 텐데, 원!"

"맞아요!"

"극장도 책임이 있어요! 어두컴컴한 곳에 남자와 여자를 뒤 섞어 몰아넣었으니 좋은 일이 생길 리 만무하죠."

"제 생각도 마찬가지예요. 좀 더 도덕적인 세상이 와야 하는 데. 그렇지 않으면 세상이 다 엉망이 될 거예요!"

도냐 로사가 다시 이야기를 시작했다.

"그래요? 배가 아프다면 왜 나한테 소다 좀 달라는 말을 못 해요? 내가 언제 소다를 못 주겠다고 한 적 있어요? 뭐라고 말 좀 해 봐요! 입이 붙어 버렸어요?"

도냐 로사는 몸을 획 돌리더니 소리쳤다. 째질 것 같은 재수 없는 목소리가 카페의 모든 대화를 일시에 중단시켰다.

"로페스, 로페스! 바이올린 연주자에게 소다 좀 가져다줘!"

우유 따라 주는 아이가 우유 포트를 탁자에 올려놓더니 물이 반쯤 담긴 컵과 숟가락, 그리고 소다가 든 양은 주전자를 커다란 접시에 받쳐 내왔다.

"쟁반에 받쳐 와야 되는 거 아냐?"

"로페스 지배인님께서 여기다 주셨어요."

"알았어! 여기 놓고 어서 가 봐!"

우유 따라 주는 아이는 가져온 것을 모두 피아노 위에 올려놓고 가 버렸다. 세오아네는 숟가락에 소다를 한가득 따라 머리를 뒤로 젖히더니 입을 벌리고 털어 넣었다. 소다가 호두라도 되는 듯이 몇 번 씹더니 물을 한 모금 마셨다.

"고맙습니다, 사장님!"

"잘 알았지요? 말만 확실히 하면 얼마든지 일이 쉽게 풀린다는 것을 말이에요! 당신이 배가 아프면, 내가 소다를 가져다 줄 거고 모든 것이 잘 해결되잖아요. 우리들이 여기에 있는 까닭은 서로 돕기 위해서예요. 서로 돕는 것을 원치 않는 사람이 가끔 있어서 문제지만……. 하긴 이런 게 세상사겠지요."

기차놀이를 하던 아이들이 갑자기 놀이를 멈추었다. 어떤 사람이 좀 더 얌전히 굴어야 한다고 말하는 걸 들은 탓이었다. 아이들은 어떻게 해야 할지 모르는 채, 자기들을 꾸짖은 사람만 이상하다는 듯이 바라보았다. 몸집이 큰 베르나베는 제 나이 또래인 이웃집 아이 추스를 떠올렸다. 몸집이 작은 파키토는 그 사람 입에서 심한 구취가 난다고 생각했다.

"썩은 고무 냄새가 나는 것 같아!"

베르나베는 추스와 그의 아주머니 사이에서 일어났던 엉뚱한 일을 떠올리며 속으로 웃었다.

"추스야, 넌 정말이지 못 말리는 돼지 같은 놈이야! 팬티에 똥이 묻었는데 갈아입을 생각도 안 하다니. 부끄럽지도 않니?"

베르나베는 억지로 웃음을 참았다. 만일 참지 않았다면, 아이들을 꾸짖던 사람은 엄청 화를 냈을 것이다.

"아뇨! 아주머니. 뭐가 부끄러워요? 아빠도 똥을 묻히고 다니는데!"

정말이지 웃다가 죽을 지경이었다.

파키토도 순간적으로 깊은 생각에 빠졌다.

"아냐! 이건 썩은 고무 냄새가 아냐! 고린내야. 만일 내가 저 사람 아들이라면 초를 녹여 코를 막고 다녀야 할 거야. 그러면 나도 목 수술을 받아야 한다는 사촌 에밀리타처럼 꺽꺽거릴 거야. 엄마 말로는 수술만 받으면 바보 같은 표정도 짓지 않을 거고, 잠잘 때 입도 벌리지 않을 거라던데. 하지만 수술을 받다가 죽을지도 모르지. 죽으면 하얀 상자에 들어갈 테지. 아직 젖가슴도 없고 뾰족 구두도 신지 못할 나이니까 말이야."

연금으로 살아가는 두 부인은 푹신하고 기다란 의자에 비스듬히 앉아 도냐 푸라 쪽을 바라보았다.

바이올린 연주자에 대한 두 늙은 떠버리의 생각이 여기저기 떠도는 고무풍선처럼 허공에서 계속 맴돌았다.

"어떻게 저런 여자가 다 있는지 모르겠군요! 꼭 두꺼비같이 생긴 데다가, 하루 종일 하는 일이라곤 남의 험담뿐이니! 남편이 아직도 가만 놔두는 것을 보면 돈이 좀 남은 모양이지요. 돈 파블로라는 작자도 조심성은 많지만 교활하기 짝이 없는 인물인데, 여자를 쳐다볼 때면 꼭 옷을 벗기는 듯한 느낌을 준다니까요."

"맞아요!"

"저기 또 한 사람 꼴불견인 엘비라 역시 뻔뻔스럽기 짝이 없지요. 내가 왜 이런 말을 하느냐 하면 엘비라가 댁의 따님인 파키타와는 격이 다르기 때문이지요. 파키타는 정식으로 결혼하지는 않았어도 하여간 점잖게 생활하는데, 저년은 이 남자 저 남자에게 굴러다니며 먹고살겠다고 돈이나 우려내니까요."

"그뿐만 아니지요! 마틸데 아주머니, 저렇게 별 볼 일 없는 파블로 같은 작자와 내 딸아이 애인을 비교 마세요. 우리 딸 애인은 심리학과 논리학, 그리고 윤리학을 가르치는 교수인 데다 얼마나 신사 같다고요."

"물론 비교가 되지 않지요. 파키타의 애인이 정말 그녀를 아껴 주고 행복하게 해 주는 걸 잘 알죠. 물론 파키타도 예쁘게 생긴 데다 마음씨도 고우니까 사랑받을 만하고요. 그런데 저년은 양심도 없고, 입만 열면 뭘 달라고 하는 것밖에 없으니……. 부끄럽다는 생각을 해야 하는데!"

도냐 로사는 계속해서 악사들과 이야기를 나눴다. 그녀가 일장 연설을 할 때면 풍만한 그녀의 몸뚱이는 기쁨에 겨워 어쩔줄 몰랐다. 어찌 보면 민선 시장 같다는 생각이 들 정도였다.

"그래, 무슨 문제가 있단 말이군요? 그렇다면 나에게 털어놔봐요! 내가 할 수만 있다면 어떻게 해 볼 테니까요. 하느님께서시키신 대로 무대에 올라 열심히 일한다면 말이에요. 일이 끝나면 일 두로를 줄 텐데 그러면 해결되지 않겠어요? 우리들이사이좋게만 지낼 수 있다면 만사가 다 잘 풀릴 거예요. 도대체왜 내가 제부를 죽일 듯이 미워하는지 아세요? 도대체가 그는일은 하지 않고 스물네 시간 내내 창녀촌이나 기웃거리다가 끼니때만 되면 밥이나 얻어먹으려고 집에 들어오는 그런 인간이기 때문이지요. 동생은 얼간이라서 그런 짓을 해도 잘 참아 준단 말이에요. 언제나 똑같아요! 나 같으면 그냥! 제아무리 얼굴이 반반하다 해도 하루 종일 암내 나는 계집이나 쫓아다니다가, 시들해지면 집에 들어와 안사람에게 수작이나 부리는 그런 인간을 그냥 봐주진 않겠어요. 제부가 나처럼 열심히 일한다면, 그래서 집에 뭔가를 들고 들어온다면 또 문제가 달라지겠지요. 그런데 그 바보 같은 비시에게 알랑거리기나 하고 손가락 하나 까딱하지 않고 지내는데 어쩌겠어요……? 하긴 그래요! 애당초 건달로 태어나 버릇없이 함부로 자랐는데 어쩌겠어요. 내가 괜히 등 뒤에서만 욕한다고 생각하진 마세요. 며칠 전엔 그의 면전에서도 이야기했으니까요."

"잘하셨습니다."

"물론 잘했지요. 쫄쫄 굶고 다니는 주제에 우리를 어떻게 보는 건지……."

"파디야, 그 시계 잘 맞지?"

"물론이죠!"

"불 좀 빌려 줄래? 아직 좀 이른 것 같은데……."

담배팔이는 엘비라 양에게 성냥불을 건네주었다.

"기분이 좋아 보이시는데요?"

"정말?"

"예, 제가 보기엔요! 다른 날보다는 기운이 넘치시는 것 같아요!"

"쳇……, 하긴 썩은 포도도 때깔이 날 때가 있긴 하다만!"

병약한 엘비라 양의 모습은 어딘지 타락한 듯한 느낌을 풍겼다. 하지만 이 가련한 여자는 제대로 먹지도 못했기 때문에 타락이고 정숙이고를 논할 계제가 아니었다.

우체국 취업을 준비하다 죽은 아들의 어머니가 이야기했다.

"자, 이제 전 그만 가 보겠습니다!"

돈 하이메 아르세는 정중하게 자리에서 일어서며 미소 띤 얼굴로 대답했다.

"부인, 잘 가십시오. 내일 또 뵙겠습니다."

부인은 의자 하나를 옆으로 약간 밀었다.

"안녕히 계세요. 몸조심하시고요."

"부인도 몸조심하십시오. 언제든지 부탁할 일 있으면 말씀만 하십시오."

산스의 미망인인 도냐 이사벨 몬테스는 여왕처럼 당당히 걸어 나갔다. 낡은 외투를 걸친 이 미망인은, 베짱이처럼만 살아왔지 노년을 위해 대비해 놓은 거라고는 아무것도 없는 고급 창녀처럼 보였다. 그녀는 조용히 홀을 지나 문밖으로 빠져나갔다. 사람들은 무관심을 제외한 복잡한 감정, 다시 말해 감탄, 질투, 동정, 불신, 사랑 등이 뒤범벅된 눈길로 그녀의 뒷모습을 쫓았다.

돈 하이메 아르세는 거울이니, 정숙한 노파니, 카페를 떠도는 폐병 환자니(약 십 퍼센트 정도나 되는), 펜을 가는 사람이니, 혈액순환이니 따위는 전혀 고려치 않고 지냈다. 언제나 느지막한 오후엔 졸음이 밀려와 정신이 몽롱해졌다.

"칠 곱하기 사 하면 얼마더라? 이십팔이지! 육 곱하기 구는? 오십사고. 구의 제곱은? 팔십일이고. 에브로 강이 어디에서 발원하지? 그래! 산탄데르 지방의 레이노사에서 시작하지. 그래, 맞아!"

돈 하이메 아르세는 미소를 지었다. 학습 능력을 되새겨 보고는 만족한 듯했다. 그리고 담배꽁초를 비벼 헤치면서 그는 나지막하게 되뇌었다.

"아타울포, 시헤리코, 왈리아, 테오도레도, 투리스문도…….
저 망할 놈이 이런 것을 알 리 없겠지?"

저 망할 놈이란 다름 아닌 석회를 발라 놓은 것처럼 창백한 얼굴로 겨우 정신을 차리고 화장실에서 방금 나온 시인이라는 작자였다.

"한여름 더위는 강물에 풀리고……."

아무도 그 이유는 모르지만, 아주 오래전부터 그러니까 꼬마였을 때부터 상복을 입어 왔으면서도, 한편으로는 상당히 값비싼 보석을 휘감고 다니는 도냐 로사는 재산이 불어나는 것과 거의 같은 속도로 몸집도 불어났다.

도냐 로사는 상당한 재력가였다. 카페가 자리 잡은 건물 역시 도냐 로사 소유였고, 아포다카, 추루카, 캄포아모르, 푸엔카랄 거리에서 온 사람들 몇십 명이, 매달 초만 되면 학교에 다니는 학생들처럼 그녀 앞에서 벌벌 떨어야만 했다.

"한 번만 믿어 주면 금세 머리 꼭대기까지 기어오른다니까. 불한당 같은 놈들이야. 정말이지, 만일 공정한 재판관만 없었다면 지금쯤 나 같은 여자들은 어떻게 됐을지 몰라!"

도냐 로사는 이런 식으로 이야기하곤 했다.

도냐 로사는 정직함에 대해 자기 나름대로 관점이 있었다.

"우선 계산이 확실해야 해! 계산 말이야. 이것이 가장 핵심이야!"

동전 한 닢 깎아 주는 법도, 돈을 몇 번에 나눠 낼 수 있게 해 주는 법도 결코 없었다.

"세입자들을 쫓아내는 법은 왜 있겠어? 이 법을 적용하지 못할 이유가 없잖아! 내 생각에, 법은 존중하라고 있는 거지. 내가 제일 먼저 그 법을 지킬 테야. 그러지 않는다면 그것은 혁명이나 마찬가지일 테니까."

도냐 로사는 은행 주주이기도 했는데, 그곳에서도 중역들 골머리를 아프게 하곤 했다. 사람들 말에 따르면 금이 가득 든 가방 몇 개를 스페인 내전 때도 발각되지 않을 정도로 꼭꼭 숨겨 놓았다고 한다.

구두닦이는 돈 레오나르도의 구두를 닦았다.

"다 닦았습니다."

돈 레오나르도는 구두를 힐끔 쳐다보더니 한 갑에 구십 센티모짜리 담배를 한 개비 건네주었다.

"감사합니다."

돈 레오나르도는 구두 닦은 값을 한 번도 계산하지 않았다. 단 한 번도. 구두 닦은 대가로 다정한 몸짓 한 번 해 주면 그만이었다. 그는 이런 천한 사람들한테나 존경심을 불러일으킬 수 있는 치사한 인간이었다.

구두닦이는 돈 레오나르도의 구두를 광낼 때마다 빌려 주었던 육천 두로가 떠올랐다. 마음 한편으로는 그를 곤경에서 구해 주었다는 사실에 매우 감격스러우면서도, 겉으로는 조금, 아주 조금 짜증 난 표정을 지었다.

"저 양반, 신사는 신사지! 물보다도 더 투명해! 요즘 세상이 좀 뒤죽박죽이긴 하지만, 어렸을 적부터 귀하게 커 온 신사는 단박에 알아볼 수 있지."

구두닦이 세군도 세구라는 교육만 받았더라면, 아마 틀림없이 바스케스 메야의 독자가 되었을 것이다.

심부름을 도맡아 하는 알폰시토가 신문을 들고 거리에서 돌아왔다.

"꼬마야, 신문 사러 어디까지 갔다 왔니?"

알폰시토는 열두 살 먹은 금발 소년이었는데, 끊임없이 기침을 해 댔다. 신문기자였던 그의 아버지는 이 년 전 왕립 병원에서 돌아가셨다. 젊었을 적부터 화려하게만 살아왔던 그의 어머니는 이젠 그란비아에서 사무실을 청소하며 빈민 구호소에서 식사를 해결하는 신세가 되었다.

"사장님, 줄이 너무 길었어요!"

"그래, 줄이 길었다고? 요즘 사람들은 신문을 보기 위해서
도 줄을 서니? 신문 보는 것보다 더 중요한 일은 없는 것처럼?
그래, 신문이나 가져와 봐!"

"《인포르마시오네스》가 다 떨어져 《마드리드》를 사 왔어요."

"괜찮아! 아무거나. 뭐 하나 확실하게 밝혀진 게 있겠니! 세
오아네, 당신은 왜 정부가 이렇게 여기저기 간섭하고 다니는지
알아요?"

"글쎄요!"

"정말 몰라요? 모르는 체할 필요는 없잖아요! 싫으면 말하
지 않아도 돼요. 뭔 비밀이 이리도 많은지!"

세오아네는 배가 아파 죽겠다는 표정으로 아무 말 없이 묘
한 웃음을 지었다. 뭔 좋은 일이 있다고 입을 열겠는가!

"아무리 당신이 입을 다물고 실없는 웃음만 지어도, 여기에
서 무슨 일이 일어나는지 나는 다 알아요. 말하고 싶지 않나
요? 말해 봐요! 내가 당신들에게 확실히 말해 두고 싶은 점이
있다면 그건 바로 언젠간 모든 게 다 드러나게 마련이라는 거
예요. 가만히 있어도 저절로 드러난다니까요!"

알폰시토는 몇몇 탁자에 신문을 나눠 놓았다.

돈 파블로는 오 센티모를 꺼냈다.

"뭐 좀 있니?"

"잘 모르겠어요. 한번 보세요!"

돈 파블로는 탁자 위에 신문을 펼쳐 놓더니 표제부터 읽기
시작했다. 페페는 그의 어깨 너머로 신문을 보려고 애썼다.

엘비라 양이 꼬마에게 손짓했다.

"도냐 로사가 신문을 다 보면 좀 가져다줘!"

도냐 아순시온이 화장실에 간 사이 담배팔이와 쓸데없는 잡담을 나누던 도냐 마틸데가 빈정거리며 토를 달았다

"왜 이렇게 세상일을 알고 싶어 안달들 하는지 모르겠네. 그냥 여기에서 조용히 지내면 되는걸. 안 그래요?"

"제가 하고 싶은 말입니다."

도냐 로사는 전쟁 소식부터 읽었다.

"내가 보기엔 너무 많이 후퇴한 것 같은데……. 그렇지만 결국 어떻게든 되겠지. 마카리오, 당신도 결국엔 독일이 이길 거라고 믿지요?"

피아노 연주자는 조금은 의심스러운 표정이었다.

"글쎄요. 그럴지도 모르죠. 난국을 헤쳐 나갈 수 있는 뭔가가 생긴다면요!"

도냐 로사는 피아노 건반을 뚫어지게 바라보았다. 조금은 슬픈, 그리고 낙담한 표정으로 심각한 문제라도 생긴 양 혼자 중얼거렸다.

"독일 사람들은 하느님께서 만드신 멋쟁이 신사이긴 한데, 양보다 더 겁쟁이인 이탈리아 사람들을 너무 믿어 버린 게 문제야. 그것밖에는 문제가 없어!"

도냐 로사의 목소리는 을씨년스럽고, 안경 너머 그녀의 눈동자는 꿈이라도 꾸는 것처럼 몽롱했다.

"내가 만일 히틀러를 만난다면 이렇게 이야기할 거야. '믿지 마요! 절대로 바보처럼 믿으면 안 돼요. 이탈리아 사람들은 겁이 많아 제대로 눈도 뜨지 못한다니까요!'라고 말이야."

도냐 로사의 입에서 가벼운 한숨이 새어 나왔다.

"나도 참 바보지! 히틀러 앞에서는 감히 입도 뻥긋하지 못

할 거면서……."

도냐 로사는 독일군의 운명이 걱정스러웠다. 매일 퓌레르 독일군 사령부 소식에 귀를 쫑긋 세웠다. 그리고 명확하게 따져 보고 싶은 생각도 없이 막연한 예감으로 자기 카페와 독일과 이탈리아 동맹군의 운명을 연결시켰다.

베가가 신문을 사자, 옆자리 사람이 질문을 던졌다.

"뭐 좋은 소식 있습니까?"

베가는 절충주의자였다.

"누구냐에 따라 다르겠지요."

우유 따라 주는 아이는 발을 질질 끌면서도 연신 "갑니다!"를 외치며 카페를 돌아다녔다.

"히틀러 앞에서 난 원숭이보다도 더 벌벌 떨 거야. 그는 소름끼칠 정도로 무서운 사람일 테지. 분명해! 눈매는 호랑이 같을 거야."

도냐 로사는 다시 한숨을 내쉬었다. 잠깐 동안이었지만 커다란 가슴이 그나마 짧은 목을 다 덮어 버렸다.

"세상에서 가장 무서운 사람은 히틀러와 교황이겠지."

도냐 로사는 손가락으로 피아노 덮개를 가볍게 두드렸다.

"어떻든 그는 자기가 무슨 일을 하는지는 잘 알겠지! 그러려고 장군들을 거느릴 테니까."

도냐 로사는 잠시 침묵을 지키더니, 갑자기 목소리를 바꿨다.

"참!"

고개를 들어 세오아네를 바라보았다.

"부인은 요즘 좀 어때요?"

"점점 기력이 떨어지는 것 같았는데, 오늘은 좀 나은 것 같네요……."

"불쌍한 손솔레스……. 정말 맘씨 고운 사람인데."

"그래요. 정말이지 요즘이 최악의 시기를 겪는 셈이지요."

"돈 프란시스코가 말한 물약은 먹였지요?"

"그럼요! 벌써 먹였지요. 그런데 먹은 걸 소화하지 못하고 다 토해 내는 바람에……."

"저런!"

마카리오가 피아노 건반을 가볍게 두드리니, 세오아네도 바이올린을 집어 들었다.

"어떤 곡을?"

"「축제의 꽃」이에요. 괜찮겠어요?"

"물론이죠!"

도냐 로사는 무대를 떠났다. 악사들은 체념한 학생 같은 표정을 지으며, 이미 몇 번이나 반복해서 연주한 리듬으로 카페의 소란을 덮어 버렸다.

마닐라 목도리를 두르고 어딜 가시나?

알록달록한 옷을 입고 어딜 가시나?

이들은 악보도 없이 연주했다. 하긴 악보가 필요 없었다.

마카리오는 로봇처럼 생각했다.

'때가 되면 마틸데한테 이야기해야지. '마틸데, 어떻게 할 방법이 없어. 오후에 일 두로, 밤에 일 두로, 여기에 커피 두 잔. 이게 다야. 그래도 괜찮겠어?' 그러면 분명 그녀는 이렇게 대답할 거야. '바보 같은 소리 마요. 당신이 버는 이 두로와 내가

과외 수업으로 버는 것을 합치면 어떻게든 될 거예요.' 아무리 생각해도 마틸데는 천사야. 천사!'

마카리오는 속으로 웃었다. 웃음이 입 밖으로 터져 나올 것만 같았다. 얼마 전 마흔세 살이 된 마카리오는 별로 영양 상태가 좋지 못하고, 감상적인 사람이었다.

세오아네는 별생각 없이 카페 손님들을 휘둘러보았다. 그러나 머릿속은 텅 비었다. 생각하는 것을 싫어하는 그는 바라는 거라곤 오로지 시간이 최대한 빨리 흐르는 것뿐이었다.

조그만 숫자들이 금처럼 반짝이는 낡은 시계가 9시 30분을 알렸다. 이 시계는 옛날에 도냐 로사를 유혹하기 위해 온갖 정성을 다 들였던 빈털터리 얼간이 후작이 1905년 프랑스 파리 박람회에서 가져온 것으로, 카페에선 일종의 장식 역할을 했다. 산티아고라는 이 후작은 예전엔 정말 대단한 귀족이었는데 안타깝게도 젊은 나이에 엘에스코리알에서 폐병으로 죽었다. 그 후 시계는 계산대 위에 걸려서 도냐 로사에게는 후작에 대한 기억을, 그리고 죽은 자에게는 따끈한 식사와 함께 흘러간 하루하루를 상기시켜 주었다.

도냐 로사는 카페 한구석에서 요란스러운 몸짓으로 종업원 한 사람을 몰아세웠다. 다른 종업원들은 도냐 로사를 배반하듯이 아무래도 상관없다는 표정으로 이 광경을 거울을 통해 지켜보았다.

삼십 분만 있으면 카페도 텅 빌 것이다. 갑자기 기억이 깡그리 사라져 버린 사람처럼 말이다.

2

"빨리 가요!"

"안녕히 계십시오! 정말 감사합니다. 당신은 참 좋은 사람입니다."

"됐어요! 빨리 가요! 당신 같은 사람은 다신 보고 싶지 않으니까!"

종업원은 묵직한 목소리를 내려고 노력했다. 그러나 그의 말투는 갈리시아 지방 억양이 너무 거세, 사납거나 무게감이 느껴지는 게 아니라 정색하고 말할수록 오히려 부드럽게 들렸다. 대부분 마음이 여린 사람들은 겉으로 무뚝뚝하게 행동할수록 마치 보이지 않는 파리가 간질이기라도 하듯이 윗입술이 살짝 떨리곤 했다.

"원하신다면, 책이라도 놓고 갈까요?"

"됐어요. 가져가요!"

마르틴 마르코는 해어진 바지와 낡은 재킷을 입었다. 창백한 얼굴에 뼈와 가죽만 남은 그는 때에 절어 금방이라도 찢어질 것만 같은 잿빛 모자에 손을 가져다 대며 종업원에게 작별 인사를 했다.

"안녕히 계십시오! 감사합니다. 당신은 정말, 정말 좋은 사람입니다."

"됐어요! 빨리 가요! 여기엔 다시는 오지 마요!"

마르틴 마르코는 종업원을 바라보았다. 뭔가 멋진 말을 해주고 싶었던 것 같았다.

"저를 친구로 삼아 주세요!"

"그래요!"

"이 신세는 반드시 갚겠습니다."

마르틴 마르코는 금속 테 안경을 고쳐 쓰더니 발걸음을 옮기기 시작했다. 그 순간, 낯익은 아가씨가 옆으로 지나갔다.

"안녕!"

아가씨는 잠깐 동안 그를 바라보더니 가던 길을 계속 갔다. 젊고 활기찬 아가씨였지만 옷은 그리 잘 입은 편이 아니었다. 그녀는 부인용 모자를 만드는 직공이 틀림없었다. 그들은 외모가 조금 특이해서 한눈에 알아볼 수 있었다. 좋은 유모로는 파스 출신을 치고, 훌륭한 요리사로는 비스카야 출신을 치듯이, 옷을 잘 입고 어디에 데려가도 좋을 만큼 예쁜 여자들은 대부분 모자 만드는 직공들이었다.

마르틴 마르코는 번화가인 산타바르바라 거리로 향했다.

종업원은 잠깐 그 자리에서 서성이다가 문을 밀고 가게 안으로 들어갔다.

"돈 한 푼 없이 돌아다니다니!"

사람들은 외투로 몸을 감싸고 추위에 쫓겨 종종걸음을 쳤다.

커피를 마시고 돈을 치르지 못한 사람, 바로 마르틴 마르코는 병 걸린 아이처럼 도시를 바라보더니 두 손을 바지 주머니에 질러 넣었다.

광장 불빛은 금방이라도 덤벼들 듯이 타올랐다.

돈 로베르토 곤살레스는 두툼한 회계장부에서 고개를 들며 주인에게 말을 건넸다.

"삼 두로만 가불해 주실 수 있습니까? 내일이 제 아내 생일인데……."

주인은 좋은 가문 출신이었다. 그도 동네 사람들과 마찬가지로 암거래를 했지만, 맺고 끊는 데가 분명하고 야무진 사람은 아니었다.

"그러지요! 나한텐 마찬가지니까요."

"감사합니다. 라몬 씨!"

빵집 주인은 주머니에서 송아지 가죽으로 만든 두툼한 지갑을 꺼내 로베르토에게 오 두로를 건네주었다.

"곤살레스, 나는 당신이 일해 준 것에 대해 정말 만족해요. 회계장부도 언제나 깔끔하게 정리하고. 이 두로를 더 줄 테니 아이들한테 과자라도 사 주세요!"

라몬은 잠시 입을 다물더니, 머리를 긁적이며 낮은 목소리로 속삭였다.

"파울리나에겐 아무 말 마요!"

"걱정 마세요!"

돈 로베르토는 구두코를 바라보았다.

"별건 아니지만…… 알겠지요? 당신이 함부로 입을 열지 않는 신중한 사람이라는 건 나도 잘 알지만, 자칫 잘못해서 말이 새어 나가면 마누라와 보름은 티격태격해야 하니까요. 알다시피 주인은 나지만, 마누라들이 어떻다는 것은 당신도 잘 알잖아요……."

"걱정 마십시오! 그나저나 정말 매우 감사합니다. 저를 위해서라도 절대로 입을 열지 않을게요."

돈 로베르토는 목소리를 낮추었다.

"감사합니다……."

"뭘요! 내가 원하는 건 당신이 즐거운 마음으로 일하는 것이에요."

빵집 주인 말이 로베르토 가슴에 와 닿았다. 빵집 주인이 조금만 더 달콤한 말을 늘어놓았더라면 회계 일을 공짜로 해주고 싶은 생각마저 들었을 것이다.

라몬 씨는 쉰 살에서 쉰두 살 정도였다. 멋진 콧수염을 기르고 안색이 불그스레한, 몸과 마음 모두 건강한 사람이었다. 새벽녘에 일어나 적포도주를 마시고 가정부의 등을 살짝 꼬집기도 하며, 나이 든 직공처럼 성실한 생활을 해 왔다. 이십 세기 초 그가 처음으로 마드리드에 왔을 때에는 구두가 닳을까봐 구두를 벗어 어깨에 메고 다닐 정도였다.

그렇지만 그의 경력은 다섯 줄이면 충분했다. 여덟 살 아니면 열 살 때 마드리드로 와서 빵집에 취직해, 스물한 살에 군대에 갈 때까지 동전 한 닢 쓰지 않고 몽땅 저축했다. 빵과 물만 먹고, 잠은 계산대 바닥에서 새우잠을 잤으며, 여자 근처에도 가지 않았다. 입대할 때 우체국에 저금해 두었다가 제대할 때 찾아서 빵집을 하나 인수했다. 지난 십이 년 동안 단 한 푼도 낭비하지 않고 이만사천 레알을 모았는데, 거의 하루에 일 페세타씩 모은 셈이었다. 군대에서 읽고 쓰고 셈하는 법을 배웠다. 그리고 이때 비로소 동정을 잃었다. 빵집을 차리고, 결혼을 하고, 자식을 열둘이나 두었다. 달력을 사, 멍하니 시간의 흐름을 바라보기도 했다. 고대 부족장들의 삶은 아마 라몬 씨의 삶과 상당히 유사했을 것 같았다.

종업원은 카페에 들어섰다. 그는 갑자기 얼굴이 화끈거리는 것을 느꼈다. 길거리의 추위 탓에 목구멍 깊이 자리 잡은 가래를 뱉어 버리고 싶었던지 작은 소리로 연신 기침을 해댔다. 몇 차례 기침을 하고 나니 비로소 말하기가 편하다는 생각이 들었다. 문을 밀고 들어서자마자 그는 이마가 지끈거리는 것과, 도냐 로사 코 밑에서 가는 솜털이 음란하게 떨리는 것을 느꼈다. 아니 느꼈다기보다는 그럴 것 같다는 생각이 들었다.
"이리 와 봐!"
종업원은 여주인이 있는 곳으로 갔다.
"한 방 먹여 줬어?"
"그럼요, 사장님!"
"몇 대나 갈겨 줬어?"
"두 대요."
"어디를 걷어찼는데?"
"되는대로요. 참, 다리를 걷어차 줬어요."
"잘했어. 그런 거지들은 혼 좀 나야 해!"
종업원은 등골이 오싹했다. 만일 그가 성질이 꼬장꼬장한 사람이었다면 여주인의 목을 졸라 죽였을지도 모른다는 생각이 들었다. 다행히 그는 성격이 그리 모질지 못했다. 여주인은 속으로 잔인한 웃음을 지었다. 남들의 고통을 보면서 쾌감을 느끼는 사람들도 있는 법이다. 그들은 고통받는 사람들을 가까이에서 지켜보기 위해 빈민가를 찾기도 한다. 그리고 죽어 가는 사람에게, 더러운 담요를 둘둘 말고 있는 폐병 환자에게, 앙상한 뼈에 배만 불룩 튀어나온 아이에게, 열한 살에 벌써 아이 엄마가 된 어린 소녀에게, 가래톳이 생긴 사십 줄의 창녀에게 쓸데없는 물건들을 선물로 주기도 했다. 그러나 도냐 로사는 그런 부류에도 들지 못했다. 그녀는 침실에서 느끼는 짜릿함을 더 즐기는 그런 인간이었다.

돈 로베르토는 만족스러운 웃음을 지었다. 동전 한 푼 없이 아내의 생일을 맞이할까 봐 내심 걱정했던 것이다. 그렇게 되더라도 그는 어쩔 수 없는 운명이라고 생각했겠지만 말이다.

"내일 필로에게 사탕을 사 줘야지! 필로는 정말 어린애 같은 존재야. 여섯 살 먹은 어린애 같은⋯⋯. 십 페세타로는 아이들에게 뭘 좀 사 주고, 나도 술 한잔하고⋯⋯. 아이들이 제일 좋아하는 건 공이니까, 육 페세타면 괜찮은 공을 살 수 있지 않을까?"

돈 로베르토는 즐거운 마음으로 천천히 머리를 굴렸다. 그의 머리는 여러 가지 멋진 생각으로 가득 차 있었다.

빵집 창문에서, 유리창과 나무틀 사이로 귀청을 찢을 듯한 날카로운 싸구려 플라멩코 소리가 들렸다. 처음엔 노래하는 사람이 여자인지 사내아이인지 구분할 수 없을 정도였다. 돈 로베르토는 노랫소리가 들려오자 펜대로 입술을 긁적였다.

맞은편 보도에 있는 술집 문 앞에서 어떤 꼬마 아이가 목청을 높였다.

남의 빵을 얻어먹으려는
불쌍한 사람은
기분이 좋은지 아닌지 살피느라
다른 사람 얼굴만 쳐다보네.

꼬마 아이는 술집에서 던져 준 동전 한 닢과 올리브 몇 개를 잽싸게 주웠다. 그 아이는 까무잡잡한 얼굴에 바싹 마르긴 했지만 곤충처럼 재빠르게 움직였다. 또한 맨발에 가슴도 드러내 놓고 돌아다녔는데, 나이는 대여섯 살 정도 먹어 보였다. 꼬마 아이는 흥을 돋우기 위해 손뼉을 치고 엉덩이를 흔들면서 혼자 노래 부르며 돌아다녔다.

돈 로베르토는 창문을 닫고 방 한가운데 서 있었다. 아이를 불러 동전 한 닢이라도 줘야 하나 싶어 그는 망설였다.

"그럴 필요 없어!"

선심 쓰려던 생각을 억누르자 그의 낙척적인 기질이 되살아났다.

"그래, 사탕을 몇 개 사자……! 필로는 정말이지 어린아이 같으니까……."

돈 로베르토는 주머니에 오 두로나 있었지만 어쩐지 마음이 안정되지 않았다.

"로베르토, 이것 역시 사물의 어두운 면을 보려는 기질 때문이겠지?"

그의 가슴속 깊은 곳에서 겁먹은 듯 소심한 목소리가 들려
왔다.

"좋아!"

마르틴 마르코는 사가스타 거리에 있는 세면기 가게 진열장
앞에서 잠시 걸음을 멈췄다. 가게는 보석상이나 커다란 호텔
이발소처럼 번쩍거렸다. 번쩍이는 수도꼭지, 매끈매끈한 도기,
티 하나 없이 깔끔한 거울……. 이 모든 것이 마치 다른 세상
의, 아니 낙원의 세면기 같았다. 하얀색, 푸른색, 진홍색, 노란
색, 보라색, 검은색. 온갖 색깔 세면기들이 다 있었다. 멋진 착
상이군! 번쩍이는 팔찌처럼 아름답게 빛나는 욕조도 있고, 자
동차 운전 장치처럼 조작 레버가 달린 비데도 있었다. 뚜껑이
두 개 달린, 볼록한 곡선 모양 변기도 있었다. 작고 우아하게
생긴 변기 물통도 있었다. 여기에다 그가 팔꿈치를 기댈 수도
있을 것 같았다. 그뿐만 아니라 엄선한 책들, 즉 아름답게 장정
한, 특히 변비 같은 병에 걸렸을 때 읽을 만한 횔덜린이나 키
츠, 그리고 발레리 시집들을 올려놓을 수 있을 것 같았다. 설
사할 때는 루벤 다리오나 말라르메가 어떨까! 젠장, 지저분한
생각뿐이군.

마르틴 마르코는 변명이라도 하듯이 빙그레 웃음을 짓더니
진열장 앞을 벗어났다.

"삶은 다양해! 누군가 편하게 똥 누기 위해 쓰는 돈으로 일
년은 먹고살 수 있는 사람도 있고 말이야! 참 웃기지! 편안하
게 똥 누는 사람을 줄이고 나머지 사람들을 제대로 먹이기 위

해 전쟁이라도 한판 일어나야 할 텐데. 하긴 더 황당한 것은 누구 하나 세상이 왜 이 모양인지 알지 못한다는 것과, 지식인들조차 제대로 먹지도 못하고 카페에서 업무를 봐야 한다는 게 아닐까? 젠장, 한심하군!"

마르틴 마르코는 사회가 걱정스러웠다. 그렇다고 별다른 생각이 있는 것도 아니었지만 사회가 걱정스러운 것은 어쩔 수 없었다. 가끔 이렇게 투덜대곤 했다.

"가난한 사람과 돈 있는 사람으로 양분된다는 것 자체가 잘못이야. 우리 모두가 다 평등하면 좋을 텐데. 너무 가난하지도 않고 부자도 아닌 중간 정도로 말이야. 우리 인간들은 반드시 사회를 개혁해야만 해! 그리고 이러한 개혁을 책임질 위원회도 만들어야 하고! 이 위원회에서 처음에는 사람들에게 십진법을 가르치는 것 같은 간단한 일을 맡겠지만, 점차 어느 정도 자리 잡으면 가장 중요한 일을 맡을 거야. 기존 도시를 모조리 다 부숴 버린 다음, 모두에게 똑같은 집을 새로 지어 줄 수도 있을 거야. 다시 말해 난방장치도 잘 되어 있고 거리도 반듯반듯한 멋진 새 도시를 건설할 수도 있어. 돈이 좀 많이 들기는 하겠지! 하지만 은행에 충분한 돈이 있잖아!"

마누엘 실벨라 거리에 찬바람이 불기 시작했다. 마르틴은 바보 같은 생각을 한다는 걸 불현듯 깨달았다.

"망할 놈의 세면기!"

거리를 건너는데 자전거 탄 사람이 그를 밀어붙일 뻔했다.

"바보 같은 놈! 금방 가석방된 놈 아니야?"

마르틴은 피가 거꾸로 솟구치는 것을 느꼈다.

"뭐라고? 이봐!"

자전거 탄 사람은 고개를 돌리더니 잘 가라는 듯이 손을 흔들었다.

어떤 남자가 신문을 읽으며 고야 거리에서 걸어 내려왔다. "당신 영혼에 양식을"이라는 간판을 내건 조그만 서점 앞을 막 지나가다가 그는 젊은 아가씨와 우연히 마주쳤다.

"안녕하세요! 파코 씨."

남자는 고개를 돌렸다.

"아, 너로구나! 어딜 가니?"

"집에 가요! 시집간 언니를 만나고 돌아가는 길이에요."

"그래, 좋았겠구나!"

남자는 그녀의 눈을 바라보았다.

"그런데 넌 애인 생겼니? 하긴 너 같은 아이한테 애인이 없다는 건 말이 안 되지."

소녀는 깔깔거리며 큰 소리로 웃었다.

"그만 가 볼게요. 급한 일이 산더미처럼 쌓였거든요."

"그래? 잘 가렴! 길 조심하고. 마르틴을 만나거든 내가 11시쯤 나르바에스 바에 있겠다고 전해 줘!"

"예!"

아가씨는 걸음을 옮겼다. 사람들 사이로 그녀가 사라질 때까지 파코의 눈길이 뒤쫓았다.

"꼭 암사슴처럼 걷는군!"

파코는 어떤 여자건 예쁘게 봐 주었다. 여자를 밝혀서 그런지 아니면 감상적인 성격 탓인지 잘 모를 일이었다. 방금 인사를 나누었던 여자는 분명 예쁘다고 할 만한 여자였지만, 설령 그녀가 예쁘지 않았더라도 그는 똑같은 태도를 취했을 것이다. 파코에게는 모든 여자가 다 미스 스페인감이었다.

"정말 암사슴이야!"

남자는 돌아서면서 일 년 전에 돌아가신 어머니를 떠올렸다. 어머니는 턱이 접히는 것을 보이기 싫어 검은 비단 리본을 언제나 목에 감고 다니셨다. 풍채가 좋아, 누구라도 한눈에 그녀가 좋은 집안 출신이라는 것을 알아차릴 수 있었다.

파코 할아버지는 후작 출신 장군이었는데, 부르고스에서 권총으로 결투하다가 그만 목숨을 잃고 말았다. 진보 의원이자 비밀결사 회원이었던 돈 에드문도 파예스 파체코라는 사람에게 목숨을 잃었다.

면 코트 아래 아가씨의 가슴이 볼록하게 솟아 있었다. 그녀가 신고 있던 신은 벌써 모양이 일그러졌다. 푸른빛에 밤색이 뒤섞인 맑은 눈은 어딘지 혼혈 같은 느낌을 주었다.

"시집간 언니를 만나고 오는 길이라고? 후후, 파코야, 넌 시집간 언니가 누군지 알기나 하니?"

돈 에드문도 파예스 파체코는 엄청난 재난이 닥쳤던 해 알메니아에서 천연두에 걸려 죽었다.

아가씨는 파코와 이야기를 나누는 동안 줄곧 그의 눈만 바라보았다.

어떤 여인은 다 떨어진 누더기에 아기를 둘둘 말아 안고서 구걸을 했고, 또 다른 뚱보 집시 여인은 복권을 팔았다. 연인들 몇 쌍은 추위와 차가운 바람에 맞서 서로 손을 맞잡고 따뜻하게 비비며 사랑을 나누었다.

셀레스티노는 술집 뒷방에서 텅 빈 술통으로 둘러싸인 채로 중얼거렸다. 셀레스티노는 가끔 혼자 중얼거리곤 했다. 그래서 젊었을 적부터 그의 어머니는 이렇게 되물었다.

"뭐라고?"

"아무것도 아니에요! 혼잣말을 한 것뿐이에요."

"애야, 혼잣말을 그만두렴! 미칠지도 모르니까 말이야."

셀레스티노 어머니는 파코 어머니와는 또 다른 부류였다.

"절대로 주지 않겠어! 그것을 산산조각 내는 한이 있어도, 절대로 내놓을 순 없어! 누구라도 적당한 값을 치러야지, 그렇지 않으면 절대로 가져갈 수 없지. 나는 누가 날 건드리는 걸 원치 않아. 아무도 내 물건을 빼앗아 갈 순 없다고. 이것이 바로 장사치들을 착취하는 거야. 의도가 있건 없건 말이야. 물론이지. 끝까지 남자답게 살 수 있느냐, 아니냐가 문제지. 도둑질하려면 시에라모레나 산맥에나 가라지!"

셀레스티노는 틀니를 끼며, 마룻바닥에 거칠게 침을 뱉었다.

"그래, 잘될 거야."

마르틴 마르코는 계속 길을 걸었다. 자전거 탄 사람과 있었던 일은 금방 잊어버렸다.

"파코가 지식인들의 비참한 현실에 대해 이런 생각을 했다면 그건 정말 대단한 일이지. 그렇지만 절대로 그럴 리 없을 거야. 파코는 굼벵이 같은 놈인데 그런 생각을 할 리가 없지. 풀려나온 뒤론 뭐 하나 제대로 못 하고 새끼 비둘기처럼 빈둥거리고만 있으니……. 예전엔 가끔 시 나부랭이라도 끼적였는데 지금은 그저 저 모양이니. 타일러 주는 것도 더는 지쳤고 다시는 이야기하고 싶지도 않아. 제 일은 제가 알아서 하겠지! 빈둥거리기로 했다면 빈둥거리라지!"

마르틴은 부르르 떨었다. 알바레스 킨테로 형제 거리 모퉁이에 있는 지하철역 입구에서 이십 센티모어치 군밤 네 개를 샀다. 입을 크게 벌린 지하철 입구가 마치 치과 의자에 앉아 입을 벌린 사람 같다는 생각이 들었다. 그 입구는 자동차와 트럭들을 삼켜 버리라고 만들어진 것 같았다.

마르틴 마르코는 난간에 기대 군밤을 먹었다. 아무 생각 없이 그는 가스등 불빛에 비친 도로 표지판을 읽어 내려갔다.

"알베레스 킨테로 형제는 확실히 운이 좋았어. 저기 저렇게 서 있으니 말이야. 그 명성은 시내 한복판에 거리 이름으로 남았고, 더욱이 레티로 공원에는 동상까지 있으니 누가 비웃을 수 있겠어!"

마르틴은 야릇한 존경심을 느끼며 보수적인 생각에 빠져들었다.

"굉장하군! 그렇게 명성이 높은 걸 보면 뭔가 이루긴 한 것 같은데……. 하지만 이 질문에 '그렇습니다!'라고 선뜻 대답할 수 있는 건달이 어디 있을까?"

그의 머릿속에서 스스로에게 반대하는 생각의 파편들이 나방처럼 날아다녔다.

"그래, '스페인 연극의 한 시대', '모든 것을 갖추려고 했던, 그리고 결국 갖추어 낸 시대', '안달루시아 지방 풍속을 충실하게 반영한 연극'. 이 모든 점에 정감이 느껴진단 말이야. 변두리와 관계를 맺는 것 같기도 하고, 적십자 모금 운동과 연계한 것 같기도 하고 말이야. 그러니 우리가 어쩌겠어. 그들을 몰아

낼 수 있는 사람은 없어. 저기 저 자리에 버티고 있는데! 하느님도 어떻게 못 하실 거야."

마르틴은 지적 가치를 엄격하게 분류할 수 없다는 것이, 그리고 논리 정연한 두뇌를 가진 사람들 명단이 존재하지 않는 것이 괴로웠다.

"다 똑같아! 모든 게 엉망이야."

군밤 두 개는 이미 차갑게 식었고, 두 개는 아직 따뜻한 기운이 남아 있었다.

파블로 알론소는 사업을 할 만한 근대적 감각을 지닌, 어쩌면 운동선수 같다는 생각이 드는 젊은이였다. 그는 보름 전부터 라우리타라는 아가씨와 가깝게 지냈다.

라우리타는 아름다운 여성이었다. 라가스카 거리에서 수위로 일하는 사람의 딸이었다. 그녀는 열아홉 살로 얼마 전까지만 해도 놀러 나갈 때도 동전 한 닢 지녀 본 적이 없었다. 그러니 핸드백을 살 오십 두로는 당연히 생각도 못 할 금액이었다. 그녀는 우체부인 애인하고 어딜 가 본 적도 없었다. 이제는 추위에 떨며 로살레스 거리를 배회하는 건 진절머리가 났으며, 그녀의 손가락과 귀엔 동상 걸린 흔적도 있었다. 올리브기름을 대 주던 사람이 그녀의 친구 에스트레야에게 메넨데스펠라요 거리에 방을 하나 얻어 주었다.

파블로 알론소가 고개를 들었다.

"맨해튼!"

"손님, 위스키는 없는데요."

"계산대에 내가 마실 거라고 전해 줘!"

"알겠습니다!"

파블로는 다시 아가씨 손을 잡았다.

"라우리타, 예전에 말했듯이 그놈은 정말 대단한 녀석이야. 더 이상 대단할 수 없을 정도로 말이야. 그가 좀 가난하고 초라해 보인다는 게 문제긴 하지만. 아마 한 벌뿐인 더러운 셔츠를 한 달씩이나 입고 다니기도 하고, 발가락이 튀어나온 구두를 신고 다녀서 그럴 거야."

"불쌍하군요! 그런데도 아무 일도 하지 않나요?"

"하지 않아! 머릿속으로는 별의별 생각을 다 하지만 이것저것 따지다가 결국엔 아무것도 하지 못하지. 안됐어. 그는 완전히 바보라고는 볼 수 없는데."

"잘 곳은 있나요?"

"응, 우리 집에서 자."

"당신 집에서요?"

"그래. 옷 방에 그가 쓸 침대 하나를 넣어 주었지. 적어도 따뜻하고 비는 맞지 않으니까……."

가난이라는 것을 잘 아는 소녀는 파블로의 두 눈을 뚫어지게 바라보았다. 그녀는 가슴속 깊은 곳에서 약간 감동받은 것 같았다.

"파블로, 당신은 참 좋은 사람이에요!"

"아냐. 바보같이 무슨 소리야. 그 녀석과는 오랜 친구 사이거든. 전쟁 전부터 알고 지내는 사이지. 지금은 잠시 고난을 겪는 것뿐이야. 하긴 단 한 번도 좋은 시절을 맞이하진 못했지만 말이야."

"대학도 나왔어요?"

파블로는 미소를 지었다.

"물론이지! 그는 대졸자야. 자, 이젠 다른 이야기나 하는 게 어때?"

라우리타는 화제를 바꾸려는 생각에 보름 전부터 해 온 상투적인 이야기를 다시 꺼냈다.

"당신, 나를 많이 사랑해요?"

"물론이지!"

"누구보다도 더?"

"그럼!"

"영원히 나를 사랑할 거예요?"

"영원히!"

"절대로 나를 버리지 않을 거죠?"

"절대로 그런 일은 없어!"

"내가 당신 친구처럼 지저분해져도요?"

"바보 같은 소리는 하지 마!"

종업원은 술을 따르려고 허리를 구부리며 빙그레 웃었다.

"손님, 술병에 술이 조금 남아 있네요."

"그래!"

술 취한 창녀가 플라멩코 부르던 아이를 발로 걷어찼다. 이에 대한 단 한 마디 주석은 청교도적인 것이었다.

"젠장! 이 시간부터 취해 있다니! 밤이 더 깊으면 대체 어쩌려고?"

소년은 넘어지진 않았지만 벽에 코를 부딪혔다. 소년은 조금 거리를 두고 자기를 찬 여자에게 욕을 퍼부었다. 얼굴을 몇 번

문지르더니 소년은 계속해서 노래를 불렀다. 다른 술집 문 앞에서 다시 처음부터 노래했다.

솜씨 좋은 재단사가
바지를 재단하는데,
어린 집시 소녀가
새우 사라고 외치며 길을 가네.

내 말 좀 들어 보세요, 재단사 아저씨.
몸에 꼭 맞는 바지를 만들어 주세요.
미사를 보러 갔을 때
남자들이 모두 나를 쳐다보게요!

　소년의 얼굴은 사람 얼굴이라기보다 집에서 기르는 가축, 그것도 우리에 갇힌 더러운 가축의 몰골이었다. 삶의 고통이 얼굴에 비수처럼 차가운 냉소를, 혹은 체념한 표정을 남기기에 소년은 아직 어린 나이였다. 그의 얼굴엔 바보스러울 만큼 천진함이 남아 있었다. 무슨 일이 일어나는지 잘 모르겠다는 그런 해맑은 표정이었다. 집시 소년은 모든 일이 기적과 같다고 생각했다. 태어난 것도 기적이고, 먹고사는 것도 기적이었다. 한 마디로 그는 기적적으로 살아 있었으며, 그에게 노래를 부를 기운이 있는 것도 정말이지 엄청난 기적이었다.
　낮이 지나면 밤이 오고, 밤이 지나면 또다시 아침이 오는 법이다. 일 년에는 사계절이, 그러니까 봄, 여름, 가을, 겨울이 있다. 사람들에겐 육체가 진정으로 원하는 진실이 있는 법이다. 그러니까 배가 고프다든가, 소변을 보고 싶다든가 하는 진실 말이다.

군밤 네 개가 순식간에 없어졌다. 남아 있는 일 레알로 마르틴은 고야 거리까지 갈 수 있었다.

"우리 모두는 지금 변기에 앉아 있는 사람들 밑을 달리는 셈이야. 콜론을 지나가는군. 공작이나 공증인들, 그리고 조폐공사 경비원들이 사는 동네지. 신문을 읽거나 배에 접힌 주름살이나 바라보는 이들과 내 처지는 하늘과 땅 차이군! 신사 숙녀 여러분, 세라노입니다. 그래, 아가씨들이 저녁에는 돌아다니지 않는 곳이지. 여기는 저녁 10시까지만 사람 살 만한 곳이야. 지금쯤 모두들 저녁을 먹겠지. 벌써 벨라스케스 역이네. 아가씨들이 넘치는 기분 좋은 곳이지. 이 역은 정말 멋진 곳이야. 오페라 구경 갈까요? 좋지요! 지난 일요일에는 경마장에 갔니? 아니요! 이제 고야 역이네. 이것으로 다 끝났군."

마르틴은 지하철역 통로를 걸어 나오며 다리를 살짝 저는 흉내를 냈다. 그는 가끔 이런 엉뚱한 짓을 했다.

"필로 누나 집에서 저녁을 얻어먹을 수 있으려나? (부인, 급한 일도 없는데 그만 좀 미세요!) 저녁 못 먹는 거야 늘 있는 일인데, 뭐!"

필로는 마르틴의 누이였다. 매부는 사람들이 "짐승 같은 곤살레스"라는 부르는, 국회에서 서기를 하는 로베르토 곤살레스였는데, 알칼라 사모라 공화당의 당원이기도 했다.

곤살레스 부부는 이비사 거리 끝 쪽에 있는 레이살몬 아파트에 살았다. 열심히 땀을 흘리며 일하기도 했지만 그 덕분에 매끄러운 삶을 유지했다. 필로는 꼬마 아이들 다섯 명과 열여 덟 살짜리 가정부를 데리고 녹초가 될 때까지 일했다. 남편 역 시 시간 외 수당을 받을 수 있는 일이라면 언제든지, 무슨 일 이든지 닥치지 않고 했다. 이번 회기엔 운이 좋아서인지 한 달 에 두 번씩 화장품 가게에 출장을 가 회계장부를 정리해 주고 오 두로를 받았다. 그리고 산베르나르도에 있는 싸구려 빵집에 가서 일을 해 주고 삼십 페세타를 벌었다. 그렇지만 행운이 그 에게 등을 돌리면 시간 외 수당을 벌 만한 일거리를 찾을 수 없었다. 그럴 때면 돈 로베르토는 맥이 빠져 처량한 표정을 지 었고, 물론 기분도 언짢았다.

마르틴과는 처남, 매부 사이였지만 이런저런 일로 그들은 서 로 얼굴도 쳐다보려고 하지 않았다. 마르틴은 돈 로베르토를 욕심꾸러기 돼지라고 불렀고, 돈 로베르토는 마르틴을 사람들 과 어울리지도 못하는 칠칠맞은 놈이라고 빈정거렸다. 누구 말 이 옳은지는 알 수 없었다. 하지만 한 가지 분명한 것은 가엾 은 필로만 벽과 칼 사이에 끼여 이러지도 저러지도 못한 채, 가능하면 최선을 다해 바람을 피하려고 필사적으로 노력한다 는 것이었다.

남편이 집에 없을 때 필로는 동생에게 계란 프라이도 해 주 고, 밀크 커피도 데워 주었지만, 실내화를 신고 낡은 재킷을 걸 친 남편이 나타나기라도 하면 부랑자니 기생충이니 하며 마르 틴을 몰아세우는 통에 이런 것도 가능하지 않았다. 그럴 때면 필로는 비스킷 통에 남은 음식을 넣어 아이 돌보는 가정부에 게 거리로 내다 주라고 시켰다.

"페트리타, 이렇게 하는 게 옳은 거야?"

"아니요! 옳은 건 아니지요!"

"그렇다면 이 먹다 남은 찌꺼기라도 어떻게 좀 맛있게 해 줄 수 있지 않니?"

페트리타는 얼굴이 붉어졌다.

"빨리 그릇이나 주세요. 너무 추워요!"

"추운 건 모두 마찬가지야."

"죄송해요……!"

마르틴이 금세 말을 되받았다.

"내 말 신경 쓰지 마라! 너도 이제 다 큰 처녀라는 사실은 잘 알지?"

"제발, 그만하세요!"

"그래, 알았다. 입을 다물지. 내가 조금만 덜 양심적이었다면 너를 어떻게 했을지 아니?"

"그런 이야긴 그만하세요!"

"멋지게 놀래 줄 수도 있어!"

"그만요!"

그날 밤엔 필로의 남편이 늦게 돌아온다고 해서 마르틴은 계란과 커피를 먹을 수 있었다.

"빵은 없단다. 아이들 먹일 거라도 암시장에서 좀 구해야 할 텐데."

"전 이것만으로도 충분해요! 고마워요. 누나는 정말 착한 성녀예요."

"빈말은 그만해라."

마르틴은 눈빛이 흐려졌다.

"정말이에요. 누나는 성녀예요. 하지만 비열한 인간과 결혼한 성녀지요. 누나 남편은 정말이지 비열한 인간이에요."

"입 다물지 못해! 그분은 정직한 분이다."

"그래요! 하긴 아이를 다섯이나 나서 바쳤는데……"

잠시 침묵이 흘렀다. 방 건너편에서 아이가 기도하는 소리
가 들려왔다.

필로는 웃음을 지었다.

"저건 하비에린 목소리야. 참, 너 돈은 있니?"

"없어요!"

"자, 이 페세타를 받아 두렴!"

"아뇨. 필요 없어요. 이 페세타로 뭘 할 수 있겠어요?"

"그래, 그건 맞아. 그렇지만 너한테 뭔가를 주고 싶은데……"

"저도 누나 마음 잘 알아요!"

"라우리타, 내가 말한 대로 옷 맞췄지?

"그래요, 파블로. 외투가 퍽 잘 어울려요. 당신도 곧 볼 수
있을 거예요."

파블로 알론소는 외모가 아니라 지갑으로 여자를 얻은 남
자답게 순한 황소같이 미소 지었다.

"분명 그럴 거야……. 지금은 반드시 외투를 입어야 할 계절
이니까. 여자들은 외투를 입어야 우아하기도 하고 몸도 따뜻해
지고……"

"물론이에요."

"다투고 싶진 않지만, 여자들은 너무 옷을 벗고 다니는 것
같아. 그러다가 만일 병이라도 나면 어쩌려고……"

"파블로, 지금은 아니에요. 지금은 우리 행복을 위해서라도

나도 굉장히 조심해요."

파블로는 라우리타의 사랑에서 벗어나고 싶지 않았다.

"당신의 영원한 사랑을 위해서라도 마드리드에서 가장 아름다운 여인이 되겠어요……. 나는 샘이 많은 편이거든요."

군밤 파는 여자가 어떤 아가씨와 대화를 나누었다. 뺨이 무척이나 여윈 그 아가씨는 눈병 걸린 사람처럼 눈이 붉게 충혈되었다.

"정말 춥군요!"

"정말 개 같은 밤이네요. 언젠가 나도 참새처럼 꽁꽁 얼어죽을 거예요."

아가씨는 저녁 대용으로 일 페세타어치 군밤을 호주머니에 간직했다.

"내일 봐요! 레오카디아."

"잘 가세요, 엘비라. 잘 자요."

여인은 보도를 따라 알론소 마르틴 광장을 향해 총총걸음으로 걸어갔다. 번화가 모퉁이에 자리 잡은 카페 유리창 너머로 이야기를 나누는 두 남자가 보였다. 둘 다 젊은 사람이었다. 한 사람은 스물댓 살, 또 다른 사람은 서른댓 살쯤 먹어 보였다. 나이가 많은 쪽은 문학상 심사위원인 것 같았고, 젊은 쪽은 소설가 같았다. 그들이 다음과 아주 유사한 이야기를 한다는 것을 쉽게 눈치챌 수 있었다.

"『테레사 데 세페다』라는 소설을 출품했습니다. 소설은 영원한, 그렇지만 아직 아무도 손대지 않은 문제를 다룹니다……."

"잘 알았소. 여기 물 좀 주겠소?"

"예, 알겠습니다. 여러 번 읽고 또 읽어 보았습니다. 덕분에 어색한 부분은 단 한 군데도 없을 겁니다. 이것만큼은 제 자존심을 걸고 이야기할 수 있습니다."

"재미있겠군요!"

"물론입니다. 다른 사람들이 제출한 작품의 질은 잘 모르겠습니다. 하지만 양식 있는 사람이 엄정하게 심사만 해 준다면……."

"걱정 마세요. 정말 모범적으로 꼼꼼하게 살펴볼 테니까요!"

"물론 의심하지 않습니다. 떨어진다고 해도 괘념치 않겠습니다. 입상작이 의심할 여지만 없다면 말입니다. 제가 실망한다면 그것은……."

엘비라 양은 그 곁을 지나면서 무심코 웃음을 흘렸다.

두 남매는 다시 침묵에 빠졌다.

"내의는 입고 다니니?"

"물론 내의는 입었지요. 누가 내의도 안 입고 다니겠어요?"

"페아(P·A) 상표니?"

"내가 입고 싶은 걸로 입어요."

"미안하다!"

마르틴은 돈 로베르토의 담배를 꺼내 한 대 말았다.

"누나, 상관없어요. 그렇게 불쌍하단 투로 말하진 마세요. 그런 동정엔 구역질이 나요."

필로가 갑자기 언성을 높였다.

"그래, 너 계속 그런 식으로 나올래!"

"아네요! 그런데 혹시 파코는 안 왔어요? 소포 하나 가져올

게 있는데.”

“안 왔는데……. 참, 페트리타가 고야 거리에서 파코를 보았다던데, 11시에 나르바에스 술집에서 걔가 너를 기다리겠다고 했다는구나.”

“지금 몇 시나 됐어요?”

“글쎄! 10시는 넘었을 것 같은데.”

“로베르토는요?”

“좀 더 늦을 거야. 오늘은 빵집에 가는 날이거든. 그러면 대개 10시 30분까지는 못 돌아오지.”

두 남매 사이에 잠시 침묵이 흘렀다. 이번엔 남매의 정이 가득한 그런 침묵이었다. 필로는 마르틴의 눈을 응시하며 다정한 목소리로 입을 열었다.

“나는 내일이면 서른다섯 살이 된단다. 알았니?”

“그래요?”

“잊었구나…….”

“예, 깜빡 잊었어요. 누나한테 거짓말까지 하고 싶진 않아요. 잘 말씀하셨어요. 누나한테 선물을 하나 할게요.”

“바보 같은 소리 좀 하지 마라! 네가 무슨 다른 사람에게 선물할 형편이라고…….”

“작은 걸로요. 그걸 보면 동생 생각이 날 만한 걸로…….”

여인은 동생 무릎에 두 손을 올려놓았다.

“그렇다면 나를 위해 시나 한 편 지어 주렴! 예전처럼 말이야. 기억나니?”

“그럼요……!”

필로는 슬픈 표정으로 시선을 떨어뜨리고 식탁을 바라보았다.

"작년엔 너도 로베르토도 내 생일을 잊고 그냥 지나갔어. 두 사람 다 말이야."

필로 목소리에 조금은 응석이 묻어났다. 어떤 여배우도 흉내 낼 수 없을 것 같았다.

"밤새 울었단다!"

마르틴은 누나에게 가볍게 입을 맞췄다.

"바보처럼 왜 그래요? 열네 살짜리같이⋯⋯."

"나도 이젠 늙었어! 봐! 얼굴엔 주름투성이야. 이젠 아이들 크는 거나 기다리면서 계속 나이만 먹어 갈 거야. 그다음엔 죽음이 찾아오겠지! 불쌍한 어머니처럼 말이야."

돈 로베르토는 빵집 회계장부의 마지막 장을 들어 조심스레 잉크를 말렸다. 그런 다음 장부를 덮고, 계산할 때 썼던 종이 몇 장을 찢어 버렸다.

길거리에선 맘보바지니, 미사 보러 간 소년이니 하는 노랫소리가 아직도 들려왔다.

"안녕히 주무십시오, 라몬 씨. 다음에 또 뵙지요."

"잘 가세요, 곤살레스. 부인께도 복 많이 받으시라고 전해 줘요! 집안 식구 모두 건강하시고!"

"감사합니다, 라몬 씨."

퇴근하는 두 남자가 토로스 광장 터를 지나갔다.

"꽁꽁 얼었어. 정말 개 같은 추위군!"

"맞아!"

두 남매는 조그만 부엌에서 이야기꽃을 피웠다. 검댕이 잔

뜩 묻은 가스 화로에선 빨간 불길이 타올랐다.

"이런 시간엔 가스가 잘 올라오지 않아! 아래층에서 가스를 너무 많이 써서 말이야."

가스 화로 위, 그리 크지 않은 냄비에선 무언가가 끓고 있었다. 식탁 위에 여섯 마리 고등어는 프라이팬으로 옮겨질 시간만을 기다렸다.

"로베르토는 튀긴 고등어를 좋아한단다."

"하긴……, 그것도 취향이니까……."

"그만하렴! 도대체 로베르토가 너한테 뭘 잘못했다고 그러니? 마르틴, 왜 그렇게 로베르토를 미워하는 거야?"

"내가 뭘 어째서요! 나는 로베르토를 미워하지 않아요. 오히려 로베르토가 나를 미워하지. 나도 눈치는 있다고요. 그러니 나를 방어할 뿐이에요. 우리 두 사람이 서로 갈 길이 다르다는 걸 나는 너무나 잘 알아요."

마르틴의 말이 조금 장황하게 흘렀다. 그는 스스로가 학교 선생 같다는 생각이 들었다.

"로베르토는 모든 일이 다 똑같다고 생각하죠. 그리고 할 수 있는 데까지는 견디는 게 최선이라고 생각하고요. 그렇지만 나는 아니에요! 나는 매사가 조금씩은 다르지, 똑같을 순 없다고 생각해요. 좋은 일도 있고 나쁜 일도 있다는 걸 잘 알아요. 해야 할 일과 피해야 할 일이 있다는 것도요!"

"그만둬! 나에게 훈계할 셈이니?"

"그렇군요, 나도 모르게 그만!"

전깃불이 잠시 깜빡깜빡하더니 갑자기 밝아졌다가 완전히 나가 버렸다. 파르스름한 가스 불이 힘겹게 냄비 밑바닥을 핥

왔다.

"그럼 그렇지!"

"며칠 됐어. 심심찮게 불이 나간단다."

"예전과 똑같아야 하는데. 전기회사가 요금을 올리려는 수작이에요. 전기 요금이 오르기 전까지는 사정이 나아지지 않을 거예요. 두고 봐요, 내 말이 맞을 거예요. 요즘은 전기세로 얼마나 내죠?"

"십사에서 십육 페세타 정도 왔다 갔다 해."

"곧 이십에서 이십오 페세타를 내라고 할 거예요."

"별수 없잖니?"

"그런 식으로 일을 처리할 생각이에요? 잘들 하십니다!"

필로는 입을 다물었다. 마르틴은 머릿속으로 결코 실현될 것 같지 않은 해결책을 떠올려 보았다. 희미한 가스 불빛에 비친 마르틴의 모습은 막연하나마 천 리를 내다보는 능력이 있는 사람 같았다.

뒷방에 있던 셀레스티노는 전기가 나가자 움찔했다.

"젠장! 이젠 꼼짝도 못 하겠군! 저 망할 놈들이 다 털어 가도 말이야."

망할 놈들이란 손님들을 가리키는 말이었다.

셀레스티노는 더듬거리고 나가다가 소다수 상자를 엎어 버렸다. 소다수 병들이 마룻바닥에 쓰러지며 요란한 소리를 냈다.

"전기가 들어올 때까지는 황당한 일만 일어나겠군……."

문 쪽에서 무슨 소리가 들려왔다.

"무슨 일이오?"

"아무 일도 아닙니다. 제 걸 좀 부쳤을 뿐이에요."

도냐 비시타시온은 노동자계급이 삶의 질을 개선하기 위한 가장 효율적인 방법 중 하나는 주부 연합회가 '피노클 트럼 프'* 시합을 여는 것이라고 굳게 믿었다.

"노동자들 역시 먹고살아야 해! 그들 대다수가 동정받을 만한 가치가 없는 빨갱이라 해도 말이야."

도냐 비시타시온은 자애로운 사람이어서, 노동자들이 굶어 죽어 가도록 내버려 둬서는 안 된다고 믿었다.

잠시 후, 전기가 다시 들어왔다. 빨갛게 달아오른 필라멘트는 몇 초 동안 혈관처럼 보이더니, 갑자기 강렬한 빛을 부엌 가득히 내쏘았다. 불빛은 그 어느 때보다도 더 강하고 밝았다. 선반에 놓인 작은 상자들과 찻잔, 그리고 접시까지도 더 또렷해져서 마치 그것들이 더 커 보이고 갓 만들어진 것처럼 보였다.

"모든 것이 참 예쁘군요, 누나!"

"깨끗하지······."

"정말이에요."

마르틴은 단 한 번도 본 적이 없던 사람처럼 호기심 어린 눈으로 부엌을 둘러보았다. 그러고는 일어나며 모자를 집어 들었다. 피우다 남은 담배를 설거지통에 비벼 끈 다음 조심스레 쓰레기통에 넣었다.

"누나, 고마웠어요! 그만 가 볼게요."

---

* 영국에서 유래한 카드놀이.

"그래, 고맙긴 뭘! 잘 가렴! 너에게 뭔가 더 주고 싶은데…….
아까 그 계란은 내가 먹으려고 남겨 두었던 거야. 의사 선생님
이 하루에 계란을 두 개씩 먹으라고 했거든."

"그래요?"

"됐다! 걱정할 것 없어. 너도 나처럼 계란을 챙겨 먹어야 할
텐데."

"그건 그래요!"

"시절이 시절이라! 그렇지, 마르틴?"

"그래요, 누나. 시절이 시절이라! 그래도 조만간 모두 정리되
겠죠."

"그렇게 믿니?"

"조금도 의심치 않아요. 그것이 숙명이니까요. 막을 수 없는
거센 물결처럼 힘을 지닌 것이니까요."

마르틴은 문 쪽을 향하며 목소리를 바꿔 물었다.

"그런데…… 페트리타는 어디 있어요?"

"왜?"

"아무것도 아니에요. 잘 자라고 인사하려고요!"

"놔두렴! 아이들과 같이 있단다. 아이들이 무섭다고 해서
말이야. 잠이 들 때까지는 한시도 놔주질 않으니……."

필로는 빙그레 미소 지으며 덧붙였다.

"나 역시 때로는 무서운 생각이 들어. 갑자기 죽어 버릴 것
같은 생각 말이야."

마르틴은 계단을 내려가다가 엘리베이터를 타고 올라온 매
형과 마주쳤다. 돈 로베르토는 신문을 읽고 있었다. 마르틴은
엘리베이터 문이 열려, 매형이 엘리베이터에 갇힌 채 층과 층

사이 공간에 멈춰 있었으면 좋겠다고 생각했다.

라우리타와 파블로는 서로 얼굴을 마주 보며 앉았다. 두 사람 사이에 작은 장미 세 송이가 늘씬한 화병에 꽂혀 있었다.

"이곳이 마음에 드니?"

"정말 좋아요!"

종업원이 다가왔다. 검은 곱슬머리에 깔끔한 복장을 한, 태도가 반듯한 종업원이었다. 라우리타는 그를 보지 않으려고 했다. 그녀는 사랑과 정절에 대해 직선적이고 단순하게 생각했다.

"여기 아가씨에겐 콩소메와 가자미구이하고 새 가슴살로 만든 비예로이를 주고, 나는 콩소메하고 식초와 올리브유를 친 송어찜 요리를 부탁해요."

"그것밖에 안 드세요?"

"네! 그만하면 됐어요. 별로 생각이 없어서요!"

파블로는 종업원을 바라보았다.

"사우테르네스 반병과 보르고냐 반병도 같이 부탁해요."

라우리타는 식탁 아래로 파블로의 무릎을 어루만졌다.

"어디 안 좋아요?"

"아냐. 아픈 데 없어. 오후 내내 속이 좋지 않았는데 이젠 괜찮아. 또다시 체하고 싶진 않은걸."

연인 한 쌍이 식탁에 팔꿈치를 괸 채 서로 눈을 마주 보았다. 그리고 화병을 조금 밀어 놓고선 손을 맞잡았다.

구석에 자리 잡은, 이젠 더 이상 손잡을 일도 없어진 다른 한 쌍이 이 두 사람을 능청스럽게 바라보았다.

"파블로가 차지한 저 여자는 도대체 누구지?"

"몰라! 가정부 같은데. 마음에 들어?"

"무슨 소리야……. 나쁘진 않은 것 같은데."

"마음에 들면 저 여자 데리고 날라 버려! 당신 맘에만 든다면 그런 일쯤이야 어렵지도 않을 텐데."

"또 시비 거는 거야?"

"먼저 시비 건 쪽은 당신이잖아. 나 좀 조용히 살게 놔줘! 더 이상은 싸우고 싶은 생각도 없으니까 말이야. 이젠 나도 더 이상 다소곳한 여자가 아냐."

남자는 담배에 불을 붙였다.

"마리 테레, 당신 지금 무슨 말을 하는지 알고나 있는 거야? 이런 식으로 나오면 절대 함께할 수 없다는 걸 모르는 건 아니겠지?"

"건달 같으니라고! 그렇게 되길 원한다면 나를 버려! 당신이 원하는 게 그거 아냐? 내 얼굴만 쳐다보는 남자도 아직은 많아."

"목소리 좀 낮춰! 남들 들으라고 나팔 불 건 없잖아."

엘비라는 양은 침대 머리맡에 있는 작은 탁자에 소설책을 올려놓고선 불을 껐다. 『파리의 미스터리』 옆에 물이 반쯤 든 컵과 신고 다니는 양말 몇 켤레, 그리고 거의 바닥이 다 드러난 립스틱이 어둠에 가려 있었다.

엘비라 양은 잠들기 전에 잠시 뭔가를 생각하는 버릇이 있었다.

"도냐 로사 말이 옳을지도 몰라. 그 늙은이에게 돌아가는 게 최선일지도 모르지. 이런 식으로는 살 수 없으니까. 그 늙은이가 철면피 같은 인간이기는 하지만 나라고 선택할 여지가 많은 것도 아니니 말이야."

엘비라 양은 작은 것에 만족할 줄 아는 그런 여자였는데도, 그 작은 것조차 손에 넣어 본 일이 별로 없었다. 그녀는 세상사를 이해하기까지 너무 오래 걸렸다. 하긴 그녀가 세상사를 이해했을 땐 이미 그녀 눈가는 주름투성이였고 이도 충치가 생겨 까맣게 변한 다음이었다. 지금 그녀는 병원에 가지 않고 이 보잘것없는 여인숙에서라도 계속 살 수만 있다면 대만족이었다. 몇 년 뒤에 병원 난방기 옆 침대에 편안하게 누울 수 있게 되는 것이 가장 큰 꿈이었다.

꼬마 아이는 가로등 불빛 아래에서 동전 한 줌을 세었다. 그리 운 나쁜 날은 아니었다. 오후 1시부터 밤 11시까지 열심히 노래를 부른 덕에 일 두로 육십 센티모를 벌었다. 어떤 술집에 가도 일 두로 동전을 오 페세타 오십 센티모로 바꿀 수 있었다. 술집에는 언제나 일 두로짜리 동전이 필요했다.

꼬마 아이는 돈이 생기면 언제나 앙헬레스 비탈길을 내려가 프레시아도스 거리 뒷골목에 있는 선술집에서 저녁을 먹었다. 콩과 빵, 그리고 튀긴 바나나 한 접시를 먹는 데 삼 페세타 이십 센티모가 들었다.

꼬마 아이는 식탁에 앉아 종업원을 불러 삼 페세타 이십 센티모를 치르고 식사를 기다렸다.

저녁 식사를 마친 다음에는 에체가라이 거리를 돌아다니며 새벽 2시까지 계속 노래를 불렀다. 그러다가 마지막 전철 손잡이를 잡으려고 열심히 뛰었다. 이 꼬마 아이는, 앞에서 한 번 이야기한 것 같긴 한데 아마 대여섯 살쯤 먹었을 것이다.

나르바에스 거리가 끝나는 지점에 파코와 마르틴이 약속 장소로 거의 매일 이용하는 술집이 있었다. 그 조그만 술집은 오르막길 오른쪽에 있는 경찰기동대 차고 근처였다. 술집 주인 셀레스티노 오르티스는 시프리아노 메라와 함께 육군 소령으로 전쟁에 참전했던 사람이었다. 마르고 후리후리하며, 일자 눈썹에 얼굴엔 곰보 자국이 약간 있었다. 오른손에는 콜레히아타 거리에서 맞춘, 레프 톨스토이 상이 새겨진 쇠로 만든 굵은 칠보반지를 꼈다. 틀니도 사용했는데 귀찮게 느껴지면 계산대에 빼 놓기도 했다. 셀레스티노 오르티스는 벌써 여러 해 전부터 지저분하고 너덜너덜해진 니체의 『아침놀』을 고이 간직해 왔다. 이 책은 그의 머리맡을 떠나 본 적이 없었으며, 일종의 인생 교본이었다. 그는 무슨 일이 있을 때마다 이 책을 읽었으며, 이 책에서 모든 영적 문제에 대한 해답을 구하고자 했다.

　"『아침놀 — 도덕적 편견에 대한 성찰』. 이 얼마나 멋진 제목인가!"

　책 표지에는 타원형으로 작가 사진이 있었고, 이 밖에도 작가 이름과 책 제목, 그리고 정가(사 레알)가 적혀 있었다. 책표지 하단에는 "F. 셈페레 이 콤파니아"라는 출판사 이름과 "발렌시아 팔로마르 10번지"라는 본점 주소와 "마드리드 올모 거리 4번지"라는 지점 주소가 적혀 있었다. 번역자는 페드로 곤살레스 블랑코였다. 표지 안쪽에는 출판사 로고인 프리기아 모자를 쓴 아가씨 흉상이 그려져 있었다. 아가씨 흉상 아래쪽에는 월계수 그림이, 위쪽에는 "예술과 자유"라는 문구가 있었다.

　셀레스티노는 이 책에서 몇 구절은 통으로 완벽하게 암기했다. 경찰기동대 사람들이 술집에 올 때면 셀레스티노는 이 책을 계산대 아래, 작은 술병이 든 상자 위에 숨겨 놓곤 했다.

"저놈들도 나와 마찬가지로 보통 사람의 자식이지만, 그래도 혹시 모르니까⋯⋯."

마을 사제들과 마찬가지로 셀레스티노도 니체 사상이야말로 위험한 데가 있다고 믿었다.

그는 경찰들 앞에서 늘 농담 삼아 짤막한 구절을 암기해 보이곤 했는데, 절대로 그 출전은 밝히지 않았다.

"동정심은 자살의 해독제이다. 동정심은 우리에게 쾌감을 안겨 줄 뿐만 아니라, 약간만 느껴도 우리는 우월감에서 오는 만족을 가득 만끽할 수 있기 때문이다."

경찰들도 웃음을 지었다.

"셀레스티노, 과거에 혹시 수도사 생활을 한 적 없었나?"

"무슨 말씀을! 행복은 그것이 무엇이든 간에 우리에게 공기와 빛과 행동의 자유를 주지."

경찰들은 큰 소리로 웃어 댔다.

"그리고 수도와."

"중앙난방 장치도."

셀레스티노는 모욕당했다는 생각에 경멸 어린 표정으로 그들에게 침을 뱉었다.

"너희들은 불쌍한 바보 천치야!"

이 술집에 오는 사람들 중엔 갈리시아 지방 출신으로, 입이 무거운 경찰이 한 사람 있었다. 셀레스티노는 이 사람과는 상당히 좋은 관계를 유지했다. 두 사람은 서로를 존중하는 사이였다.

"사장님, 언제나 똑같은 말씀만 하시네요!"

"언제나 똑같지요! 가르시아 씨. 단 한 번도 틀려 본 적이 없답니다."

"정말 대단한 재주군요!"

목도리를 휘감은 레오카디아 부인이 호주머니에서 손을 꺼냈다.

"자, 받으시지요. 여덟 개입니다. 통통한 것으로만 골랐습니다."

"감사합니다!"

"젊은이, 지금 몇 시나 됐어?"

젊은이는 단추를 풀어 투박한 은 시계를 들여다보았다.

"거의 11시가 다 되었네요."

11시가 되면 전쟁 때 다리를 절게 된 아들이 그녀를 데리러 왔다. 그는 새로운 정부 청사를 짓는 건축 현장에서 작업자 명부 관리 일을 했다. 이 선량한 아들은 어머니가 가게 정리하는 것을 도와주었다. 그런 다음 팔짱을 꼭 끼고 집으로 자러 간다. 두 사람은 코바루비아스 거리를 거슬러 올라가다가, 니카시오가예고 쪽으로 다시 방향을 틀었다. 팔다 남은 밤이 있으면, 밤을 먹으며 걸었다. 밤이 없으면, 싸구려 카페에 들러 따끈한 밀크 커피를 한 잔 사 마셨다. 어느덧 나이가 지긋해진 부인은 깡통에 숯을 넣어 침대 옆에 놓았다. 재 속에 숯을 묻어 놓으면 그중 몇 개는 새벽녘까지 갔다.

막 경찰들이 나갔을 때 마르틴 마르코가 술집에 들어왔다. 셀레스티노가 그에게 다가갔다.

"파코는 아직 오지 않았는데요. 오늘 오후에 여길 들렀는데, 당신더러 좀 기다려 달라고 전해 달랬어요."

마르틴 마르코는 뭐라도 되는 사람이나 지을 법한 그런 불쾌한 표정을 지었다.

"알았어요!"

"마실 것 한 잔 드릴까요?"

"블랙커피요!"

셀레스티노는 커피포트를 들고 잠시 서성이더니, 곧 사카린과 컵, 그리고 쟁반과 스푼을 챙기고는 계산대에서 나와 탁자에 올려놓고 이야기를 시작했다. 마르틴 마르코는 그가 눈을 반짝이는 걸 보며 뭔가 이야기를 꺼내기 위해 상당히 노력한다는 것을 눈치챘다.

"돈 받았어요?"

마르틴은 낯선 사람을 바라보듯 그를 보았다.

"아뇨! 아직 못 받았어요. 지난번에 말했듯이 매달 5일과 20일에 돈을 받아요!"

셀레스티노는 목을 긁적였다.

"그런데……."

"뭔데요?"

"이번 커피 값까지 합치면 벌써 이십이 페세타나 되요!"

"이십이 페세타요? 알았어요, 곧 드리지요! 돈만 생기면 언제나 바로 외상을 갚았던 것 같은데."

"잘 알지요!"

"그런데 도대체 왜 그래요?"

마르틴은 이마를 찌푸리며 목소리를 높였다.

"당신과 내가 언제나 똑같은 이야기로 옥신각신하는데, 뭔가 잘못된 것 같지 않아요? 마치 공통분모가 하나도 없는 사람들처럼 말이에요!"

"그러게요! 정말 죄송하게 됐습니다. 기분 나쁘게 할 생각은 아니었는데 그만……. 그런데 아실지 모르겠지만, 오늘 세금을 걷으러 왔거든요."

마르틴은 경멸 어린 눈빛으로 거만하게 고개를 들었다. 그러다가 그는 셀레스티노 턱에 난 여드름을 뚫어지게 바라보았다.

마르틴은 순간 목소리가 누그러졌다.

"거긴 왜 그래요?"

"아무것도 아녜요. 뾰루지가 나서요."

마르틴은 다시 미간을 찌푸리더니 낯을 굳히고 목소리를 깔았다.

"세금 받으러 왔다고 트집 잡는 겁니까?"

"아뇨! 그런 뜻으로 말한 게 아닙니다!"

"주인장, 내가 듣기엔 아주 비슷한 이야기였는데요! 소득분배와 납세 제도에 대해서는 우리가 충분하게 이야기를 나눴던 것 같은데, 아니었나요?"

셀레스티노는 갑자기 자기 스승이 떠올랐는지, 몸을 곧추세웠다.

"그렇지만 일장 설교가 제 세금 문제를 해결해 주는 것은 아니죠!"

"아! 그 문제가 걱정이다, 이 말씀이죠? 지독한 바리새인 같으니라고!"

마르틴은 셀레스티노를 뚫어지게 바라보았다. 그의 입가에

증오와 연민을 담은 차가운 미소가 떠올랐다.

"그래, 당신이 니체를 읽었다는 사람인가요? 니체에게서 얻은 건 별로 없는 것 같군요! 당신은 그저 별 볼 일 없는 소시민일 뿐인가요?"

"마르코!"

마르틴은 지지 않고 사자처럼 으르렁거렸다.

"좋아요! 소리 한번 질러 봐요! 당신 친구인 경찰도 한번 불러 보시지."

"경찰들은 내 친구가 아니에요!"

"칠 테면 쳐 봐요! 상관없으니까. 난 지금 돈이 없어요! 돈이 없다고요! 알겠어요? 돈이 없어요! 그렇다고 창피할 것도 없고요!"

마르틴은 벌떡 일어나 승리자처럼 당당하게 길거리로 나갔다. 문 앞에서 다시 뒤돌아보았다.

"질질 짜지 마요! 그래도 당신은 정직한 장사꾼이니까. 나에게 사 두로 좀 넘는 돈이 생기기만 하면, 당신이 세금 내고 두 다리 뻗고 잘 수 있도록 바로 와서 갚을 테니까. 제발 양심껏 살라고요! 오늘 커피도 달아 놓으세요. 적을 데가 있으면 잘 적어 놓으시고. 나도 이러고 싶진 않다고요!"

셀레스티노는 당황해서 어쩔 줄 몰랐다. 그가 뻔뻔하게 구는 게 너무 얄미워 병으로 대갈통이라도 깨 놓고 싶었지만 갑자기 머릿속에 "맹목적인 분노에 몸을 맡기는 것은 짐승의 성질에 다가가는 일이다."라는 니체의 말이 떠올랐다. 술병 상자 위에 올려놓았던 책을 들어 서랍에 넣었다. 그에게는 수호천사마저도 등을 돌려 버릴 것만 같은 날도 있었다. 그런 날이면 니체도 반대편 보도에서 자기를 그냥 지나쳐 갈 것만 같았다.

파블로는 택시를 불러 달라고 했다.
"그냥 헤어지기엔 아직 시간이 좀 이른 것 같아. 시간이나 보낼 겸 극장에 가는 건 어때?"
"파블로, 당신 마음대로 하세요. 함께 있을 수만 있다면 괜찮아요!"
종업원이 왔다. 전쟁이 끝난 뒤부터 종업원들은 모자를 쓰지 않았다.
"택시 왔습니다, 손님!"
"고마워! 우리 이제 갈까?"
파블로는 라우리타가 코트를 걸치도록 도와주었다. 택시에 오르자 라우리타는 파블로에게 낮은 목소리로 조심스레 일깨워 주었다.
"도둑놈 같으니! 눈 크게 뜨고 잘 봐야 해요! 가로등을 지날 때면 요금이 벌써 육 페세타를 넘어설 거예요."

오돈넬 거리 모퉁이를 막 돌아서려는 순간 마르틴은 파코와 만났다.
"안녕!"이라는 파코 목소리를 들으며 그는 이런 생각을 했다.
'그래! 바이런 말이 맞아! 만일 아들이 있다면 그저 그런 사람으로 키우든지, 아니면 해적이나 변호사로 키우든지 둘 중 하나를 택해야 한다는 말이 옳아!'
파코는 마르틴 어깨에 손을 올려놓았다.
"얼굴이 상당히 상기되었는걸! 왜 나를 기다리지 않았지?"

마르틴은 몽유병 환자처럼 헛소리하듯 말했다.

"그를 죽일 뻔했어! 돼지 같은 놈!"

"누구?"

"술집 주인 놈 말이야!"

"술집 주인? 아니 그 미련한 녀석이 무얼 어떻게 했기에?"

"외상값을 들먹이잖아! 내가 돈만 생기면 바로바로 갚아 왔다는 걸 잘 알면서도 말이야."

"그렇지만 그 친구도 돈이 떨어졌던 게 아닐까?"

"그랬겠지! 세금을 내야 한다고 했으니까. 그래, 모두 다 똑같은 놈들이야!"

마르틴은 시선을 떨어뜨리더니 낮은 목소리로 중얼거렸다.

"그러잖아도 오늘 다른 카페에서도 쫓겨났는데……."

"발로 차였단 말이야?"

"아니, 차이진 않았어. 하지만 그들에게 그럴 생각이 없진 않았던 같아. 파코, 이젠 나도 지쳤어."

"진정해, 흥분하지 말고! 흥분할 필요 없잖아! 참, 어딜 가려는 참이었어?"

"잠이나 자러!"

"그래, 잘 생각했어. 내일 만날까?"

"네 마음대로 해! 필로 누나 집에 연락해 둬. 그곳에 들를 테니까."

"좋아."

"자, 네가 원하던 책이야! 원고지 가져왔지?"

"아니, 못 구했어. 내일은 어떻게 구해 볼게."

엘비라 양은 침대에서 엎치락뒤치락 잠을 설쳤다. 기분이 몹시 좋지 않았다. 저녁을 과식해서 그렇다고 해도 할 말이 없었다. 그녀는 유년 시절과 비얄론의 교수대가 떠올랐다. 가끔 머릿속을 스쳐 지나가는 끔찍한 기억이었다. 그런 날에는 유년 시절에 대한 지겨운 기억을 떨쳐 버리고자, 엘비라 양은 잠들 때까지 사도신경을 암송했다. 하지만 유년 시절 기억이 집요하게 달라붙는 바람에 사도신경을 백오십 번, 이백 번까지 암송하는 날도 있었다.

마르틴은 친구 파블로 알론소의 집에서 옷 방에 있는 침대에 누워 밤을 지새웠다. 그에게도 집 열쇠가 있었다. 하지만 친구의 호의에 보답하기 위해 세 가지 규칙을 반드시 지켜야 했다. 절대로 돈을 빌려 달라고 하지 않을 것, 절대로 방에 다른 사람을 들이지 않을 것, 그리고 아침 9시 30분에 나가 밤 11시까지는 집에 돌아오지 않을 것, 이 세 가지였다. 병에 걸릴 경우에 대해선 아직 약속해 둔 것이 없었다.

아침에 파블로의 집에서 나오면 마르틴은 먼저 우체국이나 스페인 은행에 갔다. 따뜻하게 난방이 되어 있을 뿐만 아니라, 전보용지나 예금용지 뒷면에 시를 쓸 수도 있기 때문이었다.

파블로가 거의 새것에 가까운 웃옷을 빌려 준 날이면, 마르틴 마르코는 식사 시간이 끝나 갈 무렵 대담하게 팔라세 호텔 로비에 모습을 나타내곤 했다. 화려한 호텔 분위기에 별다른 매력을 느끼지 못하는 것은 분명하지만 그는 이런저런 분위기를 접해 보고 싶었던 것이다. 그는 이렇게 생각했다.

"모든 것이 다 경험이야."

돈 레온시오 마에스트레는 자기 가방에 걸터앉아 담배에 불을 붙였다. 그 어느 때보다도 행복하다고 생각하며, 속으로 「라 돈나 에 모빌레」의 가사를 자기 마음대로 바꿔 불렀다. 젊은 시절 돈 레온시오 마에스트레는 조그만 섬마을인 고향 메노르카라에서 문학제에 참가해 수상한 경력이 있었다. 돈 레온시오가 부르는 노래 가사는 엘비라 양을 칭송하고 찬양하는 내용이었다. 다만 마음에 걸리는 게 있다면 그것은 첫 번째 행에서 계속 강세가 잘못 놓인다는 것이었다. 이를 해결할 수 있는 방법은 다음 세 가지가 있었다.

1. 오 – 아름다운 – 엘비리타
2. 오 – 아름다운 – 엘비리타
3. 오 – 아름다운 – 엘비리타

그런데 문제는 이 세 가지 모두 별로라는 것이었다. 이것은 사실이었다. 그래도 제일 마음에 드는 것은 첫 번째 강세였다. 최소한 「라 돈나 에 모빌레」와 같은 자리에 강세가 오기 때문이었다.

돈 레온시오는 눈을 반쯤 감은 채 단 한 순간도 엘비라 양에 대한 생각을 떨치지 못했다.

"불쌍한 아가씨, 그렇게 담배가 피우고 싶었다니! 레온시오, 네가 그녀에게 담배를 선물할 때 보니 그녀는 얼굴색이 정말 진한 장밋빛이었어……!"

돈 레온시오는 사랑의 추억에 젖었다. 덕분에 엉덩이로 깔고 앉은 가방의 쇠 부분까지도 차갑지 않게 느껴졌다.

수아레스 씨는 정확하게 아파트 문 앞에서 택시를 내렸다. 발을 저는 모양새가 이젠 상당히 세련되어 보일 정도였다. 그는 코안경을 다시 고쳐 쓰고선 엘리베이터에 올랐다. 수아레스 씨는 아주 나이 많은 어머니를 모시고 살았다. 두 사람은 매우 사이가 좋았으며, 잠자리에 들기 전에 반드시 어머니가 아들에게 이불을 덮어 주고선 잘 자라고 축복했다.

"애야, 어떠니?"

"좋아요! 엄마, 사랑해요!"

"그럼 잘 자라! 감기 걸리지 않도록 이불 잘 덮고! 편하게 쉬렴!"

"고마워요, 엄마! 엄마도 안녕히 주무세요. 키스해 주세요."

"자, 뽀뽀. 그리고 기도드리는 거 절대로 잊지 마라!"

"예! 엄마."

수아레스 씨는 나이가 쉰 살 전후였고, 그의 어머니와는 스무 살이나 스물두 살 정도 차이가 났다.

수아레스 씨는 사 층 C호에 다다르자 작은 열쇠를 꺼내 문을 열었다. 그는 넥타이를 다시 갈아매고 머리도 잘 빗질한 다음 향수를 한 방울 뿌리고, 어머니가 마음 상하지 않게 적당한 구실을 둘러대고 나서, 다시 택시를 타고 급히 서둘러 나갈 작정이었다.

"엄마!"

수아레스 씨는 현관문을 들어서면서 어머니를 불렀다. 집에 들어올 때마다 어머니를 부르는 그의 목소리는 영화에 나오는 티롤 산악인들 목소리를 흉내 낸 것 같았다.

"엄마!"

현관 앞 방엔 불이 켜져 있는데도 아무 대답이 없었다.

"엄마! 엄마!"

수아레스 씨는 조금 신경 쓰이기 시작했다.

"엄마! 엄마! 무슨 일이지? 방에 들어갈 수도 없는데…….
엄마!"

수아레스 씨는 조금은 기이한 힘에 이끌려 복도로 향했다.
그 이상한 기운이 아마 호기심이었는지도 모른다.

"엄마!"

수아레스 씨는 손잡이에 손을 댔다가 멈칫거리더니 다시 뒤
로 물러났다. 그러고는 도망치듯이 밖으로 나왔다. 아파트 현
관문 앞에서 다시 한 번 소리쳐 불러 보았다.

"엄마! 엄마!"

심장 박동이 거세지는 게 느껴졌다. 그는 계단을 한 번에 두
칸씩 뛰어 내려갔다.

"국회의사당 맞은편 카레라데산헤로니모로 갑시다."

택시는 그를 국회의사당 맞은편 카레라데산헤로니모로 데
려갔다.

마우리시오 세고비아는 도냐 로사가 자기 종업원들에게 욕
을 퍼부어 대는 소리에 질릴 때쯤 되면 자리에서 일어나 카페
를 나왔다.

"저 상복 입은 바다표범 같은 여편네와 멍청이들 한 무더기
중에서 누가 더 불쌍한지 도저히 모르겠네. 언제 한 번 그녀가
몰매 세례를 당하면 어떨지……."

마우리시오 세고비아는 머리카락이 빨간 여느 사람들처럼

마음이 선량하고 불의를 보면 참지 못하는 성질이었다. 종업원들마저 언제 한 번 도냐 로사가 몰매를 맞아야 한다고 생각한 까닭은 그녀가 언제나 자신들을 학대했기 때문이다. 한 번은 몰매를 맞아야 최소한 일 대 일이 될 거고, 그래야 다시 셈을 시작할 수 있다는 것이다.

"모든 건 배짱 문제야. 배짱은 좋으면서 달팽이처럼 부드러운 사람이 있는가 하면, 배짱도 없으면서 부싯돌처럼 단단하기만 한 사람도 있으니까."

돈 이브라임 데 오스톨라사 이 보파룰은 거울을 보았다. 고개를 들어 수염을 쓰다듬으며 큰 소리로 이야기했다.

"학술원 회원 여러분, 저는 더 이상 여러분을 혼란스럽게 하고 싶지 않습니다. 에…… 그러니까…….(이 부분은 잘된 것 같은데……. 머리는 조금 더 거만하게 세우고……. 커프스를 조심해야겠군. 가끔은 소매에서 지나치게 튀어 나와, 금방이라도 날아갈 것 같단 말이야.)"

돈 이브라임은 담배 파이프에 불을 붙였다. 그러고는 방 안을 서성대기 시작했다. 한 손은 의자 등받이에 대고, 다른 손으로는 마치 동상 속 인물들이 종이 뭉치를 쳐들듯 파이프를 높이 쳐들었다. 계속 말을 이었다.

"클레멘테 데 디에고 교수님께서 이야기한 것을, 예컨대 시효라는 것이 권리 행사에 의한 권리 취득의 한 방법이라는 것을 어떻게 받아들일 수 있단 말입니까? 이 주장에는 논리적 일관성이 결여된 것이 분명합니다. 학술원 회원 여러분, 저의 집요한 주장을 널리 용서하시고, 논리에만 기대려는 저의 오래

된 버릇도 다시 한 번 받아들여 주시면 감사하겠습니다. 관념의 세계에 논리가 없다면, 그것은 정말이지 아무것도 아닙니다. (이쯤에서 긍정하는 소리가 웅성거리면서 번져 나오겠지!) 고명하신 회원 여러분, 뭔가를 사용하기 위해선 그것을 소유해야 하는 것은 분명한 사실 아니겠습니까? 여러분의 눈을 통해 여러분들 역시 똑같은 생각이라는 것을 확신할 수 있습니다. (이 대목에서 누군가는 낮게라도 '그래, 분명한 사실이야!'라고 말할 거야.) 그러므로 뭔가를 사용하기 위해선 반드시 먼저 소유해야 한다는 이 말을 수동태 문장으로 한번 바꿔 봅시다. 그건 소유되지 않은 것은 사용될 수 없다는 말이 아니겠습니까?"

돈 이브라임은 석유 등불 쪽으로 한 발 내디디며, 우아하게 가운, 아니 연미복 옷깃을 쓰다듬은 다음 은근한 미소를 지었다.

"그렇다면 회원 여러분, 뭔가를 사용하기 위해선 그것을 소유해야 하며, 소유하기 위해선 그것을 취득해야 합니다. 이때 어떤 명목인가는 하등 문제가 되지 않습니다. 이미 말씀드렸듯이 취득해야 한다는 것, 바로 이 점이 가장 중요합니다. 절대로, 절대로 사전에 취득하지 않으면 소유할 수도 없는 법입니다. (아마 이 대목에서 박수갈채가 터져 나와 내 말을 끊어 놓을 거야. 이 점을 고려해서 준비해야겠지.)

돈 이브라임의 목소리가 금관악기 바순처럼 엄숙하게 울려 퍼졌다. 벽 너머에선 방금 일터에서 돌아온 남편이 부인에게 뭔가를 물었다.

"애기, 똥 누였어?"

돈 이브라임은 싸늘한 냉기를 온몸으로 느끼고는 목도리를 고쳐 맸다. 오후만 되면 입고 나가는 연미복의 검은 나비넥타이가 거울에 비쳤다.

　　언제나 시가를 물고 다니는 인쇄업자 돈 마리오 데 라 베가는 삼 차 교육과정 덕분에 학사 학위를 딴 사람과 저녁 식사를 하러 갔다.

　　"이봐요, 내 말 잘 알아들었소? 내일부터, 단순히 나를 만나러 오는 것이 아니라 당장 일을 시작하라는 거요. 나는 이런 식으로 매사를 착착 속도감 있게 진행하는 것을 좋아하오."

　　맞은편 사람은 처음에는 좀 얼떨떨한 표정을 지었다. 그는 몇 가지 정리할 일도 있고 해서 이삼 일 후부터 가겠다고 하려고 했으나, 거절밖에는 되돌아올 게 없으리라고 예상했다.

　　"문제없습니다. 감사합니다. 제 능력이 닿는 대까지 열심히 일하겠습니다."

　　"그렇게 하는 게 좋을 거요."

　　돈 마리오 데 라 베가는 웃음을 지었다.

　　"자, 모든 이야기가 끝났소. 그럼 멋진 출발을 위해 내가 당신을 저녁 식사에 초대하겠소."

　　젊은이는 갑자기 눈앞이 흐려지는 것을 느꼈다.

　　"이렇게까지……."

　　인쇄업자는 그의 말을 가로막고 나섰다.

　　"자, 갑시다. 선약은 없으시겠죠? 시간을 잘못 고른 사람이 되고 싶진 않은데……."

　　"아닙니다, 시간을 잘못 고르시다니요. 걱정 마십시오. 오히려 시간을 너무 잘 고르신 것 같은데요. 오늘은 아무런 선약도 없습니다."

젊은이는 용기를 내어 말을 덧붙였다.

"오늘 저녁엔 아무런 계획도 없으니까, 사장님 말씀에 따르겠습니다."

술집에서 돈 마리오는 좀 어두운 얼굴로 원하는 바를 이야기했다. 자기는 직원을 잘 돌봐 주고 싶으며, 직원들 역시 기분 좋게 일하길 바란다고 했다. 직원들 삶도 더욱 번창하길 빌며, 자기를 아버지처럼 여겼으면 좋겠다는 말도 덧붙였다. 그리고 마지막으로 직원들이 인쇄업을 진심으로 좋아했으면 한다고 이야기했다.

"사장과 직원의 협력 없이는 사업이 번성할 리 없소. 게다가 사업이 잘나가면 모두에게도 좋고. 잠깐만 기다려요. 전할 말이 있어서 전화 한 통화만 하고 올 테니까."

새 상사의 침 튀기는 이야기를 듣고 나자 젊은이는 자신의 역할이 완벽하게 아랫사람이 되는 거라는 걸 깨달았다. 혹시나 상대가 자기 말을 제대로 알아듣지 못했을까 봐, 돈 마리오는 식사 도중에 다시 입을 열었다.

"당신은 일당 십육 페세타를 받을 거요. 그렇지만 잡담이나 하는 게 아니라, 일을 열심히 한다는 조건으로 말이오. 알아들었소?"

"물론입니다. 사장님!"

수아레스 씨는 국회의사당 앞에 다다르자 택시에서 내려 친구들이 기다리는 카페를 찾아 프라도 거리 쪽으로 향했다. 자신이 침을 질질 흘리며 나왔다는 것을 다른 사람들이 눈치채지 못하게 하려고, 수아레스 씨는 카페 문 앞까지 택시로 가지는 않았다.

"이것 봐! 나에게 무슨 일이 생긴 것 같아! 우리 집에 뭔가 끔찍한 일이 생긴 게 아닐까? 아무리 불러도 엄마가 대답이 없었단 말이야."

카페에 들어서는 순간부터 수아레스 씨의 목소리는 평소보다 더 들떠 있어서, 어찌 들으면 술집 여종업원들 목소리처럼 들릴 정도였다.

"신경 쓰지 마! 특별히 걱정할 건 없으니까. 아마 잠이 드셨을 거야."

"그랬으면 좋겠는데······."

"틀림없어. 노인들은 금세 잠에 곯아떨어지니까."

그의 친구는 초록색 넥타이를 매고, 진홍색 구두와 줄무늬 양말을 신은 말쑥한 인물로, 어딘지 모르게 건달 냄새가 났다. 그의 이름은 호세 히메네스 피게라였는데, 뻣뻣한 수염과 회교도 같은 눈매가 인상적인, 몰골이 조금은 기괴한 사내였다. 덕분에 사람들은 나무토막 페페라고 놀리곤 했다.

수에레스 씨는 얼굴을 붉히며 빙그레 웃었다.

"페페, 정말 멋있게 생겼는데······."

"입 닥쳐! 새끼야, 남들이 들어!"

"아니, 새끼라니! 예전에는 자기라고 불러 줬으면서······."

수아레스 씨는 얼굴을 찡그리며 깊은 생각에 빠졌다.

"엄마한테 무슨 일이라도 있는 걸까?"

"정말 입 안 다물 거야?"

별명이 나무토막인 히메네스 피게라 씨는 별명이 여자 사진 사인 수아레스 씨의 손목을 비틀었다.

"귀염둥이, 즐겁게 놀려고 온 거야, 아니면 나에게 네가 사랑하는 엄마 역할을 기대하고 온 거야?"

"페페, 그래, 네 말이 맞아. 화내지 마! 그렇게 화내면 무섭잖아!"

돈 레온시오 마에스트레는 두 가지 중요한 판단을 내렸다. 첫 번째 판단은 엘비라 양이, 얼굴에서 잘 드러나듯이 어디에서나 볼 수 있는 그런 평범한 여자는 아니라는 것이다. 엘비라 양은 우아한, 양가집 출신 여인인데, 가족들과 뭔가 의견이 맞지 않아 집을 나왔을 것이라고 생각했다. 잘했어! 정말! 많은 부모들이 평생 자식들을 자기 슬하에 묶어 둘 수 있다고 생각하는데, 도대체 그런 권리가 있는지 한번 따져 봐야 해! 엘비라 양은 분명 오랫동안 가족들이 자기 삶에 대해 시시콜콜 간섭해 왔기 때문에 더 이상은 못 참고 집을 뛰쳐나왔을 거야. 가엾은 여자야! 누구나 삶 어느 한편엔 신비스러운 면이 있기 마련이야! 그렇지만 언제나 얼굴은 영혼의 거울 역할을 하지.

"도대체 어떤 놈 머리에서 엘비라 양이 창녀라는 그따위 생각이 나올 수 있겠어?"

돈 레온시오 마에스트레는 스스로에게 짜증이 났다.

돈 레온시오의 두 번째 판단은 저녁 식사를 마친 후 혹시라도 엘비라 양이 나와 있는지, 다시 한 번 도냐 로사의 카페에 가 보는 게 좋겠다는 것이었다.

"누가 알아! 가정에서 뭔가 불쾌한 일을 겪고 슬픔에 젖은 채 집을 나온 가여운 여자들은 대부분 음악을 틀어 주는 카페를 무지 좋아하니까."

돈 레온시오 마에스트레는 서둘러 저녁 식사를 마쳤다. 머리를 잘 빗은 다음 다시 외투를 걸치고 모자를 썼다. 그러고는 다시 도냐 로사의 카페로 향했다. 도냐 로사의 카페를 돌아볼 심산으로 집을 나선 것이다.

마우리시오 세고비아는 자기 마을에서 전노련(전국노동자연맹) 서기 자리를 구할 수 있는지 알아보려고 마침 마드리드에 올라와 있던 형 에르메네힐도와 함께 저녁 식사를 하러 나갔다.

"일은 잘돼 가요?"

"글쎄…… 잘돼 가는 것 같긴 한데……."

"새로운 소식은 없어요?"

"있어! 오늘 오후 돈 로센도의 개인 비서인 돈 호세 마리아와 함께 있었는데, 그가 있는 힘껏 나를 밀어주겠다고 했어. 어떻게 처리할지 곧 알게 되겠지. 네가 보기엔 나를 임명해 줄 것 같니?"

"그럼요! 임명하지 않을 이유가 없잖아요?"

"그렇지만 나는 모르겠어! 어떨 때는 확실한 것 같기도 하고, 어떨 때는 이러다가 결국 걷어차이지나 않을까 싶기도 하고. 어떤 패가 나올지 모르면서 이렇게 기다려야 한다는 게 제일 죽을 맛이야."

"기운 내세요! 하느님은 우리를 다 똑같이 만드셨으니까요. 그리고 뭔가를 원하는 사람이 그에 상응하는 수고를 아끼지 말아야 한다는 것쯤은 형님도 잘 아시잖아요."

"그래, 나도 그런 생각이야!"

두 형제는 식사를 거의 다 마칠 때까지 입을 다물었다.

"독일 놈들이 요즘 아주 단단히 혼나는 것 같던데……."
"예! 요즘 뭔가 심상치 않은 냄새가 나요!"

돈 이브라임 데 오스톨라사 이 보파롤은 옆방 갓난아기가 똥 누는 소리를 못 들은 척했다. 목도리를 만지작거리며, 한 손을 의자 등받이에 올려놓더니 연습을 계속했다.

"그렇습니다, 학술원 회원 여러분. 이렇게 여러분 앞에서 이야기할 수 있는 영광을 안은 본인은, 본인의 논의가 정말 빈틈없다고 믿습니다.(빈틈없다는 말이 지나치게 대중적이고 천박한 느낌을 주지 않을까?) 앞서 얻은 연역적인 결론을 우리가 차용하는 법적 개념에 적용한다면(앞서 얻은 연역적인 결론을 우리가 차용하는 법적 개념에 적용한다면……, 혹 너무 지루하게 들리는 건 아닐까?) 어느 것이나 우리가 사용하기 위해서는 그것을 소유해야 하는 것과 마찬가지로, 그것이 무엇이 되었든 권리를 행사하기 위해서도 그것을 소유해야 한다고 확신합니다. (잠시 뜸을 들여야겠지.)"

옆방 사람이 아이의 똥 색깔을 물어보자, 부인은 정상이라고 대답했다.

"다시 말해 사전에 취득하지 않았다면 권리는 소유할 수 없는 법입니다. 본인의 주장은 수정처럼 맑은 개울물과 마찬가지로 명확합니다. (여기저기서 "옳소!" 소리가 들리겠지.) 권리를 행사하기 위해서는 반드시 권리를 취득해야 합니다. 왜냐하면 권리가 없다면 권리를 행사할 수 없기 때문입니다. (또다시 "옳소!" 소리가 터져 나오겠지.) 과학적으로 엄밀하게 살펴볼 때 수많은 이론들을 만들어 내신 것으로 유명한 디에고 교수님께서 원하시는 바와 같이 권리 행사에 의한 권리 취득 방법이 존재한다고 어찌 생각할 수 있단 말입니까? 아직 취득하지 않은 것, 아직 소유하지 않은 권리를 행사할 수 있다고 확신하는 것에 지나지 않습니다. (여기저기에서 동의를 표하는 소리가 들려오겠지.)"

옆방 사람이 다시 물어보았다.

"약 먹였어?"

"아니요! 약을 준비하긴 했지만 혼자서 그냥 똥을 잘 눴어요. 참, 오늘 정어리 통조림도 하나 샀는데⋯⋯. 시어머니께서 이럴 때는 정어리기름이 최고라고 하셨거든요."

"잘했어. 너무 걱정하지 마. 통조림은 먹어 버리면 돼. 정어리기름은 어머니께서 지어내신 이야기일 거야."

남편과 아내는 서로 껴안고 입을 맞추며 다정스레 미소 지었다. 모든 일이 잘 풀려나가는 날도 있는 법이다. 갓난아기의 변비는 얼마 전부터 가장 골치 아픈 걱정거리였다.

돈 이브라임은 계속해서 자신에게 동의하며 환호를 보내는 사람들 앞에서 잠시 이야기를 멈추고는 생각에 잠긴 듯한 표정으로 고개를 숙여 탁상보와 물컵을 바라보았다.

"학술원 회원 여러분, 어떤 물건을 사용한다는 것은 법규에 의해 소유로, 즉 점유자 측에서 보았을 때 소유자 명의로 옮겨 가는 것을 의미합니다. 이것은 단지, 아직 존재하지 않기 때문에 단순히 물건을 사용한다든가 혹은 물건을 사용할 권리를 행사한다는 말이 아닙니다. 그렇지만 이는 결과적인 상황이지 권리는 아니라는 것을 상기시켜 드릴 필요까지는 없다고 믿습니다. (잘한다.)"

돈 이브라임은 승자다운 미소를 지으며 잠시 생각에서 떠나 있었다. 사실 깊이 따져 보았을 때, 대충 겉만 봐도 마찬가지지만, 돈 이브라임은 정말이지 행복한 사람이었다. 설령 다른 사람들이 말을 귀담아 들어 주지 않으면 어때! 역사가 필요한 게 무엇 때문이겠어!

"결국 역사가 정의를 구현할 거야. 천재도 제대로 알아보지 못하는 이런 천박한 세계에 살면서, 백 년 뒤에 우리 모두 대머리가 될 거라고 미리 걱정할 필요가 있을까?"

돈 이브라임은 정신이 혼미해질 정도로 사납게 울려 대는 벨소리에 황홀하고도 달콤한 꿈에서 깨어났다.

'이건 또 뭐야! 언제까지 이렇게 귀찮게 굴 거야. 교양머리 없는 것들 같으니! 집도 제대로 찾지 못하고 아무 데나 눌러 대고.'

돈 이브라임이 열변을 토하는 동안 화덕 옆에서 뜨개질을 하던 아내는 얼른 일어나 문을 열러 갔다.

돈 이브라임은 밖에서 들려오는 소리에 귀를 기울였다. 초인종을 누른 사람은 오 층에 사는 사람이었다.

"혹시 남편분 계신가요?"

"예! 연설을 준비하고 계시는데요."

"좀 뵐 수 있을까요?"

"예! 물론이지요."

부인은 목소리를 높였다.

"여보, 위층에 사는 분이신데요!"

돈 이브라임이 대답했다.

"들어오시라고 해! 들어오시라고. 거기 그렇게 서 계시게 하지 말고!"

돈 레온시오 마에스트레는 얼굴이 무척이나 창백했다.

"자, 어서 들어오시지요. 무슨 일로 이렇게 누추한 곳까지 오셨나요?"

돈 레온시오는 떨리는 목소리로 입을 열었다.

"돌아가셨어요!"

"뭐라고요?"

"돌아가셨다고요!"

"예?"

"돌아가셨다니까요! 이마를 만져 봤는데 얼음장처럼 차가웠어요!"

돈 이브라임의 부인은 깜짝 놀라 두 눈을 크게 떴다.

"누구 말이에요?"

"옆집 아주머니 말입니다."

"옆집 아주머니요?"

"예!"

"마르고트 아주머니 말이에요?"

"예!"

돈 이브라임이 얼른 끼어들었다.

"그 남창 놈의 어머니 말입니까?"

돈 레온시오의 입에서 그렇다는 대답이 떨어지는 것과 동시에, 이브라임의 부인이 남편에게 말조심시켰다.

"여보, 제발 그렇게 말하지 마세요!"

"그래, 확실히 죽었다는 말입니까?"

"그래요! 돈 이브라임. 완전히 숨을 거두었어요. 수건으로 목을 맸어요."

"수건으로요?"

"예, 벨벳 수건으로요."

"이럴 수가! 너무 끔찍하군요!"

돈 이브라임은 이리저리 방 안을 오가며 이런저런 명령을 내리기 시작했다. 그리고 모두에게 진정하라고 이야기했다.

"여보, 헤노베바. 전화해서 경찰을 불러!"

"몇 번에다 해야 돼요?"

"내가 어떻게 알아? 전화번호부 찾아봐! 그리고 마에스트레 씨, 당신은 계단에서 아무도 오르내리지 못하게 감시 좀 해 주시오. 모자걸이에 지팡이가 있소. 나는 의사를 부르겠소."

돈 이브라임은 의사 집 문이 열리자 굉장히 침착하게 질문을 던졌다.

"의사 선생님 안에 계신가?"

"예. 잠시만 기다려 주세요."

돈 이브라임은 의사가 집에 있다는 것을 이미 알았다. 의사가 나와 무슨 일이냐고 묻자, 돈 이브라임은 어디서부터 시작해야 좋을지 몰라, 빙그레 웃었다.

"갓난아기는 좀 어떤가요? 배 아픈 건 다 나았나요?"

저녁 식사를 마친 다음 돈 마리오 데 라 베가는 삼 차 교육 과정 학사 출신인 엘로이 루비오 안토파가스타에게 카페에 가서 아무거나 한잔하자고 했다. 불쌍한 학사의 처지를 이용하겠다는 심산이 뻔했다.

"시가 한 대 피우겠소?"

"감사합니다, 사장님. 감사합니다."

"이런, 그냥 가볍게 생각하시오."

엘로이 루비오 안토파가스타는 겸손한 미소를 지었다.

"아닙니다!"

그리고 한 마디 덧붙였다.

"오늘 직장을 구할 수 있어서 정말 기분이 좋습니다. 사장님도 잘 아시겠지만 말입니다."

"그리고 저녁 식사도 했고……."

"물론입니다. 저녁 식사도 맛있게 했고요."

수아레스 씨는 나무토막 페페가 준 시가를 피웠다.

"정말 맛이 좋군. 너의 향기가 느껴져!"

수아레스 씨는 친구의 눈을 뚫어지게 바라보았다.

"한잔하는 게 어때? 난 지금 저녁 생각은 없는데. 너와 함께 있으면 무언가 먹고 싶단 생각이 사라져 버린단 말이야."

"좋아! 가자!"

"나더러 사라는 건 아니겠지?"

여자 같은 사진사와 나무토막은 팔짱을 꼭 끼고 프라도 거리 왼쪽 보도를 따라 걸어 올라갔다. 이 길을 따라 올라가다 보면 몇 군데 당구장이 눈에 들어왔다. 어떤 사람들은 그들을 보고선 고개를 돌려 버렸다.

"여기 잠깐 들어가 당구 치는 거나 볼까?"

"아냐, 그냥 가자. 지난번에 내 입으로 당구 큐가 들어갈 뻔했어."

"개새끼들! 교양 없는 놈들이 있어서 그래! 정말 끔찍한 일이야! 정말 놀랐겠네! 나무토막!"

나무토막 페페는 기분이 상했다.

"너는 네 어머니도 나무토막이라고 부를래?"

이 말에 수아레스 씨는 신경질적인 반응을 보였다.

"아! 엄마! 도대체 무슨 일일까? 오, 하느님! 제발!"

"그만 입 좀 다물래?"

"미안해, 페페. 이젠 엄마 이야기는 하지 않을게. 정말 불쌍한 분이야. 페페, 꽃 한 송이 사 주지 않을래? 빨간 동백꽃 한 송이 사 주면 좋겠는데……. 자네와 함께 있을 땐 접근 금지 명찰을 달고 다니는 게 좋을 거 같아서 그래."

나무토막 페페는 우쭐한 기분에 빙그레 웃으며, 수아레스 씨에게 빨간 동백꽃 한 송이를 사 주었다.

"옷깃에 달아!"

"네가 원하는 곳에 달게!"

의사 선생님은 마르고트 부인이 완전히 죽었다는 것을 확인한 다음에는 돈 레온시오 마에스트레를 보살펴야만 했다. 그는 불쌍하게도 의식을 잃고 발작을 일으키며 두 다리를 사방으로 버둥거렸다.

"의사 선생님! 이러다간 이 사람도 죽는 게 아닐까요?"

도냐 헤노베바 쿠아드라도 데 오스톨라사는 몹시 걱정스러웠다.

"너무 걱정하지 마세요, 부인. 별거 아니에요. 조금 놀랐을 뿐이에요."

안락의자에 앉은 돈 레온시오는 여전히 눈이 하얗게 뒤집힌 채 입으론 거품을 내뿜었다. 그동안 이브라임은 이웃들을 불러 모았다.

"자, 진정합시다. 이럴 때일수록 진정해야 해요. 각 집안의 가장이신 분은 먼저 양심적으로 자기 집을 조사해 주십시오. 우리들이 할 수 있는 모든 협조를 제공해서 정의를 세워 보도록 합시다."

"옳습니다! 말씀 잘하셨습니다. 이런 땐 한 사람이 지휘하고 나머지는 명령을 따르는 게 옳습니다."

범죄가 일어난 집 이웃에 사는 사람들은 모두 스페인 사람 아니랄까 봐 다들 한 마디씩 거들고 나섰다.

"유자차 한 잔 만들어 주십시오."

"예, 의사 선생님."

돈 마리오와 학사인 엘로이는 일찍 잠자리에 들기로 합의를 보았다.

"좋아, 내일부터 하는 거야! 앞으로 나가는 거야! 알았지?"

"예, 잘 알겠습니다, 사장님. 두고 보십시오, 사장님도 제가 일하는 것에 만족하실 겁니다."

"기대해 보지. 나에게 그것을 보여 줄 기회가 내일 9시부터 시작될 걸세. 그런데 어느 쪽으로 가지?"

"집으로 가야지요. 어디 갈 데가 있겠습니까? 잠을 자러 가야지요. 사장님도 일찍 주무시는 편입니까?"

"평생 그래 왔네. 나는 언제나 규칙적인 생활이 몸에 밴 사람이지."

엘로이 루비오 안토파가스타는 뭔가 아부를 해야겠다는 생각이 들었다. 하긴 아부가 그의 천성인지도 모른다.

"베가 사장님, 괜찮으시다면 제가 댁까지 모셔다 드리겠습니다."

"엘로이, 자네 좋을 대로 하게. 고맙네. 집에까지 가는 동안 담배가 몇 개비 생길지도 모른다고 믿는 건 아닌가?"

"사장님, 그건 절대 아닙니다. 저를 믿어 주십시오."

"됐네. 그렇게 호들갑 떨지 말게. 나도 예전에 다 경험한 일이니까."

돈 마리오와, 새롭게 교정보는 일을 맡은 엘로이는 상당히 추운 날씨인데도 코트 깃을 느슨하게 풀고 걸어갔다. 돈 마리오는 자기가 좋아하는 이야기를 하게 놔두기만 한다면 추위든 더위든 배고픔이든 조금도 개의치 않았다.

한참을 걷는데 돈 마리오와 엘로이 루비오는 사람들이 웅성거리는 길모퉁이에서 경찰 두 사람이 시민들의 통행을 막는 것을 보았다.

"무슨 일 있습니까?"

한 여인이 돌아보았다.

"모르겠어요. 사람들 말로는 뭔가 범죄가 일어났다는데. 늙은 부인 두 사람이 칼에 찔려 죽었대요."

"저런!"

이번에는 어떤 남자가 대화에 끼어들었다.

"너무 과장하지 마세요. 두 사람이 아니라 한 사람이에요."

"한 사람이면 괜찮다는 말인가요?"

"아닙니다, 부인. 한 사람이라도 끔찍한 일이지요. 그렇지만 두 사람이라면 더 끔찍하지 않습니까?"

한 젊은이가 사람들이 모인 곳으로 다가왔다.

"무슨 일입니까?"

이번엔 다른 여자가 의문을 풀어 주었다.

"살인 사건이 났대요. 어떤 소녀가 벨벳 수건으로 목이 졸려 죽었대요. 사람들 말로는 배우라고 하던데."

마우리시오와 에르메네힐도, 두 형제는 한바탕 재미있게 놀아 볼 작정이었다.

"내가 한 말을 잘 알았지요? 오늘은 놀기에 정말 좋은 밤이에요. 만일 형님께서 그 일을 맡는다면 오늘은 전야제가 되는 거고, 만일 아니라면 위로의 밤이 되는 거고요. 우리가 오늘밤 놀러 나오지 않았다면, 형님은 저녁 내내 머리를 싸매고 고민, 고민 하느라 뒤척이고만 있었을 테죠. 형님이 해야 할 것은 다했으니까, 이젠 다른 사람들이 어떻게 처리하는지 기다리기만 하면 되지 않겠어요?"

에르메네힐도는 사실 무척 걱정스러웠다.

"하긴 네 말이 옳다. 이렇게 하루 종일 똑같은 것만 생각해봐야 신경질만 날 뿐이지. 네가 원하는 곳으로 가자꾸나. 마드리드에 대해선 네가 나보다는 잘 알 테니까."

"술 한잔 더 하시겠어요?"

"좋아, 가자! 그런데 아무도 없이 우리끼리만?"

"누군가 눈에 띄겠죠. 이맘때면 계집애들은 넘쳐나니까요."

마우리시오 세고비아와 그의 형 에르메네힐도는 에체가라이 거리에서 술집 몇 군데를 전전했다. 마우리시오가 방향을 잡으면 에르메네힐도는 묵묵히 따라가 술값을 치렀다.

"내 일이 잘돼서 한턱을 낸다고 생각하기로 하자. 그래서 내가 돈을 내는 거라고 말이야."

"그러지요. 고향에 돌아갈 차비가 모자라면 내게 달라고 말씀만 하세요."

페르난데스이곤살레스 거리에 있는 싸구려 선술집에서 에르메네힐도는 팔꿈치로 마우리시오를 툭 쳤다.

"저기 두 놈 하는 짓 좀 봐라! 정말 추잡하게 노네."

마우리시오는 고개를 돌렸다.

"정말 그러네요. 마르가리타 가우티에르가 불쌍하지…….
옷깃에 동백꽃도 꽂았는데요. 형님, 잘 보면 이 동네엔 별의별 놈들이 다 있어요."

거리 저쪽에서 굉장히 큰 목소리가 들려왔다.

"야, 여자 사진사! 너무 마시지 마! 다음을 위해 조금 참아!"

나무토막 페페가 자리에서 일어났다.

"여기 길거리로 나가고 싶은 놈 있는지 보자!"

돈 이브라임이 판사에게 이야기했다.

"판사님! 여기 있는 저희들은 아무것도 밝혀내지 못했습니다. 각자 자기 집을 뒤져 보았지만 주의를 끌 만한 건 아무것도 없었습니다."

일 층 사는 검사 돈 페르난도 카수엘라는 바닥을 바라보았다. 뭔가 단서를 찾아낸 게 분명했다.

판사는 돈 이브라임에게 질문을 던졌다.

"하나씩 정리해 봅시다. 죽은 여자는 가족이 있나요?"

"예! 판사님. 아들이 있습니다."

"지금 어디 있습니까?"

"누가 알겠습니까? 정말 버릇이 안 좋은 놈인데."

"여자만 쫓아다니나요?"

"아닙니다, 판사님! 여자를 쫓아다니진 않습니다."

"그러면 노름꾼인가요?"

"제가 아는 바로는 노름꾼도 아닙니다."

판사는 돈 이브라임을 빤히 쳐다보았다.

"주정뱅이인가요?"

"주정뱅이도 아닙니다."

판사는 좀 짜증스러운 듯한 미소를 지었다.

"이보시오, 그러면 당신은 도대체 뭐가 안 좋은 버릇이라는 거요?"

돈 이브라임도 조금 짜증이 났다.

"제가 안 좋은 버릇이라고 여기는 건 많습니다. 예를 들자면 동성애도 그렇고……."

"아, 그래요? 죽은 여자의 아들은 동성애자군요."

"예, 판사님. 의심할 여지없이 동성애자지요."

"알았습니다. 여러분 모두 감사합니다. 이제 그만 집으로 돌아가십시오. 만일 필요한 일이 있으면 다시 부탁하지요."

아파트 사람들은 순순히 자기 집으로 돌아갔다. 일 층 오른쪽에 있는 자기 집 앞에 다다랐을 때 돈 페르난도 카수엘라는 큰 소리로 대성통곡하는 부인을 발견했다.

"아이고! 페르난도. 날 죽이고 싶으면 죽여요! 하지만 우리 아이만큼은 아무것도 모르게 해 주세요."

"무슨 말이야! 이 집에서 어떻게 당신을 죽이라고 판결을 내릴 수 있겠어! 어서 침대로 가! 우리가 밝혀내야 할 게 당신 정부 놈이 도냐 마르고트를 죽인 살인범이라는 것이긴 하지만 말이야."

몇백 명이 넘는 사람들의 마음을 달래 주듯이 여섯 살 쯤 먹은 집시 아이가 손뼉으로 장단을 맞추며 플라멩코를 노래했다. 귀엽게 생긴 집시 아이는 이미 많이 보았던 바로 그 꼬마였다.

솜씨 좋은 재단사가
바지를 재단하는데
마침 새우를 파는
집시 소녀가 지나가네…….

도냐 마르고트의 시신이 영안실로 옮겨 갈 때엔, 집시 아이도 경건한 마음으로 잠시 노래를 멈췄다.

3

　돈 파블로는 점심 식사 후 돈 프란시스코 로블레스 이 로페스 파톤과 체스 한 판을 두기 위해 산베르나르도에 있는 조용한 카페로 발길을 옮겼다. 그리고 산책을 하기 위해 5시나 5시 30분쯤 도냐 푸라를 찾아 나섰다. 산책을 마친 다음에는 도냐 로사의 카페에 들러 물을 탄 듯 밍밍한 코코아 한 잔을 마셨다.

　유리창가에 붙은 탁자에서는 돈 로케, 돈 에밀리오 로드리게스 론다, 돈 테시폰테 오베헤로, 그리고 라몬 씨, 네 사람이 도미노 게임을 했다.

　비뇨기과 전문의인 돈 프란시스코 로블레스 이 로페스 파톤에게는 역시 의사인 돈 에밀리오 로드리게스 론다와 결혼한 암파로라는 딸이 하나 있다. 돈 로케는 도냐 로사의 여동생인 도냐 비시의 남편이었다. 처형인 도냐 로사에 따르면 돈 로케 모이세스 바스케스는 이 세상 그 누구보다도 나쁜 놈이었다. 가축병원 원장인 돈 테시폰테 오베헤로 이 솔라나는 조금은 비실비실한 시골 멋쟁이로 에메랄드 반지를 끼고 다녔다. 마지막 사람인 라몬 씨는 그곳에서 얼마 떨어지지 않은 곳에서 상당히 큰 빵집을 했다.

이 여섯 친구들은 매일 오후 별 의미 없는 게임으로 소일이나 하는 조용한 사람들이었다. 사이가 좋아 별로 말다툼하는 일도 없이 게임 이야기 외에도 이런저런 대화를 하며 지냈다. 언제나 게임에만 몰두하는 건 아니었다.

돈 프란시스코는 말 하나를 잃었다.

"이거 전세가 불리한데!"

"불리한 정도가 아닌걸! 나 같으면 벌써 던졌을 거야."

"어림없는 소리! 난 절대 안 던져!"

돈 프란시스코는 수의사와 짝을 이룬 사위를 바라보았다.

"이봐, 에밀리오. 요즘 아이는 좀 어떤가?"

여기에서 아이는 암파로를 가리키는 말이다.

"이제 많이 좋아졌습니다. 내일은 일어나 돌아다녀 보라고 할 생각입니다."

"그래, 반가운 소리군. 오늘 오후에 애 엄마가 자네 집에 다녀갈 걸세."

"잘 알겠습니다. 장인어른도 한번 다녀가시지요."

"글쎄. 갈 수 있을지 두고 봐야 알 것 같은데."

돈 에밀리오의 장모는 도냐 솔레다드 카스트로 데 로블레스였다.

라몬 씨는 골칫거리였던 '오'자 두 장을 내놓을 수가 있었다. 돈 테시폰테가 언제나 써먹던 농담을 내뱉었다.

"재수도 좋네!"

"무슨 소리야. 원장님도 잘 아시면서……."

친구들은 웃는데 돈 테시폰테만 인상을 썼다. 사실 돈 테시폰테는 여자 문제에 있어서나 노름에 있어서 그리 재수가 좋은 편은 못 됐다. 그는 하루 종일 집 안에서 갇혀 지내다가 잠깐씩 도미노 게임을 할 때만 바깥 구경을 했다.

이겨 가던 돈 파블로는 체스에는 주의를 기울이지 않고 다른 생각에 팔려 멍한 표정을 지었다.

"이봐, 로케. 어제 당신 처형 기분이 별로였나 보던데."

돈 로케는 모두 다 아는 이야기를 괜히 한다는 표정으로, 그만하라고 시늉했다.

"늘 그래. 아마 그녀는 태어나면서부터 인상 쓰며 살아왔을 거야. 처형은 정말 욕 나오는 여자야. 딸자식들만 없었다면 벌써 뭐라고 한 마디 해 줬을 텐데. 그러나 참아야지. 안 그러면 대판 싸울 테니. 저렇게 뚱뚱하고 술에 찌들어 사는 여자는 대부분 오래 못 가니까."

돈 로케는 그저 앉아서 기다리기만 하면 도냐 로사의 델리시아 카페를 비롯해 그밖에 여러 가지가 언젠가는 자기 딸들 몫이 될 거라고 생각했다. 어찌 보면 돈 로케 생각이 틀린 것도 아니었다. 제아무리 오십 년이 걸린다 할지라도 분명히 기다릴 만한 가치가 있었다. 아무리 힘들어도 참고 기다릴 만한 일 말이다!

도냐 마틸데와 도냐 아순시온은 매일 점심을 먹은 다음 푸엔카랄에 있는 우유 가게에서 만나곤 했다. 두 사람 모두 우유 가게 주인인 도냐 라모나 브라가도와 친한 친구 사이였다. 도냐 라모나는 머리를 염색하긴 했지만 정말 재미있는 친구였다. 그 옛날 프림 장군 시절엔 얼마 동안 배우로 활동한 적도 있었다. 한때 상원의원을 지내고, 두 번씩이나 재무차관도 역임한 카사 페냐 수라나 후작과 이십 년이 넘도록 애인 사이였는데, 시끌벅적한 스캔들 때문에 결국 만 두로가 넘는 위자료를 받고 관계를 정리했다. 교양도 있던 그녀는 쓸데없이 돈을 낭비하지 않고 그 돈으로 우유 가게를 인수했다. 그 후 확실한 단골을 확보한 덕분에 우유 가게도 정말 잘나갔다. 그뿐만 아니라 도냐 라모나는 생각나는 대로 이것저것을 했는데 단 한 번도 실패한 적이 없었다. 도냐 라모나는 보도블록 밑에서조차 동전 하나라도 끄집어낼 수 있는 능력 있는 여자였다. 그중에서도 제일 재미를 본 사업은 우유 가게 커튼 뒤에서 뚜쟁이 노릇을 한 것이었다. 예쁜 핸드백을 사고 싶어 하는 젊은 처녀 귀에 달콤한 사탕발림을 속삭인 다음, 귀찮은 걸 싫어하고 다 익은 감이 떨어지기만을 기다리는 젊은 바람둥이한테 금고에 손을 밀어 넣게 했던 것이다. 칠칠맞은 인간보다는 망가진 인간을 선호하는 사람도 있기 마련이니까.

그날 오후 우유 가게 모임은 흥겨운 분위기였다.

"빵 좀 몇 개만 가져다줘요, 라모나 아주머니. 내가 계산할게요."

"웬일이에요? 복권이라도 당첨됐어요?"

"복권은 무슨 복권요. 빌바오에 사는 파키타에게 편지가 왔어요. 여기 뭐라고 쓰였는지 좀 읽어 주세요."

"그래요, 한번 봅시다."

"큰 소리로 읽어 주세요. 나는 요즘 눈이 점점 어두워져서.

여기 이 아랫부분 좀 읽어 주세요."

도냐 라모나는 안경을 걸치더니 편지를 읽어 내려갔다.

"'그이의 아내가 악성빈혈로 세상을 떴어요.' 이런, 아순시온 아주머니, 이제 곧 파키타가 결혼할 수 있겠네."

"계속 읽어 봐요! 계속!"

"'그이는 이제 피임을 하지 않아도 된다고 했어요. 오히려 아이가 생기면 결혼하겠대요!' 당신은 정말 운이 좋군요."

"그래요, 하느님 덕분에……. 이 아이와 관련해선 운이 좋은 편이지요."

"여기 애인이라는 사람이 교수님이죠?"

"예! 이름은 돈 호세 마리아 데 사마스랍니다. 그는 대학에서 심리학과 논리학, 그리고 윤리학을 가르치지요."

"축하해요! 정말 좋은 곳에 자릴 잡았네요."

"그래요! 그다지 나쁘다고는 생각하지 않아요."

도냐 마틸데 역시 자랑할 만한 좋은 소식이 있었다. 파키타의 이야기처럼 확정적인 것은 아니었지만 분명 좋은 소식임에는 틀림없었다. 그녀의 아들 플로렌티노 델 마레 노스트룸에게 바르셀로나에 있는 '파랄레로' 살롱으로부터 상당히 괜찮은 제의가 왔는데, 그 제의는 다름 아닌 「민족의 가락」이라는 공연에 참가하겠느냐는 것이었다. 이 공연은 상당히 애국적인 내용이어서 정부 후원도 기대할 수 있었다.

"나는 그 아이가 대도시에서 일할 수 있다는 사실에 정말 안심이 되요. 시골에는 교양머리 없는 인간들이 너무 많아 가끔은 그 애 같은 예술가들에게 돌을 던지기도 하는데……. 마치 예술가는 보통 사람과 다른 별종이라는 듯 말이에요. 언젠가 하드라케에서는 경찰이 개입해서 겨우 말린 적도 있답니다. 만일 경찰이 제때 도착하지 않았다면, 우리 불쌍한 아이는 배우들에게 소리나 질러 대고 욕만 할 줄 아는 교양머리 없는 불한당들에게 끔찍한 봉변을 당할 뻔했다니까요. 우리 천사 같은 아이가 얼마나 놀랐겠어요!"

도냐 라모나가 얼른 맞장구쳤다.

"맞아요! 바르셀로나같이 큰 도시에서 공연하는 게 훨씬 나을 거예요. 평가도 훨씬 좋고, 모두가 우러러보고 말이에요."

"정말 그래요! 시골로 순회공연을 나간다고 하면 가슴이 벌렁거린다니까요. 가엾은 플로렌티노, 그 애처럼 섬세한 아이가 편견에 가득 찬 그런 무지렁이들 앞에서 공연해야 하다니, 생각만 해도 소름 끼치는 일이에요."

"맞아요! 정말이에요. 이번엔 잘될 것 같군요……."

"그래요! 그렇지만 얼마나 갈지……."

라우리타와 파블로는 그란비아 거리 뒤쪽에 있는, 사람들 대부분은 엄두도 내지 못하는 그런 호화판 바에 들어가 커피를 마셨다. 그 카페에는 식탁 여섯 개가 있었는데, 모두 식탁보로 덮여 있고 한가운데엔 화병이 놓여 있었다. 그들은 빈자리에 앉기 위해 텅 빈 계산대 앞을 지나야만 했다. 코냑을 마시는 아가씨 둘과, 집에서 타 온 돈 몇 푼으로 주사위 놀이를 하는, 얼간이처럼 생긴 젊은이들 대여섯 명이 앉아 있었다.

"안녕! 파블로! 요즘 네가 다른 사람들과 이야기하지 않는다던데……. 사랑에 빠진 다음부터 말이야."

"안녕, 마리 테레! 그런데 알폰소는?"

"가족들과 함께 있지! 요샌 완전히 다른 사람이 됐어."

라우리타는 입을 삐죽였다. 그러고는 소파에 앉으며, 평소와는 달리 파블로의 손을 잡지 않았다. 파블로는 속으로 안도의 한숨을 내쉬었다.

"파블로, 저 여자는 누구예요?"

"여자 친구!"

라우리타는 처량한 기분이 들었는지 심술을 부렸다.

"그러니까 지금의 나 같은 친구란 말이에요?"

"아니! 그게 아니라……."

"당신 입으로 여자 친구라고 했잖아요!"

"그래! 하지만 그냥 알고 지내는 사이일 뿐이야."

"그래요! 알고만 지낸다……. 그렇다면 파블로……."

라우리타는 갑자기 눈에 눈물이 핑 돌았다.

"왜?"

"너무 기분이 나빠요!"

"왜?"

"저 여자 때문에요."

"이봐, 입 좀 적당히 다물지! 그만 징징거리란 말이야."

라우리타는 길게 한숨을 내쉬었다.

"그래, 틀림없어요! 이젠 나를 타박까지 하는 걸 보면 말이에요."

"타박하는 게 아냐! 더도 덜도 아니라고! 더 이상 법석 좀 떨지 마!"

"당신 모습 좀 돌아봐요!"

"뭘 보란 말이야?"

"지금 당신이 나를 타박하는 게 아니고 뭐예요?"

파블로는 전략을 바꾸었다.

"아냐! 당신을 타박하는 게 아니라고. 당신이 질투하면 나는 너무 괴롭다는 거지. 그렇다고 어떻게 하겠어. 이런 식으로 지금까지 살아왔는데."

"다른 여자에게도 똑같이 대했다고요?"

"아니야, 라우리타. 사람에 따라 다르지."

"그러면, 나는요?"

"라우리타는 물론 다른 사람과는 다르지."

"그렇겠죠! 나를 좋아하지도 않으니까. 질투라는 건 서로 사랑할 때나 느끼는 법이에요. 내가 당신을 사랑하듯 말이에요."

파블로는 마치 이상한 벌레라도 보듯이 라우리타를 바라보았다. 갑자기 라우리타가 애교를 부렸다.

"파블리토, 내 말 좀 들어 봐요!"

"파블리토라고 부르지 마! 무슨 말인데?"

"아이! 왜 이렇게 가시가 돋쳤을까?"

"그래! 다신 파블리토라고 부르지 마! 좀 바꿔 봐! 많은 사람들이 날 그렇게 부르는 데 이미 질렸어!"

라우리타가 미소 지었다.

"그렇지만 당신이 아무리 가시 돋친 태도로 나를 대해도 좋아요. 지금 이대로가 너무 좋아요. 나는 샘이 많아요. 파블로, 언젠가 내가 싫어지면 그땐 직접 말해 주겠어요?"

"물론이지!"

"누가 당신을 믿겠어요! 당신은 정말 지독한 거짓말쟁인데."

파블로 알론소는 커피를 마시면서 라우리타와 함께 있는

게 벌써 지겨워지는 것을 느꼈다. 그녀가 예쁘고, 매력적이고, 다정다감하고, 언제나 한결같긴 하지만 지나치게 변화가 없단 생각이 든 것이다.

다른 카페에서와 마찬가지로 도냐 로사의 카페에선 커피 타임 손님과 간식 타임 손님이 똑같은 것은 아니었다. 모두 단골 손님이라는 것은 분명했고, 모두 똑같은 의자에 앉아 똑같은 컵으로 물을 마시고, 똑같은 소다수를 마시고, 똑같이 돈을 치르고 똑같이 주인 여자의 무례함을 참아 주었다. 하지만, 이유를 아는 사람이 있는지 모르겠지만, 오후 3시에 오는 손님과 7시 30분에 오는 손님은 전혀 관계가 없는 사람들이었다. 만약 그들을 맺어 주는 게 있다면 그것은 서로가 가슴속에 품은 생각, 예컨대 이 카페의 고참 단골이라는 생각이었다. 커피 타임 손님들에게 간식 타임 손님들은 이방인이었고, 마찬가지로 간식 타임 손님들에게 커피 타임 손님들 역시 참고 견뎌야 하지만 별로 생각할 가치도 없는 침입자에 불과했다. 뭐, 문제가 있겠는가! 두 집단은 개인적으로든 집단적으로든 서로 어울릴 만한 사이가 아니었다. 점심 후 커피 타임 사람들이 좀 노닥거리다가 지체하면, 간식 타임에 찾아온 사람들이 그들을 악의에 찬 시선으로 노려본다. 하긴 이것은 커피 타임 사람들이 시간이 채 되지도 않았는데 불쑥 일찍 찾아온 간식 타임 사람들을 노려보는 것과 똑같다. 톱니바퀴처럼 잘 돌아가는 카페에선, 예를 들어 플라톤적인 공화국에나 존재할 법한 카페에선, 휴식 겸 교대 시간 십오 분이 있어 들어오는 사람과 나가는 사람이 서로 마주치는 일이 없기 마련이다.

점심 식사 후 도냐 로사의 카페에선 주인과 종업원을 제외하면 알 만한 사람은 엘비라 양뿐이었다. 그녀는 카페의 한 부분, 바꿔 말하면 가구가 되어 버린 것 같았다.

"엘비리타, 어때요? 잘 지내요?"

"그럼요! 도냐 로사. 당신은 어때요?"

"나야 언제나 똑같지요. 언제나요. 밤새 화장실만 몇백 번 다녀왔어요. 저녁 먹은 게 잘못되었는지, 배가 지독하게 뒤틀렸어요."

"이런! 지금은 좀 나아졌어요?"

"예! 조금은 나아진 것 같아요. 그렇지만 아직도 기운이 하나도 없어요."

"물론이지요. 설사하고 나면 힘이 쭉 빠지는걸요."

"그래요! 내 생각도 그래요! 내일까지도 좋아지지 않으면, 의사를 부를까 봐요. 일도 못 하겠고, 아무것도 못 하겠어요. 여기에선 내가 쫓아다니지 않으면 아무것도 되는 게 없는데."

"당연하지요!"

담배팔이 파디야는 어떤 신사 한 분을 붙잡고 자기가 만든 담배는 꽁초로 만든 게 아니라고 설득하는 데 열을 올렸다.

"손님, 꽁초로 만든 담배는 단박에 알 수 있습니다. 아무리 잘 씻었어도 이상한 냄새가 남는 법이니까요. 그뿐만 아니라 꽁초로 만든 담배는 식초 냄새가 사 킬로미터 밖에까지 나지요. 자, 손님, 여기 냄새를 한 번 맡아 보세요. 이상한 냄새가 나지는 않을 겁니다. 이 담배가 헤네르산 담배와 비교할 만하다고까지는 할 수 없지만, 적어도 전 단골손님을 속이진 않습니다. 이 담배는 보통 수준의 상품입니다. 하지만 잘 걸렸기 때문에 줄기는 없습니다. 그러니 어떻게 만들었는지는 충분히 아실 겁니다. 이 동네엔 기계가 없습니다. 여기에선 모든 걸 다 손으로 하지요. 확인하시려면 한번 보세요."

심부름을 도맡는 알폰시토는 문 앞에 차를 세워 둔 신사로부터 뭔가를 지시받았다.

"내 말 잘 알아들었지? 쓸데없는 일이 끼어들면 안 돼! 방에 올라가 초인종을 누르고 기다려! 만일 아가씨가 문을 열어 주면, 사진 잘 봐 둬, 그녀는 키가 크고 금발이야, 문을 열어 주면 '나폴레옹 보나파르테.'라고 이야기해! 잘 기억해! 대답은 '워털루에서 항복.'이야. 아가씨가 이렇게 말하면 이 편지를 전해 주란 말이야. 잘 알았지?"

"예! 잘 알겠습니다."

"좋아! 나폴레옹이라는 이름과 저쪽에서 뭐라고 대답할지 적어 두었다가 가면서 잘 외우도록 해! 아가씨가 편지를 읽고 7시라든가 6시라고 시간을 이야기할 텐데, 잘 기억했다가 얼른 달려와 나에게 전해 줘! 알았지?"

"예! 잘 알겠어요."

"그럼 이제 가 봐! 심부름만 잘하면 일 두로를 줄 테니."

"예. 참, 아가씨가 아니라 다른 사람이 나오면 어떡하죠?"

"참, 그렇구나. 다른 사람이 나오거든 집을 잘못 찾았다고 해. '혹시 이곳에 페레스 씨가 사시나요?'라고 물어보란 말이야. 당연히 안 산다고 할 테니, 그냥 돌아오면 돼! 알았지?"

"예, 잘 알겠습니다."

지배인 콘소르시오 로페스에게 전화가 왔다. 다름 아닌 옛 애인이자, 쌍둥이들의 어머니인 마루히타 라네로였다.

"마드리드에 웬일이야?"

"남편이 수술받으러 왔어요."

로페스는 말문이 막혔다. 그는 순간적인 임기응변에 능한 사람이었지만 이 전화에는 미처 준비할 수 없었다.

"그러면 애들은?"

"이제 다 컸어요. 올해에는 학교에 들어갈 거예요."

"세월 참 빠르군!"

"그래요!"

마루히타의 목소리가 떨렸다.

"로페스!"

"왜?"

"한 번 만나지 않을래요?"

"그렇지만……."

"그래요! 당신은 내가 이젠 퇴물이 되었다고 생각하겠죠."

"아냐! 그럴 리가. 바보 같은 소리하지 마! 그게 아니라 지금은……."

"지금 만나자는 게 아니에요. 오늘 밤 퇴근 후에 봐요. 남편은 병원에 입원했고, 나는 방을 하나 얻었어요."

"어디에?"

"막달레나 거리에 있는 '라 코야덴세' 하숙집이에요."

로페스는 관자놀이에서 총소리가 들려오는 것만 같았다.

"그럼 어떻게 들어가지?"

"문으로 들어오면 돼요. 당신 몫으로 방을 하나 잡아 뒀어요. 삼 호실이에요."

"그러면 당신을 어떻게 만나지?"

"바보처럼 굴지 마요. 내가 당신을 찾아갈 테니까요."

로페스는 수화기를 내려놓고 다시 계산대로 돌아가다가 팔꿈치로 술병이 진열된 선반을 건드렸다. 코앵트로, 칼리세이, 베네딕트, 쿠라사오, 크림 커피, 페퍼민트 등 술병이 한꺼번에 와르르 쏟아졌다.

필로네 집안일을 도와주는 가정부 페트리타가 셀레스티노의 술집에 소다수를 얻으러 갔다. 필로의 아들 하비에린이 배에 가스가 차 힘들어했기 때문이다. 하비에린에겐 이런 일이 종종 있었는데, 그때마다 페트리타가 소다수로 가스를 제거해 주곤 했다.

"이봐, 페트리타, 너희 주인아주머니 동생이 건달이라며?"

"셀레스티노 아저씨, 상관하지 마세요. 그가 요즘 고생을 좀 하고 있긴 하지만. 그런데 뭐 빚진 거라도 있어요?"

"당연하지. 이십이 페세타나 있는걸."

페트리타는 뒷방 쪽으로 다가갔다.

"소다수 좀 가지러 왔어요. 불 좀 켜 주세요."

"스위치 위치는 너도 잘 알잖아!"

"아뇨, 아저씨가 좀 켜 주세요. 가끔 감전된단 말이에요."

셀레스티노 오르티스가 불을 켜려고 들어오자 페트리타는 얼른 그에게 매달렸다.

"그런데 내가 이십이 페세타짜리는 되나요?"

셀레스티노는 그 질문의 의미를 알아차리지 못했다.

"뭐라고?"

"내가 이십이 페세타짜리는 되느냐고요?"

셀레스티노는 피가 머리로 솟구치는 걸 느꼈다.

"물론, 넘치지."

"이십이 페세타는 넘는 거네요?"

셀레스티노 오르티스는 소녀를 덮쳤다.

"마르틴 씨의 커피 값 대신이에요."

셀레스티노의 술집 뒷방은 천사가 날개로 태풍을 일으킨 것 같았다.

"그런데 마르틴을 위해 왜 이렇게까지 하는 거야?"

"제가 원해서요. 이 세상 그 무엇보다도 그를 더 사랑해요. 그 이유를 알고 싶어 하는 사람이라면 그 누구한테라도 말할 수 있어요. 제 애인이 세계 최고라고요."

페트리타는 뺨이 붉게 달아올랐고, 가슴이 심하게 두방망이질하는 것을 느꼈다. 거친 목소리에 헝클어진 머리카락, 그렇지만 밝게 빛나는 두 눈동자. 페트리타는 방금 결혼한 암사자 마냥 묘한 아름다움을 뽐냈다.

"마르틴도 같은 생각이니?"

"아직 그에겐 알리지 않았어요."

5시가 되자 산베르나르도 거리에서 열린 카페 모임은 파장 분위기가 되었다. 그리고 5시 30분이나, 그보다 조금 이르게 각자 자기 보금자리를 찾아 돌아갔다. 돈 파블로와 돈 로케는 곧장 집으로 돌아갔고, 돈 프란시스코와 그의 사위는 각자 자기 병원으로 돌아갔다. 돈 테시폰테는 공부를 했고, 라몬 씨는 자기의 금광과도 같은 빵집에서 셔터가 올라가는 것을 바라보았다.

카페 한구석 탁자에선 여전히 두 사람이 남아 아무 말 없이 담배만 피웠다. 그중 한 사람은 공증인 공부를 하는 벤투라 아구아도였다.

"담배 한 대만 주게!"

"여기 가져가."

마르틴 마르코는 담배에 불을 붙였다.

"이름은 푸리타*인데 매력 만점인 아가씨야. 아이들처럼 천진하고, 공주처럼 세련됐단 말이지. 삶이란 정말이지 불쾌하고 따분해!"

푸라 바르톨로메는 이 시간이면 쿠치에로스 거리에 있는 싸구려 음식점에서 돈 많은 고물상 주인하고 간단하게 간식을 먹었다. 마르틴은 그녀가 마지막으로 남긴 몇 마디를 떠올렸다.

"안녕, 마르틴. 당신도 잘 알다시피 나는 매일 오후엔 하숙집에 있어요. 전화만 하면 돼요. 하지만 오늘 오후엔 안 돼요. 친구와 약속이 있으니까요."

"알았어."

"잘 가요. 키스해 줘요."

"그런데 여기서?"

"뭐가 어때요! 바보같이. 남들은 우릴 부부라고 믿을 텐데."

마르틴 마르코는 담배를 한 모금 깊이 빨아들였다. 그리고 길게 내뿜었다.

---

* '푸리타'는 '푸라'의 애칭.

"그런데…… 벤투라, 이 두로만 빌려 줄래? 오늘 아직 아무 것도 먹지 못했어."

"그래서 어떻게 살려고!"

"나도 잘 알아!"

"일거리를 전혀 못 찾았어?"

"일거리가 없어. 잡지에 두 차례 기고를 해서 이백 페세타를 받았는데 그나마도 구 퍼센트를 공제하고 주던걸."

"그래도 자네는 준비가 되어 있잖아. 자, 받아. 내가 돈이 있는 동안은 빌려 줘야지. 요즘 아버지가 돈주머니 끈을 졸라맸거든. 자, 오 두로야. 이 두로로 뭘 하려고 했는데?"

"고마워. 자네 돈이긴 하지만 내가 한 잔 사고 싶은데."

마르틴은 종업원을 불렀다.

"커피 두 잔!"

"삼 페세타입니다."

"여기 있어."

웨이터는 주머니에 손을 넣더니 거스름돈 이십이 페세타를 꺼내 건네주었다.

마르틴 마르코와 벤투라 아구아도는 오랜 친구로 아주 막역한 사이였다. 내전 이전에는 함께 법대를 다니기도 했다.

"이제 그만 갈까?"

"좋아. 자네가 원하는 대로 하지. 여기에선 더 이상 볼 일이 없으니."

"이봐, 실은 어디에 가도 특별히 할 일이 없어. 자넨 어딜 가려는데?"

"나도 몰라! 시간이나 때울 겸 한 바퀴 돌 생각이야."

마르틴 마르코는 미소 지었다.

"잠깐만 기다려. 소다수 한 잔 마시고. 속이 안 좋을 땐 소다수보다 좋은 게 없어."

별명이 여자 사진사인 쉰세 살 먹은 훌리안 수아레스 소브론은 오비에도 주의 베가데오 출신이다. 별명이 나무토막인 마흔여섯 살 먹은 호세 히메네스 피게라스는 카디스 주 항구도시인 산타마리아 출신이었다. 이 두 사람은 치안본부 지하실에서 서로 손을 맞잡고 감방으로 끌려가기를 기다렸다.

"아이, 페페. 이럴 때는 따끈한 커피라도 한 잔 있다면 좋을 텐데."

"그래! 그리고 아니스 소주도 한 잔 있다면 더 좋고. 갖다 주나 보게 한 번 부탁해 봐!"

수아레스 씨는 나무토막 페페보다 더 마음이 복잡했다. 히메네스 피게라스는 이런 위기에 좀 더 익숙한 것 같았다.

"그런데 왜 우리들을 여기에 잡아 두는 거지?"

"나도 몰라. 혹시 너 순진한 아가씨에게 아이를 낳게 한 다음 차 버린 거 아냐?"

"페페, 정말 기운도 좋다!"

"그래, 어떻든 마찬가지잖아."

"하긴, 그건 그래. 가장 마음에 걸리는 건 엄마에게 알리지도 못하고 나왔다는 거야."

"또 그 이야기야?"

"아니! 됐어."

이 두 친구는 어젯밤 벤투라데라베가에 있는 술집에서 체포되었다. 그들을 붙잡으러 왔던 경찰은 술집에 들어와 주변을 둘러보는 척하다가 순식간에 달려들어 다짜고짜 그들을 잡아들인 것이다. 정말이지 대단히 숙달한 솜씨였다.

"따라와요!"

"아니, 왜 나를 체포하는 거예요? 나는 선량한 시민이란 말이에요. 누구에게 나쁜 짓을 한 적도 없어요. 거기다가 이렇게 신분증도 확실히 있고."

"그런 건 심문을 시작하고 나서 말하면 되고. 그 꽃은 이제 빼 버려요!"

"아니, 왜 그러시죠? 내가 당신들을 따라가야 할 이유가 도대체 뭐죠? 난 잘못한 게 하나도 없는데."

"소란 그만 떨고 갑시다. 저쪽 좀 봐요!"

수아레스 씨는 경찰이 가리키는 곳을 바라보았다. 경찰 호주머니에서 니켈로 도금한 수갑이 삐죽이 빠져나와 있었다.

나무토막 페페는 벌써 자리에서 일어났다.

"훌리안, 이분들과 같이 가 보자. 곧 모든 게 밝혀지겠지."

치안본부에서는 조서를 꾸밀 일이 없었다. 이미 다 만들어진 것이다. 날짜와, 읽을 수도 없었던 몇 단어를 덧붙이는 것으로 모든 게 끝났다.

"왜 우리를 체포한 거죠?"

"정말 몰라서 묻는 거요?"

"모르죠. 아무것도 몰라요. 내가 어떻게 알 수 있겠어요?"

"곧 알려 줄 거요."

"그럼 내가 여기 잡혀 왔다는 걸 밖에 전할 수는 있을까요?"

"내일 전하게 해 주겠소."

"엄마가 나이가 많아서요. 걱정을 너무 많이 할 것 같은데……."

"어머니라고?"

"예! 일흔여섯이나 되었거든요."

"하지만 나로서는 어찌할 방법이 없소. 별다른 말도 할 수 없고. 내일이면 모든 게 명확하게 밝혀지겠지요."

그들이 갇힌 곳은 천장이 낮고 널찍한 사각형 방이었는데, 십오 와트짜리 흐릿한 전구 하나가 철사로 만든 망 안에 매달려 있었다. 처음에는 아무것도 보이지 않았다. 시간이 조금 지나자 그들은 어둠에 익숙해졌다. 수아레스 씨와 나무토막 페페는 몇몇 익숙한 얼굴을 발견했다. 그들은 불쌍한 동성애자들과 들치기꾼, 소매치기와 직업적으로 남에게 붙어먹는 사람들로, 어느 누구 할 것 없이 고개를 푹 숙이고 팽이처럼 비틀거리며 이리저리 쏘다니는 그런 인간들이었다.

"이봐, 페페. 이 시간에는 커피나 한잔하면 정말 좋은데."

감방 안에서는 코가 간질간질할 정도로 뭔가가 썩어 들어가는 악취가 났다.

"당신, 오늘은 정말 빨리 퇴근했네요. 어디 다녀왔어요?"

"늘 가던 곳이야. 친구들과 커피 한잔했어."

도냐 비시는 남편의 맨질맨질한 머리에 키스를 했다.

"당신이 이렇게 일찍 들어올 때마다 내가 얼마나 기분 좋은지 당신은 모를 거예요."

"됐어! 그만해! 이렇게나 늙어서, 끈적이긴……."

도냐 비시는 미소를 지었다. 가엾게도 그녀는 언제나 이런 미소만 지으며 평생을 살아왔다.

"오늘 저녁에 누가 오는지 알아요?"

"수다쟁이 아니겠어?"

도냐 비시는 감정이 상해도 좀처럼 내색하는 법이 없었다.

"아뇨! 내 친구 몬트세라트가 와요."

"아! 그 멋쟁이!"

"정말 멋진 아이예요."

"빌바오의 신부님이 행한 기적 말고 별다른 얘긴 없었어?"

"입 다물어요! 그런 소린 하지 마세요. 왜 늘 그런 식으로 말하는 거예요? 별생각도 없으면서."

"알았어!"

남편은 아내가 바보 같다는 생각이 날이 갈수록 점점 더 굳어졌다.

"당신도 함께할래요?"

"아니, 싫어!"

"아이, 참!"

길 쪽에서 현관 벨이 울리고, 도냐 비시의 친구가 집으로 들어섰다. 때맞춰 삼 층 앵무새가 시끄럽게 울어 댔다.

"로케, 더 이상은 참을 수 없어요. 저 앵무새 버릇을 고치지 않으면 경찰에 고발해 버릴 거예요."

"하지만 앵무새를 고발해 봐야 사람들한테 놀림감밖에 되지 않는다는 사실을 당신도 잘 알 텐데."

가정부가 도냐 몬트세라트를 거실로 안내했다.

"가서 아주머니께 친구분이 오셨다는 걸 알려 드릴게요. 잠시만 앉아 계세요."

도냐 비시는 날 듯이 거실로 달려 나와 친구를 맞이했다. 돈 로케는 작은 유리창 커튼 뒤에서 살짝 내다보더니 화롯가에 앉아 카드를 꺼내 들었다.

"'오'가 나오기 전에 잭이 나오면 좋은 징조야. 에이스가 나오면 더 말할 나위 없고. 나도 더 이상은 풋내기가 아니니까."

돈 로케는 카드 점을 치는 자기만의 독특한 방법이 있었다.

잭은 세 번째 나왔다.

"가엾은 롤라, 도대체 무슨 일이 생길는지! 정말 불쌍해. 더구나……."

롤라는 로블레스 가문의 옛 하녀였던 호세파 로페스의 동생이다. 언니 호세파는 한때 돈 로케와 관계를 맺었는데 지금은 동생 롤라에게 애인을 빼앗기고 완전 빈털터리 신세로 전락했다. 배우 흉내나 내며 돌아다니는 아들을 둔 연금생활자 도냐 마틸데의 집에서 롤라는 허드렛일을 하면서 생활했다.

도냐 비시와 도냐 몬트세라트 두 여인은 참새처럼 수다를 늘어놓았다. 도냐 비시는 보름에 한 번씩 발간하는 잡지《전도사 케루빈》의 마지막 쪽에 자기와 세 딸 이름이 실렸다는 사실에 몹시 행복해했다.

"내가 지어낸 이야기가 아니라 분명한 사실이라는 걸 당신 눈으로 직접 확인해 보세요. 로케! 로케!"

아파트 반대쪽 끝에서 돈 로케가 큰 소리로 대답했다.

"왜?"

"중국인 이야기가 실린 잡지 좀 아이 편에 보내 줘요!"

"뭐라고?"

도냐 비시는 얼른 친구에게 덧붙여 말했다.

"아이고! 남자들이란 제대로 알아듣는 게 하나도 없다니까요."

도냐 비시는 다시 남편 쪽을 향해 목소리를 높였다.

"아이 편에 그것 좀 보내라고요! 알아들었어요?"

"그래, 알았어!"

"아이 편에 중국인 이야기가 나오는 잡지 좀 보내 줘요!"

"무슨 잡지?"

"중국인 이야기가 실린 잡지 말이에요. 전도 사업을 벌이는 중국인요."

"뭐라고? 무슨 말을 하는 거야. 중국인이 도대체 누구야?"

도냐 비시는 도냐 몬트세라트를 향해 미소 지었다.

"남편은 괜찮은 사람이긴 한데, 세상 물정을 잘 모르거든요. 내가 직접 가서 찾아올게요. 일 분도 안 걸릴 거예요. 잠깐만 실례할게요."

도냐 비시는, 로케가 침대 곁 탁자에 홀로 앉아 카드를 만지작거리는 방에 도착하자마자 남편에게 대뜸 질문을 던졌다.

"여보! 내 말 안 들려요?"

돈 로케는 카드에서 시선을 떼지 않았다.

"내가 중국인 때문에 자리에서 일어나리라고 믿었다면 그건 당신이 너무 뻔뻔한 거 아냐?"

도냐 비시는 반짇고리를 뒤져 《전도사 케루빈》을 찾고는, 작은 소리로 뭐라고 중얼거리며 너무 추워 앉아 있기조차 힘든 응접실로 향했다.

도냐 비시가 엉망으로 만들어 놓은 반짇고리는 뚜껑이 열린 채 그대로 놓여 있었다. 옷을 수선하는 데 쓸 쪼가리 천과 예전에는 기침약 상자였던 단추 상자 사이로 도냐 비시의 또 다른 잡지 한 권이 고개를 삐죽 내밀었다.

돈 로케는 의자에 앉은 채 몸을 뒤로 젖혀 잡지를 집어 들었다.

"이놈이 여기 있었네!"

'이놈'이란 빌바오에서 기적을 일으킨다는 사제였다.

돈 로케는 잡지를 읽어 내려가기 시작했다.

'로사리오 케사다(하엔 시), 급성 결장염에 걸린 동생의 치료에 대해 오 페세타.'

'라몬 에르미다(루고 시), 상업상 은혜에 대해 십 페세타.'

'마리아 루이사 델 바예(마드리드 시), 한쪽 눈에 생긴 다래끼를 안과에 가지 않고 없앤 것에 대해 오 페세타.'

'구아달루페 구티에레스(시우다드레알 시), 열아홉 달밖에 되지 않은 아기가 가운뎃방 발코니에서 떨어져 입은 상처를 치료한 것에 대해 이십오 페세타.'

'마리아 로페스 오르테가(마드리드 시), 가축을 길들여 준 것에 대해 오 페세타.'

'신앙심이 강한 미망인(빌바오 시), 가정부가 잃어버린 증권 서류를 되찾아 준 것에 대해 이십오 페세타.'

돈 로케는 머리가 어지러웠다.

"이런 말은 하지 않아야 해! 이따위 이야기가 사실일 리 없잖아!"

도냐 비시는 친구에게 뭔가 변명을 해야겠다고 생각했다.

"몬트세라트, 춥지 않아요? 어떨 땐 꼭 냉장고 같다니까요."

"아니, 괜찮아요. 적당하니 좋은걸요. 정말 좋은 아파트예요.

영국 사람들 말마따나 아늑하기도 하고요."

"고마워요, 몬트세라트. 당신은 정말 마음씨가 곱네요!"

도냐 비시는 빙그레 웃으며 명단에서 자기 이름을 찾기 시작했다. 키가 크고, 체격이 좋고, 그래서 조금은 투박하게 보이며, 턱수염도 좀 나고 말도 느릴 뿐만 아니라 굼뜨기까지 한 도냐 몬트세라트는 손잡이가 달린 안경을 눈에 갖다 댔다.

도냐 비시가 장담했던 것처럼 《전도사 케루빈》의 맨 끝 장에는 도냐 비시와 그녀의 세 딸 이름이 나왔다.

'비시타시온 레클레르크 데 모이세스, 두 중국 어린이가 이그나시오와 프란시스코 하비에르라는 이름으로 영세받은 것에 대해 십 페세타. 비시타시온 모이세스 레클레르크, 한 중국 어린이가 마누엘이라는 이름으로 영세받은 것에 대해 오 페세타. 에스페란사 모이세스 레클레르크, 한 중국 어린이가 아구스틴이라는 이름으로 영세받은 것에 대해 오 페세타.'

"어떻게 생각하세요?"

도냐 몬트세라트는 비위를 맞추려 지지를 표했다.

"내 생각엔 정말 잘하신 일이에요. 모든 사람이 이렇게 해야 해요! 아직도 개종해야 할 불행한 이교도가 엄청나게 많다는 생각만으로도 가슴이 답답하답니다. 아직도 여러 나라에서 개미 떼처럼 무수한 이교도들이 우글거리니까요."

"나도 그렇게 생각해요! 이 조그만 중국 아이들이 얼마나 귀여워요! 만일 우리가 이들을 위해 조그만 희생도 하지 않는다면, 이들은 지옥에 떨어지고 말 거예요. 하지만 우리가 아무리 애를 써도 지옥은 중국인들로 넘쳐 날 수밖에 없을 거예요. 이 점을 어떻게 생각해요?"

"맞아요! 정말이에요."

"생각만 해도 소름 끼치는 일이에요. 어찌 보면 저주가 중국인들을 억누르는 것 같아요. 중국인 모두가 어찌할 바를 모르고 지옥에 갇혀 서성대고 있으니……."

"끔찍해요!"

"아직 제대로 걷지도 못하는 어린애들과 여인들이 언제까지고 한곳에 묶여 있는 형국이에요."

"정말이에요!"

"우리가 스페인에서 태어난 걸 정말이지 하느님께 감사드려야 해요. 만일 중국에서 태어났다면 우리 자식들도 죄를 용서받지 못하고 지옥에 떨어졌을 텐데 말이에요. 그런데 어떻게 애를 낳겠어요! 애를 낳고 키우는 것만 해도 엄청 힘든데, 전쟁까지 치러야 할 판이니."

도냐 비시는 가볍게 한숨을 내쉬었다.

"하마터면 자기들이 빠질 뻔한 위험인데도, 철없는 우리 아이들은 아직도 자기들하고 아무런 상관없는 일이라고 생각한다니까요. 그래도 스페인에 태어난 게 불행 중 다행이에요. 중국에 태어났다고 생각해 보세요. 그들과 똑같은 신세가 되었을 거예요. 안 그래요?"

죽은 도냐 마르고트의 이웃들 대부분이 돈 이브라임의 아파트에 모였다. 판사 명령으로 구속된 돈 레온시오 마에스트레와, 이 층 D호에 살다가 지금은 여행 중인 웨건 주식회사 사원 안토니오 하레뇨, 삼 층 B호에 사는 머리가 살짝 돌아 버린 돈 이그나시오 갈다카노, 그리고 아무도 그가 누구며 어디 있는지 알지 못하는 고인의 아들 돈 훌리안 수아레스 씨만 제외하고는 다 모인 셈이었다. 일 층 A호에 자리 잡은 한 아카데미에는 아무도 살지 않았다. 이 네 사람을 제외한 나머지 사람들은 이번 사건으로 큰 충격을 받았기 때문에 서로 의견을 교환해 보자는 돈 이브라임의 말에 선뜻 응한 것이었다.

돈 이브라임의 방이 그리 크지 않은 탓에 모인 사람들이 다 들어갈 수 없었다. 대부분 밤을 새울 사람들처럼, 자리에 앉지도 못하고 벽이나 가구에 기댄 채 서 있어야만 했다.

"여러분······."

돈 이브라임이 입을 열었다.

"제가 여러분들께 이렇게 모여 주십사 말씀드린 것은 우리가 사는 이 아파트에서 정상 범위를 벗어난 일이 발생했기 때문입니다."

"이렇게 무사한 것은 모두 다 주님 덕입니다."

오 층 B호에서 연금으로 살아가는 도냐 테레사 코랄레스가 얼른 끼어들었다.

"하느님께 감사드립시다."

돈 이브라임이 엄숙한 표정으로 말을 받았다.

"아멘!"

사람들이 낮은 음성으로 말을 따랐다.

"어젯밤, 우리 이웃인 돈 레온시오 마에스트레가, 이분의 결백이 곧 태양처럼 강렬하고 눈부시게 빛날 것이라 우리 모두가 믿고 바라는 바로 이분이······."

돈 이브라임 데 오스톨라사가 말을 이어 나갔다.

"경찰 수사를 지체해서는 안 됩니다!"

이번에는 이 층 C호에 사는 노조 직원 돈 안토니오 페레스 팔렌수엘라가 소리쳤다.

"성급하게 의견을 내놓지 맙시다. 나는 한 가정의 가장입니다. 따라서 사법권에 부당한 압력을 가하는 일은 반드시 피해야 한다고 봅니다."

"좀 조용히 하세요!"

일 층 D호에 사는 티눈 전문의 돈 카밀로 페레스가 가로막고 나섰다.

"돈 이브라임께서 이야기를 계속할 수 있도록 합시다."

"좋습니다. 돈 이브라임, 말씀을 계속하십시오. 모임을 방해할 생각은 없으니까요. 내가 하고 싶은 말은 다만 사법 당국의 권위를 존중하자는 것과, 질서를 유지하려는 그분들의 노력을 높이 사 주자는……"

"쉬, 쉬! ……자, 이제 그만하세요."

돈 안토니오 페레스 팔렌수엘라가 입을 다물었다.

"방금 전에 말씀드렸다시피, 어젯밤 돈 레온시오 마에스트레가 저에게 이제 고인이 된 도냐 마르고트 소브론 데 수아레스 여사에게 일어난 불행한 사고 소식을 전해 왔을 때, 저는 지체 없이 이 자리에 계신 의사 선생님, 돈 마누엘 호르케라 선생님께 고인의 상태를 정확하고 소상하게 진단해 달라고 부탁드렸습니다. 호르케라 선생님은 훌륭한 의사의 명성에 걸맞게 제 말을 듣자마자 저와 함께 희생자가 있는 곳으로 달려갔습니다."

돈 이브라임은 정치 연설조 어투에 한층 더 멋을 부렸다.

"저는 여러분께 지금 이 순간 너무 겸손한 나머지 커튼 뒤에 반쯤 숨어 계신 또 다른 저명한 의사, 돈 라파엘 마사사나 선생님과 함께 저희와 이웃해 살고 계시는 돈 호르케라 선생님께 우리 모두 감사를 표하자고 제안하는 바입니다. 이분들이 이웃에 사시는 것 자체가 우리 모두에게 영광입니다."

"옳소!"

오 층 C호에 사는 사제 돈 엑수페리오 에스트레메라와, 지하실에 사는 주점 '엘 폰사그라디노'의 주인 돈 로렌소 소게이로 두 사람이 동시에 소리쳤다.

모인 사람들 모두 존경 어린 눈빛으로 두 의사를 번갈아 바라보았다. 투우에서 멋진 솜씨를 보인 투우사가, 운이 좋지 않아 승리를 거두지 못한 동료 투우사를 데리고 경기장 한가운데로 걸어 나가는 것 같았다.

"자, 그러면 이런 끔찍한 범죄 앞에서 과학이 별 효과가 없는 것으로 판명된 지금, 저는 신앙심이 돈독한 신자로서 하느님께 두 가지 부탁을 드리고자 합니다. 예컨대 우리들 중 어느 한 사람도(친애하는 페레스 팔렌수엘라 씨는 제 말이 누구에게 압력을 가하려는 의도가 아니라는 것을 알아주셨으면 합니다.) 이 더럽고 부끄러운 사건에 관련되는 일이 없었으면 하는 것과, 비록 고인이 되었지만 도냐 마르고트의 명예에 추호도 금이 가는 일이 없도록 해 주십사 하는 것을 부탁드리고 싶습니다. 바로 이게 지금 이 순간 우리를 위해서, 그리고 우리에게 신세를 진 사람들과 우리의 이웃을 위해서 해야 할 일입니다."

평소 경박하다고 평가받는 이 층 A호의 수련의 돈 피델 우트레라는 "브라보."라고 소리칠 뻔했다. 그러나 다행히 그는 혀끝까지 그 말이 나왔을 때 가까스로 삼킬 수 있었다.

"경애하는 이웃사촌 여러분, 이 누추한 방을 빛내 주신 여러분께 한 가지 제안을 드리는 바입니다."

이 층 B호에 사는, 시세몬의 미망인이자 연금 생활자 도냐 후아나 엔트레나는 돈 이브라임을 멍하니 바라보았다. 정말 말솜씨도 좋군! 정말 멋져! 군더더기도 없고! 교과서를 보는 것 같군! 도냐 후아나는 오스톨라사 씨와 시선이 마주치자 프란시스코 로페스에게로 얼른 눈길을 돌렸다. 이 층 C호에 사는 '크리스티와 키코' 미용실 주인인 프란시스코는, 몇 차례나 그녀의 슬픈 사연을 들어 주고, 눈물을 닦아 준 사람이었다.

두 사람은 시선이 마주칠 때마다 짤막한 대화를 나눴다.

"어떻게 지내세요?"

"최고예요! 부인."

돈 이브라임은 담담한 어조로 말을 계속 이어 나갔다.

"……각자 개인적으로는 기도를 통해 도냐 마르고트의 명복을 빌기로 하고, 아파트 전체적으로는 장례비 분담 문제를 이야기해야 할 것 같습니다."

"동의합니다."

삼 층 D호에 사는 돈 호세 레시네나가 얼른 말을 받았다.

"전적으로 동의합니다."

이 층 A호에 사는 육군 경리단 대위 돈 호세 마리아 올리베라도 재차 찬성을 표했다.

"모두 같은 생각이십니까?"

오 층 D호에 사는 히스파노 아메리카노 은행 직원 돈 아르투로 리코테가 폭포처럼 우렁찬 소리로 대답했다.

"예!"

"예! 예!"

삼 층 C호에 사는 은퇴한 선원(그의 방은 중고품 상점처럼 온통 배에서 사용하는 지도와 동판, 그리고 모형 배로 가득 차 있었다.) 돈 훌리오 말루엔다와 사 층 D호에 사는 젊은 건축 소장 돈 라파엘 사에스 두 사람이 찬성하는 의사를 표했다.

"오스톨라사 씨 말씀은 분명히 사리에 맞습니다. 우리는 돌아가신 이웃을 위해 미사를 올려야 합니다."

이 층 D호에 사는 돈 카를로스 루케가 한 마디 거들었다.

"여러분 모두의 말에 나 역시 동의합니다."

'구두 클리닉'을 차린 구두 수선소 주인 돈 페드로 파블로 타우스테 역시 다른 사람들의 의견에 반대하지 않았다.

"이 시점에서 가장 적절한 제안인 것 같습니다. 우리 모두 찬성합시다."

일 층 B호에 사는 검사 돈 페르난도 카수엘라가 말했다. 그는 어젯밤 아파트 거주자들이 돈 이브라임의 명령에 따라 범인을 찾을 때, 빨래 광주리 속에 웅크린 자기 아내의 애인을 발견했다.

"나 역시 동감입니다."

일 층 C호에 사는, 카시미로 폰스 미망인과 아들들이 운영하는 방적 회사의 마드리드 지점 대표인 돈 루이스 노알레호가 마지막으로 거들었다.

"대단히 감사합니다. 우리 모두 동의한 것으로 알겠습니다. 우리는 똑같은 관점에서 이야기하고 의견을 내놓았습니다. 저는 여러분의 열렬한 지지를 종합하여 우리의 이웃이자 신앙심 돈독한 돈 엑수페리오 에스트레메라 신부님 손에 장례식을 넘기도록 하겠습니다. 신부님께서 율법학자로서 확고한 지식에 의거해 모든 의식을 준비하실 수 있도록 말입니다."

돈 엑수페리오는 묘한 표정을 지었다.

"여러분의 의견을 받아들이지요."

이것으로 모임은 막을 내리고 모였던 사람들은 하나둘씩 흩어지기 시작했다. 몇몇은 집에 볼 일이 있었고, 극소수이긴 했지만 또 다른 몇몇은 돈 이브라임이야말로 할 일이 있을 거라고 생각했다. 세상에는 여러 사람이 있기 마련이므로, 몇몇은 한 시간 동안 서 있었던 것에 피곤을 느껴 자리를 떴다. 이층 C호에 사는 정유 회사 사원 돈 구메르신도 로페스만이 여기 모인 사람들 중에서 단 한 마디로 하지 않았는데, 그는 생각에 잠겨 계단을 내려가면서 스스로에게 이렇게 물어보았다.

"겨우 이런 일 때문에 외출 허가까지 받아야 했단 말이야?"

도냐 라모나의 우유 가게에서 돌아온 도냐 마틸데는 가정부와 이야기를 나눴다.

"롤라, 내일 점심에는 간을 좀 사 와! 돈 테시폰테 말로는 간이 몸에 좋대!"

도냐 마틸데에게 돈 테시폰테는 하숙생이기도 했지만 신탁을 내려 주는 사람이기도 했다.

"아주 부드러운 간으로 말이야. 콩팥에 포도주를 조금 치고 양파 다진 것을 섞어 간찜을 만들게 말이야."

롤라는 무슨 말에든 "예!" 하고 대답하지만 조금 후에 시장에 가면 처음 눈에 띄는 것을 사든지, 아니면 자기 맘에 드는 것을 사 오기 일쑤였다.

세오아네는 집을 나섰다. 그는 매일 오후 6시 30분에 카페에서 바이올린을 연주했다. 그의 아내는 부엌에서 양말과 내의를 꿰맸다. 이들 부부는 매달 월세로 십오 두로를 내고 습기가 너무 많아 건강에 좋을 것 같지 않은 루이스 거리 지하 방에 살았다. 카페에서 그리 멀지 않다는 것이 그나마 다행이었다. 전차 요금이 들지 않기 때문이다.

"안녕! 손솔레스! 곧 돌아올게!"

아내는 바느질감에서 눈길을 떼지 않았다.

"잘 다녀와요, 알폰소. 키스하고 가요!"

손솔레스는 눈이 별로 좋지 않아 언제나 운 것처럼 눈이 붉게 충혈되었다. 가난한 그녀에게 마드리드는 그리 녹녹한 곳이 아니었다. 갓 결혼했을 때만 해도 그녀는 예쁘고 통통하고 피부도 좋아서 보는 사람까지 기분을 좋게 했다. 그렇지만 지금은 나이가 그리 많지 않은데도 외모가 상당히 망가졌다. 그녀가 주판알을 튀긴 결과가 그리 좋지 않게 전개된 것이다. 그녀는 마드리드에만 가면 길에 돈이 깔려 있을 거라고 믿으며 마드리드 남자와 결혼했는데 지금에 와서는 이미 돌이킬 수 없는 결정이 되어 버렸다. 본인도 자기 생각이 틀렸다는 걸 잘 받아들였다. 고향 아빌라 지방의 나바레돈디야에 살던 처녀 시절에만 해도 그녀는 늘 질릴 때까지 먹으며 지냈는데, 마드리드에 온 후로는 이틀 건너 하루 꼴로 저녁을 굶은 채 잠자리에 들 정도로 비참하게 생활해야 했다.

마카리오와 그의 애인은 페르난도 4세 거리에서 수위로 일하는, 마틸다의 숙모 프룩투오사 아주머니의 돼지우리 같은 방에서 의자에 앉아 서로 손을 꼭 잡았다.

"이대로 영원히……."

마틸다와 마카리오는 목소리를 낮춰 속삭였다.

"그만 일어나야 해! 나의 작은 새! 난 이제 일하러 가 봐야 해!"

"자기야, 잘 가! 내일 다시 만나기로 해. 난 항상 당신 생각만 할 거야."

마카리오는 한참 동안 애인 손을 잡고 있다가 의자에서 일어났다. 척추를 타고 올라오는 전율이 느껴졌다.

"안녕히 계세요. 프룩투오사 아주머니!"

"그래, 잘 가요!"

마카리오는 프룩투오사 아주머니에게 감사의 말을 잊지 않는 아주 예의 바른 청년이었다. 마틸다는 머리카락이 옥수수 수염처럼 붉은색이었고, 눈은 약간 근시였다. 못생기긴 했지만 아담하고 애교가 넘치는 여자였다. 시간만 있으면 피아노 교습을 하기도 했다. 여자아이들에게 탱고를 가르쳤는데, 상당한 성과가 있었다.

집에서는 언제나 주문을 받아 자수를 놓는 어머니와 동생 후아나를 도와주었다.

마틸다는 서른아홉 살이었다.

《전도사 케루빈》의 독자라면 누구나 알듯이, 도냐 비시와 돈 로케에겐 세 딸이 있었다. 세 명 모두 젊고 활달하고 발랄한 편으로 어찌 보면 조금은 경솔한 데도 있었다.

장녀 훌리타는 스물두 살 처녀로 머리카락을 금발로 물들였다. 꼬불꼬불하게 만 앞머리를 길게 늘어뜨린 모습이 꼭 영화배우 진 할로우를 빼닮았다.

둘째는 엄마와 이름이 똑같은 비시타시온으로 스무 살이었다. 머리를 밤색으로 물들인 그녀는 오목하게 들어간 두 눈 때문에 조금은 졸린 듯한 인상을 주었다.

막내 에스페란사는 집에서도 공식적으로 인정한 애인이 있었다. 애인은 가끔 집에 찾아와 아버지와 정치 이야기를 나누었다. 에스페란사는 결혼을 준비했는데 며칠 전에 열아홉이 된 아직은 어린 아가씨였다.

장녀 훌리타는 최근에 공증인 시험을 준비하는 청년과 사랑에 빠졌다. 그 청년의 이름은 벤투라 아구아도 산스였는데, 전쟁 기간을 빼고도 칠 년이나 시험을 보았지만 번번이 낙방한 처지였다.

"등기소에도 원서를 내 보는 게 어떻겠니?"

타라고나 지방의 시골 마을인 리우데콜스에서 아몬드를 재배하는 그의 아버지가 무시로 이런 말을 했다.

"싫습니다. 그곳은 너무 별 볼 일 없어요."

"그렇지만 얘야, 기적이 아니면 공증인 자리를 딸 수 없다는 건 너도 잘 알잖니."

"자리를 딸 수 없다고요? 언제든지 마음만 먹으면 자리를 잡을 수 있어요. 마드리드나 바르셀로나가 아니라면 별 볼 일 없어서 그러지요. 다른 시골은 차라리 안 들어가는 게 마음이 편해요. 공증인 자리는 권위가 중요하거든요."

"나도 안다. 하지만 얘야…… 발렌시아나 세비야, 그것도 아니면 사라고사는 어떻겠니? 그런 곳도 충분히 괜찮다는 생각이 드는데."

"아닙니다, 아버지. 아버지는 문제의 초점을 잘못 보고 계십니다. 이미 미래에 대한 구상은 다 돼 있답니다. 하지만 아버지 소원이시라면, 그만두지요……."

"아니다, 애야. 그런 게 아니야. 그렇게 화내지 마라. 네가 원하는 대로 하렴! 어차피 시작한 일이니까. 네가 나보다는 더 잘 알겠지."

"감사합니다, 아버지. 아버지는 정말 훌륭하신 분이세요. 아버지의 아들로 태어난 게 저에겐 얼마나 행운인지 몰라요."

"그래. 다른 아버지들 같았으면 벌써 집에서 쫓아냈을지도 모르지. 그렇지만 상관없다. 언젠가는 네가 반드시 공증인 될 거라고 나는 믿는다."

"사모라 시도 하루아침에 무너진 건 아니잖아요, 아버지."

"그래. 하지만 칠 년 정도라면 그 옆에 사모라 시 하나 정도는 다시 세울 수 있겠다는 생각도 드는구나."

벤투라는 웃음을 지었다.

"반드시 마드리드의 공증인이 될 테니까 걱정 마세요. '럭키' 한 대 드릴까요?"

"뭐라고?"

"좀 순한 시가예요."

"싫다. 나는 내 것이 더 좋다."

돈 벤투라 아구아도 데스푸홀스는 아가씨들처럼 순한 시가만 피워서는 공증인이 되기 글렀다고 생각했다. 그가 아는 공증인들은 대개 다 근엄한 데다 조금은 무뚝뚝하면서도 세심하고, 게다가 막담배만 피웠던 것이다.

"그럼 이젠 카스탄의 책 정도는 외울 수 있니?"

"아뇨. 아직 암기하지 못했어요. 느낌이 좋지 않아서요."

"그럼 법전은?"

"암기하는 중이에요. 어떤 식으로든 좋으니, 무엇이든지 물어보세요."

"아니다, 다만 궁금해서 물어본 것뿐이다."

벤투라 아구아도 산스는 아버지에게 하고 싶은 대로 대했다. 구상이 다 되어 있다느니, 문제의 초점을 잘못 본다느니 하는 말로 아버지의 입을 막아 버리기 일쑤였다.

도냐 비시의 둘째 딸 비시타시온은 최근 일 년간 사귀던 애인과 한바탕 싸운 다음 헤어졌다. 그녀의 옛 애인 마누엘 코르델 에스테반은 의대생이었다. 이제 비시타시온은 일주일 전부터 역시 의대생인 다른 남자애와 어울렸다. 왕이 죽으면 곧바로 다른 왕이 들어서는 것처럼, 애인 바꾸기 역시 신속했다.

비시는 사랑에 대해선 탁월한 재주가 있었다. 데이트 첫날 새 애인과 헤어질 무렵 그녀는 아주 침착하게 집 앞에서 손잡는 것을 허용했다. 가리바이에서 빵과 함께 차를 마신 후였다. 둘째 날에는 길을 건널 때 그가 팔짱을 끼도록 해 주었다. 카사블랑카에서 춤도 추고 가벼운 칵테일도 한 잔 곁들였다. 셋째 날에는 그에게 손을 자유롭게 맡겨 저녁 내내 잡고 다니게 내버려 두었다. 이날은 카페 '마리아 크리스티나'에서 아무 말 없이 그저 서로 얼굴만 바라보았다.

"남자와 여자가 사랑을 나누기 시작하면 고전적으로 변하거든요."

남자가 오랜 생각 끝에 어렵사리 입을 열었다.

넷째 날은 남자가 팔을 잡아도 그녀는 아무 저항을 하지 않았다. 전혀 의식하지 않는 듯했다.

"아뇨. 극장은 안 돼요. 내일 가요."

다섯째 날, 남자는 극장에서 비시 손에 가볍게 키스했다. 여섯째 날은 무진장 추운 날이었다. 비시는 레티로 공원에서 거절을 했는데, 그것은 거절이라기보다는 오히려 여자가 남자에게 스스로 문을 열어 주는 그런 거절이었다.

"안 돼요. 안 돼요. 제발 이러지 마세요. 그만 놔주세요. 제발 부탁이에요. 립스틱을 가져오지 않았어요. 게다가 사람들이 우릴 쳐다보잖아요."

비시는 얼굴이 상기되었다. 숨을 쉴 때마다 콧구멍이 가늘게 떨렸다. 그의 요구를 거절하는 게 힘들긴 하지만, 뭔가를 남겨 두는 게 더 멋지다고 그녀는 생각했다.

일곱째 날은 빌바오 극장 의자에서 남자가 그녀의 허리를 껴안으며 귀에 대고 속삭였다.

"우리 둘뿐이야. 비시…… 사랑해, 비시…… 내 사랑."

그녀는 남자의 어깨에 머리를 기댄 채 실처럼 가는, 숨이 넘어갈 듯한 가는 목소리로 이야기했다.

"그래요, 알프레도. 너무 행복해요!"

알프레도 앙굴로 에체베리아는 현기증이 느껴질 정도로 관자놀이가 떨려 왔다. 온몸에서 열이 오르고, 가슴은 금방이라도 터질 듯이 무섭게 뛰기 시작했다.

"부신이지. 아드레날린은 부신에서 나오지."

가볍게 하늘을 나는 제비 같았던 막내딸 에스페란사에게는, 한편으로 비둘기처럼 소심한 면이 없지 않았다. 누구에게나 그렇듯이 독특한 면도 있었지만, 앞으로는 전업주부 역할이 자기에게 어울릴 거라는 것을 그녀는 잘 알았다. 그래서 그녀는 가능하면 말을 줄였으며 언제나 부드러운 목소리로 사람들에게 이렇게 말하곤 했다.

"네가 원하는 대로 해! 나는 네가 원하는 대로 따를게!"

그녀의 애인이었던 아우구스틴 로드리게스 실바는 그녀보다 열다섯 살이나 연상으로 마요르 거리에서 약국을 운영했다.

그녀의 아버지는 그에게 빠져 있었다. 장래 사윗감이 미래가 보장된 사람이라고 여겼던 것이다. 어머니 역시 똑같은 생각을 품었다.

"전쟁 전에만 해도 라가르토 비누를 구할 수 있는 사람이 별로 없었는데, 그에게 부탁만 하면 순식간에 뭐든지 다 가져다줬단다."

그녀의 친구들은 그녀를 부러운 눈으로 바라보았다. 정말 운도 좋지! 라가르토 비누라니!

도냐 셀리아가 침대 시트를 다리는데 전화가 왔다.

"여보세요!"

"셀리아 아주머니? 프란시스코예요."

"안녕하세요, 돈 프란시스코. 무슨 좋은 일이라도 있나요?"

"별로요. 집에 계실 생각이십니까?"

"예! 잘 알다시피 집에서 꼼짝도 하지 않을 작정이에요."

"좋아요, 그럼 내가 9시쯤 가죠."

"원하시는 대로 하세요. 어려워할 필요 없어요. 그럼 불러드릴까요?"

"아뇨! 아닙니다."

"좋아요!"

도냐 셀리아는 전화를 내려놓았다. 손가락 마디를 꺾는 소리를 내더니, 그녀는 부엌에 들어가 아니스 한 잔을 마셨다. 뭐든지 잘되는 날도 있었다. 하지만 일이 꼬이면 빗자루 하나 팔지 못하는 날도 있는 법이다.

도냐 라모나 브라가도는 도냐 마틸데와 도냐 아순시온이 우유 가게에서 떠나자마자 외투를 걸치고 마데라 거리로 향했다. 그녀는 그곳 인쇄소에서 포장 일을 하는 여자를 설득할 생각이었다.

"빅토리타 있나요?"

"예! 저기 있네요."

빅토리타는 기다란 탁자 뒤에서 책을 포장하려고 준비 중이었다.

"잘 있었니? 빅토리타! 일 마치고 우리 우유 가게에 좀 들르지 않을래? 조카딸들이 카드놀이를 하러 오겠다는구나. 즐거운 시간을 보내며 재미있게 놀 수 있을 것 같은데."

빅토리타는 얼굴을 붉혔다.

"예, 아주머니. 그렇게 할게요."

빅토리타는 눈에서 눈물이 쏟아질 것만 같았다. 그녀는 자기 처지를 잘 알았다. 빅토리타는 아직 나이가 열여덟밖에는 되지 않았지만, 이미 몸은 완전히 성숙해서 언뜻 보기엔 스물이나 스물두 살쯤 된 아가씨 같았다. 그녀의 애인은 폐결핵이 걸린 탓에 군대에서 제대했다. 이 가엾은 청년은 일자리도 얻을 수 없었고, 일을 할 기운도 없어 하루 종일 침대에서 빈둥거리며 빅토리타가 일을 마치고 자기를 보러 와 주기만을 기다렸다.

"오늘은 좀 어땠어?"

"좀 나은 것 같아!"

빅토리타는 애인의 어머니가 침실에서 나가자마자 침대에 다가가 그에게 입을 맞췄다.

"키스하지 마! 잘못하면 병이 옮을 수도 있어."

"나는 상관없어. 파코, 나와 키스하는 게 싫어?"

"무슨 말이야! 좋지!"

"그렇다면 다른 건 상관없어. 너를 위해서라면 뭐든 할 거야."

어느 날 빅토리타의 얼굴이 창백해진 것을 본 파코가 이렇게 물었다.

"무슨 일 있어?"

"아무것도 아냐. 생각을 좀 했어."

"무슨 생각인데?"

"네가 약도 잘 먹고 밥도 배부르게 먹으면 병이 나을 거라는 생각."

"그럴지도 모르지. 하지만 너도 잘 알잖아!"

"돈은 내가 마련해 볼게."

"네가?"

빅토리타는 술 취한 사람처럼 콧소리를 냈다.

"그래, 내가! 젊은 여자라면 아무리 못생겼어도 돈을 벌 수 있어."

"도대체 무슨 말이야?"

빅토리타는 침착하게 말을 이었다.

"네가 들은 대로야. 네가 나을 수만 있다면, 누가 되었든 제일 먼저 걸려든 돈 많은 남자를 하나 물 거야."

파코는 얼굴이 조금 상기되고, 눈꺼풀이 가볍게 떨리는 것을 느꼈다. 빅토리타는 파코가 너무나 쉽게 "좋아."라고 대답하자 조금은 이상한 생각이 들었다.

그러나 빅토리타는 그를 마음속 깊이 사랑했다.

카페에서는 도냐 로사가 머리끝까지 화를 내는 일이 벌어졌다. 술병 때문에 로페스에게 화를 냈는데, 역사에 기록될 정도로 엄청났다. 다시 말해 백 년에 한 번 일어날까 말까 할 정도로 대단한 소동이었다.

"진정하세요, 사장님. 제가 병 값을 물게요."

"당연하지! 그래 놓고서도 설마 내 호주머니에서 돈을 내라고는 못 하겠지. 그렇지만 그걸로 끝나는 게 아냐. 이 소란은 어떡하지? 손님들을 놀라게 한 건 어떡하느냐고? 별게 다 카페 바닥에 굴러다니는 건 또 어떡하고. 이건 어떻게 갚을 건데? 이건 누가 나한테 갚을 거냐고? 짐승 같은 새끼! 넌 짐승이야, 더러운 빨갱이고. 병신 같은 새끼! 네놈들을 고발하지 않은 내가 잘못이지. 내가 너무 착해서 그래! 도대체 눈깔은 어디다가 빼놓은 거야. 어떤 계집년 생각에나 빠져 있던 거겠지. 미련하기가 꼭 저기 저 황소 같은 놈들. 다들 똑같아! 자기가 지금 어디 있는지도 모르고 말이야!"

백지장처럼 창백해진 콘소르시오 로페스는 도냐 로사를 진정시키려고 애썼다.

"잘못했습니다, 사장님! 고의는 아니었습니다."

"그래, 고의는 아니었겠지! 일부러야 그랬겠어! 이게 마지막이야! 내 카페에서 그것도 내 면전에서 개똥보다 못 한 일개 지배인인 네가, 기분 나빠 뭔가 부수고 싶다고 물건을 망가뜨려? 말도 안 되지! 그럴 수는 없어! 아직 그렇게까지 무너지진 않았어. 언젠간 그런 꼴을 당할지도 모르겠지만 말이야. 그렇지만 내가 너희들을 그렇게까지 놔둘 성싶어? 어느 선만 넘어서면 너희들 한 놈 한 놈 감방에 처넣어 버릴 거야. 그때 제일 먼저 끌려갈 놈이 바로 너야, 재수 없는 너 말이야! 지금 당장 그러지 않는 것을 다행으로 생각해! 내가 만일 너희들처럼 흉악했다면 버얼써……."

소란이 절정에 달해, 여주인이 고래고래 지르는 악담을 카페에 있는 모두가 쥐 죽은 듯 조용히 듣는데, 키가 후리후리하면서도 약간 통통한 여인이 들어와 계산대 앞쪽에 자리 잡고 앉았다. 젊은 편은 아니었지만 아직은 고운 자태가 남아 있는, 표정이 거만한 여인이었다. 이 여인을 보자마자 로페스의 얼굴엔 그나마 남아 있던 핏기가 싹 사라져 버린 듯했다. 십 년이 지난 지금, 마루히타는 혈색도 좋았고 게다가 잘 차려입었다. 그녀는 건강미와 활력이 넘치는 멋쟁이가 된 것이다. 아마 길에서 그녀를 본다면 누구나 결혼을 잘해서 잘 입고 잘 먹은 여인이라고 생각했을 것이다. 주인으로서 아랫사람을 부리는 것이 몸에 밴, 자기가 하고 싶은 대로 할 수 있는 시골 부잣집 부인으로 보이기에 그녀는 충분했다.

마루히타는 종업원을 불렀다.

"커피 한 잔 부탁해요!"

"크림을 넣을까요?"

"아뇨. 그냥 주세요. 근데 저기 소리 지르는 여잔 누구죠?"

"아! 이곳 주인이십니다. 다시 말해 사장님이시지요."

"이리 좀 와 주십사고 전해 줘요."

종업원은 가엾게도 들고 있던 쟁반을 파르르 떨었다.

"지금 당장 말입니까?"

"예! 잠깐만 와 달라고 하세요. 내가 좀 뵙자고요."

종업원은 교수대로 끌려가는 죄수 같은 얼굴로 계산대를
향했다.

"로페스, 블랙커피 한 잔. 저, 사장님, 잠깐만요."

도냐 로사가 돌아보았다.

"왜?"

"아뇨! 제가 아니라 저기 저 부인이 좀 뵙자는데요."

"누구?"

"반지를 끼고 이쪽을 보는 저 부인요."

"나를 보자고?"

"예! 사장님을 좀 뵙고 싶대요. 무엇 때문인지는 잘 모르겠
지만, 언뜻 보기엔 돈도 좀 있고 신분도 꽤 괜찮은 것 같은데.
사장님 좀 불러 달라고 했어요."

도냐 로사는 얼굴을 찡그리며 마루히타가 앉아 있는 탁자
로 향했다. 로페스는 손으로 눈을 가려 버렸다.

"안녕하세요! 저를 찾으셨나요?"

"사장님이세요?"

"예, 그런데요."

"그렇군요. 좀 만나 뵙고 싶어서요. 먼저 제 소개를 하지요.

저는 구티에레스의 부인인데요, 마리아 라네로라고 해요. 여기, 명함요. 주소도 적혀 있어요. 남편과 저는 시우다드레알 지방에 있는 토메호소에 산답니다."

"그러시군요."

"그런데 이젠 시골 생활도 싫증이 나서 거기 재산을 정리해서 마드리드에 머문답니다. 내전이 끝난 후부턴 시골도 인심이 나빠져 살기에 그리 편하지 않아요. 질투 어린 험담만 넘친다니까요."

"그렇군요."

"정말이지 말도 못 해요. 더구나 애들도 점점 자라서 공부도 시켜야겠고, 사회 진출도 생각해야 할 것 같고요. 언제나 있어 온 문제긴 하지만 마드리드로 데려오지 않으면 아이들 일생을 망쳐 버릴 것만 같아요."

"맞아요. 그런데 애들이 많나요?"

구티에레스 부인은 약간 허풍이 센 편이었다.

"다섯이나 되지요. 큰 녀석 둘은 벌써 낼모레면 열 살이 되고요. 이젠 다 컸지요. 전남편하고 사이에서 낳은 쌍둥이랍니다. 나도 아주 젊어서 과부가 되었지요. 어디 한 번 보실래요?"

도냐 로사는 첫 영성체 때 찍은 사진 속 쌍둥이 얼굴을 어디선가 본 듯했지만 기억이 날 듯 말 듯 떠오르지 않았다.

"어떻든 마드리드에 왔으니 세상이 어떻게 돌아가나 구경을 좀 하려고 해요."

"물론 그러셔야지요."

도냐 로사는 기분이 좀 가라앉아, 몇 분 전까지만 해도 엄청 흥분해서 소리를 지르던 여자 같지 않았다. 크게 소리 지르는 걸 좋아하는 사람들 대부분이 그렇듯이 그녀도 자기보다 더 큰소리를 치는 사람 앞에선 아욱 이파리처럼 주눅 들었다.

"남편은 카페를 경영해 보는 것도 그리 나쁠 것 같진 않다고 생각한답니다. 열심히만 하면 벌이도 괜찮을 것 같고요."

"무슨 말씀이시죠?"

"가격만 적당하다면 카페를 하나 인수하고 싶어서요."

"저는 팔 생각이 없는데요."

"사장님께 이 카페를 팔라고 말을 꺼낸 건 아닙니다. 더구나 이런 이야기는 함부로 할 수 있는 것도 아니고요. 모든 것이 조건에 달려 있지 않을까요? 내 이야기는 한 번 생각해 보시라는 겁니다. 남편은 지금 병이 들어 수술을 기다린답니다. 그러니 마드리드엔 한참 동안 있을 것 같아요. 남편이 병이 나으면 직접 찾아뵙고 말씀드릴 겁니다. 사장님께서도 마음이 동하시면 한 번 생각해 보세요. 저희 쪽은 아직 약속한 곳도 없고 계약하려는 곳도 없으니까요."

처음 보는 여자가 카페를 사려고 한다는 말이 불붙은 화약처럼 이 탁자에서 저 탁자로 옮겨 갔다.

"누군데?"

"저기 저 사람이야."

"좀 사는 여자 같은데."

"당연하지! 카페를 산다는 사람이 설마 연금으로 살겠어?"

이 말이 계산대까지 전해지자 고민스러운 표정을 짓던 로페스가 또다시 병을 집어던졌다. 도냐 로사는 의자에 앉은 채 얼굴을 돌렸다. 그녀의 음성이 대포 소리처럼 울려 퍼졌다.

"야, 이 짐승 같은 놈아!"

마루히타는 이 틈을 타 로페스에게 살짝 웃음을 지어 보였다. 정말 교묘해 다른 사람은 전혀 눈치채지 못했다. 어쩌면 로페스조차 알아차리지 못했을지도 모른다.

"만일 카페를 산다면 저런 짐승 같은 놈들을 조심해야 할 겁니다!"

"많이 부숩니까?"

"저놈들에게 맡겨 놓은 것은 죄다 부수지요. 내가 보기엔 일부러 그러는 것 같기도 해요! 추잡한 시기심에 몸뚱이가 문드러지는 꼴이지요."

마르틴은 '산루이스 대학생 연맹'에서 활동하던 시절 동료였던 나티 로블레스를 만나 이야기를 나눴다. 마르틴이 보석상 진열장을 바라보는데, 마침 그녀가 팔찌 고리를 고치려고 가게에 있었던 것이다. 나티는 못 알아볼 정도였다. 마치 딴 사람이 된 것 같았다. 대학 시절에는 깡마른 편에 털털한 여자였다. 게다가 굽이 낮은 신에 화장도 하지 않으며 여성참정권을 외치던 그런 여자였다. 그런데 늘씬하고 세련된 멋쟁이에 좋은 구두를 신고 화장도 제법 여성스럽게 한 깔끔한 아가씨로 변한 것이다. 먼저 알아본 사람은 나티였다.

"마르코!"

마르틴은 겁먹은 표정으로 그녀를 바라보았다. 그는 뭔가 안면은 있는 것 같은데 확실하게 알아보지 못하는 사람을 만날 때면 조금은 머뭇거리는 성격이었다. 사람들이 자기에게 달려들어 별로 유쾌하지 못한 이야기를 퍼부어 댈 것만 같았던 것이다. 만일 잘 먹어 영양 상태만 좋았어도 이러지는 않았을 것이다.

"나야, 나! 나티 로블레스! 나 기억 안 나니? 나티 로블레스라니까."

마르틴은 너무 놀라 말문이 막혔다.

"네가?"

"그래, 나야 나."

마르틴은 몹시 기뻐 어쩔 줄 몰랐다.

"웬일이야! 나티! 어떻게 지냈어? 공작부인이라도 된 것 같은데!"

나티는 미소를 지었다.

"무슨, 공작부인은 아니고……. 생각이 없는 건 아니지만 여전히 미혼이고 아직 약혼도 하지 않았는걸. 바빠?"

마르틴은 잠깐 망설이다가 입을 열었다.

"아냐, 바쁠 것까진 없어. 너도 잘 알겠지만 내가 뭐 바쁘게 돌아다닐 그런 사람도 못 되고."

나티는 그의 팔을 잡았다.

"여전히 바보처럼 사는구나!"

마르틴은 당황한 기색을 보이며 그 상황에서 빠져나가려고 했다.

"사람들이 보잖아!"

나티는 큰 소리로 웃음을 터트렸다. 그 웃음소리에 사람들이 그들을 쳐다보았다. 나티의 목소리는 높고, 아름답고, 음악적이었다. 상큼하면서도 환희에 찬 종소리 같았다.

"미안해, 마르틴. 난처하게 만들 생각은 아니었어."

나티는 어깨로 마르틴을 살짝 밀치더니, 놓기는커녕 오히려 팔을 더 세게 잡아당겼다.

"여전하구나!"

"아냐! 더 안 좋아진 것 같아, 나티."

그녀는 걷기 시작했다.

"자, 그렇게 굼벵이처럼 걷지 말고. 너에게 지금 당장 필요한 건 기운을 불어넣어 주는 일 같은데. 여전히 시도 쓰니?"

마르틴은 아직도 시를 쓴다는 게 창피했다.

"그래, 지금도 쓰지. 이게 사태를 더 악화시킨 것 같아."

"그래?"

나티는 또 한 번 웃었다.

"너는 여전히 상큼한 친구야. 조금은 도도하고, 소심하고, 게으르면서도 뭔가 부지런한 면도 있고."

"도대체 무슨 말을 하는 거야."

"나도 몰라! 어디든 가서 우리의 재회를 축하해야지."

"그래, 그러자!"

나티와 마르틴은 사방이 거울로 장식된 그란비아 카페에 들어갔다. 굽이 높은 신발을 신은 탓인지 나티가 조금 더 커 보였다.

"여기 앉을까?"

"그럼! 어디든 네 맘에 드는 자리에 앉아!"

나티는 마르틴과 눈을 맞췄다.

"그래, 여전히 매너는 좋구나! 내가 마치 너와 새로 사귀는 여자 친구라도 된 것 같은걸."

나티에게선 정말 향기로운 냄새가 났다.

코르테스의 미망인 도냐 셸리아 베시노는 참베리 광장 근처에 있는 산타엔그라시아 거리에 살았다.

장사를 하던 그녀의 남편 돈 옵둘리오 코르테스 로페스는 전쟁이 끝난 직후에 죽었는데, 《ABC》 부고란에는 빨갱이들 치하에서 너무 고통 받은 탓이라고 나왔다.

돈 옵둘리오는 신사의 귀감이라고 할 정도로 흠잡을 데라고는 단 한군데도 없이 일생을 정직하고 성실하게 살아온, 행실이 바르고 모범적인 인물이었다. 전서구를 무척 사랑했던 탓에, 그가 죽자 비둘기 애호가들이 펴낸 잡지에선 진심 어린 추도문을 싣기도 했다. 잡지에 실린 그의 젊었을 적 사진 밑엔 이렇게 적혀 있었다. "스페인 비둘기 애호가의 원로이시며 「어디까지라도 날아가렴, 평화의 비둘기야」를 작사하시고, 전 알메리아 왕립 비둘기 애호가 협회 회장이셨으며, 잡지 《비둘기와 비둘기 집》을 창간하시고 직접 편집까지 하셨던 돈 옵둘리오 코르테스 로페스의 서거에 즈음하여, 고인의 업적에 대한 열렬한 찬사와 함께 고인의 죽음에 심심한 애도를 표합니다." 사진에는 죽은 이를 애도하는 굵은 검정 띠가 둘려 있었고, 아래에는 중학교 교사인 돈 레오나르도 카스타호가 쓴 글이 적혀 있었다.

돈 옵둘리오의 부인은 입체파 스타일로 오렌지색과 파란색을 칠한, 초라하지만 그래도 깔끔하게 꾸미려고 애쓴 흔적이 보이는 작은 방을, 믿을 만한 사람들에게 세를 놓아 어렵사리 생계를 유지했다. 그녀가 세든 사람들을 최대한 편하게 하기 위해 봉사하는 마음으로 세심한 데까지 신경을 쓰긴 했지만, 그곳은 그리 살기 좋은 환경은 아니었다.

존경할 만한 사람이 올 때를 대비해 남겨 놓은 일종의 귀빈실인 앞방에는, 콧수염을 빳빳하게 세우고 다정한 눈빛을 한 돈 옵둘리오의 초상화가 금박 사진틀 속에서 심술쟁이이자 장난꾸러기인 큐피드처럼 미망인이 먹고살 수 있는 비밀을 보호해 주었다.

도냐 셀리아의 집은 따뜻한 정이 여기저기에서 새어 나왔다. 어떤 때는 뜨겁기도 하고, 어떤 때는 약간 독기까지도 품은 그런 정이었다. 도냐 셀리아는 사오 개월 전부터, 절반은 슬픔과 고통 때문에, 그리고 또 다른 절반은 비타민 부족 때문에 죽은 조카가 남긴 아이들을 데려다 키웠다. 아이들은 남녀가 함께 들어오면 "와! 또 한 쌍이 왔다!"라고 복도에서 소리 지르며 즐거워했다. 이 어린 천사들은 젊은 신사가 여자와 팔짱을 끼고 들어온 다음 날이면 새로 요리한 음식을 먹게 된다는 것을 알았다.

벤투라가 처음으로 애인을 데리고 오던 날 도냐 셀리아는 이렇게 말했다.

"이봐요, 내가 부탁하고픈 건 단 한 가지예요. 점잖게, 제발이지 점잖게 굴어 달라는 것뿐이에요. 그리고 제발 날 귀찮게 하지 않았으면 좋겠어요."

"안심하세요, 아주머니. 걱정하지 않으셔도 되요! 저도 신사인걸요."

벤투라와 훌리타는 보통 3시 30분이나 4시에 방에 들어가서는 시계가 8시를 알릴 때까지 나오지 않았다. 두런거리는 소리도 들리지 않았다. 즐거움을 만끽하는 모양이었다.

훌리타는 첫날부터 보통 사람들보다 덜 겸연쩍어했다. 이것저것 살펴보면서 하나씩 토를 달기도 했다.

"이 등은 너무 무서워! 이것 봐! 꼭 관장 기구 같아!"

벤투라는 그것과 닮은 관장 기구를 본 적이 없었다.

"아니, 닮긴 뭐가! 바보 같은 소리는 그만하고 이리 가까이 와서 앉아 봐!"

"알았어!"

초상화 속에서 돈 움돌리오가 날카로운 눈초리로 두 사람을 노려보았다.

"잠깐만! 저 사람은 누구지?"

"내가 알 게 뭐야! 꼭 죽은 사람처럼 생겼는걸. 틀림없이 죽었을 거야."

훌리타는 계속 방 안을 서성였다. 방 안을 서성이는 걸 보니 아마 초조한 마음을 가라앉히고 싶은 모양이었다. 잠시 후 불안한 기색은 더 이상 보이지 않았다.

"헝겊 조화를 꽂아 두다니 기가 막히는군! 톱밥 속에 꽂아 두면 그래도 좀 아름답게 보일 거라고 생각했던 모양이지!"

"그래, 그런 모양이군."

훌리타는 좀처럼 멈추려 들지 않았다.

"이것 봐! 저 새끼 양은 외눈박이야. 불쌍하게도 말이야."

소파 방석에 수놓은 새끼 양은 한쪽 눈이 없었다.

벤투라는 짐짓 심각한 표정을 지었다. 이러다가는 끝없는 이야기 속으로 빠져들어 갈 것만 같았다.

"입 좀 다물 수 없어?"

"뭐가 어째? 왜 이렇게 껄끄럽게 굴어?"

훌리타는 속으로 이렇게 생각했다.

'까치발을 하고서 천천히 사랑으로 나아가는 게 얼마나 좋은데!'

홀리타는 예술가다운 데가 있었다. 그녀의 애인보다 홀리타가 훨씬 더 예술가다웠던 것이다.

마루히타 라네로는 카페에서 나온 뒤 빵집으로 가서 쌍둥이들의 아버지에게 전화 걸었다.

"나, 어땠어요?"

"그래! 그렇지만 마루히타, 당신은 지금 미쳤어!"

"무슨 말씀! 절대로 안 미쳤어요. 당신에게 날 보여 주고 싶어서 갔어요. 오늘 밤 갑자기 만나 놀라게 하고 싶지 않았어요. 실망시키고 싶지도 않았고요."

"그래, 알았어!"

"아직도 나를 좋아해요?"

"옛날보다 더 사랑해! 맹세할 수 있어! 참, 예전에도 당신을 얼마나 사랑했는데."

"그럼, 내가 좋다면 나와 결혼해 줄래요?"

"뭐라고……!"

"아직 남편과 사이엔 아이가 없어요."

"그렇지만, 그 사람은……."

"그는 집채만 한 암세포가 있어요. 의사 말로는 회복이 불가능하대요."

"그래! 알았어. 그런데 내 말 좀 들어 봐!"

"뭔데요?"

"진짜로 카페를 살 생각이야?"

"당신만 좋다면요. 그 사람이 죽기만 하면 우린 바로 결혼할 수 있어요. 그러면 카페를 결혼 선물로 주고 싶어요."

"그렇지만……."

"잘 알아요! 나도 이미 세상물정을 알 만큼은 알아요. 그뿐만 아니라 돈도 좀 있고, 하고 싶은 걸 할 수도 있어요. 그이는 나에게 모든 것을 물려주겠다고 했어요. 유언장도 보여 준걸요. 몇 달만 지나면 오백만이 떨어질 거예요."

"뭐라고?"

"몇 달만 지나면, 듣고 있어요? 오백만이 떨어진다니까요."

"그래, 그래!"

"당신 지갑에 아이들 사진 넣고 다녀요?"

"물론이지."

"내 사진은요?"

"아직, 당신 건 없어. 당신이 결혼했을 때 사진들을 다 태워 버렸어. 그게 최선이라고 생각했거든."

"오늘 밤 몇 장 줄게요. 몇 시쯤 올 건데요? 대충이라도요."

"카페가 1시 30분에서 1시 45분쯤 문을 닫아."

"지체하지 말고 곧바로 오세요."

"알았어."

"장소는 알지요?"

"물론이지. 막달레나 거리에 있는 '라 코야덴세', 맞지?"

"그래요. 삼 호실이에요."

"알았어. 이젠 그만 끊어야 해! 짐승 같은 년이 오고 있어."

"그럼 그때 봐요! 키스를 보낼게요."

"그래!"

"내 키스 받아요! 한 번이 아니라 천 번이고 백만 번이고 보낼 테니까요."

빵집 여주인은 깜짝 놀랐다. 마루히타 라네로가 전화를 내려놓으며 고맙다는 인사를 했지만 빵집 여주인은 한 마디도 벙긋하지 못했다.

도냐 몬트세라트는 방문을 마치고 집으로 돌아가려고 자리에서 일어났다.

"잘 있어요, 비시타시온. 하루 종일이라도 여기서 당신의 재미난 이야기를 듣고 싶은데……."

"말씀만이라도 고마워요."

"빈말이 아니라 진심이에요. 아까도 말씀드렸지만 오늘은 영성체를 빠뜨리고 싶지 않아서요."

"그래야지요!"

"어제 영성체를 못 했거든요."

"전 이젠 완전히 속물이 되어 버렸어요. 하느님께 벌이나 받지 않을지 모르겠네요."

문 앞에서 비시타시온은 도냐 몬트세라트에게 이런 말을 해주고 싶었다.

'우리 이젠 말을 놓는 게 어떨까? 진작부터 말을 놓고 이야기해야 한다는 생각이 들었는데. 너는 어때?'

도냐 몬트세라트는 사람이 좋기 때문에 당장 그러자고 했을지도 모른다. 도냐 비시타시온은 이런 생각도 들었다.

'서로 말을 놓으면 너는 몬세로, 나는 비시로 부르면 되겠지. 그렇지?'

도냐 몬트세라트는 이 말에도 물론 동의할 것이다. 그녀는 워낙 호인이고 또 잘 생각하면 두 사람은 이미 오래전부터 친구 사이가 아닌가. 그러나 세상일이 다 그러하듯이 입만 열면 다음 말밖에는 나오지 않았다.

"안녕히 가세요, 몬트세라트. 자주 놀러 와요."

"그럴게요. 앞으로는 더 자주 놀러 올게요."

"그러면 좋지요."

"자주 놀러 올게요, 비시타시온. 라가르토 비누 두 장을 좋은 가격에 주신다고 한 말씀 절대로 잊지 마세요."

"물론이지요. 걱정 마세요."

도냐 몬트세라트가 비시타시온의 아파트를 나오는데, 집에 들어올 때처럼 앵무새가 욕설을 퍼부었다.

"저게 뭔데 저러죠?"

"말도 마세요. 앵무샌데, 정말이지 악마라니까요."

"남세스럽군요. 그런데 왜 그냥 놔두세요?"

"정말이지 어떻게 해야 할지 모르겠어요."

라벨라이스는 뻔뻔한 데다가 원칙도 없는, 모두가 조심해야 할 앵무새였다. 길들지 않는, 성질머리 고약한 앵무새였던 것이다. 어쩌다 좀 조용할 때면 '초콜릿'이니 '포르투갈' 같은 단어나, 길이 잘 든 앵무새가 중얼거리는 단어들을 이야기할 때도 있었다. 그러나 워낙 별 생각이 없는 새가 되어 놔서 전혀 예기치 못한 때에, 혹은 주인아주머니의 귀한 손님이 찾아왔을 때 마치 노처녀 같은 쉰 목소리로 쌍스럽고 듣기 고약한 단어 나부랭이들을 내뱉었다. 신앙심 깊은 이웃집 소년 앙헬리토가 라벨라이스를 바른 길로 인도해 보려고 무진 애를 썼지만 실패하고 말았다. 그의 노력은 쓸데없는 헛수고에 불과했고, 마치 자갈밭에 씨를 뿌린 격이 되고 말았다. 소년은 실망한 나머지 조금씩 포기했다. 가르치는 사람이 사라진 라벨라이스는 거의 보름 동안 듣는 사람의 낯이 붉어질 정도로 끔찍한 말만 내뱉었다. 위층에 사는 철도 감독관 돈 피오 나바스 페레스가 새 주인에게 주의를 준 것만 봐도 어느 정도로 못된 새인지 알 수 있었다.

"부인, 앵무새 말인데요, 이건 좀 지나친 것 같군요. 어지간하면 말하지 않고 지나칠 생각이었는데, 이젠 다른 방법이 없네요. 부인도 잘 알다시피 저희 집에는 곧 결혼할 딸이 하나 있는데, 그 애가 이런 말들은 안 들었으면 좋겠습니다. 제 말 명심해 주셨으면 합니다."

"예! 돈 피오, 지당하신 말씀입니다. 죄송합니다. 주의를 단단히 주겠습니다. 라벨라이스는 정말이지 버르장머리를 고칠 수 있을 것 같지 않은 놈입니다."

알프레도 앙굴로 에체베리아는 고모인 도냐 롤리타 에체베리아 데 카수엘라에게 이런 이야기를 했다.

"비시는 정말 매력적인 아이예요. 보시면 아실 거예요. 현대적인 감각에, 분위기도 있고, 지적이고, 예쁘고, 한마디로 정말 괜찮은 아이예요. 저 역시 무척이나 사랑하고요."

고모인 롤리타는 정신이 나간 사람 같아 보였다. 알프레도는 고모가 자기 이야기에 별 관심이 없는 게 아닌가 의심이 들었다.

"고모, 제 사랑 이야기 따윈 상관없다는 표정이시네요."

"무슨 바보 같은 소리야! 어떻게 네 이야기를 하찮게 들을 수 있겠니?"

그런 다음 카수엘라 부인은 손을 비틀며 이상한 표정을 짓더니 갑자기 대성통곡을 터트렸다. 알프레도는 깜짝 놀랐다.

"무슨 일 있어요?"

"아무것도 아니야! 그냥 놔둬!"

알프레도는 고모를 달래려고 애를 썼다.

"그런데 고모, 무슨 일이에요? 제가 뭐 기분 나쁜 이야기라도 했나요?"

"아니다. 그냥 놔두렴! 좀 울게 놔둬."

알프레도는 고모의 기운을 돋우려고 농담을 시도했다.

"고모, 너무 히스테리 부리지 마세요. 열여덟 소녀도 아닌데. 남이 보면 실연이라도 당한 줄 알겠어요."

결과적으로 안 하느니만 못 한 농담이었다. 카수엘라 부인은 얼굴이 백지장처럼 창백해져 눈을 하얗게 부릅뜨더니 그만 쿵 하고 바닥에 쓰러졌다. 마침 페르난도 고모부는 집에 없었다. 간밤에 있었던 살인 사건 때문에, 그는 아파트 거주자가 모두 모여 의견을 나누고 합의를 도출해 보자는 모임에 갔던 것이다. 알프레도는 고모를 일단 안락의자에 앉히고 얼굴에 물을 뿌렸다. 고모가 정신이 들자, 그는 가정부에게 차를 가져오라고 시켰다.

도냐 롤리타는 간신히 입을 열 정도가 되자 알프레도를 바라보며 느릿느릿한 목소리로 입을 열었다.

"누가 나에게 더러운 빨래 광주리를 사 갈 사람은 없겠지?"

알프레도는 질문이 좀 이상하다고 느꼈다.

"잘 모르겠는데요. 혹시 고물 장수라면 사 가지 않을까요?"

"네가 책임지고 집 밖으로 치워 버릴 수만 있다면, 너에게 주마! 더 보기 싫으니, 고물 장수들이 값을 치르고 사 가면 그 돈은 네 마음대로 하렴!"

"그럴게요!"

알프레도는 걱정이 되었다 고모부가 돌아오자, 알프레도는 한쪽으로 그를 불러 이렇게 이야기했다.

"페르난도 고모부, 고모를 의사에게 데려가야 할 것 같아요. 심한 신경쇠약 증세를 보이는 것 같거든요. 게다가 착란 증세도 좀 있는 것 같고요. 저에게 빨래 광주리가 보기 싫으니 갖다 버리라는 거예요."

돈 페르난도 카수엘라는 안색 하나 변하지 않았다. 이런 것쯤은 별거 아니라는 듯이 그는 차분한 태도를 보였다. 알프레도는 고모부가 별 동요를 보이지 않자, 자기네들 일인데 끼어들지 않는 것이 낫겠다고 생각했다.

"그래, 미치면 그만이지, 뭐! 나는 분명히 이야기해 줬으니까. 내 말에 신경 쓰지 않으면 자기들만 손해지. 나중에 머리를 쥐어뜯으며 한탄할 날이 오겠지."

탁자 위에 편지가 한 통 놓여 있었다. 편지 서두엔 이렇게 쓰여 있었다. "마드리드 시 마요르 거리, 20번지, 향료 및 약국 아그로실." 잔잔한 꽃무늬와 우스꽝스러운 광대 얼굴로 장식된 편지지는 예쁜 글씨체로 가득 차 있었다. 편지는 이미 마무리가 다 된 것이었는데 그 내용은 다음과 같다.

사랑하는 어머니,

어머니를 기쁘게 해 드릴 소식을 전하기 위해 몇 줄 씁니다. 소식을 전하기 전에 먼저 하느님의 크신 사랑으로 저 못지않게 어머니께서도 건강하시고, 파키타 누님 부부와 아이들과 함께 언제까지라도 즐겁고 행복한 삶을 영위하시길 빕니다.

어머니, 제가 말씀드리려는 소식은 다름이 아니라, 어머니와 누님 가족이 아니더라도 제가 더 이상 이 세상에서 외톨이가 아니라는 것입니다. 저를 도와 가정을 이루고 꾸려 나갈, 그리고 저와 함께 일을 나누고, 기독교인의 미덕으로 저를 기쁘게 해 줄 그런 여자를 찾았답니다. 이번 여름에는 기운을 내서, 어머니를 그토록 그리워하는 이 아들을 한 번 보러 오시는 게 어떨까요. 그러면 자연스럽게 며느릿감도 보실 수 있을 겁니다. 여비 걱정은 하지 않으셔도 됩니다. 어머니만 뵐 수 있다면 여비뿐만 아니라 그 이상이라도 얼마든지 제가 부담할 테니까요. 제 여자 친구를 만나 보시면 얼마나 천사 같은지 아실 겁니다. 마음씨 착하고, 부지런하고, 예쁜 데다가 성실하기까지 한 여자거든요. 그녀의 이름인 에스페란사*가 의미하는 것처럼 모든 것이 다 잘될 것 같습니다. 저희 두 사람의 행복을 위해 많이 기도해 주세요. 저희들의 행복이 곧 어머니 말년에 빛을 밝혀 줄 횃불이 될 겁니다.

그러면 어머니, 진정으로 어머니를 사랑하고 한시도 잊어 본적 없는 이 아들 녀석이 어머니께 열렬한 키스를 보냅니다. 이만 줄일게요.

—티닌

---

* 희망.

티닌은 편지를 다 쓴 다음 일어나 담배에 불을 붙이며 큰 소리로 편지를 읽어 내려갔다.

"잘 썼는데. 끝에 횃불이라는 표현은 정말 괜찮았어."

침실용 탁자에 다가가 마치 원탁의 기사처럼, "내 사랑 아구스틴에게 열렬한 키스를 보내며, 당신의 에스페란사."라고 쓰인 가죽 액자 속 사진에 우아하게 키스했다.

"어머니가 오시면, 이건 잘 치워 놓아야지."

어느 날 저녁 6시 무렵, 벤투라가 문을 열고 작은 소리로 집주인을 불렀다.

"아주머니!"

도냐 셀리아는 간식과 함께 먹으려고 끓이던 커피 주전자를 내려놓았다.

"금방 갈게요! 무슨 일인데요?"

"부탁이 하나 있는데요."

도냐 셀리아는 커피 물이 끓어 넘치지 않게 가스 불을 약간 줄인 다음, 앞치마를 어깨에 걸치고 겉옷에 손을 닦으며 서둘러 나갔다.

"아구아도 씨, 무슨 일이에요?"

"주사위 좀 빌려 주시겠어요?"

도냐 셀리아는 주방 찬장에서 주사위를 꺼내 두 연인에게 건네주고선 곰곰이 생각했다. 이 산비둘기 같은 연인의 사랑이 기울어져 가는 게 아닌가 싶어 가슴이 저려 왔다. 더욱이 호주머니 생각을 하니 소름이 끼쳤다.

"아냐! 설마 그럴 리가! 여자아이가 몸이 아파서 그럴 수도 있지…….”

도냐 셀리아는 혼자 중얼거리며 긍정적인 쪽으로 바라보려고 애썼다.

도냐 셀리아는 장사와 관련된 일이 아니어도 한 번 알게 된 사람에게는 따뜻한 정을 주는 그런 여자였다. 그녀는 매우 감상적인 사람이어서 남들에게 낭만적인 데이트 장소를 마련해 주려고 노력하기도 했다.

마르틴은 대학 동기인 여자와 이미 한 시간째 잡담을 즐겼다.

“그래, 이때까지 결혼할 생각도 하지 않고 살았단 말이지?”

“그렇다니까. 지금도 결혼하고 싶은 생각은 없어. 그렇지만 좋은 상대만 있다면 당장이라도 하겠지. 잘 알겠지만 결혼을 했는데도 가난에서 벗어나지 못한다면 결혼 안 한 것만 못 하지. 언젠가는 결혼하겠지. 나는 무엇을 하든 아직은 시간이 넉넉하다고 믿어.”

“행복하군! 난 무엇을 하려고 해도 시간이 모자라 못 한다고 생각하는데. 시간이 남는다면 그것은 시간이 너무 모자라 그 모자란 시간으로 어찌할 줄 몰라서 그렇다고 믿는데.”

나티는 귀엽게 코를 찡긋거렸다.

“마르코, 너무 심각한 이야길랑 그만둬!”

마르틴은 미소 지었다.

“너무 놀리지 마, 나티.”

아가씨는 장난기 어린 얼굴로 그를 바라보더니, 핸드백을 열고 에나멜 담뱃갑을 꺼냈다.

“한 대 피울래?”

"그래, 고마워. 담배가 떨어졌거든. 담뱃갑 정말 예쁜데."

"나쁘진 않지! 선물로 받은 거야."

마르틴은 호주머니를 뒤졌다.

"성냥이 있었는데……."

"여기 불 있어. 라이터 역시 선물 받은 거야."

"괜찮네!"

나티는 능숙한 솜씨로 우아하게 손을 놀리며 유럽식으로 담배를 피워 물었다. 마르틴은 물끄러미 그녀를 바라보았다.

"그런데, 나티. 우리는 좀 이상한 한 쌍이네. 나티는 뭐 하나 흠잡을 데 없이 쫙 빼입은 멋쟁이고, 나는 팔꿈치가 드러나고 얼룩덜룩한 누더기 옷을 입은 주제에 잘난 체나 하고……."

아가씨는 어깨를 으쓱했다.

"상관없잖아! 이 바보야, 뭐 어때. 그래야 사람들도 아직 너에게 어떤 카드가 남았는지 모르지."

마르틴은 상대가 눈치채지 못할 정도로 잠시, 씁쓸하고 슬픈 표정을 지었다. 나티는 한없이 다정한 눈길로 그를 바라보았다. 어떤 일이 있어도 남에게 들키고 싶지 않은 묘한 다정함이었다.

"그런데 왜?"

"아무것도 아냐. 참, 같이 학교 다닐 때 아이들이 너를 나타 샤라고 불렀던 것 기억나니?"

"물론이지."

"언젠가 가스콘이 행정법 시간에 내쫓은 일도 있었지?"

나티도 조금은 슬픈 표정이 되었다.

"그래."

"그날 오후 오에스테 공원에서 키스했던 일도?"

"물어볼 줄 알았어. 물론 똑똑히 기억해. 그날 오후에 있었던 일을 여러 번 생각했으니까. 내 입술에 입을 맞춘 건 네가 처음이었어. 시간이 참 많이 흘렀네. 이봐, 마르코."

"왜?"

"나는 바람둥이가 아니야."

마르틴은 울고 싶다는 생각이 들었다.

"그런데 왜 갑자기 그런 말을 하는 거야?"

"이야길 해야 할 것 같아! 적어도 마르코에겐 이런저런 이야기를 해야 할 의무가 조금이나마 있어."

마르틴은 입에 담배를 물고 두 손을 무릎 위에 가지런히 포개 얹은 채 파리 한 마리가 유리컵 언저리에 맴도는 것을 뚫어지게 바라보았다. 나티는 계속해서 말을 이었다.

"나, 그날 오후 일을 깊이 생각해 보았어. 그 당시 내 생각에 남자는 나에겐 절대로 필요 없는 존재였고, 정치학이나 법철학만으로도 충분히 살아갈 수 있으리라고 믿었지. 참 바보 같았어. 그런데 그날 오후의 경험에서 아무것도 깨닫지 못했던 거야. 마르코와 키스했지만, 아무것도 깨닫지 못했던 거야. 오히려 세상일이라는 게 모두 다 이와 비슷할 거라고 생각했지. 시간이 흘러서야, 내 생각이 잘못되었고, 세상일 또한 그렇지 않다는 걸 깨달았지만 말이야……."

나티의 목소리가 가볍게 떨렸다.

"……어쩌면 훨씬 더 나쁘게 돌아가는지도 몰라."

마르틴은 가까스로 입을 열었다.

"용서해 줘, 나티. 너무 늦어서 이젠 가 봐야겠어. 너한테 뭐

라도 좀 사 주고 싶지만 동전 한 닢 없어. 한 잔 사고 싶은데 일
두로만 좀 빌려 줄래?"

나티는 핸드백을 뒤지더니 식탁 아래로 마르틴의 손을 더듬
었다.

"받아! 십 두로야. 나머지 돈으로 선물이나 하나 사 줘!"

4

경찰인 훌리오 가르시아 모라소는 벌써 한 시간째 이비사 거리를 순찰 중이었다. 가로등 불빛 아래 그가 왔다 갔다 하는 것이 보였는데 그리 멀리까지는 가지 않았다. 그는 깊은 생각에 잠긴 듯이 천천히 걸었다. 저쪽으로 마흔 걸음, 다시 이쪽으로 마흔 걸음을 속으로 헤아리면서 오가는 것 같았다. 이따금 길모퉁이까지 몇 걸음을 더 가기도 했다.

경찰인 훌리오 가르시아 모라소는 갈리시아 사람이다. 내전 전까지만 해도 아무 하는 일 없이 눈이 먼 아버지를 모시고 기타를 메고 성 시브란 찬가를 부르며 이곳저곳 축제를 따라 떠돌았다. 가끔 포도주라도 한잔하면 훌리오는 직접 피리를 불곤 했다. 보통 땐 다른 사람에게 피리를 불게 하고 자신은 춤추는 것을 즐겼다.

전쟁이 터지고 군에 소집되었을 때, 훌리오 가르시아 모라소는 송아지처럼 팔팔한 청년으로 자라 있었다. 야생마처럼 코를 흥흥거리며 날뛰고 싶은 열정을 가슴에 가득 안은, 먹음직한 정어리와 가슴 큰 처녀와 리베로 포도주를 좋아하는 청년이었다. 어느 재수 없던 날, 아스투리아스 전선에서 옆구리에 총알을 맞았는데, 그때부터 몸이 약해지기 시작해 다시는 원기가 회복되지 않았다. 게다가 상이군인으로 제대할 만큼 상처가 크지도 않아서 다시 전선으로 돌아가야만 했고, 그 때문에 건강을 회복할 기회를 영영 놓쳤다.

전쟁이 끝나자 훌리오는 추천서를 한 장 얻을 수 있었고, 덕분에 경찰이 되었다.

"너는 시골 생활에 적응하지 못할 거야. 게다가 일도 하기 싫어하고. 보안군이라도 되었으면 좋겠는데!"

그의 아버지는 이렇게 말하곤 했다.

훌리오 가르시아 모라소의 아버지도 이젠 늙고 지쳐 더 이상 축제판을 쫓아다니고 싶어 하지 않았다.

"나는 이젠 집에 칩거해야겠다. 그동안 모아 놓은 돈으로 혼자는 어떻게 지내겠는데, 둘이 함께 살긴 힘들 것 같구나."

훌리오는 며칠 동안 이 문제를 깊이 생각하더니 마침내 아버지의 생각을 더 이상은 돌이킬 수 없다는 것을 깨닫고 결심을 굳혔다.

"아니요! 보안군은 너무 힘들어요. 더욱이 보안군이 되려면 하사든 상사든 지원서도 내야 하고요. 경찰만 되어도 좋겠는데."

"잘 생각했다. 경찰도 나쁘진 않지. 우리 집에 두 사람이 먹고 살 만한 재산은 없으니까 말이다. 그만한 돈만 있다면야……."

"알아요!"

경찰인 훌리오 가르시아 모라소는 어느 정도 건강이 회복되어 체중도 육 킬로그램 정도가 불어났다. 사실 훌리오도 더 이상 예전 모습으로 돌아가고 싶지 않았고, 투덜거리고 싶지도 않았다. 전쟁터에서 옆에 있던 친구들이 들에 벌렁 자빠져 버렸던 기억도 떠올랐다. 멀리 가지 않아도, 사촌 산티아기뇨 역시 수류탄을 넣고 다니던 배낭에 총알을 맞아 가장 큰 살점이 손가락 네 개 넓이도 되지 않을 만큼 산산조각이 나고 말았던 것이다.

경찰인 훌리오 가르시아 모라소는 자기 일에 어느 정도 만족했다. 특히 처음엔 전차를 공짜로 탈 수 있다는 것이 몹시도 큰 매력으로 다가왔다.

"당연하지. 그래도 관리인데."

그는 경찰서에서 윗사람들로부터 사랑을 받았다. 윗사람들의 말에 순순히 잘 따랐으며, 장성이라도 된 듯이 뻣뻣한 다른 동료들과는 달리 자기를 앞세우는 법도 없었기 때문이다. 그는 시키면 시키는 대로 했고, 어떤 일에도 인상을 쓰지 않았다. 기분 나쁜 표정도 짓지 않았다. 좋은 면만 보려고 노력했다. 달리 할 만한 일이 없다는 것을 그도 잘 알았기 때문에 다른 생각이 날 수가 없었다.

"명령대로만 하면, 누가 나에게 뭐라고 하지 않을 거야. 명령을 내리는 사람은 별도 달고 금테도 두른 사람이고, 아직 나는 그럴 위치가 아니니까."

그는 이런 식으로 적응을 잘해 나갔고 문제를 일으키고 싶어 하지 않았다.

"매일 하루 세끼 따뜻한 밥을 먹고, 암거래상 뒤만 쫓아다니면 되는걸, 뭐!"

빅토리타는 저녁 식사 시간에 어머니와 말다툼을 했다.

"그 폐병쟁이와는 언제 헤어질 거냐? 정신 차려! 그 녀석한 테 건질 게 뭐 있다고."

"내가 원하는 것을 얻어요!"

"그래, 겨우 결핵균, 그리고 곧 불러 올 배하고."

"나도 내가 뭘 하는가쯤은 이젠 알아요. 다 내 일이니까요."

"네가? 퍽 잘도 알겠다! 아직도 쥐뿔도 모르는 코흘리개 주 제에!"

"내게 필요한 게 뭔지 정도는 잘 알아요."

"그래, 그렇지만 이것만은 명심해라. 네가 만일 임신이라도 하는 날엔 이 집에는 발도 못 붙인다는 것 말이야."

빅토리타는 얼굴이 하얗게 질렸다.

"그게 바로 할머니가 엄마한테 하신 말씀이겠네."

어머니는 자리에서 벌떡 일어나 딸의 뺨을 두 대나 때렸다. 그렇지만 빅토리타는 눈 하나 깜짝하지 않았다.

"야, 이년아! 버르장머리 없는 년 같으니. 이 잡년아, 그게 겨 우 어미한테 할 소리냐?"

빅토리타는 손수건을 꺼내 이에 묻은 피를 닦아 냈다.

"엄마가 딸한테 하는 건 어떻고. 그이가 병든 것도 불쌍해 죽겠는데, 날마다 폐병쟁이라고 불러 대면서."

빅토리타는 벌떡 일어나 부엌을 나갔다. 아버지는 시종 아 무 말이 없었다.

"가서 자게 그만 놔둬! 그런 식으로까지 말할 권리는 없잖 아! 빅토리타가 그 녀석을 좋아하면, 뭐 어때. 저 하고 싶은 대 로 하게 놔둬! 당신이 심한 말을 하면 할수록 사태만 더 악화

될 테니까. 게다가 그 불쌍한 녀석이 그리 오래 살 것 같지도 않고."

빅토리타가 침대에 몸을 던지고 흐느끼는 소리가 부엌에까지 들려왔다.

"불 꺼라! 잠자는 데 불 켜 놓을 필요는 없으니까."

빅토리타는 스위치를 더듬어 불을 껐다.

돈 로베르토는 자기 집 초인종을 눌렀다. 다른 바지의 주머니에 열쇠를 두고 나왔기 때문이다. "바지를 갈아입을 땐 반드시 열쇠를 꺼낼 것, 바지를 갈아입을 땐 반드시 열쇠를 꺼낼 것."이라고 되뇌어도 결과는 언제나 마찬가지였다. 부인이 나와 문을 열어 주었다.

"로베르토, 당신이군요."

"그래!"

부인은 남편에게 잘 대해 주려고, 다정하게 대해 주려고 노력했다. 남편은 가족을 먹여 살리기 위해 흑인처럼 열심히 일만 했다.

"춥지요? 실내화 신으세요. 일부러 가스난로 옆에 놔뒀어요."

돈 로베르토는 실내화를 신은 다음, 집에서만 입는 낡은 재킷을 걸쳤다. 옛날엔 흑갈색에 가는 줄무늬가 있어 제법 품위가 있었지만, 이젠 털까지 다 빠지고 낡을 대로 낡아 볼품없는 재킷이었다.

"아이들은?"

"잘 있어요. 벌써 다들 자요. 작은아이가 잠들지 못하고 좀 잠투정을 했는데, 어디가 안 좋은지 모르겠어요."

부부는 부엌으로 갔다. 겨울 동안에는 유일하게 머물 만한 곳이 부엌이었다.

"그 철딱서니 없는 녀석이 또 왔어?"

부인은 대답을 피했다. 혹 현관에서 마주쳐 괜히 시비를 걸었는지도 모르는 일이었다. 때로는 만사가 좋은 쪽으로 흘러가게 하기 위해, 즉 말썽을 일으키지 않기 위해 했던 행동이 오히려 더 큰 분란을 일으키는 경우도 종종 있었던 것이다.

"저녁 반찬으로 고등어를 튀겨 놓았어요."

돈 로베르토는 기분이 좋아졌다. 튀긴 고등어는 그가 가장 좋아하는 요리 중 하나였다.

"잘했어."

부인은 애교를 부리며 미소 지었다.

"당신을 위해 장 보고 남은 돈으로 포도주를 반병 샀어요. 당신은 너무 일에만 매달려 사니까, 포도주라도 가끔 한잔씩 하는 게 건강에 좋을 듯해요."

처남이 괴물이라고 부르는 이 사내는 어찌 보면 무진 불쌍한 사내였다. 언제나 정직하게 살고자 하는 한 가정의 가장이었지만, 이 세상에서 그 누구보다도 재수 없는 사람으로, 금방 마음이 여려지는 그런 사람이었다.

"당신은 정말 천사야. 당신이 없었다면 어떡했을까 싶은 생각이 드는 날이 있어. 조금만 더 참아 보자. 확고하게 자리 잡을 때까지 처음 몇 년은 늘 힘든 법이니까. 그다음엔 식은 죽 먹기야."

돈 로베르토는 부인의 뺨에 입을 맞췄다.

"나를 사랑해?"

"아주 많이 사랑해요! 로베르토, 당신도 잘 알잖아요."

부부는 스프와 튀긴 고등어, 그리고 바나나 한 개를 먹었다. 후식까지 먹은 다음 로베르토는 부인을 뚫어지게 바라보았다.

"내일 뭘 선물하면 좋을까?"

부인은 행복에 겨운 미소를 지었다.

"아! 로베르토. 너무 기뻐요! 나는 당신이 올해도 잊고 지나치는 줄 알았어요."

"그게 무슨 바보 같은 소리야. 내가 잊어버릴 리가 있나. 작년에는 그럴 만한 사정이 있었지만, 올해는……."

"당신도 아는지 모르겠지만, 나 자신이 하찮은 인간 같았거든요."

조금만 더 자신이 하찮은 인간 같다는 생각을 계속했다면 부인은 아마 눈물을 흘렸을 것이다.

"말해 봐! 뭘 선물 받고 싶어?"

"그렇지만 여보, 지금 살림이 이렇게 안 좋은데."

돈 로베르토는 접시를 내려다보며 목소리를 낮췄다.

"빵집에서 돈을 좀 가불했어."

부인은 처연한 눈빛으로 그러나 사랑스럽게 남편을 바라보았다.

"아, 참! 이런 바보 같으니. 이야기에 팔려 당신에게 우유를 가져다주는 것도 잊어버렸네."

아내가 우유를 가지러 간 사이에도 돈 로베르토는 계속 말을 이었다.

"아이들에게 과자나 사다 주라고 십 페세타를 주더군."

"당신은 정말 아주 좋은 사람이에요."

"아냐. 그건 당신 생각이고. 나야 남들보다 나을 것도 못할 것도 없는 그렇고 그런 인간이지."

돈 로베르토는 우유를 마셨다. 남편의 영양을 위해 부인이 마련한 우유 한 잔이었다.

"아이들에겐 공이나 한 개 사 주고, 돈이 남으면 백포도주라도 한잔할까 했어. 당신에게 이런 계획은 말하지 않으려고 했는데, 난 비밀을 감추는 데는 서툴러서."

인쇄소 주인 마리오 데 라 베가가 도냐 라모나 브라가도에게 전화했다. 며칠 전부터 알아보라고 했던 소식을 듣고 싶었던 것이다.

"더욱이 두 사람이 같은 일을 해요. 그 아가씨도 인쇄소에서 일하는데 아직 수습 딱지를 뗀 것 같지는 않아요."

"아, 그래요! 어떤 인쇄소죠?"

"마데라 가에 있는 '엘 포르베니르' 인쇄소예요."

"아, 그래요. 더 잘됐군요. 동업자끼리니까요. 여보세요? 그런데 당신은······? 뭐라고요?"

"물론이지요. 걱정 마세요. 그건 내게 맡기세요. 내일 일이 끝나면 우유 가게에 들르세요. 그리고 아무 핑계를 대도 좋으니 내게 인사를 하세요."

"예! 예!"

"그거면 됐어요. 내가 그 아이를 그리로 데리고 갈게요. 그럴듯한 구실도 만들어 놓을게요. 때가 되면 건드리기만 해도 저절로 떨어질 것 같아요. 그 아이도 고생을 할 만큼 했으니, 우리가 가만히 놔두어도 더 이상은 버티지 못할 거예요. 게다가 병든 애인도 있어서 그에게 약을 사 주고 싶어 해요. 사랑에 빠진 소녀들만큼 손쉬운 상대는 없어요. 따 놓은 당상이라니까요."

"그렇게만 된다면 얼마나 좋겠어요!"

"두고 보시면 알아요. 돈 마리오, 그런데 거기서 한 푼도 깎으면 안 돼요, 아시죠? 원래 적정가로 부른 셈이니까요."

"좋아요! 나중에 다시 이야기합시다."

"아니요. 또 이야기할 필요는 없어요. 이미 다 끝난 이야기니까요. 싫다면 여기서 그만 뒤로 빠질게요."

"알았어요, 알았어."

돈 마리오는 이런 일에 아주 익숙한 사람처럼 미소 지었다. 도냐 라모나는 끝맺음을 확실하게 해 놓고 싶었다.

"그럼 약속하시는 거예요?"

"그러지요! 부인, 약속할게요."

돈 마리오는 자기 자리로 돌아와 다른 남자에게 말했다.

"일당 십육 페세타로 일하는 겁니다. 알았지요?"

상대방이 공손히 대답했다.

"예! 사장님. 알겠습니다."

상대방은 공부는 좀 했지만 결국 아무짝에도 쓸모없는 인간이 되고 만 가난한 청년이었다. 그는 운도 없고 그렇다고 건강도 그리 좋지 못한, 결핵을 집안 내력으로 물려받은 청년이었다. 그의 형제 중에 파코라는 사람이 있었는데, 그도 쓸모없는 인간으로 몰려 군대에서조차 쫓겨났다.

조금 전부터 가게들 대부분은 문을 잠갔다. 그러나 올빼미족들은 여전히 느릿느릿 버스를 향해 걸었다.

온전한 밤이 되면 거리는 굶주림과 신비함 사이에 묘한 분위기를 자아냈고, 바람은 늑대처럼 집과 집 사이에서 휘파람을 불며 내달렸다.

이 시간에 마드리드 거리를 오가는 남녀는 진정한 의미에서 올빼미족들인데, 밤거리를 쏘다니기 위해 집을 나온 사람들이었다. 밤을 지새우는 데 이젠 이골이 난 사람들 말이다. 머리를 염색하고, 한눈에 확 띄도록 흰 털이 군데군데 섞인 검은색 코트를 입고, 짙은 향수 냄새를 풍기는 도발적인 여자들로 북적대는 그란비아 거리의 카바레나 카페를 찾는 돈 많은 한량이거나, 옛 친구들과 잡담이나 하면서 여기저기 선술집을 떠도는, 주머니 사정이 별로 여의치 않은 밤거리의 방랑자들이 대부분이었다.

가끔씩은 갑자기 밤을 지새우게 된 사람들도 있었다. 하지만 영화관에서 쏟아져 나온 사람들은 어떤 목적 때문에 하루 외출한 사람들이어서 맹목적으로 쏘다니지 않았다. 이들은 대개 가게가 문을 닫기 전에 어디론가 사라져 버린다. 도심에 위치한 영화관에서 나온, 옷을 잘 차려입은 관객들이 택시를 잡으려고 바삐 서둘렀다. 이들은 '카야오', '카피톨', '팔라시오데라무시카'의 단골 관객들로 여배우 이름을 정확하게 댈 줄 알고, 이 중 어떤 사람들은 오르필라 거리에 있는 영국 대사관 시사회에 초대받기도 했다. 이들은 영화에 대한 상식도 풍부했으며, 변두리 극장 단골들처럼 "조안 크로포드가 나오는 좋은 영화야."라고 말하는 게 아니라, 이제 갓 입문한 사람들에게 이야기하듯이 "르네 클레르의 멋진 희극이야, 정말 프랑스적인 작품이지."라고 하거나 "프란츠 카프카의 작품이군."이라고 말하곤 했다. "프랑스적인" 작품이 무엇인지 정확하게 말할 수 있는 사람은 단 한 사람도 없었지만 그것이 그리 큰 문제는 아니었다. 우리가 사는 시대는 워낙 무모한 사람들로 북적대서, 마음이 깨끗한 사람들은 울타리 너머에서 무슨 일이 일어나는지 도무지 알 수 없다는 황당한 눈길로 바라볼 수밖에 없었다. 하지만 그 일이 무엇인지는 어찌 보면 너무나 명백했다.

감독이 누구인지 알 리 없는 변두리 극장 단골들은 가게들이 문을 닫은 늦은 시간에도, 시간에 쫓기지는 않는다는 듯이, 서두르는 기색도 없이, 허름한 옷차림으로 느긋하게 걸어가곤 했다. 그들은 '나르바에스', '엘알칼라', '엘티볼리', '엘살라망카' 까지 걸어가서 그란비아에서는 이미 몇 주 전에 상영되어 인기가 좀 시들해졌지만 그래도 이름 있는 영화들을 감상했다. 아름답고 시적인 제목이 붙어 있다 해도 그들이 이해했다고 장담할 순 없는, 위대한 인간의 수수께끼를 제기하는 그런 영화들 말이다.

이들 변두리 극장 단골들은 「의혹」, 「마르코 폴로의 모험」, 「새벽이 오지 않는다면」 같은 영화를 보려면 아직 한참을 기다려야만 할 것이다.

경찰인 홀리오 가르시아 모라소는 길모퉁이까지 왕복하다가 불현듯 술집 주인 셀레스티노 생각이 났다.

"셀레스티노는 정말이지 악마 같은 놈이야. 어떻게 그런 생각까지 했지! 바보라고는 볼 수 없어. 아마 책을 산더미처럼 읽었을 거야."

셀레스티노 오르티스는 맹목적인 분노와 야수성에 관한 부분을 잠시 떠올리더니, 백포도주 상자 위에 놓아둔 그의 유일한 책을 다시 집어 서랍에 넣었다. 도대체 무슨 일이지? 마르틴 마르코 같은 놈을, 머리통이라도 깨부쉈어야 하는데 그냥 나가게 놔두다니! 이게 다 니체 탓이지. 만일 니체가 다시 고개를 든다면 어땠을까!

도냐 마리아 모랄레스 데 시에라는 공공사업 본부에 보좌관으로 있는 남편 돈 호세 시에라에게 이 층 커튼 뒤에서 이야기를 건넸다. 그녀는, 정신병 때문에 돈 이브라임의 집에서 열린 모임에 참석하지 못했던 돈 이그나시오 갈다카노와 같은 아파트에 사는 수족병 전문의인 돈 카밀로의 부인 도냐 클라리타 모랄레스 데 페레스의 동생이었다.

"혹시 당신 저기 저 경찰을 본 적 있어요? 누군가를 기다리는 것처럼 왔다 갔다만 반복하는 저 사람 말이에요."

남편은 아무런 대답도 하지 않았다. 마치 묘한 침묵의 세계에, 다시 말해 자기의 아내와는 멀리 떨어진 세계에 사는 것처럼, 모든 것에서 벗어나 신문에만 몰두했다. 하긴 돈 호세가 그 정도로 몰두하지 않았다면 집에서는 신문 한 줄도 볼 수 없었을 것이다.

"다시 곧 이쪽으로 올 거예요. 도대체 뭘 하는 건지 궁금해 죽겠어요. 여긴 질서를 잘 지키는 조용한 사람들만 사는 동네인데. 저기 뒤쪽에 예전 토로스 광장 터라면 그야말로 늑대 주둥이 속처럼 깜깜한 동네지만 말이에요."

예전에는 몇십 미터 떨어진 곳에 토로스 광장이 있었다.

"그곳이라면 이야기가 달라요. 그곳은 어떤 여자건 공격당하기 아주 쉬운 곳이에요. 그렇지만 여긴 다행히도 너무나 조용한 곳인데. 쥐새끼 한 마리도 얼씬거리지 않는다고요."

도냐 마리아는 미소 지으며 뒤로 돌아섰다. 그녀의 남편은 계속 신문만 쳐다보았기에 부인이 미소 짓는 것도 볼 수 없었다.

빅토리타는 한참 동안을 울었다. 머릿속에선 여러 가지 생각이 꼬리에 꼬리를 물고 이어졌다. 수녀가 되는 것부터 삶에 온전히 몸을 내던지는 것까지 안 해 본 생각이 없었다. 그 무엇도 집에 계속 붙어 있는 것보다는 나을 것 같았다. 만일 애인이 돈만 벌 수 있다면 함께 도망치자고 이야기를 꺼냈을 것이다. 둘이 함께 열심히 일한다면 먹고살 만큼은 벌지 못하겠는가 싶었던 것이다. 그렇지만 분명한 것은 남자 친구는 하루 종일 아무 일도 하지 못하고, 입을 꼭 다문 채 침대에 누워 있어야만 한다는 것이었다. 이것 역시 숙명이었다. 다른 모든 사람들 말에 따르면 남자 친구의 병은 잘 먹고 주사만 맞으면 나을 수도 있다고 했다. 적어도 완치는 되지 않더라도 상당히 회복되어 오랫동안 살 수도 있고, 결혼 생활 같은 정상 생활도 가능하다고 했다. 그러나 빅토리타는 돈을 마련할 방법이 없었다. 아니 그런 방법을 알긴 했지만 선뜻 결정을 내릴 수가 없었다. 만일 파코가 이 일을 안다면 당장에 자기를 버릴지도 모르는 일이었다. 그러나 빅토리타가 어떤 황당한 일을 하기로 결정한다면, 그것은 파코만을 위한 것이지, 파코 외에 다른 사람이나 다른 일을 위한 것은 절대 아니었다. 빅토리타는 파코가 가끔 "네가 원하는 대로 해! 나는 상관없으니까!"라고 말해 줄 것만 같은 생각이 들곤 했다. 그러나 곧바로 파코가 그렇게 말할 리가 없다는 사실을 그녀는 깨닫곤 했다. 빅토리타는 더 이상 집에 머물 수 없다는 사실을 잘 알았다. 어머니가 매일같이 귀에 못이 박힐 정도로 잔소리를 해 대, 정상적인 생활이 불가능했던 것이다. 그러나 아무도 도와줄 사람이 없는데 무작정 세상에 뛰어든다는 것 역시 무모한 일이었다. 빅토리타는 벌써 계산을 해 보았지만 각각 장단점이 있다는 것을 잘 알았다. 일만 잘된다면 썰매가 나아가듯 만사가 순탄하게 진행되겠지만, 세상일이란 어느 것 하나 뜻대로 되어 나가는 게 없었고, 실패로 끝나는 경우가 태반이었다. 운도 문제지만 자기를 도와줄 사람이 얼마나 있느냐도 걱정이었다. 도와줄 사람이 과연 몇이나 될까? 그녀가 알고 지내는 사람 중에는 단돈 십 두로도 저금해 놓은 사람이 없었고, 모두 다 하루 벌어 하루 먹고사는 사람들이었다. 빅토리타는 지칠 대로 지쳤다. 인쇄소에선 하루 종일 서 있어야 했고, 남자 친구의 병은 점점 더 나빠졌으며, 어머니는 소리 지르는 것밖에 모르는 기병대 하사처럼 굴었고, 아버지란 사람은 줏대도 없이 언제나 술에 찌들어 사는, 의지할 수 없는 인간이었다. 인쇄소에서 함께 포장 일을 맡았던 피룰라는 운이 좋았다. 어떤 남자가 그녀를 데려가 여왕처럼 떠받들 뿐만 아니라 그녀가 원하는 것은 뭐든지 다 사 주었다. 즉, 그녀를 한없이 사랑하고 존중해 주었던 것이다. 빅토리타가 그녀에게 돈을 좀 요구하면 절대 거절할 리는 없을 것이다. 그렇지만 분명한 것은 이십 두로 정도면 모르겠지만 그 이상을 부탁한다면 들어줄 리가 만무했다. 요즘 피룰라는 공작부인처럼 살았다. 세상 사람들 모두 그녀를 아가씨라고 불렀으며, 그녀는 옷도 잘 차려입었고, 라디오가 딸린 아파트까지 있었다. 언젠가 길거리에서 빅토리타는 피룰라를 만난 적이 있었다. 그 남자와 함께 산 지 일 년 만에 피룰라는 같은 사람이라고는 믿을 수 없을 정도로 변했다. 심지어는 키까지도 더 자란 것 같았다. 빅토리타는 그렇게까지는 바랄 수도 없었다.

경찰인 훌리오 가르시아 모라소는 같은 고향 출신인 아파트 경비원 구베르신도 베가 칼보와 이야기를 나누었다.

"짜증 나는 밤이네요."

"더 기분 나쁜 밤도 있는데요, 뭐."

경찰과 경비원은 몇 달 전부터 서로가 좋아하는 화제로 이야기를 나눠 왔다. 매일 밤 똑같은 화제를 끈덕지게도 되풀이하며 끄집어냈다.

"그러니까, 포리뇨 쪽에서 사셨다는 거죠?"

"그렇지요. 그 근처에서요. 모스에서 왔으니까요."

"살바티에라에 제 누이 로살리아가 결혼해서 살지요."

"못을 만드는 부렐로 부인 말인가요?"

"예, 그래요! 맞습니다."

"잘살지요?"

"그런 것 같아요. 결혼을 잘했지요."

이 층 부인은 아직도 이런저런 추측을 했다. 남에 일에 대해 호기심이 많은 여자였다.

"이번에는 경비원과 함께 있네. 아마 틀림없이 이 근처 주민에 대해 정보를 캐내려는 걸 거예요. 어떻게 생각해요?"

돈 호세 시에라는 한편으로는 부인에 대해 포기도 하고 한

편으로는 우직하게 참으며 신문만 읽었다.

"경비원들은 무엇이든 다 알거든요. 안 그래요? 다른 사람은 잘 모르는 일까지도 그들은 세세히 다 아니까요."

돈 호세 시에라는 사회보장에 대한 사설을 다 읽고 나선 이번에는 전통적인 스페인 의회의 기능과 특권을 다룬 옆 사설로 시선을 옮겼다.

"아마 이 근처 어떤 집에 위장한 비밀결사 회원이 숨어 있는지도 모르죠. 사람이란 겉만 봐서는 알 수 없는 법이니까요."

돈 호세 시에라의 목구멍에서 이상한 소리가 났다. "그래."란 의미도, "아니."라는 의미도, "글쎄."라는 의미도, "누가 알아."라는 의미도 될 수 있는 그런 소리였다. 돈 호세는 아내의 수다를 참고 살아야 했기 때문에, 몇 시간이고 심지어는 하루 종일이라도 가끔씩 "응, 응." 소리만 내면서도 살아갈 수 있도록 적응했다. 이것은 지금 남편이 자기를 무시한다는 것을 아내에게 조금이라도 눈치채게 하려는 의도적인 방법이기도 했다.

경비원은 누이인 로살리아의 결혼에 대해 무척이나 만족스러운 표정이었다. 부렐로 일가는 그 지방에선 그래도 상당히 인정받는 집안이었던 것이다.

"아이가 벌써 욕심 많게도 아홉이나 되는걸요. 곧 열 번째 아이도 생길 겁니다."

"결혼한 지 오래됐나 보군요?"

"상당히 오래됐지요. 십 년 전에 결혼했으니까요."

경찰은 계산하는 데 조금 시간이 걸렸다. 경비원은 경찰이 계산을 마칠 틈도 주지 않고 꼬리를 물고 이야기했다.

"우리 집안은 카니사 쪽이라고 할 수 있지요. 코벨로 출신이니까요. 대머리 일가라는 말 혹시 듣지 못했나요?"

"아직 못 들었는데요."

"바로 대머리 일가가 우리 집안을 가리키는 말이지요."

경찰인 훌리오 가르시아 모라소는 뭔가 응수를 해야겠다는
생각이 들었다.

"사람들이 아버지와 나를 여우라고들 하지요."

"아, 그래요?"

"나쁜 의미로 그렇게 부르는 건 아니에요. 그런데 다들 그렇
게 부른답니다."

"예, 그렇군요."

"장티푸스에 걸려 죽은 형 텔모는 사람들이 자기를 '구두
쇠'라고 부른다고 불같이 화를 내곤 했지요."

"하긴 사람들 중엔 성질이 고약한 사람들도 반드시 있는 법
이에요. 어떻게 생각해요?"

"그럼요! 핏속에 악마의 기질이 흐르는 사람도 있는걸요. 우
리 형 텔모는 놀림을 받으면 절대로 참지 않는 성질이에요."

"그런 사람은 끝이 좋지 않은 법인데······."

"내 말이 바로 그거예요."

경찰과 경비원은 언제나 표준말만 사용했다. 상대방에게 시
골뜨기로 보이고 싶지 않아서였다.

경찰인 훌리오 가르시아 모라소는 이 시간이 되면 언제나
기분이 울적해지기 시작했다.

"그곳은 정말 멋진 곳인데!"

경비원인 구메르신도 베가 칼보는 다른 갈리시아 사람들과
는 좀 다른 별종이었다. 그는 회의적인 면도 있고, 갈리시아가

매우 풍요롭다고 이야기하는 것도 조금은 부끄럽게 여겼던 것이다.

"나쁘진 않은 곳이지요."

"나쁘다니요! 얼마나 좋은 곳인데요! 안 그래요?"

"맞아요!"

길 건너 앞쪽 보도에 자리 잡은 술집에선, 그저 감상할 수도 있고 아니면 다정하게 춤을 출 수도 있게 편곡한 느릿한 폭스트롯 리듬이 스산한 거리로 흘러나왔다.

누군가가 경비원을 불렀다.

"경비원!"

그런데도 경비원은 고향 생각에 정신이 팔렸다.

"그곳에서 제일 잘되는 건 감자와 옥수수지요. 참, 포도주도 좀 생산하고요."

가까이 온 남자는 조금 전보다 더 다정한 목소리로 경비원을 불렀다.

"구메르신도! 신도!"

"아!"

알칼라 거리 모퉁이에서 불과 몇 발자국 떨어지지 않은 나르바에스 지하철역 입구에 거의 다 왔을 때, 마르틴은 어떤 남자와 함께 걷는 "우루과야"라는 여자 친구를 만났다. 처음에는 못 본 척 시치미를 뗄 생각이었다.

"안녕! 마르틴, 이 소심한 인간아!"

마르틴은 고개를 돌렸다. 이젠 별다른 방법이 없었던 것이다.

"아니, 트리니다드 아냐? 미처 못 봤네."

"이리 와! 소개해 줄게!"

마르틴은 그녀에게 다가갔다.

"자, 여기는 내 멋진 친구야. 이쪽은 글을 쓰는 마르틴이고."

우루과야는 망가질 대로 망가진 창녀였다. 그녀는 여성미도, 교양머리도 없는 데다가 고마워할 줄도 모르는 그런 여자였다. 최악의 똥갈보인 것이었다. 별것도 아닌 여자가 애교마저 없는, 한 마디로 그녀는 혐오스러운 지방덩어리였다. 아마 정신도 시꺼먼 기름으로 꽉 절어 있을 것만 같았다. 그녀는 뻔뻔스럽기 짝이 없는 창녀에다 양심도 없고, 직업적으로조차 사랑을 나눌 만한 재주도 없는 데다가 다른 사람을 배려할 줄도 모르고 눈 씻고 찾아봐도 예쁜 데라고는 없었다. 게다가 덩치도 만만치 않았고 콧수염까지 있어서 사람들은 그녀를 '말'이라고 불렀다. 육 레알 정도에 아버지를 팔아먹을 수도 있는 여자였다. 그리고 지금 그녀는 후작 집안의 운전사한테 홀딱 빠져 있었는데, 그 운전사는 그녀를 마지막 일 센티모까지 다 우려먹었을 뿐만 아니라, 그녀를 부려 먹을 때마다 마구 몰아붙였다. 혓바닥이 독사 같은 우루과야는 그에게 악담을 퍼부어댔다. 한동안은 여자 같은 남자에 대해 험담을 늘어놓았다. 한때는 여자와 사랑에 빠지기도 했고, 또 한때는 방금 전까지만 해도 함께 지냈던 고객의 껍질까지 벗겨 먹기도 했다. 하긴 다른 사람에게도 마찬가지였다. 그녀를 사로잡는 것은 레즈비언들이었다. 예컨대 감송향 줄기처럼 달콤하면서도 슬픈, 그리고 몽상가처럼 조용한 영혼을 지닌 나긋나긋하고 사랑스러운 창녀들에게 그녀는 빠져들었던 것이다.

부에노스아이레스에서 왔다고 해서 그녀는 우르과야라고

불렸다.

"이 친구는, 바로 여기 이 친구는 정말 시를 쓰는 친구야. 자, 인사들 해! 소개는 끝났으니까."

두 사람은 그 말에 따라 악수를 했다.

"안녕하세요? 잘 지내시죠?"

"저녁도 잘 먹은 참이었어요. 감사합니다."

우루과야와 함께 가던 남자는 무척이나 농담을 즐기는 사람 같았다.

두 사람은 껄껄 웃기 시작했다. 우루과야의 앞니는 충치 탓에 거무스름한 빛을 띠었다.

"우리와 커피나 한잔하지?"

마르틴은 상대방 남자가 불편해하지 않을까 싶어 선뜻 결정을 내리지 못했다.

"그런데…… 나는 별로……."

"그럽시다. 여기 함께 들어갑시다. 그냥 가면 서운하죠!"

"그러면…… 감사합니다. 잠깐만 같이하지요."

"서두르지 마십시오. 얼마든지 계셔도 좋습니다. 밤은 긴데요, 뭐! 나는 시인들한테 관심도 많으니까요."

그들은 비탈길에 있는 카페에 자리를 잡았다. 바람둥이처럼 생긴 그 치가 세 사람분 커피와 코냑을 시켰다.

"담배팔이 좀 불러 줘!"

"네! 알겠습니다, 손님!"

마르틴은 두 사람 맞은편에 앉았다. 우루과야는 누구나 한눈에 알아볼 수 있을 정도로 이미 좀 취했다.

"이봐, 애늙은이, 당신 지금 사랑을 찾아 떠도는 거야."

"사랑?"

"그래! 내가 누구를 말하는지 잘 알잖아. 마루히타 말이야."

"마루히타?"

"내가 보기엔 별로 잘 안되는 것 같은데. 나는 눈치가 빠르거든."

"그렇게 생각해?"

"그렇게 생각하느냐고? 내가 다 알지!"

마르틴은 조금은 걱정스러운 표정을 지었다.

"불쌍한 여자야!"

"그래! 좀 약은 점도 있지! 아무 말도 하지 않더군. 일주일째 집에 있고 싶어 하지 않았어. 만일 도냐 헤수사가 이 사실을 안다면! 그 마음씨 좋은 사람이 말이야! 마루히타 말로는 그녀 어머니는 먹는 걸 최고로 생각한대. 다른 사람들은 공기가 있어야 살듯이 말이야."

담배팔이가 다가왔다.

"안녕하세요! 플로렌스 선생님! 오랜만에 뵙네요. 무엇을 원하세요?"

"좋은 시가가 있으면 두 개만 줘! 이봐, 우루과야, 너 담배는 있어?"

"아니. 몇 개비 안 남았어. 한 갑 사 줘!"

"이쪽엔 순한 담배로 한 갑 주고."

셀레스티노 오르티스의 술집은 텅텅 비었다. 그 술집의 조그마한 녹색 출입문에는 "여명. 포도주와 식사."라는 글씨가 쓰여 있었다. 지금은 음식을 팔진 않았다. 좀 정리가 되면 그때

가서 식사할 수 있는 시설을 갖추려고 마음만 먹었을 뿐이었다. 모든 걸 하루아침에 다 마련할 순 없는 법이다.

계산대 옆에선 마지막 손님인 경찰 한 사람이 아니스 소주를 한 잔 마셨다.

"바로 그게 내가 당신한테 하고 싶은 이야기예요. 중국 이야기 따위는 나한테 하지 마세요."

셀레스티노는 경찰이 나가면 문을 닫고 실컷 잠을 자야겠다고 생각했다. 그는 밤새우는 것을 그다지 좋아하지 않았다. 그보다는 일찍 자고 일찍 일어나는 건강한 생활을 더 좋아했다.

"내가 중요하게 생각하는 게 뭔지 좀 알려고 노력해 봐요!"

셀레스티노가 자기 술집에서 자는 이유는 두 가지였다. 하나는 돈이 적게 든다는 것이고, 또 하나는 예기치 않은 도둑을 피할 수 있다는 것이었다.

"악이 웅크린 곳은 좀 더 위쪽이지요. 그곳은 아니에요."

셀레스티노는 가끔 굴러떨어지긴 했지만 금세 잠자리를 만드는 것에 익숙해졌다. 그는 의자를 여덟 개에서 열 개 정도 붙여 놓고 그 위에 요를 깔아 멋진 침대를 만들었던 것이다.

"지하철 암거래상을 단속하는 건 내가 보기엔 부당한 일이에요. 사람은 먹어야 하는 법이고, 일자리가 없을 땐 먹기 위해 무슨 일이든 해야 하지 않겠어요. 당신도 나만큼 잘 알겠지만, 물가는 구름 위에서 노는데…… 배급이라고 주는 건 쥐꼬리만큼도 되지 않으니. 나는 누구를 공격하고 싶지는 않아요. 하지만 당신들 경찰들이 담배나 빵을 파는 아줌마들을 쫓아다닐 필요는 없을 것 같아요."

아니스 소주잔을 든 경찰은 철학자라곤 할 수 없었다.

"나도 시키는 대로 할 뿐이에요."

"잘 알아요. 분별력도 없는 그런 놈은 아니니까요."

경찰이 나간 뒤 셀레스티노는 자기가 고안한 침대를 꾸미고 선 그 위에 드러누워 책을 읽기 시작했다. 그는 불을 끄고 잠자기 전에 잠깐이라도 책 읽길 좋아했다. 셀레스티노가 흔히 읽는 책은 중세 로만세나 오행시였다. 니체는 낮에나 읽는 책이었다. 그는 상당히 많은 책을 소장했으며, 그중 몇 쪽은 처음부터 끝까지 줄줄 외울 정도였다. 그는 책을 모두 예쁘게 장정했다. 그중에서 그가 가장 좋아하는 것은 『쿠바의 봉기』와 『돈 하신토 델 카스티요와 도냐 레오노르 데 라 로사 두 사람이 사랑의 맹세를 지키려고 저지른 살인 이야기』였다. 두 번째 작품은 중세 로만세로, 그 시작이 정말 멋들어진 것이었다.

성모 마리아
천상의 횃불이시여!
영원하신 주 아버지의 따님이시여!
지엄하신 주 예수의 어머니시여!
성신의 아내시여!
덕성과 권능으로
당신의 깨끗한 배에서
가장 자비로우신 분을 잉태하시니,
아홉 달이 지나
인간의 구원자로
인간의 모습을 하신
가장 성스러운 창조주가 나셨도다.

당신의 티끌 하나 묻지 않은 가슴은
영원히 맑고, 순수하게,
그리고 깨끗하게 남을 것이옵니다.

그는 이런 식의 오래된 로만세를 좋아했다. 때로는 이런 취미를 정당화하려고 로만세에 민족의 지혜가 담겼다는 따위의 헛소리를 늘어놓기도 했다. 또한 셀레스티노는 보초들을 앞에 두고 떠드는 페레스 하사의 말을 좋아하기도 했다.

병사들이여, 나의 운명이
나를 이 지경까지 몰고 왔소.
이제 당신들에게 사 두로를 선물하노니,
제발 나를 편하게 죽게 해 주오.
단 한 가지, 나 페레스가 당신들에게 부탁하는 것은
내 비록 죽음으로 갚아야 할
죄 지은 바 없지만
단번에 죽게 해 주오.
두 발은 머리에, 두 발은 가슴에
똑바로 겨누어 주오.

"그래! 옛날엔 확실히 남자다운 남자가 있었어!"
셀레스티노는 큰 소리로 외치며 불을 껐다.

어슴푸레한 방 안쪽에선 문학가다운 분위기를 풍기는 긴 머리 바이올린 연주자가 몬티의 헝가리 무곡을 열정적으로 연주했다.

손님들은 술을 마셨다. 남자들은 위스키를, 여자들은 샴페인을 마셨다. 보름 전만 해도 안내원이었던 여자들은 페퍼민트를 마셨다. 아직은 빈자리가 많았다. 좀 이른 시간이었다.

"파블로, 나는 이게 좋아요."

"마음 놓고 마셔, 라우리타! 달리 할 일도 없으니 말이야!"

"그런데 이걸 마시면 정말 흥분돼요?"

경비원은 자기를 부르는 곳으로 다가갔다.

"안녕하십니까?"

"안녕하세요."

경비원은 열쇠를 꺼내 문을 열어 주었다. 그러고는 아무것도 아니라는 듯이 가볍게 한 번 살펴보았다.

"감사합니다."

경비원은 계단 불을 켜고 현관문을 닫았다. 그러고는 다시 지팡이로 바닥을 두드리며 다시 제자리로 돌아가 경찰과 이야기를 나눴다.

"저 친구는 밤마다 이 시간만 되면 와서 새벽 4시까지 돌아가지 않지요. 잘 꾸며 놓은 꼭대기 층에 피룰라라는 젊은 애인을 두었어요."

"우리도 그렇게 살아야 했는데!"

이 층 부인은 그들에게서 눈을 떼지 않았다.

"두 사람이 헤어지지 않는 걸 보니 무슨 이야기를 나누는 게 틀림없어요. 경비원이 문을 열어 주러 갈 때도 경찰은 그를 기다렸어요."

그녀의 남편이 드디어 신문을 내려놓았다.

"당신은 당신과 상관없는 일에 너무 신경 쓰는 것 같아! 그들이 가정부라도 기다리는 모양이지!"

"맞아요, 분명해요! 한 마디로 확실하게 정리해 주네요!"

꼭대기 층에 사는 여자를 정부로 둔 남자는 외투를 벗어 거실 소파에 놓았다. 거실이 작아서 가구라고는 이인용 소파와 금테 거울 아래 설치한 목재 까치발뿐이었다.

"피룰라, 무슨 일 있어?"

피룰라는 열쇠로 문 여는 소리를 듣자마자 달려 나왔다.

"아무 일도 없어요, 하비에르. 저에겐 당신이 전부예요."

불과 일 년 전만 해도 지저분한 소리를 입에 달고 살던 피룰라는 이젠 제법 교양 있어 보이는 세련된 여자로 변했다.

조금 낮게 매달린 은은한 조명이 비치고, 방 안에서는 라디오 소리가 은근히 들려왔다. 둘이서 다정하게 감상할 수도 있고 춤을 출 수도 있게 편곡해 감미로우면서도 기분을 편하게 하는 곡이었다.

"아가씨, 춤 한번 출까요?"

"고마워요, 그런데 지금은 좀 피곤해요. 저녁 내내 춤을 췄거든요."

두 사람은 갑자기 큰 소리로 까르르거리며 웃었다. 그렇지만 그 웃음소리는 우루과야와 플로렌스의 웃음소리와는 사뭇 달랐다. 두 사람은 길게 키스했다.

"피룰라, 당신은 아직도 소녀 같아."

"하비에르, 당신은 학생 같고요."

두 사람은 마치 아카시아 가로수 길을 거닐 듯이 허리를 꼭 껴안고 안방으로 갔다.

"담배 피우시겠어요?"

매일 밤 똑같은 일이 반복되었다. 그들이 주고받는 말 또한 거의 변화 없이 대동소이했다. 피룰라는 예리한 자기 보호 본능이 있는, 어찌 보면 매춘부로도 성공할 수 있는 그런 여자였다. 물론 지금은 불평할 처지가 아니었다. 하비에르는 자기를 여왕처럼 떠받들고, 사랑하고, 존중해 주었다.

빅토리타가 대단한 걸 바라는 것은 아니었다. 그녀가 원하는 것은 남자 친구가 제대로 먹고 병이 나아서 계속 사랑할 수 있는 것뿐이었다. 빅토리타는 바람을 피우고 싶은 생각이 추호도 없었다. 하지만 운명은 그녀를 그쪽으로 몰아갔다. 그녀는 지금 이 순간까지 단 한 번도 다른 남자와 놀아난 일이 없었다. 남자 친구 이외의 남자와 잠자리를 같이한 적이 단 한 번도 없었던 것이다. 빅토리타는 의지가 강한 여인이었다. 성욕도 강했지만 이를 자제할 만한 의지력이 있었다. 파코에 대해선 언제나 조신하게 처신했고 단 한 번도 그를 속인 일이 없었다.

빅토리타는 언젠가 파코가 아프기 전에 이런 말을 한 적이 있었다.

"나는 남자라면 누구나 좋아해. 그래서 당신하고만 잠자리를 같이하는 거야. 만일 바람을 피우기 시작하면 쉽게 끝나지 않을 거니까."

빅토리타는 이런 고백을 한 다음 빨개진 얼굴로 미칠 듯이 웃어 댔다. 그러나 남자는 이런 농담이 별로 맘에 들지 않는 눈치였다.

"당신에게 내가 다른 남자와 별반 다른 게 없다면 마음대로 해. 당신이 하고 싶은 대로 해!"

남자 친구가 병에 걸린 다음에 있었던 일인데, 언젠가 옷을 잘 차려입은 어떤 사람이 그녀를 뒤쫓아 온 적이 있었다.

"아가씨, 어딜 그리 바삐 가십니까?"

그녀는 우선 그 사람 생김새가 마음에 들었다. 그는 자기소개도 할 줄 아는, 우아하고 멋진 남자였다.

"그만 나를 놔주세요! 일하러 가는 중이에요."

"어떻게 그냥 놔줄 수 있겠습니까? 일하러 가는 것도 좋은 일이지요. 젊고 아름다운 아가씨가 일하러 간다는 걸 보면, 얼마나 조신한 여자인가도 알 수 있지요. 그렇지만 이야기 몇 마디 나눈다고 해서 나쁠 건 없지요."

"거기까지예요!"

"무슨 일이 더 있겠습니까?"

아가씨는 말이 잘못 튀어 나갔다는 생각이 들었다.

"제 의사를 무시하지 않는다면……."

옷을 잘 차려입은 사내는 꼼짝도 하지 않았다.

"물론이지요! 아가씨, 저 역시 사지 멀쩡하고, 상식선에서 행동하는 사람입니다."

"사람들이 허용하는 선까지만요."

"물론이지요. 사람들이 허용하는 상식선까지만이죠."

그 남자는 잠깐 동안 빅토리타와 함께 걸었다. 마데라 거리에 닿기 전에 빅토리타는 그 남자에게 작별 인사를 했다.

"안녕히 가세요. 이젠 그만 가 보세요. 인쇄소 사람들이 우리를 보겠어요."

남자는 이마를 찡그렸다.

"이 근처 인쇄소에서 일하십니까?"

"네! 바로 마데라 거리에서요. 그래서 이제 그만 가 보시라는 거예요. 훗날 또 만나겠지요."

"잠깐만!"

그 남자는 빅토리타의 손을 잡으며 미소 지었다.

"정말 만나 주겠어?"

빅토리타도 미소 지었다.

"당신은 어때요?"

그 남자는 빅토리타의 눈을 뚫어지게 바라보았다.

"오늘 오후 몇 시에 일이 끝나지?"

빅토리타는 시선을 떨어뜨렸다.

"7시요. 하지만 날 만나러 오진 마세요. 난 남자 친구가 있으니까요."

"남자 친구가 데리러 오나?"

빅토리타의 목소리는 슬픔에 젖었다.

"아뇨! 데리러 오진 않아요. 잘 가세요!"

"또 볼 수 있을까?"

"좋아요! 당신이 원하신다면 또 만나기로 해요!"

7시, 빅토리타는 '엘 포르베니르' 인쇄소에서 퇴근하다가 에스코리알 거리 모퉁이에서 자기를 기다리는 사내와 마주쳤다.

"잠깐이면 돼요! 남자 친구를 만나러 가야 한다는 걸 잘 아니까요."

빅토리타는 그 남자가 다시 존댓말을 쓰는 게 조금은 어색하게 느껴졌다.

"나는 아가씨와 아가씨 남자 친구 사이에서 어두운 그림자가 되고 싶지 않습니다. 나는 그럴 생각이 추호도 없다는 걸 알아줬으면 해요."

두 사람은 산베르나르도 거리까지 걸어 내려갔다. 그 남자는 확실하게 행동했다. 길을 건널 때도 팔을 잡아 주지 않았다.

"아가씨와 아가씨의 남자 친구가 행복할 수만 있다면 더 이상 바랄 게 없지요. 나만 물러선다고 되는 일이라면 당장이라도 물러설 테니까 내일이라도 결혼하십시오."

빅토리타는 곁눈으로 그 남자를 바라보았다. 그 남자는 혼자 중얼거리듯이 그녀를 바라보지도 않고 이렇게 이야기했다.

"존경하는 사람이 행복할 수만 있다면 더 이상 무엇을 바랄 게 있겠습니까?"

빅토리타는 마치 구름 위를 걷는 것 같았다. 그녀가 단 한 번도 느껴 본 적이 없는 그런 머나먼 나라의 행복을 잠시라도 느낄 수 있었다. 그건 바로 막연하게만 생각했던 행복감이었다. 어딘가 슬프고 너무 멀리 떨어진, 그래서 자기에게는 불가능하다고 여겼던 그런 행복감이었다.

"이리 들어갑시다. 걷기엔 날씨가 좀 춥군요!"

"좋아요!"

빅토리타와 사내는 산베르나르도에 있는 카페에 들어가 안쪽 탁자에 서로 마주 보고 앉았다.

"뭘 시킬까요?"

"따끈한 커피요!"

종업원이 오자 그 남자는 이렇게 주문했다.

"아가씨에겐 밀크 커피, 그리고 나는 블랙커피!"

사내는 담뱃갑을 꺼냈다.

"담배 피우세요?"

"아뇨! 거의 피우지 않아요."

"거의 피우지 않는다니 무슨 뜻이지요?"

"가끔은 피우니까요. 크리스마스이브 같은 날에는요……."

사내는 더 권하진 않았다. 그는 담배에 불을 붙이더니 담뱃갑을 집어넣었다.

"그래요, 아가씨. 내가 물러설 테니까 내일이라도 당장 결혼하세요."

빅토리타는 그를 빤히 바라보았다.

"우리가 결혼하길 바라세요? 우리가 결혼하면 뭐 생기는 거라도 있나요?"

"뭐, 생기는 거야 없지요. 당신이 결혼을 하든 독신으로 지내든 나야 별 상관없는 일이니까요. 아가씨가 그 애인하고 결혼하고 싶어 한다는 생각이 들어서 말해 봤어요."

"물론 하고 싶지요. 거짓말할 이유는 없어요."

"잘했어요. 사람들이란 말로써 서로를 이해할 수 있는 법이니까요. 내 말은 아가씨가 기혼자든 독신이든 상관없다는 뜻이에요."

그 사내는 가볍게 기침했다.

"우리는 지금 사람들이 많이 모이는 곳에서 그들에게 둘러싸여 있고, 또 탁자를 사이에 두고 마주 앉아 있단 말입니다."

사내는 다리로 빅토리타의 무릎을 어루만졌다.

"터놓고 이야기해도 괜찮겠습니까?"

"좋아요. 너무 예의에 어긋나는 말만 하지 않는다면……."

"솔직하게 말하는 데 있어서 예의에 어긋난다는 건 따질 수 없지요. 제가 이야기하는 걸 일종의 사업으로 받아들여도 좋고, 따라서 거절해도 아무런 문제가 없습니다."

아가씨는 조금 당황하기 시작했다.

"말씀드려도 될까요?"

"그러세요."

남자는 자세를 조금 바꿨다.

"아가씨, 본론으로 들어갑시다. 적어도 나는 아가씨를 속일 생각이 없다는 걸 알아주셨으면 합니다. 나는 사실을 사실대로 이야기하려는 것뿐이니까요."

카페 안 공기는 좀 칙칙하고 더웠다. 빅토리타는 면 코트를 뒤로 젖혔다.

"어떻게 시작해야 좋을지 모르겠군요……. 아가씨가 나에게 너무 강한 인상을 심어 주었어요."

"무슨 말을 하실지 어느 정도 짐작은 했어요."

"오해하신 것 같군요. 내 말을 중간에서 막지 말아 주세요. 마지막엔 아가씨가 마무리를 지어야 할 테니까요."

"좋아요, 계속해 보세요."

"이미 이야기했다시피, 당신이 나에게 강한 인상을 주었어요. 걸음걸이, 다리, 허리, 가슴 모두가……."

"알았어요!"

아가씨는 잘난 체하고픈 마음에 잠깐, 아주 잠깐 웃음을 지었다.

"잘 아신다면 그렇게 웃지 마세요. 나는 심각하게 이야기하는 겁니다."

사내는 다시 아가씨 무릎을 어루만지더니 이번에는 슬며시 아가씨 손을 잡았다. 빅토리타는 조금은 경계심을 세우면서도 손을 잡도록 너그럽게 내버려 두었다.

"맹세컨대, 이것은 아주 진지하게 하는 말입니다. 나는 아가씨의 모든 점이 마음에 듭니다. 아가씨의 날씬한 몸을 상상해 보기도 했습니다. 건강하고, 따뜻한, 그리고 부드러운 아가씨의 몸을 말입니다."

사내는 빅토리타의 손을 꼭 쥐었다.

"나는 부자가 아니기 때문에 당신에게 줄 수 있는 건 별로 없습니다."

사내는 빅토리타가 손을 빼지 않는 게 조금은 이상했다.

"그렇다고 내가 당신에게 많은 걸 요구하려는 건 아닙니다."

사내는 다시 몇 번 헛기침을 했다.

"나는 당신의 벗은 몸을 보고 싶습니다. 보기만 하면 충분합니다."

이번에는 빅토리타가 사내의 손을 꽉 쥐었다.

"이젠 그만 가 봐야겠어요. 너무 늦었어요."

"그래요, 시간이 상당히 됐군요. 그렇지만 가기 전에 대답해 주십시오. 아가씨의 벗은 몸을 보고 싶습니다. 대신 약속하겠습니다. 절대로 손가락 하나 건드리지 않겠습니다. 옷의 실오라기 하나 손대지 않겠습니다. 내일 당신을 찾아가지요. 아가씨가 요조숙녀라는 것을, 화류계 여인이 아니라는 것을 잘 압니다……. 그렇지만 이걸 받아 주십시오. 부탁입니다. 아가씨가 어떤 결정을 내리든 상관없이 이걸 받아 두셨다가 뭔가 기념이 될 만한 걸 사십시오."

빅토리타는 탁자 밑으로 사내가 건네는 지폐 한 장을 받아
들었다. 그렇다고 돈을 받을 때 맥박이 더 빨리 뛰는 것도 아
니었다.

빅토리타는 일어나 카페를 나섰다. 그 순간 옆 탁자에 앉아
있던 한 남자가 아는 체를 했다.

"잘 가, 빅토리타. 너무 잘난 체하지 마. 귀족들하고만 상대
하다 보니, 가난뱅이들은 눈에도 들어오지 않지!"

"안녕, 페페!"

페페는 그녀가 일하는 '엘 포르베니르' 인쇄소 직원이었다.

❖ ❖ ❖

빅토리타는 한참 동안을 울었다. 머릿속에선 여러 가지 상
념이 지하철에서 쏟아져 나오는 사람들처럼 몰려나왔다. 수녀
가 되는 것부터 창녀가 되는 것까지 이런저런 생각이 쏟아졌
다. 무엇을 하든 이대로 어머니가 달달 볶는 것을 참는 것보다
는 나을 것 같았다.

돈 로베르토는 목소리를 높였다.

"페트리타, 재킷 호주머니에 있는 담배 좀 가져와!"

아내가 끼어들었다.

"조용히 해요! 애들 깨겠어요."

"아냐! 깨긴! 천사 같은 애들이라 잠이 들기만 하면 벼락이
쳐도 모르고 자는걸."

"당신이 찾는 걸 갖다 드릴게요. 더 이상 페트리타를 부르지 마세요. 애들이 가엾게도 지쳐서는 이제 겨우 잠들었는데."

"괜찮아. 애들은 지친다는 걸 몰라. 지친 사람은 바로 당신이야."

"나이도 더 먹었고요!"

돈 로베르토가 빙그레 웃었다.

"자, 필로. 마음에도 없는 소리 하지 마. 아직 그 정도로 늙진 않았어."

가정부가 담배를 들고 부엌으로 들어왔다.

"신문도 좀 가져와! 문간방에 있을 거야."

"예, 아저씨."

"침실 탁자에 물 한 잔 갖다 놓고!"

"예, 아저씨."

필로가 다시 끼어들었다.

"내가 다 갖다 놓을 테니까 제발 그 애 좀 자게 놔두세요."

"페트리타가 벌써 잔다고? 지금 자라고 해 봐. 그 애는 밖에서 쏘다니다가 새벽 두세 시나 돼야 돌아올 테니까. 두고 봐!"

"글쎄요…… 그럴지도……."

엘비라 양은 침대에서 몸을 이쪽저쪽으로 뒤척였다. 불안하고 초조해서인지 한 번 악몽을 꾸면 반드시 계속해서 다른 악몽을 꾸곤 했다. 엘비라 양 침실에선 벗어 놓은 옷 냄새와 여자 냄새가 났다. 향수 냄새라기보다 썩은 생선 냄새와 비슷했다. 엘비라 양은 숨이 가쁜 듯이 헐떡거렸다. 불쾌하고 끔찍한 악몽 때문에 머리가 지끈거리고 아랫배는 싸르르 아파 왔다.

낡아 빠진 침대 매트리스가 어딘가 고장이라도 났는지 삐걱댔다.

반쯤 대머리인 검은 고양이 한 마리가 마치 사람이라도 된 듯이 입가에 수수께끼 같은 웃음을 흘리며 살기가 번득이는 눈빛으로, 상당히 멀리 떨어진 곳에서부터 엘비라 양에게 달려들었다. 그녀는 발길질을 하고 손을 휘둘러 자기를 방어했다. 고양이는 가구 위에 나가떨어졌지만 다시 일어나 침대를 덮쳤다. 고양이의 아랫배는 석류처럼 붉었고, 꽁무니에서는 불꽃놀이의 불꽃처럼 몇천 가지 영롱한 색으로, 악취와 독성으로 무장한 꽃이 피어났다. 엘비라 양은 시트를 머리까지 뒤집어썼다. 침대 안에는 수많은 난쟁이들이 하얗게 눈을 치뜨고선 날뛰었다. 고양이는 유령처럼 슬그머니 시트 속으로 들어와 엘비라 양의 배를 움켜쥐고 혀로 핥으며 낄낄거리며 웃어 댔다. 등골이 오싹해지는 웃음소리였다. 엘비라 양은 깜짝 놀라 고양이를 방 밖으로 내던졌다. 엄청나게 힘이 들었다. 엘비라 양은 난쟁이를 밟지 않도록 조심했다. 난쟁이 한 사람이 그녀에게 소릴 질렀다. "성모 마리아여! 성모 마리아여!" 고양이는 대구포처럼 납작하게 몸을 늘리더니 다시 문 밑으로 기어들어와서는 사형 집행인 같은 눈으로 그녀를 노려보았다. 이번에는 침실 탁자에 뛰어올라 피에 굶주린 표정으로 엘비라 양을 쏘아보았다. 엘비라 양은 숨 쉴 엄두조차 내지 못했다. 고양이는 베개로 뛰어내리더니 침을 질질 흘리는 얼간이처럼 그녀의 입과 눈꺼풀을 부드럽게 핥았다. 고양이의 혀는 사타구니처럼 뜨뜻미지근하면서도 벨벳처럼 부드러웠다. 그리고 이빨로 그녀의 잠옷 끈을 풀었다. 고양이는 동맥처럼 숨 가쁘게 뛰는 아랫배를 드러내 놓았다. 꽁무니 쪽에 난 꽃이 시시각각으로 더 탐스럽고 아름다워졌다. 털은 비단결 같았다. 침실에는 눈부신 빛이 흘러넘치기 시작했다. 고양이가 점점 커지더니 조금 마른 호랑이만 해졌다. 난쟁이들은 여전히 절망적으로 날뛰었다. 엘비라 양은 격렬하게 온몸을 부르르 떨었다. 고양이의 혀가 입술을 핥는 것을 느끼면서 그녀의 숨소리는 점점 더 거칠어졌다. 고양이의 몸이 자꾸만 길어졌다. 엘비라 양은 입술이 바싹바싹 타들어 왔고 숨을 쉴 수 없을 지경이 되었다. 그녀는 허벅다리를 벌리기 시작했다. 처음에는 조심스럽게, 그러나 점점 더 대담하게……

엘비라 양은 갑자기 눈을 부릅뜨더니 불을 켰다. 잠옷은 땀에 흠뻑 젖었다. 한기가 들어 외투로 발을 감쌌다. 귓속에서는 윙윙거리는 가는 소리가 들려왔고, 젖꼭지는 한참 젊었을 때처럼 오만할 만큼 빳빳하게 서 있었다.

엘비라 양은 불을 켜 놓은 채 잠을 청했다.

"그래, 맞아! 그런데 왜? 내일이 부인 생일이라고 해서 삼 두로를 줬어."

라몬 씨의 말에는 단호함이 묻어나지 않았다. 아무리 노력해도 그럴 만큼 충분한 에너지를 끌어낼 수 없었다.

"왜냐고요? 당신도 잘 알잖아요! 당신은 눈이 있어요, 없어요? 마음대로 해요! 내가 늘 당신에게 말했잖아요. 이런 식으로 해선 가난에서 벗어날 수 없다고요. 가난을 벗어나기 위해 지금도 하고 그러는 거 아녜요!"

"그렇지만 여보, 나중에 그만큼 제하고 주면 되는데 뭐가 달라? 선물로 거저 준 것도 아닌데."

"그래요! 나중에 제하면 당신 말이 맞지요. 잊어버리지만 않
는다면 말이에요."

"단 한 번도 잊어버린 적 없어!"

"그래요? 호세파 부인에게 주었던 칠 페세타는 어떻게 된
거죠? 도대체 그 칠 페세타는 어디로 간 거예요?"

"여보, 그 부인은 약을 살 돈이 필요했잖아. 게다가 지금 어
떤 상태인가도 좀 봐야지."

"다른 사람이 아픈 게 도대체 우리와 무슨 상관이죠? 뭐 할
말 있어요?"

라몬 씨는 발로 담배를 비벼 껐다.

"여보, 파울리나. 내가 지금 무슨 말을 하려는지 알아?"

"뭔데요?"

"내 집에서는 내가 명령을 내릴 거야. 알았어? 내가 한 일에
대해서는 내가 잘 아니까 시시콜콜하게 따지지 마!"

파울리나 부인은 작은 소리로 마지막 한 마디를 웅얼댔다.

빅토리타는 잠을 이룰 수 없었다. 짐승 같은 어머니 생각이
잠시도 떠나지 않고 머리를 어지럽혔다.

"도대체 언제 그 폐병쟁이를 떨쳐 낼 거니?"

"무슨 일이 있어도 그와 헤어지지 않겠어요. 주정뱅이보다
는 폐병쟁이가 나아요."

빅토리타는 감히 단 한 번도 어머니에게 이런 말을 해 본
적이 없었다. 남자 친구의 병이 나을 수만 있다면……. 애인의
병이 나을 수만 있다면 빅토리타는 무슨 일이라도 할 것이고,

어떤 요구라도 들어줄 것이었다.

빅토리타는 침대에서 계속 뒤척이며 흐느꼈다. 돈 몇 푼만 있으면 애인의 병을 고칠 수도 있었다. 그렇지만 누구나 다 알듯이 돈 없는 폐병 환자는 각혈을 할 수밖에 없었다. 돈 많은 환자는 비록 완치는 되지 않는다 하더라도 어떻게든 버텨 나갈 수 있고 목숨을 유지할 수 있었다. 빅토리타는 돈을 구하기 어렵다는 것을 잘 알았다. 행운은 그녀 편이 아니었다. 다른 것은 어떻게 해 볼 수 있지만 행운만은 어쩔 수 없었다. 행운이란 찾아오고 싶어야 오는 법인데, 분명한 것은 행운은 그녀를 찾아올 생각이 없다는 것이었다.

그 사내가 내놓겠다던 삼만 페세타는 날려 버리고 말았다. 그것은 애인이 지나치게 걱정했기 때문이다.

"안 돼! 내가 그 돈으로 무엇을 할 수 있겠어! 삼만 페세타가 아니라 삼만 두로를 줘도 안 돼!"

"그렇지만 우리들에겐 아무런 문제도 없잖아요? 아무 흔적도 없을 거고, 또 누가 알 리도 없는데."

"그래서 하겠다는 거야?"

"당신을 위해서예요. 당신도 잘 알잖아요."

삼만 페세타를 주겠다는 남자는 사채업자였는데, 빅토리타도 사람들을 통해 그에 대한 이야기를 들었던 것이다.

"그야 삼만 페세타쯤을 금방이라도 빌려 줄 수 있지. 우리는 평생을 두고 갚아야 하겠지만. 그는 그만한 돈은 쉽게 빌려 줄 수 있어."

빅토리타는 그를 만나러 갔다. 삼천 페세타만 있으면 두 사람은 결혼할 수 있었고, 애인은 아직 심각한 상태까진 가지 않았다. 그가 계속 기침을 해서 좀 쇠하긴 했지만 그다지 심각하진 않았다. 언제까지나 침대 신세만 져야 하는 그런 상태는 아니었던 것이다.

"그러니까 아가씨, 삼천 페세타가 필요하단 말이지?"

"예! 사장님."

"그런데 그 돈 어디다 쓸 거지?"

"사장님도 아시겠지만, 결혼하려고요."

"사랑에 빠졌군! 맞아?"

"예, 맞아요!"

"애인을 많이 사랑하나?"

"예!"

"많이?"

"예, 사장님. 많이 사랑해요!"

"그 누구보다도?"

"예, 그 누구보다 더 사랑해요!"

사채업자는 벨벳 모자를 두 바퀴 돌렸다. 머리는 배처럼 뾰족하게 생긴 데다가, 가느다란 기름투성이 머리카락은 하얗게 변하기 시작했다.

"그런데, 아가씨는 아직 처녀인가?"

빅토리타는 화가 치밀어 올랐다.

"그게 당신과 무슨 상관이죠?"

"아니, 상관은 없어. 다만 호기심이 일어서……. 그런데 그 버르장머리는 뭐야. 교육을 잘못 받았군!"

"이봐요! 뭐라고요!"

사채업자는 웃음을 띠었다.

"이봐, 아가씨, 그렇게 화낼 필요는 없잖아. 처녀인지 아닌지가 아가씨와 애인한테는 문제겠지만 말이야."

"그래서요."

"그러니까……."

사채업자의 작은 눈이 부엉이처럼 반짝였다.

"이봐!"

"뭔데요?"

"만일 내가 삼천이 아니라 삼만 페세타를 준다면 어떻게 할 거야?"

빅토리타는 숨이 막히는 것 같았다.

"당신이 원하는 건 무엇이든 다 들어줄게요."

"무엇이든 다?"

"예, 다요!"

"그러면 네 애인이 나한테 어떻게 나올까?"

"모르겠어요. 하지만 원한다면 물어볼게요."

사채업자의 핏기 없는 두 뺨에 불그레한 빛이 번져 나갔다.

"그런데 귀여운 아가씨, 내가 바라는 게 뭔지나 알고 그러는 거야?"

"몰라요! 말씀해 보세요."

사채업자의 목소리가 가볍게 떨렸다.

"그러면 가슴을 한 번 보여 줘 봐!"

아가씨는 단추를 풀고 가슴을 꺼내 보여 줬다.

"넌 삼만 페세타가 얼마나 큰돈인지 잘 알지?"

"예!"

"한꺼번에 그 돈을 본 적이나 있어?"

"아뇨! 없어요!"

"그러면 내가 보여 주지. 네가 원하는가에 달려 있어! 너와 네 애인이……."

❖ ❖ ❖

천박한 바람이 마치 죽어 가는 나비처럼 이 가구 저 가구에 부딪치며 느릿느릿 날아다녔다.

"하겠어?"

빅토리타는 부끄러울 게 없다고 생각했다.

"저를 위해서라도 하겠어요! 육천 두로라면 평생을 사장님 말씀에 복종하며 살겠어요. 몇 평생을 살더라도 말이에요."

"그런데 네 애인은?"

"찬성할지 물어볼게요."

도냐 마리아의 현관문이 열리더니 거의 소녀 같아 보이는 조그만 아가씨가 나와서는 길을 건너갔다.

"여보, 저 집에서 누군가가 나온 것 같아요!"

경찰인 훌리오 가르시아는 경비원인 구메르신도 베가의 곁에서 일어났다.

"행운이 있길……."

"그랬으면 좋겠어요."

혼자 남게 된 경비원은 경찰을 떠올렸다. 잠시 후, 머릿속에 피룰라 양도 잠깐 떠올랐다. 지난여름 말도 안 되는 짓거리만 하고 다니던 바보 같은 녀석의 옆구리를 날카로운 지팡이로 찔러 주었던 것도 떠올랐다. 경비원은 얼굴에 웃음이 피어올랐다.

"그 녀석 달아나던 꼴이라니!"

도냐 마리아는 덧문을 내렸다.

"세상이 어찌 되려나! 세상 사람들이 도대체 왜들 이러지?"

그러더니 잠깐 입을 다물었다.

"지금 몇 시에요?"

"12시가 다 됐어. 자, 이제 그만 자러 가는 게 어때? 자는 게 최고야!"

"그만 자는 게 어때요?"

"그래. 그게 좋겠어."

필로는 아이들 침대를 둘러보면서 차례로 축복해 주었다. 이건 뭐라고 해야 할까? 매일 밤 빼먹는 일 없이 반드시 해야 하는 일종의 일과라고 볼 수 있다.

돈 로베르토는 틀니를 씻어 물컵에 잘 넣어 둔 다음 화장실에서 쓰는 종이로 덮어 두었다. 그런 다음 그는 그 종이 가장자리에 아몬드를 담는 삼각 종이 봉지처럼 주름을 잡았다. 그러고 나서 마지막으로 담배를 피웠다. 로베르토는 매일 밤 틀니를 뺀 다음 침대에서 담배 피우는 것을 무척이나 좋아했다.

"시트 태우겠어요!"

"걱정 마!"

경찰은 아가씨에게 다가가 팔을 잡았다.

"안 올 줄 알았어."

"이렇게 왔잖아요!"

"왜 이렇게 늦었어?"

"그러니까, 아이들이 자러 들어가려고 해야 말이죠! 그런데다 주인아저씨가 '물 좀 가져와라, 재킷 주머니에서 담배 좀 가져와라, 문간방에 있는 신문 좀 가져와라.' 하고 자꾸만 심부름을 시키는 통에 그랬어요. 밤새 시키는 줄 알았다니까요!"

페트리타와 경찰은 토로스 광장 터로 가는 길 어귀에서 어디론가 사라졌다.

싸늘한 바람이 아가씨의 따뜻한 다리를 타고 올라왔다.

하비에르와 피룰라는 둘이서 담배 한 대를 나눠 피웠다. 오늘 밤 벌써 세 대째였다.

두 사람은 침묵을 지키며 가끔씩 열정적으로 키스했다.

가장 길고, 깊숙이, 그리고 가장 감정적으로, 격하게 키스를 나눌 순간이 되었다. 여자는 애원하듯이 숨을 길게 내쉬었다. 하비에르는 그녀를 안아 침실로 데리고 갔다.

침대는 물결무늬 시트로 덮여 있었다. 천장에 매달린 연한 자줏빛 자기 샹들리에가 침대 위에 실루엣을 만들었다. 침대 옆에는 붉게 달궈진 전기난로가 있었다.

훈훈한 열기가 그녀의 따뜻한 다리를 타고 올라왔다.

"그건 침실 탁자에 있지?"

"예……! 더 이상 아무 말도 하지 마세요!"

구약성서에 등장하는 성정은 거칠지만 정숙한 연인들처럼 운명을 참고 견뎌 내는 이 가난한 남녀 한 쌍에게 은신처가 되어 주는 토로스 광장 터에는, 차고로 들어가는 전차가 그리

멀지 않은 곳을 지나며 내는 이상한 소리가 들려온다. 낡은 데다 그나마 나사가 풀려 기우뚱거리며 삐걱대는 소리와 난폭하게 급브레이크를 밟는 소리가 뒤섞였다.

하루 종일 서로 돌멩이를 던지며 말썽을 부리는 장난꾸러기들에게 놀이터가 되어 주는 이곳은, 사람들이 문을 걸어 잠그는 시간부터는 지저분한 에덴동산으로 변해 어디에서 들려오는지 아무도 모르는 라디오 소리에 맞춰 춤을 출 수도 없는 공간이 되어 버리고 만다. 여기에서는 막이 오르기 전에 즐기는 향긋한 담배 한 대도 없었고, 상대방의 귀에 대고 사랑의 말을 가볍게, 그리고 안전하게 할 수도 없었다. 점심 식사를 마친 노인들이 도마뱀처럼 햇볕을 즐기러 나오는 이 광장 터는, 아이들과 오십 대 부부들이 잠자리에 들어 꿈을 꾸기 시작할 시간이면 뒤로 빼고 감추고 할 수도 없는 직설적인 낙원으로 변해 버리는 것이었다. 여기에서는 누구나 자기들이 추구하는 것이 무엇인지 잘 알았으며, 아침나절 여자아이들이 그려 놓은 선과, 공놀이로 시간을 보낸 남자아이들이 파놓은 완벽하게 둥근 구멍이 남아 있는 이 보드라운 땅 위에서 사람들은 진지하게, 그리고 다소 거칠게 사랑을 나눴다.

"춥지 않아, 페트리타?"

"아뇨! 춥지 않아요! 당신 곁에만 있으면 괜찮아요!"

"나를 사랑해?"

"그럼요! 무진 사랑해요! 당신은 모르실 거예요."

마르틴 마르코는 침대에 들고 싶지 않아 도시를 배회했다. 호주머니엔 돈도 없고, 지하철마저 끊겨서, 병든 것처럼 누런 마지막 전차가 자취를 감출 때까지 그는 그저 기다리기로 했다. 그 시간이 되면 그는 도시가 좀 더 자기 것 같았다. 그 도시는, 따뜻한 온기라곤 느낄 수 없는 빈 호주머니에 두 손을 찔러 넣고, 텅 빈 머리와 쾡한 두 눈으로, 그 누구에게도 설명할 수 없고 자신도 어찌할 수 없는 깊은 심연을 마음속에 안은 채 뚜렷한 목적지도 없이 무작정 길을 걷는 사람들의 도시 같았다.

마르틴 마르코는 트리호스 거리를 지나 디에고데레온 거리까지 모든 것을 잊고서 천천히 걸어갔다. 그곳에서 다시 프린시페데베르가라 거리와 헤네랄몰라 거리를 지나, 프록코트를 입고 잘 손질한 푸른 정원으로 둘러싸인 살라망카 후작 동상이 한가운데 딱 버티고 있는 살라망카 광장까지 내려갔다. 마르틴 마르코는 혼자 이 도시의 넓은 거리를 한참씩 돌아다니는 것을 즐겼다. 낮이면 장사꾼들이 내지르는 소리, 순진한 가정부들이 거침없이 불러 대는 유행가 소리, 자동차 경적 소리, 도시에 길든 새끼 늑대처럼 부드러우면서도 거친 아이들 울음소리 따위가 아침상에 놓인 커피처럼 넘쳐흐르는 이 거리를 그는 돌아다녔다.

마르틴 마르코는 나무 의자에 앉아 "마드리드 주 지방의회 주민등록 위원회"라고 적힌 서류 봉투 속에서, 피다 만 담배를 꺼냈다.

거리에 있는 벤치는 모든 형태의 고통과 행복을 담아내는 문집이기도 했다. 천식을 달래는 노인, 기도서를 읽는 수사, 이를 잡는 거지, 부인과 나란히 앉아 식사를 하는 미장이, 가쁜 숨을 몰아쉬는 폐병 환자, 악몽이라도 꿨는지 눈을 부릅뜨는 미친 사람, 무릎에 나팔을 올려놓은 거리 악사……. 이들 한 사람 한 사람은 각자 크고 작은 열망을 안고 살아간다. 비록 혈액순환의 신비 같은 것을 낱낱이 알진 못했지만, 육신에 쌓인 피로의 기운을 벤치 나무판자 위에 남겨 놓고 떠나는 것이다. 창자 속에서 비탄의 소리를 내며 피로를 푸는 아가씨, 긴 연애소설을 읽는 아가씨, 시간이 흐르기만을 기다리는 맹인, 소시지 샌드위치와 싸구려 빵을 으적으적 씹는 나이 어린 타이피스트, 암의 고통을 애써 참는 여자, 입을 반쯤 벌리고 침을 흘리는 바보 여인, 무릎 위에 쟁반을 올려놓은 방물장수, 소변을 누는 남자를 보고 싶어 하는 소녀…….

마르틴 마르코가 피다 만 담배를 담아 온 서류 봉투는 누이 집에서 얻은 것이었다. 잘 살펴봐도 이 봉투엔 담배꽁초나 못, 혹은 소다 따위밖에는 넣을 수 없다는 게 분명했다. 그는 신분증이 없어진 지도 벌써 여러 달째였다. 들리는 말에 사진과 지문까지 첨부한 새 신분증이 곧 나온다고는 하지만 아직 먼 훗날의 일이다. 정부에서 하는 일은 언제나 굼벵이 같으니까 말이다.

셀레스티노는 군인들을 돌아보며 이렇게 말했다.

"여러분, 용기를 내십시오! 승리를 위해 나아갑시다! 겁쟁이만 뒤에 남으십시오. 나와 행동을 같이하는 사람은 이상을 실현하기 위해선 목숨도 바칠 수 있는, 신념이 강한 사람입니다!"

군인들은 감동한 듯 아무 말 없이 그의 말에 귀를 기울였다. 병사들의 눈에서는 전투를 하고 싶다는 강한 의욕이 활활 타올랐다.

"더 나은 세상을 위해 싸웁시다! 우리의 희생이 헛되지 않다는 것과 오늘 우리가 뿌린 씨앗의 과실을 우리 자식들이 누리리라는 것을 잘 아는데, 우리의 희생이 무슨 문제가 되겠습니까?"

군인들 머리 위에선 적기가 날아갔다. 단 한 사람도 움직이지 않았다.

"우리 가슴에 품은 용기로 적의 탱크에 맞섭시다!"

군인들은 침묵을 깨고 소리쳤다.

"옳소!"

"심약한 사람들과 겁쟁이, 그리고 환자들은 이 자리를 뜨기 바랍니다!"

"옳소!"

"착취자들과 방관자들, 그리고 부자들도!"

"옳소!"

"굶주린 노동자들을 업신여기는 자들도 물러나시오!"

"옳소!"

"스페인 은행의 금을 함께 나눕시다!"

"옳소!"

"우리가 바라는 최후의 승리를 위해 자유의 제단에 우리를 바칩시다!"

"옳소!"

셀레스티노는 그 어느 때보다도 말이 많았다.

"전진합시다! 망설이지 말고, 주저하지 맙시다!"

"나갑시다!"

"빵과 자유를 위해 투쟁합시다!"

"옳소!"

"다른 길은 없습니다. 각자 맡은 바 소임을 다합시다. 자, 나 아갑시다!"

셀레스티노는 갑자기 소변이 마려웠다.

"잠깐만 기다리십시오!"

군인들은 모두들 이상하다는 표정을 지었다. 셀레스티노는 뒤로 돌았다. 입이 바싹바싹 타들어 갔다. 군인들의 대오가 흐릿해지며 흩어지기 시작했다……

셀레스티노는 침대에서 일어나 술집의 불을 켰다. 소다수를 한 잔 마시고 화장실로 갔다.

라우리타는 페퍼민트 한 잔을 다 마셨다. 파블로도 위스키 한 잔을 비웠다. 머리를 길게 기른 바이올린 연주자는 격렬한 몸동작으로 감상적인 헝가리 무곡과 비엔나 왈츠를 계속 연주했다.

파블로와 라우리타 단 두 사람만 남았다.

"날 절대로 버리지 않을 거죠, 파블로?"

"절대로 그런 일은 없어, 라우리타!"

아가씨는 행복했다. 정말 행복하다는 생각이 들었다. 그러나 마음 한구석에선 가벼운 의심의 그림자가 슬며시 고개를 들었다.

아가씨는 천천히 옷을 벗으며 마치 여학생처럼 맑고 순진한, 그러나 조금은 슬픈 눈으로 남자를 바라보았다.

"절대로요? 사실이겠지요?"

"물론이야! 두고 보면 알 거야!"

아가씨는 조그만 분홍색 꽃이 수놓아진 속치마를 입었다.

"날 사랑해요?"

"무진장!"

두 사람은 옷장 거울 앞에서 키스를 했다. 라우리타의 가슴이 남자의 재킷에 눌렸다.

"파블로, 창피해요!"

파블로가 웃음을 지었다.

"자기야!"

아가씨는 조그만 브래지어를 했다.

"여기 좀 풀어 줘요!"

파블로는 라우리타의 등에 입을 맞췄다. 위에서부터 천천히 아래로 내려갔다.

"아아!"

"왜?"

라우리타는 약간 고개를 숙이고 웃었다.

"이 장난꾸러기!"

남자는 다시 그녀의 입에 키스했다.

"내가 마음에 안 들어?"

아가씨는 파블로에게 더 진한 사랑을 느꼈다.

"아뇨, 파블로! 사랑해요! 아주 많이……."

마르틴은 너무 추워 알칸타라, 몬테사, 라스나시오네스 거리에 있는 호텔을 한 바퀴 순회할 생각이었다. 라스나시오네스 거리는 짧은 뒷골목으로, 망가진 보도 위에 나무가 서 있는 신비로운 거리였다. 가난뱅이들과 잡념으로 가득 찬 인간들이 사창가를 들락거리는 걸 보며 음침한 붉은 벽돌담 너머에서 일어나는 일을 상상하며 즐거워하는 곳이기도 했다.

언젠가 안에서 그 광경을 본 적도 있는 마르틴에게는 그 거리들이 그리 재밌지는 않았지만 그래도 시간을 죽이는 데는 그곳을 산책하는 게 상당한 도움이 되었다. 그뿐만 아니라 이집 저집 돌아다니는 동안 몸이 훈훈해지는 부수입까지 있었다.

한편으로는 측은한 마음도 들었다. 그중 마음씨가 무척이나 착한 어떤 여자는 함께 자 주는 데 삼 두로를 받았다. 이 여자들은 대단한 미인들은 아니었지만 대부분 마음이 여리고 상냥했다. 대개 아구스틴 수도회나 예수회에 자식들을 맡겨 놓았는데, 자식들이 창녀의 아이들이란 말을 듣지 않게 하기 위해 피나는 노력을 했다. 가끔 일요일 오후면 화장하지 않은 민얼굴을 베일로 가린 채 면회를 가기도 했다. 다른 고급 창녀들이 귀족 티를 내려고 애쓰는 걸 봐야 한다는 게 좀 괴로웠을 뿐 다른 불만은 없었다. 고급 창녀들은 확실히 미인이긴 했지만, 성질이 고약했고 자기 멋대로 행동했으며 자식을 키우는 경우는 없었다. 이런 여자들은 아기가 생기면 낙태를 하거나, 그러지 못했을 땐 낳자마자 아기 머리에 방석을 올려놓고선 그 위에 앉아 질식시켜 죽여 버린다.

마르틴은 깊은 생각에 잠긴 채 낮은 목소리로 중얼거리기도 하면서 길을 걷곤 했다.

"도무지 설명할 수 없어! 아직 스무 살밖에 되지 않은 여자애들이 어떻게 십이 두로나 벌지?"

마르틴은 거무스름한 살결에 깨끗한 얼굴, 날씬하게 뻗은 다리, 얇은 블라우스 아래 봉긋 솟은 가슴이 있는 페트리타가 떠올랐다.

"정말 매력적인 아이야! 거리에 나서면 한밑천 잡을 텐데. 그러나 지금처럼 정숙한 게 본인을 위해선 더 나을 거야. 공안 경찰에게 걸리면 좋을 게 없지. 그러면 지금까지 시간을 낭비했다는 것을 깨달을 테니까 말이야. 하긴 자기가 알아서 할 일이지!"

마르틴이 리스타 거리를 빠져나와 헤네랄 파르디냐스 거리 모퉁이에 이르렀을 때, 경찰이 그를 불러 세우더니 몸수색을 하고 신분증을 요구했다.

마르틴은 다리를 질질 끌며 보도블록에 찍찍 소리를 냈다. 이것은 그가 재미있어하는 행동 중 하나였다.

돈 마리오 데 라 베가는 다음 날 아침 피곤에서 완전히 해방되는 기분을 맛보고 싶어 일찍 잠자리에 들었다. 혹시 도냐 라모나의 계획이 성공할지도 모르기 때문이었다.

내일부터 십육 페세타짜리 일을 시작하기로 한 남자는, 마데로 거리에 있는 '엘 포르베니르' 인쇄소에서 일하는 아가씨의 시아주버니라고 아직은 볼 수 없었다. 동생인 파코가 폐병에 걸렸기 때문이다.

"그럼, 잘 가게. 내일 보기로 하지!"

"안녕히 계십시오, 사장님! 내일 뵙겠습니다. 그리고 사장님께 복을 내려 달라고 하느님께 기도드리겠습니다. 정말 감사합니다!"

"천만에. 아무것도 아닐세! 자네가 일을 어떻게 하느냐에 달려 있지!"

"최선을 다하겠습니다, 사장님!"

페트리타는 밤공기를 쐬며 들뜬 마음에 즐거운 비명을 질렀
다. 온몸의 피가 얼굴로 솟구치는 것만 같았다.

페트리타는 경찰을 무척이나 사랑했다. 그 경찰은 그녀의
첫 번째 남자로, 그녀가 순결을 바친 대상이기도 했다. 마드리
드로 오기 전, 시골에 있을 때 그녀를 따라다니던 남자가 있긴
했지만 심각한 관계는 아니었다.

"아아! 훌리오! 아야! 너무 아파요! 엉큼해!"

남자는 맥박이 고동치는 여자의 장밋빛 목덜미를 살며시 물
었다.

두 연인은 잠시 침묵에 빠져 꼼짝도 하지 않았다. 페트리타
는 생각에 잠긴 것 같았다.

"훌리오!"

"왜?"

"나를 사랑해요?"

이비사 거리의 경비원은 현관 안쪽으로 들어가 추위를 피했
다. 그렇지만 혹시라도 누가 찾을까 봐 그는 문을 반쯤 열어 놓
았다.

이비사 거리의 경비원은 계단에 있는 전등을 켰다. 벙어리
장갑에서 삐져나온 손가락이 얼어붙지 않도록 입김을 불었다.
계단 전등이 금방 나가 버렸다. 사내는 두 손을 비비면서 다시
불을 켰다. 담배쌈지를 꺼내 담배를 말았다.

마르틴은 애원이라도 하듯이 떨리는 목소리로 입을 열었다. 그는 사시나무처럼 떨었다.

"신분증이 없는데요. 집에 두고 나왔습니다. 저는 글을 쓰는 사람이고, 마르틴 마르코라고 합니다."

마르틴은 기침을 한 다음, 웃음을 지었다.

"헤헤! 한 번 봐주십시오! 감기가 들어서요……. 감기가…… 헤헤!"

마르틴은 경찰이 자기를 알아보지 못하는 게 조금 이상했다.

"저는 기관지 《운동》에 글을 기고하는 사람입니다. 헤노바 거리에 있는 부(副)서기국에 조회하면 금방 알 수 있을 겁니다. 며칠 전 제가 최근에 쓴 글이 여러 지방신문에 났거든요. 우엘바 지방의 《오디엘》, 레온 지방의 《프로아》, 쿠엔카 지방의 《오펜시바》에 말입니다. 글 제목은 「가톨릭 여왕 이사벨의 영적 항구성에 대한 근거」였지요."

경찰은 담배를 한 모금 빨았다.

"알았습니다. 그만 가시죠. 날씨가 추우니 얼른 들어가 주무십시오."

"감사합니다. 감사합니다."

"천만에요. 그런데……."

마르틴은 그 순간 정말 죽는 줄 알았다.

"왜요?"

"절대로 작품에 대한 영감은 잃지 마십시오."

"감사합니다! 잘 가십시오."

마르틴은 발걸음을 재촉했다. 뒤도 돌아보지 않았다. 감히 뒤를 돌아볼 용기가 나지 않았다. 몸속에선 도저히 설명할 길이 없는 공포감이 스멀스멀 피어났다.

돈 로베르토는 신문을 다 읽자마자 자기 어깨에 머리를 기댄 아내를 사랑스럽게 어루만졌다. 두 사람은 해마다 이때쯤 되면 낡은 코트로 발을 덮었다.

"여보, 내일은 어떨까요? 슬픈 날일까요? 아니면 행복한 날일까요?"

"당연히 행복한 날이겠지!"

필로는 미소를 지었다. 앞니에 까만 충치가 깊고 둥글게 나 있었다.

"그래요, 그럴 거예요."

감동해서 순진하게 웃을 때면 아내는 충치가 있는 것을 까맣게 잊고 무심코 앞니를 드러냈다.

"맞아요, 로베르토! 맞아요! 내일은 정말 행복한 날이 될 거예요."

"그래, 필로! 내가 무슨 말을 하려는지 잘 알겠지만, 우리 식구 모두가 건강하기만 하다면."

"고맙게도 우리 식구 모두 건강한걸요!"

"맞아! 우리는 불평할 처지가 아니지. 우리보다 불행한 사람이 얼마나 많은데. 어떻든 우리들은 조금씩이라도 나아지잖아. 나는 더 이상 바랄 게 없어!"

"저도 마찬가지예요! 우린 하느님께 정말이지 감사드려야 해요!"

필로는 남편에게서 진한 사랑을 느꼈다. 고마운 마음이 들었다. 남편은 조금만 자기를 인정해 주면 대단히 즐거워하는 사람이었다.

필로는 목소리를 조금 바꾸었다.

"로베르토!"

"왜?"

"신문은 이제 좀 치워요!"

"알았어······."

필로는 로베르토의 팔을 잡았다.

"여보!"

"왜?"

아내는 마치 젊은 연인처럼 이야기했다.

"나를 사랑해요?"

"물론이지! 당연히 당신을 사랑하지! 나보다 더 당신을 사랑하는 사람이 어디 있겠어!"

"많이 사랑해요?"

돈 로베르토는 설교라도 하려는 듯이 목소리를 깔았다. 무언가 엄숙하게 이야기하려고 목소리를 깔 때면 그는 마치 성직에 종사하는 웅변가 같았다.

"당신이 나를 사랑하는 것보다 훨씬 더 많이 사랑해!"

마르틴은 숨을 헐떡이며 바삐 걸었다. 관자놀이가 화끈거리기 시작했고, 혀는 말라 입천장에 붙었다. 목구멍은 오므라드는 느낌이었고, 다리는 휘청거렸고, 배는 줄이 끊긴 오르간 같았고, 귀에서는 윙윙거리는 소리가 들려왔다. 눈으로는 그 어느 때보다도 코앞만 보였다.

마르틴은 달리면서도 생각을 놓지 않으려고 애썼다. 머릿속에선 여러 가지 생각들이 엉켜서는 서로 때리고 짓밟고 나자 빠졌다가 다시 일어나기를 반복했다. 머리가 기차만큼 커졌는 데도 길가에 늘어선 집들과 부딪치지 않는 것을 도저히 납득할 수 없을 정도였다.

마르틴은 날씨가 이렇게 추운데도 숨 막힐 정도로 뜨거운 열기를 느꼈다. 제대로 숨 쉴 수 없을 정도였다. 끈적끈적하면 서도 다정할 것만 같은 이 열기는, 눈에 보이지 않는 수많은 끈으로 달콤한 추억으로 가득한 또 다른 열기와 연결되었다.

"어머니, 어머니, 유칼리나무 훈기, 유칼리나무 훈기를 더 많이, 더 많이 뿜어 주세요. 그렇게 가만히 계시지 말고요……."

마르틴은 머리가 지끈거렸다. 매정하고 가혹한 숙명 같은 두통이 머리를 괴롭혔다.

"아아!"

두 걸음을 걸었다.

"아아!"

또다시 두 걸음.

"아아!"

또다시 두 걸음.

마르틴은 손으로 이마를 짚었다. 송아지처럼, 서커스 검투사처럼, 도살장 돼지처럼 땀을 뻘뻘 흘렸다.

"아아!"

두 걸음을 더 걸었다.

마르틴은 생각에 속도를 올리기 시작했다.

"뭐가 무섭지? 헤헤! 도대체 뭐가 무섭다는 거야? 뭐가, 뭐가? 금니를 했더랬지. 헤헤! 무섭긴 뭐가 무서워! 뭐가! 뭐가!

금니는 내가 해야 어울리는데. 상당히 반짝거리던데. 헤헤! 나는 걸릴 만한 게 없으니까, 아무것도! 걸릴 만한 게 아무것도 없는데 나를 어쩌겠어. 헤헤! 바보 같은 놈! 금니를 하다니! 무서워할 이유가 없잖아! 무서워한다고 뭐가 생기는 것도 아니고. 헤헤! 갑자기 '짠!' 하고 금니가 생기는 것도 아니고. '정지! 신분증을 제시하시오!' 신분증이 없는데요. 헤헤! 금니도 있을 리 없고요. 헤헤! 이놈의 나라에선 작가 선생님을 알아보는 사람도 없다니까. 하긴 하느님도 작가를 못 알아보는데, 뭐! 파코, 그래 파코도 금니를 하면 좋을 텐데. 헤헤! '나는 기고를 합니다. 기고를요? 바보 같은 소리 작작해요! 당신도 곧 알게 될 거요.' 웃긴! 헤헤! 이래서 사람들이 미친다니까. 이건 미친놈의 세상이야! 미친놈의 세상! 위험한 미친놈들의 세상! 헤헤! 누나도 금니를 해야 하는데. 돈만 있으면 내일이라도 당장 금니를 해 줄 텐데. 헤헤! 가톨릭 여왕 이사벨도, 부서기국도, 영적 항구성도, 다 부질없는 거야. 안 그래? 내가 바라는 건 우선 배를 채우고 싶다는 것이야. 먹는 일 말이야! 내가 지금 라틴어로 말하는 건가? 헤헤! 아니면 중국어로 말하는 건가? 여보시오! 금니 하나 해 주시오! 누구든 이 말은 알아듣겠지! 헤헤! 온 세상 사람들 모두 알아들을 거야. 먹는 것! 먹는 것 말이야! 담배나 한 갑 사, 꽁초 좀 그만 피웠으면 좋겠다! 빌어먹을 놈의 세상! 여긴 모든 놈들이 다 제 밥그릇 챙기기에 바쁘다니까. 그래, 안 그래? 모두 마찬가지야! 제아무리 큰소리치던 놈도 한 달에 천 페세타만 주면 입을 다물어 버리는데, 뭐! 금니만 해 줘도! 헤헤! 우리같이 버림받아 변변히 먹지도 못하는 놈들은 아무 일이고 마구 덤비다간 혼쭐만 나니. 좋아! 좋다니까! 몽땅 뒤집어 놓으면 속이 다 후련하겠네! 빌어먹을 놈의 세상!"

마르틴은 거칠게 침을 뱉고선 회색 담장에 몸을 기댔다. 앞이 잘 보이지 않았다. 자신이 죽었는지 살았는지 구별할 수 없을 정도였다.

마르틴은 완전히 녹초가 되었다.

곤살레스 부부의 침실에는 한때 눈부신 광채를 내던 합판 가구가 몇 개 있었다. 그 가구들도 이젠 광채를 잃은 지 오래였다. 침대, 작은 탁자 두 개, 옷장 등이 전부였다. 그들은 옷장에 거울을 달려다가 실패하고 그 자리에 거칠고 조잡하며 칠도 벗겨진 희끄무레한 베니어판을 댔다.

천장에 매달린 둥그스름한 녹색 전등은 마치 불이 꺼진 것같이 보였다. 하긴 둥그스름한 녹색 전등에는 전구가 없었으며 그저 장식품에 지나지 않았다. 돈 로베르토의 침실 탁자 위에 올려놓은 갓 없는 전등 하나가 방을 밝혔다.

침대 머리맡 벽에는 돈 로베르토가 결혼할 당시 성의회 동료들이 선물한 「영원한 구원의 성모」 채색화가 벌써 다섯 생명이 태어나는 것을 묵묵히 지켜보았다.

돈 로베르토는 신문을 치웠다.

부부는 능숙하게 키스를 했다. 여러 해가 지나고서야, 로베르토와 필로는 무한한 세계를 발견할 수 있었다.

"그런데 필로, 당신 달력 봤어?"

"우리에게 달력이 무슨 상관이 있어요, 로베르토? 내가 당신을 얼마나 사랑하는지 알아요? 날이 갈수록 사랑하는 마음이 커진다는 것을 말이에요!"

"좋아! 그럼…… 우리 시작할까…… 이렇게!"

"그래요, 로베르토……."

필로의 두 뺨은 진홍색 장밋빛으로 물들었다.

돈 로베르토는 갑자기 철학자 같은 이야기를 했다.

"그래, 맞아. 다섯 놈이 먹고살 수 있다면 여섯인들 못 살겠어, 안 그래?"

"그래요. 물론이죠. 몸만 건강하면 다른 것들은 걱정할 게 없어요. 방이 넉넉하진 않지만 우리가 조금 옹색하게 살면 그만이에요."

돈 로베르토는 안경을 벗어 안경집에 넣은 다음 침대 옆 탁자 위에 올려놓았다. 그 옆에 놓인 물컵에는 틀니가 신비로운 물고기처럼 들어 있었다.

"잠옷을 다 벗을 필욘 없어! 감기 들지도 모르니까!"

"당신만 좋으면 나는 괜찮아요!"

필로는 장난꾸러기처럼 천진하게 웃었다.

"내가 진정 원하는 것은 사랑스러운 남편을 즐겁게 해 주는 것뿐이에요."

완전히 벌거벗은 필로는 아직 고운 자태가 남아 있었다.

"여전히 나를 사랑해요?"

"아주 많이 사랑해! 날이 갈수록 더!"

❖ ❖ ❖

"왜 그래?"

"아기가 우는 것 같아요."

"아냐, 다들 자고 있어! 자아⋯⋯."

마르틴은 손수건을 꺼내 입을 닦았다. 도로에 설치한 관개용 수도꼭지에 입을 대고 물을 마셨다. 한 시간은 족히 마신 것처럼 느껴질 정도가 되자 이제 좀 갈증이 가시는 것 같았다. 물은 차갑다 못해 얼음 같았고 수도꼭지 가장자리엔 약하게 서리까지 꼈다.

머리에 목도리를 칭칭 감은 경비원이 다가왔다.

"물을 마시는 거요?"

"예! 그러니까⋯⋯ 물을 조금 마셨습니다."

"정말 지독한 밤이군요. 안 그래요?"

"맞아요! 정말 개 같은 밤이에요."

경비원은 계속해서 걸었다. 마르틴은 가로등 불빛 아래서 봉투를 뒤져 피울 만한 담배꽁초를 찾았다.

"그 경찰은 상당히 괜찮은 사람 같아. 이건 사실이야. 가로등 아래서 신분증을 보여 달라고 했는데, 나를 놀래지 않으려고 그랬던 게 분명해. 그리고 바로 가라고 했으니까 말이야. 아마 내가 시끄러운 문제에 개입할 사람 같지 않았던 거겠지. 쓸데없이 남의 일에 끼어드는 것을 좋아할 사람 같진 않았던 거야. 경찰들은 사람을 가리는 데 완전히 숙달한 사람들이니까 말이야. 금니도 씌우고, 외투도 제법 근사하던데. 그래, 맞아! 정말 괜찮은 사람이었을 거야. 정말 친절한⋯⋯."

마르틴은 온몸이 떨렸다. 그리고 심장이 격렬하게 뛰는 것을 느꼈다.

"삼 두로만 있으면 여기서 벗어날 수 있는데……."

빵집 주인이 부인을 찾았다.
"파울리나!"
"왜요?"
"세숫대야 좀 가져와!"
"우린 필요 없을 것 같은데."
"입 다물고, 이리 가져오기나 해!"
"곧 갈게요! 그렇지만 당신이 지금 스무 살 청춘이 아니라
는 것쯤은 알아야죠."

빵집 부부의 침실은 주인을 닮아서 빈틈없고 억센, 그리고
반듯하고 단단한 참나무로 꾸며졌다. 벽에 걸린 금속 액자 세
개에서는, 알파카 천에 복제한 「최후의 만찬」과, 무리요의 「성
모상」 석판화, 그리고 검은 옷에 하얀 면사포를 쓰고 잔잔하게
미소 짓는 파울리나와 펠트 중절모에 콧수염을 빳빳하게 세우
고 금 시곗줄을 내놓은 라몬 씨의 결혼사진이 번쩍였다.

마르틴은 알칸타라 거리를 따라 스위스풍 집들이 있는 곳까
지 걸어 내려와, 아얄라 거리 쪽으로 접어들면서 경비원을 불
렀다.
"안녕하세요, 경비 아저씨!"
"말씀 마세요! 안녕하지 못해요!"

전등불에 '필로 여관'이란 글씨가 보였다. 마르틴은 아직도
가족에 대해 막연하면서도 아스라한 애착을 품었다. 만일 누
나에게 무슨 일이 일어난다면……. 그래! 지난 일은 이미 끝난

거야. 한 번 흘러간 물로는 두 번 다시 물레방아를 돌릴 수 없어. 그의 누나는 절대로 별 볼 일 없는 여자가 아니었다. 애정은 어디가 끝인지, 그리고 어디가 시작인지 그는 알 수 없었다. 강아지라 해도 자칫 잘못하면 자기 친어머니보다 더 사랑할 수도 있는 법이다. 그의 누나 일은…… 제기랄! 사랑에 빠지면 보이는 것이 없는 법이다. 이런 점에서는 인간과 동물은 하등 다를 바가 없었다. 그래서 갈리시아 출신 경비원은 이런 말을 했다.

"꼴리면 하느님도 믿지 않는 법이야!"

'필로 여관'이란 검은색 글씨는 투박한 데다, 지나칠 정도로 딱딱하게 쓰여 싸늘한 느낌만 줄 뿐 맵시가 나지 않았다.

"실례합니다. 몬테사를 한 바퀴 돌고 와야 할 것 같군요!"

"하고 싶은 대로 하세요, 경비 아저씨."

마르틴은 이런 생각을 했다.

"불쌍한 친구로군. 모든 경비원들은 다 똑같이 불쌍한 사람들이야. 웃거나 화내는 것까지도 항상 계산하지. 내가 만약 빈털터리라는 것을 알았다면 발로 걷어차 내쫓았을 거야. 몽둥이로 허리를 후려쳤을지도 모르고."

이 층에 사는 도냐 마리아는 침대에 누워 남편과 이야기를 나눴다. 도냐 마리아는 마흔 살 아니면 마흔두 살 정도였고, 그의 남편은 대여섯 살쯤 많아 보였다.

"여보, 페페!"

"왜?"

"당신, 나에게 좀 냉담한 것 같아요."

"무슨 소리야?"

"아니에요? 내가 보기엔 그래요!"

"별 쓸데없는 소리 다하네!"

돈 호세 시에라는 부인에게 잘한다, 못 한다를 평가할 수 없는 사람이었다. 부인을 마치 가구 다루듯이 대했으며, 가끔 생각이 날 때만 사람 대하듯이 상대했다.

"여보!"

"왜?"

"전쟁은 누가 이길까요?"

"누가 이기든 당신이 무슨 상관이야? 그런 소린 그만 집어치우고 잠이나 자!"

도냐 마리아는 천장만 바라보다가 잠시 후 다시 남편에게 말을 붙였다.

"여보!"

"왜?"

"손수건 드릴까요?"

"그래! 아무거나 당신 마음에 드는 걸로."

몬테사 거리에서는 덧문을 밀치고 손으로 현관문을 노크하기만 하면 된다. 초인종은 대부분 단추가 사라지고 없어서 튀어나온 쇠붙이에서 전기가 흐를 때도 가끔 있었다. 마르틴은 전에 그런 일을 직접 겪어서 잘 알았다.

"안녕하세요, 혜수사 아주머니! 잘 지내시죠?"

"잘 지내! 자네는?"

"보시다시피요! 그런데 마루히타는 집에 있나요?"

"아니! 오늘밤에는 오지 않았는데. 그러잖아도 이상하다고 생각했어. 하긴 조금 있다가라도 올지 모르지. 기다릴 거야?"

"예, 기다릴게요. 별로 할 일도 없으니까요."

도냐 혜수사는 뚱뚱하긴 했지만 상냥한 여자였다. 젊었을 적엔 상당히 예뻤던, 머리를 황금빛으로 염색한 재주 많은 여자였다.

"그럼 부엌으로 가지. 한식구 같은 처진데……."

"예!"

물주전자 몇 개가 보글보글 끓는 화로 주변에서 아가씨들 대여섯 명이 슬프지도 즐겁지도 않은 얼굴로 꾸벅꾸벅 졸았다.

"어이, 추워!"

"정말 춥네. 그래도 여긴 괜찮은 것 같은데. 안 그래요?"

"맞아요! 여긴 상당히 따뜻한 편이에요."

도냐 혜수사가 마르틴 곁으로 다가왔다.

"이봐, 불 가까이 와! 몸이 꽁꽁 얼었을 텐데. 그런데 외투도 없는 거야?"

"없어요!"

"저런!"

마르틴은 지나친 친절에 조금 언짢았다. 마르틴 역시 마음속으론 니체를 추종하는 사람이었다.

"혜수사 아주머니, 우루과야도 없나요?"

"있어! 그런데, 바빠. 어떤 남자랑 같이 들어와서 문을 잠그고 자는걸!"

"그렇군요!"

"그런데 이런 말 물어봐도 실례가 되지 않는지 모르겠지만,

마루히타는 왜 찾는 거야? 잠시라도 함께 있으려고?"

"아뇨……! 전할 말이 있어서요."

"바보 같은 소리 그만둬! 그러니까 한마디로…… 주머니 사정이 좋지 않다는 말인가?"

마르틴 마르코는 미소를 지었다. 몸에도 온기가 돌기 시작했다.

"좋지 않은 정도가 아니죠, 혜수사 아주머니. 최악인걸요."

"자넨 바보야! 이 지경에 되어서도 나한테조차 다 털어놓질 않으니 말이야. 돌아가신 자네 어머니와 그렇게 친하게 지내던 나한테도 말이야."

도냐 혜수사는 화로 옆에서 불을 쬐던 여자아이들 가운데서 소설을 읽던 말라깽이 아이의 어깨를 툭 건드렸다.

"푸라, 이 녀석과 함께 가! 몸이 좀 안 좋다며! 같이 가서 자렴! 그리고 오늘은 내려오지 마! 걱정하지 않아도 돼! 내가 다 해결해 줄 테니까!"

몸이 좋지 않다던 푸라는 마르틴은 바라보더니 가벼운 웃음을 지었다. 푸라는 아직 젊은, 그리고 귀엽게 생긴 아가씨였다. 그렇지만 좀 마르고, 얼굴은 창백했으며, 눈가가 거무스레한 데다가 몸가짐이 좀 천박해 보였다.

"혜수사 아주머니, 고마워요! 저한테 늘 이렇게 잘 대해 주셔서요!"

"입 다물어! 내가 널 친자식처럼 여긴다는 걸 잘 알잖아!"

계단을 통해 삼 층으로 올라가면 다락방이 나왔다.

침대 하나, 세면대 하나, 테가 하얀 작은 거울 하나, 옷걸이 하나, 의자 하나뿐이었다.

한 남자와 한 여자.

사랑이 없을 땐 사람의 온기라도 찾아야 한다. 푸라와 마르틴은 조금이라도 더 온기를 느낄 수 있도록 벗은 옷을 전부 침대 위에 던져 놓았다. 불을 껐다. (안 돼! 안 돼! 입 다물어! 입 다물어! 조용히……!) 두 사람은 방금 결혼한 신혼부부처럼 꼭 껴안고 잠이 들었다.

밖에서는 가끔씩 경비원들이 고함지르는 소리가 들려왔다.

칸막이 벽 틈으로 침대 스프링이 삐걱대는 소리가 매미 소리처럼 생뚱맞게 새어 나왔다.

새벽 1시 30분에서 2시 무렵이면 밤은 도시의 야릇한 심장 위에서 문을 걸어 잠근다.

수많은 남자들이 각자 자기 여자를 끼고 잠을 잔다. 불과 몇 시간만 지나면 거대한 산만 한 고양이처럼 몸을 웅크리고 자신들을 기다릴, 거칠고 잔인한 다음 날은 잊은 채 말이다.

청년 몇백 명이 다정하면서도, 엄숙한, 그리고 묘한 고독으로 점철된 부도덕 속으로 빠져든다.

아가씨 몇십 명은 뭔가를 기다린다. 도대체 이 아가씨들은 무엇을 기다리는 걸까? 오, 하느님! 왜 이들이 속아 넘어가도록 그냥 놔두셨나요! 황금빛 찬란한 꿈은 허락하시고선…….

5

저녁 8시 30분이나 그보다 조금 이른 시간이면 훌리타는 대개 집에 와 있었다.

"어서 와라! 훌리타!"

"예, 엄마!"

어머니는 자랑스러운 마음에 딸의 모습을 머리에서 발끝까지 넋을 잃고 샅샅이 훑어보았다.

"어디 다녀왔니?"

소녀는 모자를 벗어 피아노 위에 놓고, 거울 앞에 서서 앞머리를 부풀렸다. 어머니는 쳐다보지도 않고 건성으로 대답했다.

"그냥……."

어머니는 딸의 기분을 띄워 주려는 듯이 다정한 목소리로 말을 건넸다.

"그냥? 그냥이라니! 하루 종일 길거릴 쏘다니고선 집에 와서는 한 마디도 하고 싶지 않은 거니? 나는 네가 무슨 일을 하는지 다 알고 싶은데. 엄마는 너를 몹시 사랑하거든……."

아가씨는 콤팩트에 붙은 거울에 얼굴을 비춰 보며 입술을 단장할 뿐이었다.

"아버지는요?"

"몰라. 그런데 왜? 조금 전에 나가셔서 아직 돌아오시기엔 좀 이른 것 같은데. 왜 그걸 묻는데?"

"아뇨, 별거 아니에요. 갑자기 아버지 생각이 났어요……. 아까 길에서 잠깐 마주쳤거든요."

"이렇게 넓은 마드리드 거리에서 아버지를?"

훌리타는 말을 이었다.

"넓긴요, 뭘. 손수건만 하긴 하나……. 산타엔그라시아 거리에서 만났어요. 사진관에서 막 나오던 참이었거든요."

"나에겐 사진 찍는다고 말하지 않았잖니!"

"엄마를 놀래 주려고요……. 아버지도 내가 사진을 찍은 그집에 가고 계셨는데, 근처에 사는 친구분이 아프시다는 것 같았어요."

아가씨는 거울을 통해 어머니를 바라보았다. 가끔은 어머니가 바보 같은 표정을 짓는다는 생각이 들기도 했다.

"아버지도 그런 말씀 없으셨는데!"

도냐 비시는 슬픈 표정이 되었다.

"너도 아무 말 없고!"

훌리타는 미소를 지으며 어머니에게 다가가 가볍게 키스해 주었다.

"엄마는 참 아름다우세요!"

도냐 비시는 딸과 키스한 다음 머리를 뒤로 제치고 눈썹을 찡그렸다.

"어휴! 담배 냄새!"

훌리타는 입을 삐죽였다.

"나 담배 안 피워요! 엄마도 나 담배 피우지 않는 거 잘 알잖아요! 담배 피우는 건 여성스럽지 못한 것 같아서……."

어머니는 좀 심각한 표정을 지었다.

"그럼 누구와 입 맞춘 거야?"

"엄마도 참! 나를 어떻게 보고!"

불쌍한 어머니는 딸의 두 손을 꼭 잡았다.

"미안하다! 정말! 내가 쓸데없는 소릴 했구나!"

어머니는 잠시 생각에 잠겼다가 혼자 중얼거리듯이 이야기했다.

"딸이 자라면 언제나 모든 게 위험하게만 여겨지는걸."

훌리타도 눈물을 글썽였다.

"엄마 말이 맞아요!"

어머니는 억지로 미소 지으며 딸의 머리카락을 어루만졌다.

"자, 어린애처럼 굴지 말고……. 내 말은 개의치 마렴! 농담한 거니까."

"엄마아!"

"왜?"

돈 파블로는 부활절 휴가를 맞이해서 찾아온 아내의 조카 부부가 오후 여가 시간을 망쳐 놓았다고 생각했다. 평소 이맘때쯤이면 도냐 로사의 카페에서 초콜릿을 마셨기 때문이다.

조카 부부의 이름은 아니타와 피넬이었다. 아니타는 사라고

사 시청에서 일하는, 도냐 푸라에겐 오빠의 딸이었다. 도냐 푸라의 오빠는, 에브로 강에 빠진 전직 시의회 의장의 사촌누이가 되는 아주머니를 구해 준 일로 십자 선행 훈장을 받은 적이 있었다. 아니타의 남편인 피델은 우에스카에서 제과점을 운영하는데, 이 두 사람은 신혼여행으로 마드리드에서 며칠을 보내는 중이었다.

콧수염을 기른 피델은 밝은 연녹색 넥타이를 맸다.

그는 젊었을 적에 몸에 이상을 겪기도 했다. 특히 장기에 염증이 생겨 문제가 되었다. 그래서인지 그는 교활하지도 못하고 그렇다고 순진하지만도 않게, 바람 부는 대로 흔들리며 살아왔다. 사실 운도 따라 주지 않았다. 그렇지만 제과점에 오가는 고객들에게 나쁜 인상을 주지 않으려고 그는 아무런 불평도 하지 않았다. 다행히도 염증이 조금씩 치료되었다. 그즈음에는 끈적끈적한 노란색 크림이 범벅인 비스킷을 보기만 하면 그는 참을 수 없는 구토 증세를 느끼곤 했다. 피델은 육칠 개월 전에 사라고사에서 열린 탱고 경연 대회에서 상을 받았다. 그날 저녁 어떤 아가씨와 사귀기 시작했는데 그 아가씨가 바로 지금의 부인이다.

피델과 마찬가지로 제과점을 했던 그의 아버지는 설사약으로 모래를 집어 먹는, 그리고 아라곤 지방의 춤과 필라르의 성모 이야기 정도밖엔 할 말이 없는, 거칠기 짝이 없는 사람이었다. 그는 자신의 교양과 사업 수완에 대해 매우 자랑스럽게 생각했으며, 두 가지 명함을 사용했다. 하나는 "호아킨 부스타만테, 상업."이라고 쓴 것이고, 다른 것은 고딕체로 "호아킨 부스타만테 발스, 스페인 농산물 생산 증가 운동 입안자."라고 쓴 것이었다. 그는 죽을 때 숫자와 구상 들로 가득 찬 메모지를 엄청나게 많이 남겼다. 자신이 창안한 방법으로 농산물 생산량을 두 배로 증가시키고자 했다. 그가 만든 방법은 비옥한 흙으로 가득 채운 넓은 유리 항아리를 만든 다음, 샘물을 이용해 물을 주고 거울을 이용해 햇볕을 공급하는 것이었다.

피델의 아버지는 1898년 필리핀에서 죽은 큰형으로부터 제과점을 물려받은 다음 가게 이름을 바꾸었다. 예전에는 '달콤한 빵집'이라는 이름이었는데 그것이 별 의미가 없는 것 같아 '우리 어르신들의 집으로'라고 부르기로 했다. 그가 새로운 가게 이름을 짓는 데 반년 이상 걸렸는데, 적어도 삼백 개가 넘는 비슷비슷한 이름을 적은 끝에 결정한 것이었다.

공화정 기간에 아버지가 죽고 나서 피델은 다시 가게 이름을 '황금 아이스크림'으로 바꾸었다.

"과자 가게에 정치적인 상호를 쓸 이유는 없어."

피델은 희한한 영감을 바탕으로 '우리 어르신들의 집으로'라는 상호를 특정 사상과 연결해서 생각했다.

"우리가 할 일은 오는 손님이 누구든 간에 스위스 빵과 크림 과자를 파는 것이야. 공화주의자건 카를로스 당원이건 똑같은 돈을 지불하는데 말이야."

잘 알다시피 이 젊은 부부는 신혼여행으로 마드리드에 온 것이고, 의무적으로 아저씨 집에 오랫동안 머물러야 한다고 믿었다. 돈 파블로는 어떻게 하면 이 두 사람을 쫓아낼 수 있을지 좋은 방법이 떠오르지 않았다.

"그래, 너희들 마드리드가 마음에 드는 모양이구나!"

"예!"

돈 파블로는 한참 뜸을 들이다가 다시 입을 열었다.

"잘됐군!"

도냐 푸라는 어쩔 줄 몰랐다. 그러나 젊은 부부는 그다지 눈치가 빠른 것 같지 않았다.

빅토리타는 푸엔카랄 거리에 있는, 도냐 라모나 브라가도가 운영하는, 그러니까 재무성 차관을 두 번이나 역임한 인물의 옛 정부가 운영하는 우유 가게에 갔다.

"안녕! 빅토리타! 와 줘서 참 고마워!"

"안녕하세요, 라모나 아주머니!"

도냐 라모나는 다정하면서도 한편으로는 뭔가 아부하는 듯한 웃음으로 그녀를 맞이했다.

"난 우리 귀여운 아가씨가 절대로 약속을 어기지 않으리라는 것을 잘 알지!"

빅토리타도 웃음을 지으려 했다.

"예. 그런데 아주머니께서는 이런 일에 아주 능숙하신 것 같네요!"

"무슨 말이야?"

"아무것도 아니에요."

"의심의 눈초리로 바라보지 마!"

빅토리타는 외투를 벗었다. 그리고 블라우스의 가슴 쪽 단추는 채우지 않은 채로 놔두었다. 그녀는 애원인지, 겸손인지, 그것도 아니면 독기인지 잘 알 수 없는 묘한 눈빛을 뿜어냈다.

"이 정도면 됐어요?"

"그런데 빅토리타, 왜 그래?"

"아니에요! 아무것도 아니에요!"

도냐 라모나는 다른 쪽을 힐끔 쳐다보면서 자신의 오랜 뚜쟁이 경력을 다시 한 번 확실하게 보여 줄 작정을 했다.

"자, 애처럼 굴지 말고. 저리 들어가서 내 조카들하고 카드 놀이나 하라고!"

빅토리타는 그 자리에서 꼼짝도 하지 않았다.

"아뇨, 라모나 아주머니! 시간이 없어요. 제 남자 친구가 기다려요. 아주머니도 잘 아시겠지만, 저는 물 긷는 당나귀처럼 변죽만 울리는 건 딱 질색이에요. 아주머니나 저나 얼른 본론으로 들어가는 게 좋겠어요. 제 말 아시겠어요?"

"아니, 잘 모르겠어!"

빅토리타의 머리카락이 약간 흐트러졌다.

"그럼 더 확실하게 말씀드리죠. 그 바람둥이 영감은 어디 있어요?"

도냐 라모나는 깜짝 놀랐다.

"뭐라고?"

"그 늙은 바람둥이 영감은 어디 있느냐고요? 제 말 알아들으셨어요? 어디 있죠?"

"아이고! 너 노는계집처럼 왜 그러니?"

"좋아요! 마음대로 생각하세요! 나는 아무 상관없으니까요. 나는 한 남자에게 약을 사 주기 위해 다른 남자에게 몸을 팔아야 하니까요. 그 영감 이리 오라고 해요!"

"그렇지만 얘야, 왜 이런 식으로 말하는 거야!"

빅토리타는 목소리를 높였다.

"다른 식으로 이야기하고 싶지 않아서요. 아시겠어요? 달리 이야기하고 싶지 않다고요!"

도냐 라모나의 조카들이 빅토리타의 목소리에 놀라 고개를 들었다. 조카들 뒤에서 돈 마리오가 얼굴을 내밀었다.

"왜 그래요, 아주머니?"

"이 은혜도 모르는 나쁜 년이 나를 때리려고 해!"

빅토리타는 완전히 냉정을 되찾았다. 사람은 대개 큰일을 저지르기 전에는 침착해지는 법이다. 그리고 일을 포기하기로 마음먹고 나서도 마찬가지다.

"아주머니, 손님이 적을 때 다시 올게요!"

아가씨는 문을 열고 밖으로 나갔다. 길모퉁이에 다다르기 전에 돈 마리오가 따라 나왔다. 남자는 손에 모자를 들었다.

"아가씨, 잠깐만 실례하겠습니다. 내 생각에도 그렇게 빙빙 돌려 말할 필요는 없을 것 같군요! 어찌 보면 내가 이 소동을 일으킨 장본인이니 내게 일말의 책임이……."

빅토리타는 그의 말을 자르고 나왔다.

"만나 뵙게 돼서 영광이네요! 자, 여기 있어요! 나를 찾아다 니신 것 아닌가요? 당신에게 맹세컨대 나는 남자 친구 외에 다 른 남자와 잠자리를 같이한 적이 없어요. 지난 석 달 동안, 아 니 거의 넉 달이 다 되었지만, 남자를 모르고 지냈어요. 나는 내 애인을 정말 사랑해요. 나는 절대로 당신을 사랑하진 않을 거예요. 하지만 돈만 준다면 당신과 잠자리를 하겠어요. 나도 이제 지쳤어요. 내 애인은 몇 두로만 있어도 살아날 수 있어요. 나를 부정한 여자라고 비난해도 상관없어요. 나에게 중요한 건 그를 구하는 것뿐이에요. 만일 당신이 나를 위해 그이를 낫게 만 해 주신다면 당신이 싫증 날 때까지라도 함께 지내 줄게요."

목소리가 가늘게 떨려 나오더니 아가씨는 급기야 울음을 터
트리고 말았다.

"미안해요……."

엉뚱하긴 해도 상당히 감상적인 면이 있던 돈 마리오는 목
구멍에 뭔가가 꽉 막히는 것을 느꼈다.

"진정해요, 아가씨! 우선 커피나 한잔 듭시다. 그러면 좀 마
음이 가라앉을 거요."

카페에서 돈 마리오는 빅토리타에게 이렇게 이야기했다.

"내가 돈을 줄 테니, 남자 친구에게 가져가요! 그러나 우리
가 무슨 짓을 하든 말든, 그는 자기 마음대로 생각할 텐데 그
건 어떡할 생각이에요?"

"맞아요! 원하는 대로 생각하라고 하지요. 자, 그럼 가요. 날
당신 침대로 데려가요!"

홀리타는 딴전을 피웠다. 마치 달나라에 가 있는 것처럼 못
들은 척했다.

"엄마……!"

"왜?"

"엄마에게 고백할 게 있어요."

"네가? 별일이네!"

"아니, 진지하게 하는 말이에요. 고백할 게 있다고요!"

엄마의 입술이 가볍게 떨리는 것 같았다. 아주 신경을 써서
봐야 겨우 눈치챌 정도였다.

"말해 보렴!"

"그러니까……, 용기가 안 나네요."

"괜찮아! 어서 말해 봐! 애만 태우지 말고! 사람들이 하는 말을 떠올리면 되잖니. 엄마는 언제나 친구 같은 존재라는 말 말이야. 딸에겐 언제나 믿을 만한 친구가 되어 준다는……."

"좋아요, 그러니까……."

"자, 이제 말해 보라니까!"

"엄마!"

"그래!"

홀리타는 뜸을 들였다.

"왜 나에게서 담배 냄새가 나는지 알아요?"

"이유가 뭔데?"

엄마는 점점 더 초조해졌다. 금방이라도 숨이 막힐 것만 같았다.

"왜냐면 어떤 남자 옆에 있었기 때문이에요. 그 남자가 시가를 피웠거든요."

도냐 비시는 그제야 겨우 숨을 쉴 수 있을 것 같았다. 그러나 여전히 심각한 표정을 지었다.

"네가?"

"예! 제가요!"

"그렇지만……."

"엄마, 걱정 마세요! 그 사람 좋은 사람이에요."

아가씨는 꿈을 꾸는 표정이었다. 그녀의 두 눈은 마치 시인이 된 것 같은 눈빛을 띠었다.

"정말, 정말 좋은 사람이에요!"

"점잖은 사람이야? 그게 제일 중요한 것 아니겠니?"

"맞아요! 점잖은 사람이에요!"

늙은이 마음속에 여전히 살아 움직이는 마지막 남은 욕망의 벌레가 도냐 비시의 마음속에서 자세를 바꾸는 것 같았다.

"알았다, 얘야. 뭐라고 해야 할지 모르겠구나. 하느님께서 축복해 주시기만을 빌어야……."

훌리타의 눈꺼풀이 가볍게 떨렸다. 초시계로도 잴 수 없을 만큼 가벼운 떨림이었다.

"고마워요, 엄마!"

❖ ❖ ❖

다음 날 1시 무렵, 도냐 비시가 바느질을 하는데 누군가 초인종을 눌렀다.

"티카, 문 좀 열어줘!"

이름이 너무 길어 누구나 티카라고 부르는 늙고 지저분한 가정부 에스콜라스티카가 길 쪽으로 난 문을 열었다.

"사모님, 등기가 왔는데요!"

"등기?"

"예!"

"올 게 없는데, 뭘까?"

도냐 비시는 집배원이 가져온 등기 장부에 서명했다.

"집배원에게 여기 일 페라를 가져다줘!"

등기 봉투에 이렇게 쓰여 있었다. "마드리드 시 아르첸부쉬 거리 57번지, 훌리타 모이세스 양."

"뭐지? 마분지 같기도 한데."

도냐 비시가 햇빛에 비춰 보았지만 아무것도 보이지 않았다.

"정말 궁금하네! 훌리타에게 등기가 오다니! 이상도 해라!"

머지않아 훌리타가 돌아오면 궁금증에서 벗어날 수 있으리라고 생각하며 도냐 비시는 바느질을 계속했다.

"도대체 뭐지?"

도냐 비시는 노란색 일반 봉투보다 좀 더 큰 등기 봉투를 다시 집더니 이리저리 사방을 살피고 만져 보았다.

"이런, 내가 왜 이렇게 바보짓을 하지? 사진이잖아! 훌리타 사진! 빠르기도 하지."

도냐 비시는 봉투를 뜯었다. 그러자 콧수염을 기른 남자 사진이 바느질 꾸러미 위로 떨어졌다.

"뭐 이따위 사람이 다 있지?"

아무리 살펴봐도, 이리 보고 저리 봐도…….

콧수염을 기른 사람은 생전의 돈 움돌리오였다. 도냐 비시는 그를 알지 못했다. 하긴 세상일 대부분에 대해 그녀는 거의 아는 것이 없었다.

"이 사람이 누구지?"

훌리타가 돌아오자 어머니는 나가서 그녀를 맞이했다.

"애, 훌리타, 우편물이 왔다. 사진이 들어 있기에 네 사진인 줄 알고 뜯어보았단다. 빨리 보고 싶었거든."

훌리타는 얼굴이 일그러졌다. 그녀는 엄마에게 함부로 대할 때가 종종 있었다.

"어디 있어요?"

"여기! 내 생각엔 이건 누군가 장난친 것 같구나."

훌리타는 사진을 보더니 얼굴이 백지장처럼 하얗게 변했다.

"그래요! 누가 좀 심한 장난을 친 것 같네요!"

엄마는 시간이 흐를수록 뭔지 모르겠다는 생각이 들었다.

"아는 사람이니?"

"아뇨! 내가 어떻게 알아요!"

홀리타는 돈 움돌리오의 사진과 사진에 붙어 있던 종이를 잘 갈무리했다. 그 종이에는 가정부라도 쓸 수 있을 정도로 아주 서툴게 "자기, 이 사람 알아?"라고 쓰여 있었다.

❖ ❖ ❖

홀리타는 애인을 만나자 대뜸 이렇게 물어보았다.

"방금 우편으로 받은 거야."

"죽은 사람이잖아!"

"그래, 죽은 사람이야."

벤투라는 뭔가 계략을 꾸미는 듯한 표정으로 잠시 아무 말도 하지 않았다.

"이리 줘 봐! 어떻게 하면 좋을지 알아냈어."

"여기 있어!"

벤투라는 홀리타의 팔을 꼭 잡았다.

"내가 무슨 말을 하려는지 잘 알지?"

"무슨 말인데?"

"빨리 우리 보금자릴 바꾸고 숨을 만한 다른 곳을 찾아보는 게 좋겠어. 이 모든 상황이 나에겐 안심이 되지 않아."

"내 생각도 그래! 어제는 계단에서 아버지를 만났어."

"당신을 봤어?"

"당연하지."

"뭐라고 했는데?"

"아무 말도 하지 않았어. 사진을 찍으러 왔다고만 했지."

벤투라는 한참 동안 생각에 잠겼다.

"너희 집에서는 아직 이상한 낌새를 채지 못했어?"

"응, 아직까지 이상한 낌새 없었는데……."

◈ ◈ ◈

훌리타를 만나기 바로 직전에 벤투라는 루차나 거리에서 도냐 셀리아와 마주쳤다.

"안녕하세요, 셀리아 아주머니."

"안녕하세요, 아구아도 씨. 이렇게 길에서 당신을 만날 줄은 미처 몰랐네요. 잘됐어요. 그러잖아도 당신한테 할 중요한 이야기가 있었는데."

"나한테요?"

"예! 당신과 관련된 이야기예요. 내 입장에서는 괜찮은 손님 한 사람을 잃겠지만, 그렇다고 당신도 알다시피 피할 수도 없고, 다른 방법도 없으니까 당신에게 이야기를 해야겠어요. 나는 말썽이 생기는 걸 원치 않으니까요. 당신도, 당신 애인도 눈 똑바로 뜨고 다녀야겠어요. 아가씨 아버지가 우리 집에 오기 시작했어요."

"그래요?"

"잘 알았지요?"

"그런데……."

"나는 이젠 말해 줬어요! 잘 알아들었지요?"

"예! 알겠습니다. 감사합니다!"

❖ ❖ ❖

모두 저녁 식사를 마쳤다.

벤투라는 짧은 편지를 썼다. 봉투에는 "마드리드 시, 아르첸 부쉬 거리 57번지, 로케 모이세스 귀하."라고 썼다.

타자로 친 편지는 이런 내용이었다.

존경하는 선생님!

여기 사진 한 장을 동봉합니다. 이것은 호사파트 계곡*에서 귀하게 불리한 증언을 할 수도 있는 사진입니다. 신중하게 행동 하시고, 쓸데없는 장난은 치지 마십시오. 위험할 수도 있으니까 요. 당신을 지켜보는 사람이 몇백 명이며, 지체 없이 당신의 목을 비틀려고 달려들 사람도 여럿이니까요. 몸조심하십시오. 귀하가 1936년에 누구에게 표를 던졌는지 우리는 다 압니다.

편지에는 서명이 없었다.

돈 로케가 이 편지를 보면 일순간 숨이 멎는 듯한 느낌을 받을 것이다. 돈 옵둘리오의 얼굴은 기억하지 못한다손 치더 라도 편지는 의심할 여지없이 그의 목을 죄어 갈 것이다.

돈 로케는 생각에 잠길 것이다.

'이건 분명히 메이슨 비밀결사 회원이 한 짓이야. 메이슨만

---

* 다른 사람과 영원히 헤어지는 것을 의미하는 상징적인 장소.

의 특색이랄 수 있는 점들이 있어. 사진은 나를 당황하게 만들려는 의도에 지나지 않을 거야. 죽은 지 삼십 년은 족히 되어보이는 이 불쌍한 친구는 도대체 누구지?'

파키타의 어머니인 도냐 아순시온은, 시세몬의 미망인이자 돈 이브라임과 도냐 마르고트와 이웃해서 사는 연금 생활자 도냐 후아나 엔트레나에게 자기 딸의 행운에 대해 이야기했다.

대신 도냐 후아나 엔트레나는 소문이 좋지 못했던 사진사 수아레스 씨의 어머니가 당한 비극적인 죽음에 대해 시시콜콜하게 이야기했다.

도냐 아순시온과 도냐 엔트레나는 아주 오랜 친구로 내전 중에 같은 트럭을 타고 발렌시아로 피신하다가 서로 알게 되었다.

"그럼요! 정말 기뻤어요. 우리 파키타의 애인 마누라가 죽었다는 소식을 들었을 땐 미치는 줄 알았어요. 하느님, 절 용서해 주세요! 나는 남의 불행을 바란 적은 단 한 번도 없어요. 하지만 그 여자는 우리 파키타의 행복에 어두운 그림자를 드리우는 사람이었으니까요."

도냐 후아나는 방바닥에 시선을 고정하고 자신의 화제, 다시 말해 도냐 마르고트의 죽음에 대해 계속해서 이야기했다.

"수건으로 그랬어요! 그럴 수 있다고 생각하세요? 수건으로 말이에요! 노인에 대한 배려나 존경이 완전히 땅바닥에 떨어졌어요! 범인은 할머니가 무슨 병아리나 된다는 듯이 수건으로 목을 졸라 죽였다니까요. 게다가 손에는 꽃까지 쥐어 주었답니다. 가엾게도 그 부인은 두 눈을 뜬 채로 죽었는데, 다른 사람들 말을 빌리자면 꼭 부엉이처럼 눈을 크게 뜨고 있었대요. 나는 가서 직접 볼 용기가 나지 않았어요. 이번 일에 아주 강한 인상을 받았어요. 혹시 내 생각이 잘못되었을지도 모르지만, 이번 사건을 볼 때 살해당한 할머니의 아들한테 좀 의심스러운 냄새가 나는 것 같아요. 돌아가신 마르고트 할머니의 아들은 당신도 잘 알다시피 동성애자인 데다 나쁜 친구들과 잘 어울려 다녔으니까요. 우리 남편은 언제나 '행실이 나쁜 녀석은 그 끝도 좋지 않아.'라고 이야기했어요."

도냐 후아나의 죽은 남편 돈 곤살로 시세몬은 어느 날 오후 싸구려 사창가에서 심장마비로 삶을 마감했다. 그의 친구들은 말썽을 피해 밤에 택시로 시신을 운반할 수밖에 없었다. 친구들은 부인인 도냐 후아나에게는 메디나셀리의 예수상 앞에서 죽었다고 이야기했는데, 그녀는 그 말을 곧이 믿었다. 돈 곤살로의 시신에는 바지 멜빵이 없었는데, 도냐 후아나는 그런 세세한 점까지는 알아차리지 못했던 것이다.

"가엾은 곤살로, 가엾은 곤살로! 그분이 곧장 천국으로 올라가서 지금쯤 우리보다 더 편하게 계실 거라고 생각하면 좀 위안이 되요. 가엾은 곤살로!"

도냐 아순시온은 빗소리를 듣는 사람처럼 아무렇지도 않다는 듯이 자기 딸 파키타에 대한 이야기만 계속했다.

"이번엔 제발 애를 낳았으면 좋겠어요. 그러면 정말 좋을 텐데! 그 애의 애인은 모든 사람들로부터 인정받는 사람이고, 직업도 천박하지 않은 대학교수거든요. 딸아이가 임신만 하면 내가 다리를 절면서라도 세로데로스앙헬레스까지 가겠다고 그 애한테 이야기했어요. 그렇게 하는 게 당연하겠죠? 딸이 행복할 수만 있다면 어떤 희생이라도 할 수 있다는 게 내 생각이에요. 당신 생각도 마찬가지일 거라고 믿어요. 자기 애인이 자유로워진 걸 보고 파키타가 얼마나 기뻤을까!"

5시 15분이나 5시 30분쯤이 되면 돈 프란시스코는 진료를 위해 집으로 돌아왔다. 대합실에서는 항상 환자 서너 명이 병색이 완연한 얼굴로 아무 말 없이 그를 기다렸다. 돈 프란시스코는 늘 사위와 함께했고, 사위가 그의 일을 분담했다.

돈 프란시스코가 운영하는 병원은 서민을 대상으로 했는데, 매달 상당한 수입을 거두었다. 사람들의 이목을 끄는 다음과 같은 간판이 길가로 난 발코니 네 개에 걸쳐 걸려 있었다. "파스퇴르 코흐 세균협회 회장 겸 병원장 프란시스코 로블레스 박사. 폐결핵, 폐와 심장 질환, 엑스레이, 피부병, 성병, 매독. 전기응고 요법을 통한 치질 치료. 진료비 오 페세타." 케베도 로터리, 브라보무리요 로터리, 산베르나르도, 푸엔카랄 같은 동네에 사는 가난한 환자들은 돈 프란시스코를 대단히 신뢰했다.

사람들은 이렇게 이야기했다.

"박사님은 명의야. 정말 대단한 의사지! 뭐든 잘 찾아내고 치료도 정말 잘해!"

돈 프란시스코는 그들의 입을 이런 식으로 막곤 했다.

"신뢰만으로 병을 고칠 수는 없는 법입니다. 실천을 수반하지 않는 신뢰는 죽은 신뢰이자 아무짝에도 쓸데없는 신뢰지요. 당신들도 가능한 협조를 다해 주어야 합니다. 지시에 잘 따르고, 잘 참을 줄 알아야 합니다. 정말 잘 참아야 해요! 병이 좀 차도를 보인다고 해서 금방 병원에 오지 않는 일이 있어선 안 됩니다. 좀 나은 것 같다고 병이 완치된 것은 아니니까요.

절대로 아니지요! 불행히도 병을 유발하는 바이러스는 배신자처럼 아주 교활한 존재지요!"

조금은 신뢰가 담긴 애정 어린 목소리로 이야기했다.

어느 정도 사기성이 엿보이는 돈 프란시스코는 상당히 많은 가족을 부양했다. 어렵사리 항생제 설파민을 요구하는 환자들을 단호하게 거절할 줄도 알았다. 돈 프란시스코의 이런 태도는 비록 소심한 탓이긴 했지만 어쨌든 약제 발전에 기여하는 점도 없지 않았다.

그는 이런 생각까지 했다.

"언젠가 의사들이 남아돌고, 약국에는 조제 목록이 비치되어 환자들이 마음대로 조제하는 날이 올 거야."

환자가 돈 프란시스코에게 설파민 이야기를 꺼낼 것 같으면 그는 대부분 이렇게 대답했다.

"당신 마음대로 하세요. 하지만 다시는 이곳에 오지 마십시오. 나는 의도적으로 자신의 혈액 건강을 해치려는 환자까지 책임질 수는 없으니까요."

돈 프란시스코의 말은 많은 경우에 상당한 효과를 나타냈다.

"아닙니다. 선생님께서 시키시는 대로 하겠습니다. 선생님께서 하라는 대로 말입니다."

그의 부인 도냐 솔레다드는 안방에서 양말을 기우며 잡다한 공상을 했다. 그것들은 닭이 하늘을 나는 것 따위로, 어딘지 조금은 멍청하고 연결이 매끄럽지 않으면서도, 어머니들만이 할 수 있는 그런 공상이었다. 도냐 솔레다드는 행복한 여자는 되지 못했다. 자식들을 위해 일생을 다 바쳤건만, 자식들은 어머니를 행복하게 해 주지도 못했을 뿐더러 행복하게 해 주려

는 마음조차 없었다. 열하나를 낳아서 열하나를 다 키워 냈지
만 대부분 멀리 떠나갔고, 그중 몇은 어디 가 있는지 알 수도
없었다. 맨 위의 두 딸 솔레다드와 피에다드는 오래전 프리모
데 리베라 정권이 무너졌을 때 수녀가 되었는데, 몇 달 전 자기
동생인 마리아 아욱실리아도라까지도 수녀원으로 데려가 버렸
다. 둘밖에 없는 아들 중 큰아들인 셋째 프란시스코는 부인에
게는 눈에 넣어도 아프지 않을 정도로 소중한 자식인데 카라
반첼에서 군의관으로 근무하며 지금도 가끔은 집에 와서 잠도
자고 간다. 암파로와 아순시온만이 결혼한 상태였다. 암파로는
아버지를 도와주던 돈 에밀리오 로드리게스 론다와, 아순시온
은 구아달라하라에서 수련의로 있는 돈 파드리케 멘데스와 결
혼했다. 이 멘데스라는 사람은 무진 부지런한 사람으로 적당히
잘못된 것보다는 완전히 망가진 것을 더 잘 다루는 사람이었
다. 예를 들어 어린아이들에게 정맥주사를 놓거나, 신분이 높
은 노부인이 관장하는 것을 돕고, 라디오를 손보고, 고무 지갑
에 고무를 덧대는 일 따위를 그는 아주 능숙하게 해냈다. 가엾
은 암파로는 아이가 없었으며, 앞으로도 아이를 낳을 수 없었
다. 언제나 건강이 좋지 않아 툭 하면 발작을 반복하는 등 병
을 달고 살았다. 그녀는 첫째를 유산했고, 그 후로도 오랫동안
고생한 끝에 결국은 난소 적출 수술을 받아 그녀를 괴롭히던
모든 것을 다 제거했는데, 그 일은 보통이 아니었다. 반면 아순
시온은 슬하에 자기보다 더 튼튼한 세 아이, 필라린, 파드리케,
그리고 사투르니노를 두었다. 큰딸은 벌써 다섯 살이 되어 학
교에 다녔다.

　돈 프란시스코와 도냐 솔레다드 집안에는 트리니라는 못생

긴 노처녀 딸도 있었는데, 그녀는 돈을 조금 마련해 아포다카 거리에서 잡화상을 열었다.

가게는 비록 작았지만 언제나 깨끗했고 정성이 배어 있었다. 그녀는 조그만 진열장을 갖춰서 털실 타래와 아이들 옷, 그리고 비단 양말 따위를 진열해 놓았다. 밝은 파란색 간판에 끝이 뾰족한 글씨체로 '트리니'라고 쓰고 그 아래쪽에 작은 글씨로 잡화점이라고 써 놓았다. 그래도 그녀를 지긋한 눈길로 바라보는 시를 쓰는 이웃 청년이 있었는데, 그는 식사 시간마다 아무 관심도 없는 자기 가족 이야기에만 열을 올렸다.

"당신들은 잘 모르겠지만, 저에게 있어서 트리니라는 이 작은 가게는 뭔가 수도원 같은 분위기를 자아내며 묘한 향수를 불러일으키지요."

"이놈은 바보 천치야. 내가 죽으면 뭐가 되는지 알 수 없어."

청년의 아버지는 그를 두고 이렇게 이야기했다.

이웃에 사는 시인은 얼굴이 창백했고, 머리를 길게 길렀다. 시적 영감을 잃지 않으려고 주변 일에 대해선 언제나 모르는 체, 세상을 피해 멀리 달아나 살았다. 시인의 영감은 눈이 멀고 귀도 먹었지만 찬란한 빛을 내는 나비와 같았다. 이 나비는 아무렇게나 이곳저곳을 날아다니며 때로는 벽에 부딪히기도 하고 어떤 때는 별보다도 더 높이 날아올랐다. 이웃에 사는 이 시인은 두 뺨에 붉은 점이 각각 하나씩 있었다. 그는 가끔 감정이 격해지면 기절을 해, 화장실로 옮겨지기도 했다. 그럴 때면 철사로 만든 채집망에서 잠든 귀뚜라미처럼 소독약 냄새를 맡으며 깨어났다.

트리니 밑으로는, 마르틴과 대학 친구인 나티가 있었다. 그녀는 언제나 잘 차려입고 돌아다니는 것, 다시 말해 옷 입는 것만 신경 쓰는 멋쟁이였다. 그 밑이 바로 얼마 전에 언니 둘을 따라 수녀가 된 마리아 아욱실리아도라였다. 끝으로 사고뭉치 셋이 이 엄청난 자식들의 대미를 장식했다. 소코리토는 오빠 파코의 친구인 화가 바르톨로메 앙게라와 함께 도망쳐 카뇨스 거리에 있는 화실에서 보헤미안처럼 살았다. 그 화실은 전혀 예상치 못한 어느 아침, 추위에 꽁꽁 얼어붙어 고드름처럼 빳빳하게 굳은 몸으로 발견되기 십상인 곳이었다. 그런데도 소코리토는 친구들에게 정말 행복하다고 이야기하며, 바르톨로메의 "작품 제작"을 도와주며 그와 함께할 수만 있다면 어떤 고생을 해도 괜찮다고 딱 잘라 말했다. 작품 제작이란 말을 마치 커다란 글씨로 쓰듯이 국전 심사 위원처럼 강조했다.

소코리토는 이렇게 이야기하곤 했다.

"국전에는 심사 기준이 없나 봐. 자기들이 무슨 일을 하는지도 모르지. 그래도 마찬가지야. 조만간 바르톨로메에게 상을 줄 수밖에 없을 거야."

집에서 소코리토가 가출한 이후에 심각한 논쟁이 있었다.

"최소한 그 애가 마드리드는 벗어났을 거예요."

명예에 관해서는 지리적인 범위를 기준으로 판단하는 오빠 파코가 이야기했다.

다른 딸 마리아 앙구스티아스는 그 일이 발생한 지 얼마 되지 않아 가수가 되겠다고 고집하기 시작했으며 '카르멘 델 오로'라는 예명까지 지었다. '로사리오 히랄다', '에스페란사 데그라나다' 등도 생각해 보았는데 신문기자인 남자 친구가 그런 이름보다는 '카르멘 데 오로'가 낫다고 말해 주었던 것이다. 어머니가 소코리토로 인해 받은 마음의 상처에서 회복할 시간도 주지 않고, 마리아 앙구스티아는 몰래 무르시아 지방의 은행가인 돈 에스타니슬라오 라미레스라는 남자와 도망쳐 버렸다. 가엾은 어머니는 울고 싶어도 더 이상 흘릴 눈물이 없는 지경이 되었다.

막둥이 후안 라몬은 B군(郡)에서 학교를 졸업하고 하루 종일 거울을 보고 얼굴에 크림만 바르며 지냈다.

환자 두 사람을 동시에 돌보던 돈 프란시스코는 7시쯤 전화를 하러 나갔다. 그가 무슨 이야기를 하는지 거의 들리지 않았다.

"집에 계시겠습니까?"

"~~~~~~~~~~~~~~~~~~~~~~~~~"

"좋습니다. 9시쯤에 들르지요."

"~~~~~~~~~~~~~~~~~~~~~~~~~"

"아뇨, 아무도 부르지 마세요."

꿈꾸는 듯한 표정에 몽롱한 눈빛을 한 아가씨의 입가에 행복에 겨운 미소가 번졌다.

"아주 멋진 사람이에요, 엄마! 정말 멋져요! 그가 내 손을 잡고 내 눈을 뚫어지게 바라보았어요!"

"그게 다야?"

"예! 나에게 바싹 다가와서 이렇게 말했어요. '훌리타! 내 가슴은 정열에 불타고 있어. 난 이젠 당신 없이는 살 수 없을 거야. 당신이 나를 무시한다면 나의 인생은 목적을 잃을 거야. 운명을 따라 정처 없이 떠도는 부평초 같은 신세가 될 거야.'라고 말이에요."

도냐 비시는 감동을 받은 듯 빙그레 웃었다.

"꼭 너의 아버지 같구나. 정말, 너의 아버지하고 똑같아."

도냐 비시는 눈을 반쯤 감고 행복에 겨운 표정으로 생각에 잠겼다. 뭔가 달콤한, 그러면서도 조금은 슬픈 듯이 꼼짝도 하지 않았다.

"당연해……! 세월이 흐르는데……. 홀리타, 너를 보니 내가 늙었다는 생각이 드는구나!"

도냐 비시는 한참 동안 아무 말이 없었다. 눈에 손수건을 갖다 대고 비어져 나오는 눈물을 찍어 냈다.

"엄마!"

"아무것도 아니다. 감정이 북받쳐서 그래! 언젠가 네가 한 남자의 아내가 될 거라고 생각하니! 얘야, 우리 하느님께 기도드리자! 네게 좋은 남편감을 마련해 주실 것과 너와 잘 어울리는 남자와 결혼하게 해 달라고 말이야."

"그래요, 엄마!"

"그리고 조심해야 한다! 단단히 조심해야 돼! 부탁하건데 절대로 그를 백 퍼센트 믿어서는 안 돼! 남자들이란 엉큼한 데다가 제 욕심만 차리는 법이니까. 그리고 감언이설에 넘어가면 절대 안 돼! 남자는 즐길 때는 잘 노는 아이를 찾지만 결국 결혼할 때는 정숙한 여자를 찾는 법이니까."

"알았어요!"

"당연히 명심해야지! 그리고 내가 네 아버지에게 바치기 위해 이십삼 년간 고이 간직했던 것을 너도 고이 간직해야 한다! 재산이 없어도 정숙한 여자가 자기 남편에게 바칠 수 있는 유일한 게 바로 그것이니까."

도냐 비시는 눈물을 줄줄 흘렸다. 훌리타는 엄마를 위로했다.

카페에서는 도냐 로사가 엘비라 양에게 속이 좋지 않아 밤새 화장실을 들락거렸다고 이야기했다.

"뭔가가 얹혔던 것 같아. 음식이 좀 안 좋았던 모양이야. 그게 아니라면 도저히 설명이 안 되니까."

"그래요. 그게 틀림없어요."

도냐 로사의 카페에서 가구 같은 존재인 엘비라 양은 무슨 말이든 옳다고 맞장구치기 일쑤였다. 그녀는 도냐 로사와 잘 사귀는 게 매우 중요하다고 생각했기 때문이다.

"배가 뒤틀리고 아팠어요?"

"아이고, 말 마. 배가 뒤틀리는 정도가 아니었지. 배가 꼭 폭풍이 몰아치는 것 같았다고. 저녁을 지나치게 먹었던 게 분명해. 묘지는 과식 환자로 가득 찼다고들 하잖아."

엘비라 양은 여전히 그녀의 말에 동의만 표했다.

"예! 그런 말도 있어요. 저녁에 과식하는 건 좋지 않다고요. 소화가 잘 안 되니까요."

"소화가 어떻게 잘 되겠어요? 안 되기 마련이지!"

도냐 로사는 목소리를 조금 낮췄다.

"잘 잤어요?"

도냐 로사는 기분에 따라 엘비라 양에게 존댓말을 하기도 하고 반말을 하기도 했다.

"예, 대개는 잘 자요."

도냐 로사는 곧바로 결론을 내렸다.

"저녁을 조금만 먹는 모양이군!"

엘비라 양은 좀 당황했다.

"예, 그래요. 사실 저녁을 많이 먹지 않아요. 오히려 조금 먹는 편이지요."

도냐 로사는 의자 등에 기댔다.

"어젯밤에는 무얼 먹었어요?"

"어젯밤에요? 별로 먹은 게 없어요. 시금치하고 조그만 대구 두 토막하고……."

엘비라 양은 저녁으로 일 페세타어치 군밤 스무 개를 먹은 다음 디저트로 귤 하나를 먹었을 뿐이다.

"분명 그게 비결이겠네. 내 생각에도 배를 지나치게 가득 채우는 건 건강에 좋지 않을 것 같아."

엘비라 양은 도냐 로사와는 정반대로 생각했지만 그것을 입 밖에 내지는 않았다.

돈 이브라임 데 오스톨로사의 이웃이자 구두 수선소 '구두 클리닉'의 주인인 돈 페드로 파블로 타우스테는 자기의 보잘것없는 가게에 돈 리카르도 소르베도가 들어오는 걸 보았다. 불쌍하게도 돈 리카르도는 꼴이 말이 아니었다.

"안녕하세요, 돈 파블로? 좀 들어가도 될까요?"

"물론이죠, 돈 리카르도. 무슨 바람이 불어 여기까지 오셨습니까?"

길게 기른 머리는 뒤죽박죽되었고, 목도리는 색이 바래 누리끼리했고, 기름때가 낀 양복은 엉망으로 구겨졌으며, 길게 늘어뜨려 맨 점무늬 넥타이는 낡을 대로 낡았고, 챙이 넓은 녹색 모자는 기름에 절어 번질번질했다. 돈 리카르도 소르베도는 어찌 보면 거지 같고 어찌 보면 예술가 같은 이상한 모습이었는데, 남의 호주머니에서 돈을 기막히게 긁어내는 재주와 주변 사람들의 순수한 마음과 자비로 그럭저럭 살아가는 사람이었다. 돈 페드로는 그에게 묘한 존경심 같은 것을 품어서, 가끔씩은 그에게 일 페세타를 주기도 했다. 돈 리카르도 소르베도는 체구는 작지만, 걸음걸이는 시원시원했으며, 허풍을 떨면서도 태도는 공손했다. 말을 아주 신중하게 가려서 할 줄 알았던 그는 상당히 정성을 기울여 문장을 만들어 내곤 했다.

"별로 좋은 일도 아닙니다, 돈 파블로. 이 비열한 세상은 적선을 베푸는 사람이 점점 더 적어지게 만드는 것 같군요. 내가 이리 온 것도 좋지 못한 일들이 많아져서지요."

돈 페드로 파블로는 이미 그가 이런 식으로 말을 시작한다는 걸 잘 알았다. 늘 똑같았기 때문이다. 돈 리카르도는 포병들처럼 각도를 좀 높여 놓고 사격한다.

"일 페세타라도 드릴까요?"

"비록 지금 당장 필요한 건 아니지만, 나의 귀한 친구인 당신의 넓은 자비심에 보답하기 위해서 언제라도 기꺼이 받아 두겠습니다."

"무슨 말씀을!"

돈 페드로 파블로 타우스테는 서랍에서 일 페세타를 꺼내 돈 리카르도 소르베도에게 주었다.

"얼마 안 되는……."

"예! 돈 페드로, 정말 얼마 안 된다는 것을 나도 잘 압니다. 하지만 그 돈을 제게 주시는 그 마음은 몇 캐럿짜리 보석과도 같습니다."

"알았어요! 그렇다고 해 둡시다."

돈 리카르도 소르베도는 마르틴 마르코와 아주 절친한 사이여서 가끔 만나면 산책로 벤치에 앉아 예술과 문학에 대해 서로 이야기를 나누곤 했다.

얼마 전까지만 해도 돈 리카르도 소르베도에게는 애인이 있었는데, 그 여자가 싫어진 데다가 싫증도 나서 그만 차 버리고 말았다. 돈 리카르도의 애인이었던 마리벨 페레스는 굶기 일쑤이면서도 감상적인 면이 있는 데다가 잘난 체만 하는 창녀였다. 돈 리카르도 소르베도가 세상만사가 점점 나빠진다고 불평을 늘어놓을 때마다, 마리벨은 철학을 들먹이며 그를 진정시키려고 노력했다.

언제나 이런 식이었다.

"너무 재촉할 것 없어. 코르크 시장도 죽는 데 한 달 이상 걸렸대."

마리벨은 꽃과 아이들과 동물들을 사랑했다. 교육도 상당히 받았고, 몸가짐도 단정한 편이었다.

"아이, 저 금발 아이 좀 봐! 정말 귀엽네!"

언젠가 프로그레소 광장을 지나며 그녀가 자기 애인에게 이야기했다.

"다른 아이들도 다 마찬가지야. 그 애는 다른 아이들과 똑같은 아이일 뿐이야. 이제 곧 어른이 될 거고, 만일 그 전에 죽지만 않는다면 말이야, 농림부 직원이 될지도 모르고, 누가 알아, 혹시 치과 의사가 될지……. 예술이 좋아져서 화가나 투우사가 될지도 모르지. 그리고 성적인 열등감에 시달릴지도 모르고……."

마리벨은 자기 애인이 하는 이야기를 잘 이해하지 못했다. 그러면서도 친구에게 이렇게 이야기하곤 했다.

"우리 리카르도는 정말 교양이 풍부한 사람이라니까. 정말이야! 뭐든지 다 알아!"

"너희들 결혼하려는 거야?"

"그래, 할 수만 있다면. 먼저 여기서 빠져나오길 바라야지. 결혼이라는 건 멜론과 같아서 구멍을 뚫고 맛을 보아야 한다는 거야. 그의 말에도 일리가 있는 것 같아."

"그럴 수도 있겠지. 그러면 네 애인은 무슨 일을 하겠다는 건데?"

"그러니까, 그가 무슨 일을 할 거냐면……, 지금은 아무 일도 하지 않아. 하지만 곧 일자리를 찾을 거야."

"그래! 무슨 일자리든 나타나긴 하겠지."

상당히 오래된 이야기이긴 하지만 마리벨의 아버지는 콜레히아타 거리에서 그럴듯한 속옷 가게를 열었다. 그런데 부인인 에울로히아가 아두아나 거리에 여자가 있는 술집을 차리는 게 더 낫다고 우겨서 별수 없이 속옷 가게를 다른 사람에게 넘기고 말았다. 에울로히아의 술집 이름은 '지상의 낙원'이었는데, 여주인이 바람나서 언제나 술에 찌들어 다니던 기타 연주자와 도망칠 때까진 상당히 잘되었다.

"정말 창피한 일이야! 여편네가 딱 굶어 죽기 십상인 저따위 놈하고 바람이 나다니!"

마리벨의 아버지 돈 브라울리오는 이렇게 말하곤 했다.

얼마 되지 않아 돈 브라울리오는 폐렴으로 세상을 떴다. 그러자 카라반첼바호에서 에울로히아와 살던 "정어리 파코"가 상복으로 정장을 차려입고 장례식에 침통한 얼굴로 참석했다.

"정말 우린 보잘것없는 존재입니다. 안 그렇습니까?"

장례식이 거행되는 동안 정어리는 아스트로가에서 온 돈 브라울리오의 동생에게 이렇게 이야기했다.

"맞아요! 정말 그래요!"

"인생이란 다 이런 겁니다. 안 그렇습니까?"

"맞습니다. 나도 그렇게 생각해요!"

돈 브라울리오의 동생 돈 브루노는 동부로 가는 버스 안에서 맞장구쳤다.

"돌아가신 당신 형님은 정말 착하신 분이었습니다."

"그래요, 정말 좋은 분이셨죠. 만일 성질이 고약했다면, 당신 허리를 분질러 놓았을 거예요."

"그래요! 사실이지요!"

"당연한 거 아니에요? 그러니까 내 말은 사람이 살아가는 데 있어서 가장 중요한 건 참을성이라는 얘기지요."

정어리는 아무 대답도 하지 않았다. 하지만 속으로는 돈 브루노야말로 현대적인 감각으로 살아가는 친구라고 생각했다.

"그래, 이 친구는 정말 현대적인 감각이 있는 친구야. 좋든 싫든 이런 걸 현대적이라고 하지."

돈 리카르도 소르베도는 애인의 논지에 대해 납득할 수 없다는 표정이었다.

"그래! 그렇지만 코르크 시장이 굶었다고 해서 내 배가 부른 건 아니잖아? 안 그래?"

"자꾸 보채지 마. 흥분할 것도 없고! 그럴 필요 없어. 너도 잘 알다시피 백 년씩이나 계속되는 불행은 없는 법이니까."

이런 이야기들을 나눌 때면, 돈 리카르도 소르베도와 마리벨은 대체로 마요르 거리에 있는 주정부 청사 맞은 편 싸구려 노천 바에서 백포도주 두 잔을 앞에 놓고 마주앉곤 했다. 마리벨에게 일 페세타가 있었는데, 돈이 있다는 이야기를 그녀가 돈 리카르도에게 했던 것이다.

"우리 아무 데나 가서 백포도주라도 마시자. 이제 걸을 만큼 걸은 것 같고, 자칫하면 감기 들겠어."

"좋아, 당신이 원하는 데가 있으면 그곳으로 가지."

두 사람은 시인이자, 가끔 두 사람에게 밀크 커피나 스위스 빵을 사 주곤 하던 돈 리카르도의 친구를 기다렸다. 그는 라몬 마에요라는 청년으로 돈 더미 위에 올라앉은 사람은 아니었지만 그렇다고 배고파 미칠 지경도 아니었다. 괜찮은 집안 출신이어서 호주머니에는 항상 몇 페세타라도 있었다. 그는 아포다카 거리에 있는 트리니 잡화점 위층에 살았는데, 아버지와 사이가 좋지는 않았지만 집을 뛰쳐나갈 형편은 못 되었다. 라몬 마에요는 건강이 좋지 않았기 때문에 집을 나가는 날에는 생명까지 위협받을 수 있었던 것이다.

"그가 오리라고 믿어?"

"당연히 오지! 라몬은 확실한 친구야. 현실과 약간 괴리감이 있긴 하지만 언제나 진지하고 다른 사람을 배려할 줄 아는 친구야. 이제 곧 올 거야. 두고 봐!"

돈 리카르도 소르베도는 포도주를 한 모금 마시더니 한참 동안 생각에 잠겼다.

"마리벨, 이게 무슨 맛이지?"

마리벨도 한 모금을 마셨다.

"잘 모르겠네. 내가 보기엔 포도주 같기도 하고!"

돈 리카르도는 자기 애인에 대해 메스껍다는 생각이 잠깐 들었다.

'이 계집애는 정말이지 꼭 장돌뱅이 같다니까!'

마리벨은 전혀 눈치채지 못했다. 이 가엾은 여자는 도대체 눈치라곤 없었다.

"저 고양이 좀 봐! 정말 예쁘지 않아? 아마 세상에서 가장 행복한 고양이일 거야."

검고 윤기가 흐르는, 그러니까 잘 먹고 잘 잔 것만 같은 그 고양이는, 너비가 적어도 네 뼘은 되어 보이는 고풍스럽고 아름다운 지붕 가장자리를 수도원장처럼 끈기와 지혜를 보여 주며 걸었다.

"이 포도주 맛이 꼭 홍차 맛 같아! 정말 홍차와 똑같은 맛이 나는걸!"

계산대에서 택시 기사 몇 명이 포도주를 마셨다.

"저기 좀 봐! 저길 걸어가도 안 떨어지다니 정말 놀라워!"

한쪽 구석엔 또 다른 남녀 한 쌍이 조용히 서로 손을 포개어 놓은 채 상대의 눈을 뚫어지게 바라보며 뜨거운 사랑을 속삭였다.

"내가 생각하기엔 빈속에 먹으면 무엇이든 홍차 맛이 나는 것 같아."

맹인 한 사람이 탁자 사이를 돌아다니며 꽤나 벌어들였다.

"정말 윤기 나는 검은색 털이야! 어쩜 푸른빛이 돌기까지 하네. 정말 귀여운 고양이야!"

문이 열릴 때마다 거리에서 전차 소리에 섞여 차가운 바람이 밀려 들어와 더더욱 한기가 들었다.

"설탕을 넣지 않은 홍차, 위가 안 좋은 사람들이 마시는 홍차 맛이야!"

전화벨이 요란하게 울리기 시작했다.

"줄타기 곡예사 고양이야. 서커스에서 일하면 제격이겠어."

계산대에 있는 아이가 파란색과 검은색 줄무늬 앞치마에 손을 쓱쓱 닦더니 수화기를 집어 들었다.

"설탕을 넣지 않은 홍차 맛이야. 마시기보다는 물에 타 목욕하는 게 더 나을 것 같은 그런 홍차 말이야."

계산대 아이가 수화기를 내려놓더니 큰 소리로 외쳤다.

"돈 리카르도 소르베도!"

돈 리카르도가 손을 들어 보였다.

"돈 리카르도 소르베도 맞으세요?"

"그래! 무슨 일인데?"

"라몬 씨한테서 전화가 왔는데, 어머니가 아프셔서 올 수가 없대요."

산베르나르도 거리에 있는 빵집의 조그마한 사무실에서는 회계를 다 마친 라몬 씨와 그의 부인인 파울리나, 그리고 로베르토 곤살레스가 이야기를 나누었다. 돈 로베르토는 오 두로를 빌려 준 것에 대해 감사한 마음으로 다음 날 다시 와서 몇 가지 자질구레한 일을 마친 다음 회계장부를 정리했다.

두 내외와 돈 로베르토는 뜨뜻한 열을 발산하는 톱밥 난로 주위에 둘러앉아 잡담을 나눴다. 난로 위에 올려놓은 속이 텅 빈 참치 통조림통에선 월계수 이파리 몇 장이 끓고 있었다.

돈 로베르토는 정말 기분 좋은 하루를 보냈다. 그래서인지 그는 빵집 주인 내외에게 재미있는 이야기를 늘어놓았다.

"바로 그때 말라깽이가 뚱보에게 가서 '당신은 꼭 돼지 같군요.'라고 했답니다. 그러자 뚱보가 돌아서며 '그러니까 내가 언제나 돼지 냄새를 풍긴다는 거요?'라고 되물었답니다."

라몬의 부인은 웃겨 죽겠다는 표정이었다. 너무 웃은 탓에 딸꾹질이 나려고 해서 두 손으로 눈을 가리고 소리쳤다.

"그만! 제발 이제 그만해요!"

돈 로베르토는 성공을 확인하고 싶었다.

"그런데 이 모든 게 엘리베이터 안에서 일어났단 말입니다."

부인은 눈물을 찔끔거리며 웃었다. 의자에 앉은 채 몸을 뒤로 젖히며 못 참겠다는 듯이 소리쳤다.

"그만해요! 그만!"

돈 로베르토도 같이 웃었다.

"말라깽이의 얼굴은 친구들도 다 도망가 버릴 그런 얼굴이었어요."

라몬 씨는 배 위에 팔짱을 낀 두 손을 올려놓은 채 입에 담배를 물고 로베르토와 파울리나를 번갈아 바라보았다.

"돈 로베르토는 기분만 좋으면 가만히 있지를 못해!"

돈 로베르토는 지칠 줄 몰랐다.

"사모님, 다른 이야기가 또 있습니다!"

"그만요! 제발 이제 그만해요!"

"좋아요. 그럼 좀 가라앉을 때까지 기다리지요. 바쁠 것도 없으니까요."

파울리나 부인은 손바닥으로 통통하게 살찐 허벅지를 두드리며 뚱보에게서 얼마나 구린 냄새가 났을까 생각했다.

아픈 데다가 돈 한 푼 없는 게 서러워서 자살한 건 아니었다. 오히려 자기한테서 양파 냄새가 났기 때문이라는 게 맞았다.

"썩은 양파 냄새가 나! 정말 끔찍한 양파 냄새야!"

"그만해요! 난 아무 냄새도 안 나는 것 같은데. 창문이라도 열까요?"

"아냐, 마찬가지야. 냄새가 없어질 리 없어. 벽에도 냄새가 뱄어. 내 손에서도 나고."

부인은 꾹꾹 눌러 참았다.

"손을 씻을래요?"

"싫어! 심장에서까지 양파 냄새가 나!"

"마음을 좀 가라앉히세요."

"그게 안 돼. 양파 냄새가 너무 나는걸."

"잠을 좀 자는 게 어때요?"

"잠도 안 올 거야. 사방 천지에서 양파 냄새가 나는 것 같아."

"우유 한 잔 드릴까요?"

"우유도 싫어. 죽고 싶어, 정말이지 죽고 싶다고. 지금 당장 죽었으면 좋겠어. 점점 양파 냄새가 더 심해지는걸."

"바보 같은 소리 좀 그만해요!"

"내가 하고 싶은 말은 그것뿐이라니까! 양파 냄새가 난단 말이야."

남자는 울음을 터트렸다.

"양파 냄새가 난다고!"

"그래요, 알았어요! 맞아요. 양파 냄새가 나요!"

"분명히 맞아! 양파 냄새가 나. 그것도 아주 지독한!"

부인은 창문을 열었다. 두 눈 가득 눈물을 머금은 남자는 발악하듯이 소리쳤다.

"창문 닫아! 양파 냄새가 날아가게 하고 싶지 않아!"

"원하는 대로 하세요."

부인은 창문을 닫았다.

"물 한 잔 줘! 컵 말고 대접에 갖다 줘!"

부인은 남편에게 물을 갖다 주기 위해 부엌으로 갔다.

부인이 잔을 씻을 때였다. 갑자기 사람의 심장이 터질 때나 나올 법한 소름 끼치는 비명 소리가 들려왔다.

부인은 사람 몸뚱이가 정원에 깔린 반반한 돌 위에 떨어지며 내는 소리를 듣지 못했다. 그렇지만 그녀는 관자놀이가 지끈거렸고, 기다란 바늘로 온몸을 찔러 대는 것 같은 차가우면서도 날카로운 통증을 느꼈다.

"아!"

부인의 비명 소리가 열어 놓은 창문을 통해 밖으로 퍼져 나갔다. 아무도 반응을 보이는 사람이 없었다. 침대는 텅 비었다.

이웃 사람들 몇이 정원 쪽에 난 창문으로 내려다보았다.

"무슨 일이에요?"

부인은 입이 열리지 않았다. 만약 입을 열 수만 있다면 이렇게 이야기했을 것이다.

"아무것도 아니에요. 양파 냄새가 약간 나는 것뿐이에요."

세오아네는 바이올린을 연주하러 도냐 로사의 카페에 가기 전에 안경 가게에 들렀다. 어두운 색안경의 가격을 알아보고 싶었다. 부인의 눈이 날이 갈수록 나빠졌던 것이다.

"자이스 회사 렌즈를 사용한 환상적인 안경을 한 번 보시겠습니까? 가격은 이백오십 페세타입니다."

세오아네는 부드러운 웃음을 지었다.

"아닙니다, 좀 싼 걸 보여 주십시오."

"좋습니다. 이 정도면 아주 마음에 드실 겁니다. 가격은 백칠십오 페세타고요."

세오아네는 계속 웃음을 지었다.

"그게 아닙니다. 잘못 말씀드린 것 같군요. 삼사 두로 정도 하는 것을 보고 싶은데요."

종업원은 그를 경멸 어린 눈빛으로 바라보았다. 하얀 가운에 이상하게 생긴 코안경을 쓴 종업원은 한가운데로 가르마를 탄 머리를 잘 빗고선 엉덩이를 씰룩거리면서 걸어 다녔다.

"그런 건 약국에나 있습니다. 도와드리지 못해 죄송합니다."

"그래요, 안녕히 계십시오. 죄송합니다."

세오아네는 길을 가다가 약국 진열장 앞에서 잠깐 걸음을 멈췄다.

"삼 두로 정도 하는 안경 있습니까?"

종업원은 귀엽고 애교 넘치는 아가씨였다.

"예! 있긴 한데 권하고 싶진 않아요. 너무 잘 깨지거든요. 돈을 조금만 더 쓰시면 괜찮은 물건이 있는데요."

아가씨는 계산대 서랍에서 진열 상자를 꺼냈다.

"보세요. 이십오 페세타, 이십이 페세타, 삼십, 오십……. 참, 이것은 십팔 페세타인데요, 질이 좀 떨어지지요. 이것은 이십

칠 페세타고요."

세오아네는 자신의 주머니 속에 삼 두로밖에 없다는 사실을 잘 알았다.

"여기 십팔 페세타짜리는 별로라는 거죠?"

"예! 돈 몇 푼 아끼려다가 오히려 손해 보기 십상이지요. 이십이 페세타만 줘도 완전히 딴판인 걸 살 수 있어요."

세오아네는 소녀에게 미소를 지어 보였다.

"알았습니다, 아가씨. 감사합니다. 생각 좀 해 보고 다시 올게요. 번거롭게 해서 미안합니다."

"아닙니다. 당연한 일인데요."

훌리타는 마음속으로 양심이 조금 찔렸다. 도냐 셀리아의 집에서 즐겁게 보냈던 오후가 갑자기 끝도 없는 저주가 되어 꼬리를 물고 나타났다.

그러나 그런 꺼림칙한 마음도 순간이고, 이내 본래 모습으로 되돌아왔다. 뺨을 타고 흘러내릴 것만 같았던 눈물도 참을 수 있었다.

아가씨는 방에 들어가 옷장 서랍에서 검은 고무 표지에 이상한 숫자가 적힌 공책을 꺼냈다. 연필을 찾아, 숫자를 몇 글자 적은 다음, 거울을 보며 미소 지었다. 블라우스의 앞가슴 단추를 풀어헤쳐 놓고선, 입을 쫑긋거리며 눈을 지그시 감고 손을 목덜미에 가져다 댔다.

거울을 바라보며 윙크를 보내는 그녀의 모습은 정말 아름다웠다. 정말 예뻤다.

"오늘은 벤투라와 비겼어!"

훌리타는 빙그레 미소 지었다. 아랫입술이 떨렸다. 턱까지 조금은 떨렸다. 공책 표지에 쌓인 먼지를 입으로 분 다음 잘 갈무리했다.

"나도 이젠 잘 할 수……."

장밋빛 리본을 단 열쇠로 서랍을 잠그며 후회 어린 마음으로 반성했다.

"벤투라는 만족할 줄 모른단 말이야!"

그러나 언제나 그래 왔듯이, 방을 나설 땐 낙천적인 마음이 그녀의 영혼을 따뜻하게 적셔 주었다.

"그 카탈루냐 녀석은 너무 밝혀."

마르틴은 나티 로블레스와 작별한 다음, 전날 돈을 내지 않았다는 이유로 쫓겨났던 카페로 향했다.

"팔 두로 조금 넘게 남았지. 담배 몇 개비를 사고, 카페의 구역질 나는 주인한테 본때를 보여 줘도 괜찮겠지! 그래도 나티에겐 오륙 두로로 판화 두 장 정도를 사서 선물할 수 있을 테니까."

십칠 번 전차를 타고 빌바오 로터리에 갔다. 이발소 거울에 자신의 모습을 비춰 보면서 머리를 다듬은 다음 넥타이를 똑바로 맸다.

"이만하면 나도 꽤 잘생겼지……."

마르틴은 어제 쫓겨났던 바로 그 문을 통해 카페에 들어갔다. 가급적 같은 종업원에 같은 탁자가 걸렸으면 좋겠다고 그는 생각했다.

카페 안은 후텁지근했다. 악사들은 「라쿰파르시타」를 연주했다. 이 곡은 마르틴에게는 먼 옛날의 아련하고 달콤한 향수를 불러일으켰다. 여주인은 늘 하던 버릇은 버릴 수 없다는 듯이 아무런 표정 변화 없이 손을 하늘 높이 쳐들거나 배 위로 아주 무겁게 늘어뜨리는 것을 반복하며 소리 질렀다.

마르틴은 어제 소동이 한 판 벌어졌던 탁자 바로 옆에 자리를 잡았다. 종업원이 다가왔다.

"사장님 기분이 오늘 매우 안 좋아요. 만일 당신을 발견한다면 발로 걷어차 쫓아낼 거예요."

"알아서 하라고 해요! 자, 여기 일 두로를 줄 테니 커피를 가져와요. 어제 일 페세타 이십 센티모하고 오늘치 일 페세타 이십 센티모, 합해서 이 페세타 사십 센티모, 그리고 나머지는 당신 가져요. 나도 굶어 죽게 생긴 놈은 아니니까."

종업원은 어안이 벙벙한 표정이 되었다. 그러니 그의 얼굴이 더 바보처럼 보였다. 종업원이 멀리 가기 전에 마르틴은 그를 다시 불러 세웠다.

"구두닦이 좀 불러 줘요!"

"예!"

마르틴은 계속 이야기했다.

"그리고 담배팔이도."

"그러지요."

마르틴은 상당히 힘이 들었다. 머리가 아팠지만 차마 아스피린까지 달라는 소리는 나오지 않았다.

도냐 로사는 종업원 페페와 이야기를 하다가 마르틴을 멍하니 바라보았다. 마르틴은 그녀를 못 본 척 딴청을 부렸다.

그는 커피를 두어 모금 마신 다음 일어나 화장실에 갔다. 조금 후에 벌어질 일이지만, 그가 돈과 함께 넣어 둔 손수건을 꺼낸 곳이 바로 화장실인지 아닌지는 정확하게 기억나지 않았다.

탁자로 돌아와 구두를 닦고 담배 한 갑을 사는 데 일 두로를 썼다.

"이 구정물 같은 커피는 주인이나 마시라고 해요. 알았죠? 이 더러운 엿기름물 같은 커피 말이에요."

마르틴은 엄숙한 표정으로 일어나 문을 살며시 열고 밖으로 나갔다.

길에 나오자 마르틴은 온몸이 부르르 떨렸다. 모든 것이 잘 되었다. 그의 동작 하나하나는 정말 남자다웠던 것이다.

벤투라 아구아도 산스는 같이 하숙하는 군 수의사 돈 테시폰테 오베헤로 대위와 이야기를 나누었다.

"꿈에서 깨어나야 합니다, 대위님! 마드리드에는 널리고 널린 것이 쓸데없는 사건들이니까요. 전쟁이 끝난 지금 그 어느 때보다도 쓸데없는 사건이 더 많아진 것 같아요. 나이가 많든 적든 요즘 여자들은 할 수 있는 짓은 다하지요. 하루, 아니 잠시라도 좋으니 여자들과 시간을 보내 보세요. 질릴 겁니다. 바지를 적시지 않고 숭어를 잡을 순 없는 법입니다."

"예, 예, 명심하지요."

"당연한 일이지요, 당연한. 어떻게 자기 몸을 움직이지 않고 즐길 수 있겠습니까? 걱정 마세요. 여자들이 당신을 찾아 이곳까지 오진 않을 겁니다. 여기는 아직 다른 곳과는 조금 다르니까요."

"예, 맞아요."

"그렇다면, 대위님, 머리를 잘 굴려야 합니다. 배짱도 있어야
하고 얼굴도 조금은 두꺼워야 합니다. 그리고 특히 실패했다고
해서 낙담해서도 안 되고요. 실패를 해도 괜찮다, 이거지요. 뭐
가 어떻습니까? 곧 다른 여자가 생길 텐데."

돈 로케는 연금으로 생활하는 마틸데의 가정부 롤라에게
쪽지를 보냈다.

"8시에 산타엔그라시아로 나와."

롤라의 언니인 호세파 로페스는 상당히 오랫동안 도냐 솔레
다드 카스트로 데 로블레스의 집에서 가정부로 살았다. 그녀
는 가끔 시골에 다녀온다고 이야기하고선 며칠씩 산부인과에
입원하곤 했다. 결국 아이를 다섯이나 낳았는데 이 아이들은
차마르틴 데 라 로사 수도원 소속 수녀님들의 사랑을 받고 자
랐다. 맨 위의 셋은 돈 로케의 자식이었고, 넷째는 돈 프란시스
코의 맏아들이었고, 막내 역시 돈 프란시스코의 아들이었는데
그녀가 이 막내의 아버지를 알아내는 데는 상당한 시간이 걸
렸다. 아이들 하나하나의 아버지에 대해서는 의심할 여지가 없
었다.

호세파는 이렇게 말하곤 했다.

"어떻게든 되겠지. 하지만 맘에 드는 남자가 있다면 배반하
지는 않을 거야. 만약 진력이 나거나 관계가 악화되면 그때 헤
어지면 그만이니까. 그렇지만 그때까지는 한 사람하고만 비둘
기처럼 지낼 거야."

호세파는 미녀인 데다, 키도 상당히 큰 편이었다. 지금은 아토차 거리에서 학생들을 상대로 하숙집을 운영하며 다섯 자식들을 데리고 살았다. 동네 사람들은 그녀가 가스 수금원과 관계를 맺는다고 쑤군거렸다. 그뿐만 아니라 하루는 열네 살 먹은 가겟집 소년 얼굴을 완전히 홍당무를 만들어 놓았다는 것이다. 이 모든 이야기들이 어느 정도 확실한가를 알아내는 것 또한 무척이나 어려운 일이었다.

그녀의 동생인 롤라는 나이가 훨씬 어렸지만 언니를 닮아 몸집도 컸고 가슴도 풍만한 편이었다. 돈 로케가 그녀에게 가짜 보석 팔찌나 파이 같은 것을 사 주기도 해서, 그녀는 꽤나 좋아했다. 호세파보다 더 행실이 단정하지 못했으며 병아리처럼 어린아이들과 어울려 다녔다. 언젠가 도냐 마틸데는 롤라가 벤투라와 자는 것을 목격했지만 아무 말도 하지 않았다.

롤라는 돈 로케의 쪽지를 받자 몸단장을 하고 도냐 셀리아의 집으로 갔다.

"아직 안 왔어요?"

"아직 안 왔어. 이리 들어와!"

롤라는 침실로 들어가 옷을 벗고서 침대에 걸터앉았다. 돈 로케를 놀랠, 즉 벌거벗은 몸으로 문을 열어 돈 로케를 놀랠 심산이었다.

도냐 셀리아는 열쇠 구멍으로 안을 들여다보았다. 어린 여자아이들이 벌거벗는 것을 훔쳐보는 게 그녀의 취미였다. 이따금 얼굴이 달아오르면 기르던 개를 불러 쓰다듬곤 했다.

"피에로! 피에로! 나한테 이리 오렴!"

벤투라는 자기가 사용하는 방문을 조금 열었다.

"아주머니!"

"불렀어?"

벤투라는 도냐 셀리아의 손에 삼 두로를 쥐어 주었다.

"아가씨를 먼저 내보내 주세요."

도냐 셀리아는 무슨 말이든 쉽게 승낙했다.

"시키는 대로 할게!"

벤투라는 옷을 넣어 두는 방으로 가서 아가씨가 가는 동안 담배를 피우며 시간을 보냈다. 애인은 아래만 쳐다보며 계단으로 내려왔다.

"안녕!"

"잘 가!"

도냐 셀리아는 롤라가 기다리는 방문을 손가락으로 두들겼다.

"큰 침실로 오지 않겠어? 지금은 비었는데."

"좋아요!"

이 층까지 내려왔을 때 훌리타는 돈 로케와 마주쳤다.

"너 어딜 다녀오니?"

훌리타는 어쩔 줄 몰랐다.

"저어…… 사진관에요. 그런데 아버지는 어딜 가세요?"

"그러니까…… 친구가 아파서 문병 가는 길이야. 많이 아프다고 해서 말이야."

딸 입장에선 아버지가 도냐 셀리아의 집에 다닌다고 생각하기 힘들었고, 아버지 역시 마찬가지였다.

'아냐, 무슨 바보 같은 생각이야. 그런 일은 없을 거야!'

'분명히 친구 이야기가 맞을 거야. 아빠도 무슨 일이 있는 거겠지. 이런 곳에 다닌다는 건 정말 말도 안 되는 일이야.'

벤투라가 나가려 하자 도냐 셀리아가 그를 막아섰다.

"잠깐만 기다려! 누가 오고 있어."

창백한 얼굴로 돈 로케가 들어왔다.

"안녕하세요! 롤라 왔나요?"

"예! 앞쪽 침실에 있어요."

돈 로케는 문을 가볍게 두어 번 두들겼다.

"누구세요?"

"나!"

"들어오세요."

벤투라 아구아도는 계속해서 대위에게 달변을 늘어놓았다.

"잘 생각해 봐요. 지금 나도 어떤 아가씨와 적당한 관계를 맺고 싶습니다. 여기에서 그 아가씨가 누군지는 그리 큰 문제가 될 것 같진 않군요. 내가 그 아가씨를 처음 보았을 때 이런 생각이 들었지요. '별 볼 일 없겠군.' 그녀를 어떻게 해 보지도 않고 그냥 떠나보내긴 너무 뭐해서 그녀에게 한 번 다가가 보았습니다. 몇 마디 말도 붙여 보고 술과 새우 안주도 샀지요. 벌써 당신도 봤겠지만 지금 그녀는 나에게 있어서 어린양과도 같은 존재지요. 내가 원하는 대로 움직일뿐더러 나에겐 감히 단 한 마디 말대꾸도 하지 못합니다. 작년 8월 이십몇 일인가 바르셀로에서 만났는데 일주일도 채 되기 전에, 그러니까 내 생일날 같이 침대로 갈 수 있었습니다. 만일 내가 바보처럼 멀찌감치 서서 다른 녀석들이 그녀와 시시닥거리고 놀게 놔두었더라면 지금은 아마 당신과 똑같은 처지가 되었을 겁니다."

"맞습니다. 지당하신 말씀입니다. 그렇지만 내 생각엔 이런 일은 운과 관련된 것 같습니다."

벤투라는 의자에서 벌떡 일어섰다.

"운이라니요? 그건 잘못된 생각입니다. 운은 없습니다. 운은
여자와 같아서 운을 좇는 사람에게 몸을 의탁하는 법입니다.
한 마디 말도 건네지 않고 운이 지나치는 걸 바라만 보는 사람
에게는 운이 절대로 오지 않는 법이지요. 당신처럼 이곳에 틀
어박혀 저 바보 같은 아이를 둔 고리대금업자나 바라보거나,
병든 소나 고치며 있을 순 없는 법이지요. 그러니까 내 말은
여기선 그 어떤 일도 일어나지 않는다는 말이지요."

세오아네는 피아노 위에 바이올린을 올려놓았다. 「라쿰파르
시타」 연주를 마친 것이다. 그는 마카리오에게 이야기했다.

"나 잠깐만 화장실에 다녀올게."

세오아네는 탁자 사이를 지나갔다. 머릿속에선 아직도 안경
값이 빙빙 돌았다.

"좀 더 기다렸다 사는 것도 괜찮을 것 같아. 이십이 페세타
짜리는 보기에도 좋아 보이던데."

'신사용'이라고 쓰인 문을 발로 열었다. 소변기 두 개가 벽에
붙어 있었고, 철사로 얼기설기 싸 놓은 십오 와트 전구가 희미
하게 빛났다. 철사 망에 든 탈취제 하나가 귀뚜라미처럼 이 모
든 화장실 풍경을 지배했다.

세오아네 혼자였다. 벽 쪽으로 다가가 바닥을 내려다보았다.

"아니!"

그는 침이 목구멍에 막히고, 가슴이 벌렁벌렁 뛰기 시작했
다. 윙윙거리는 소리가 한참 동안이나 귓가에서 떠나지 않았

다. 세오아네는 바닥에 시선을 모았다. 문은 닫혀 있었다. 얼른 몸을 굽혔다. 틀림없었다. 좀 젖긴 했지만 오 두로였다. 젖은 건 아무 상관도 없었다. 세오아네는 손수건으로 지폐의 물기를 닦았다.

다음 날 그는 다시 약국을 찾아갔다.

"아가씨, 삼십 페세타짜리 안경 주세요. 삼십 페세타짜리요."

롤라와 돈 로케는 소파에 앉아 이야기를 나누었다. 돈 로케는 외투를 입은 채 두 손을 무릎에 올려놓았고, 롤라는 벌거벗은 채 다리를 꼬고 앉았다. 방 안은 난로가 달아오른 덕분에 상당히 따뜻했다. 장롱 거울에 두 사람의 모습이 비쳤는데 정말 이상한 한 쌍이라는 느낌을 주었다. 목도리를 두른 돈 로케는 조금은 근심스러운 표정이었고, 벌거벗은 롤라는 짜증스러운 표정이었다.

돈 로케는 아무 말이 없었다.

"이게 전부야."

롤라는 배꼽을 후빈 손가락을 가져가 냄새를 맡았다.

"내가 무슨 말을 하려는지 짐작이 돼요?"

"무슨 이야긴데?"

"당신 딸과 나는 서로 낯 붉힐 필요가 없는 사이에요. 서로 똑같은 처지란 말이지요."

돈 로케는 소리를 버럭 질렀다.

"입 다물어! 입 다물라고 했지!"

"좋아요! 입 다물지요."

두 사람은 담배를 피워 물었다. 벌거벗은 뚱보 롤라가 담배

연기를 길게 내뿜는 모습은 마치 서커스 하는 물개 같았다.

"당신 딸이 사진관에 간다고 하는 말이나, 당신이 친구가 아프다고 하는 말이나 똑같은 것 아녜요? 사람들이 홀리타 사진을 세상에 까발리기 전에 조심해요."

"입 좀 안 다물 거야?"

"알았어요! 알았어. 그러니 입 다물라는 소리랑 헛소리하는 것 좀 그만둬요! 당신들 부녀는 눈도 없어요?"

이미 앞에서 다음과 같이 이야기한 적이 있었다.

"콧수염을 빳빳하게 세우고 다정한 눈빛을 한 돈 움둘리오의 초상화가 금박 사진틀 속에서 심술쟁이이자 장난꾸러기인 큐피드처럼 미망인이 먹고살 수 있는 비밀을 보호해 주었다."

돈 움돌리오는 장롱 오른쪽 화분대 뒤에 있었다. 왼쪽엔 안주인의 젊은 시절 사진이 놓여 있었다.

"그만 옷 입어. 오늘은 아무 짓도 하고 싶지 않아."

"알았어요."

롤라는 생각했다.

'그 계집애한테 꼭 앙갚음하고 말 거야. 하느님이 왜 있겠어! 앙갚음하는지 안 하는지 두고 보면 알 거야.'

돈 로케가 그녀에게 질문을 던졌다.

"네가 먼저 나갈래?"

"아뇨! 당신이 먼저 나가요. 그동안 나는 옷을 입을게요."

돈 로케가 나가자 롤라는 문을 잠갔다.

"이게 저 자리에서 없어진다고 해도 아무도 모르겠지."

롤라는 돈 움돌리오의 사진을 떼어 낸 다음 가방에 잘 챙겨 넣었다. 세면대 앞에서 잠깐 머리를 매만진 다음 담배에 불을 붙였다. 그런 다음 그녀는 벨을 눌렀다.

테시폰테 대위가 뭔가 반응을 보이기 시작했다.
"좋아요…… . 그렇다면 운을 시험해 봅시다……."
"정말이에요?"
"예! 정말이에요. 두고 보세요. 재미 보러 나갈 때 알려 주세
요. 같이 갈 테니까요. 알았죠?"
"좋아요, 알려 드리지요. 다음번 나갈 때 알려 드릴게요."

고물상 주인의 이름은 호세 산스 마드리드였다. 그에겐 가
게가 두 개나 있었는데, 그곳에서 헌 옷이나 예술 작품이라
고 할 만한 것들을 사고팔았다. 그뿐만 아니라 학생들에게 옷
옷을 빌려 주기도 했고, 가난한 신랑에게 재킷을 빌려 주기도
했다.
"들어가 입어 봐요. 마음대로 골라 보세요."
그곳에는 고를 만한 옷들이 놓여 있었다. 옷걸이 몇백 개에
걸린 옷 몇백 벌이 자신들을 외출시켜 줄 손님들을 기다렸다.
고물상 하나는 에스투디오 거리에 있었으며 좀 더 큰 다른
가게는 라막달레나 거리 중간에 자리 잡았다.
호세 씨는 해 질 무렵 간식을 간단하게 먹은 다음 푸리타를
데리고 극장에 가곤 했다. 잠자리에 들기 전에 반드시 영화 한
편을 봐야 직성이 풀렸던 것이다. 그는 칼데론 극장 앞에 있는
이데알 극장에 주로 갔는데, 그곳에서는 검열을 무사히 통과한
안토니오 비코의 「그 사람과 형」과 메르세데스 베시노의 「어느
집안의 황당 사건」을 상영했다. 이데알 극장은 연속 상영을 한

다는 점과 극장이 커서 언제나 빈자리가 있다는 점이 장점이었다.

안내원이 손전등으로 두 사람에게 통로를 비춰 주었다.

"어디에 앉으시겠어요?"

"이 근처에 앉죠. 여기가 좋네요."

푸리타와 호세 씨는 맨 끝 줄에 앉았다. 호세는 여자의 목덜미를 팔로 감싸 안았다.

"할 말 있어요?"

"아냐! 없어."

푸리타는 스크린을 바라보았다. 호세 씨는 이번엔 손을 잡았다.

"손이 차요!"

"날씨가 추워서 그래."

두 사람은 잠시 아무 말도 없었다. 호세 씨는 의자에 편하게 앉아 있질 못하고 자꾸 움직였다.

"이봐!"

"예?"

"지금 무슨 생각해?"

"으응……."

"그 일로 더 이상 골치 앓을 필요 없어. 파키토 일은 내가 알아서 처리할 테니까 말이야. 사회복지처에 영향력이 있는 친구가 한 사람 있는데, 어느 주인지는 정확하게 모르겠지만 그친구가 주지사의 조카거든."

호세 씨의 손이 아가씨의 가슴 언저리까지 내려왔다.

"아이, 차가워요!"

"그러지 마! 곧 따뜻해질 거야."

남자는 블라우스 위로 푸리타의 겨드랑이에 손을 집어넣었다.

"참 따뜻하군!"

"당연하죠!"

푸리타는 열병이라도 걸린 것처럼 겨드랑이가 따뜻했다.

"파키토가 들어갈 수 있을까요?"

"물론이지. 내 친구가 조금만 힘을 쓰면 들어갈 수 있어."

"그렇지만 당신 친구가 도와줄까요?"

호세 씨의 다른 손은 푸리타의 양말대님 근처에 가 있었다. 푸리타는 겨울에는 양말대님을 매고 다녔는데, 다리가 너무 가는 탓에 대님이 잘 맞지 않았다. 여름에는 양말 자체를 잘 신지 않았다. 이상하게 보일지 모르겠지만 그녀가 절약을 하자면 별수 없었다.

"내 친구는 내가 시키는 대로 할 거야! 나한테 신세진 게 많거든!"

"제발 그랬으면 좋겠어요. 정말요!"

"두고 보면 안다니까!"

아가씨는 생각에 잠겼다. 조금은 슬픈 듯하면서도 멍한 눈빛이었다. 호세 씨는 그녀의 허벅지를 벌리더니 가볍게 꼬집었다.

"파키토가 보육원에 들어가기만 하면 이야기는 달라지는 거야!"

파키토는 아가씨의 막내 동생이었다. 그녀에겐 다섯 남매가 더 있어 푸리타까지 포함하면 여섯이었다. 장남인 라몬은 스물 두 살인데 지금은 아프리카에서 군 복무 중이고, 열여덟 살인 마리아나는 가엾게도 병이 심해 일어나지도 못하고, 열네 살인 홀리오는 인쇄소 수습공으로 나가고, 여기에 열한 살인 로시타와 아홉 살인 막내 파키토가 있었다. 푸리타는 둘째로 나이는 스무 살이었는데 언뜻 보면 제 나이보다 더 들어 보였다.

형제들은 각자 자기 몫만큼 일을 하며 살아갔다. 아버지는 예전 사건으로 사형을 당했고, 어머니는 영양실조에 폐결핵이 겹쳐 돌아가셨다.

홀리오는 인쇄소에서 하루에 사 페세타를 받으며 일했고, 나머지 필요한 돈은 푸리타가 하루 종일 길거리를 헤매며 모아 왔고, 그래도 부족한 돈은 그녀가 저녁 식사 후 헤수사 아주머니의 집에서 몸으로 벌어들였다.

아이들은 테르네라 거리에 있는 다락방에서 살았고, 푸리타는 하숙을 했다. 그 편이 조금 더 자유로운 데다가 전화 연락을 받을 수 있었기 때문이다. 푸리타는 매일 오전 12시나 낮 1시쯤에 동생들을 보러 갔다. 가끔 약속이 없으면 동생들과 점심 식사를 하기도 했다. 이런 경우엔 그녀가 먹고 싶을 때 먹으라고 하숙집에서 점심 식사를 남겨 주곤 했다.

호세 씨는 얼마 전부터 아가씨의 가슴에 손을 집어넣었다.

"이제 그만 가 볼까?"

"마음대로 하세요!"

호세 씨는 푸리타가 면직 외투를 입는 것을 도와줬다.

"잠깐만 하는 게 어때? 요즘 마누라가 잔뜩 의심해서."

"원하는 대로 하세요."

❖ ❖ ❖

"이것 받아!"

호세 씨는 푸리타의 핸드백에 오 두로를 넣어 주었다. 그녀가 핸드백을 물들였기 때문에 그의 손에 물감이 조금 묻었다.

"고마워요, 하느님께서 갚아 주실 거예요."

방문 앞에서 두 사람은 헤어졌다.

"아참, 이름이 뭐죠?"

"호세 산스 마드리드야. 그런데 아가씨는? 정말로 푸리타가 맞나?"

"예! 거짓말할 이유가 없잖아요. 내 이름은 푸라 바르톨로메 알론소예요."

두 사람은 잠시 우산꽂이를 쳐다보며 멍하니 서 있었다.

"좋아, 그럼 먼저 갈게!"

"잘 가요, 페페! 키스 안 해 줄래요?"

"당연히 해 줘야지!"

"그런데 파키토 일에 대해서 뭔가 소식이 있으면 연락 주시겠어요?"

"물론이지. 걱정하지 마! 그 전화번호로 연락해 줄 테니까."

도냐 마틸데는 큰 소리로 하숙생들을 불렀다.

"도냐 테시! 돈 벤투라! 저녁 식사 하세요!"

돈 테시폰테와 마주치자 이렇게 이야기했다.

"내일 간을 좀 가져다 달라고 했어요. 당신이 좋아하는 모습 좀 보려고요."

대위는 그녀를 쳐다보지도 않았다. 뭔가 골똘하게 생각에 빠져 있었던 것이다.

"그래, 그 녀석 말이 맞을지도 몰라! 여기서 맹물처럼 이렇게 처박혀 있어서야 어떻게 여자를 정복할 수 있겠어. 그건 맞는 말이야."

도냐 몬트세라트는 영성체를 모실 때 지갑을 그만 도둑맞았다. 이런 말도 안 되는 일이 있나! 성당에마저 도둑이 있다니! 돈은 삼 페세타하고 동전 몇 푼밖엔 없었지만 지갑 자체가 아직은 꽤 괜찮아 얼마든지 더 쓸 수 있는 것이었다. 도냐 몬트세라트의 신앙심이 없는 조카 호세 마리아가 독일 국가의 곡조에 맞춰 부르곤 하던 성가 「위대한 주님」이 벌써 연주되었고, 부인 몇 사람이 의자에 앉아 각자 기도를 드렸다.

도냐 몬트세라트는 방금 읽은 「주님을 찾아서」라는 글 속에 나오는 몇 구절에 대해 묵상 중이었다. "성인 루이스 곤사가에게 봉헌한 이번 목요일엔, 백합 향기와 완전한 회개에서 나오는 눈물의 달콤한 맛을 영혼에 가져다주리라. 성인 루이스는 순결함에 있어서는 천사와 같고, 속죄의 고행에 있어서는 파지스의 은둔자 성녀 마리아 막달레나 못지않게 엄격했다. 하느님께서 루이스 곤사가에게 영광을 보여 주시자, 그는 환희에 차 이렇게 소리쳤다……."

도냐 몬트세라트는 잠시 고개를 돌렸을 뿐인데, 벌써 지갑이 없어져 버렸다.

처음엔 그녀도 잘 깨닫지 못했다. 지갑은 그녀의 상상력 속에서 변했다가 나타났다가 또다시 사라졌던 것뿐이다.

집에 돌아온 훌리타는 다시 공책을 감추고선 도냐 마틸데의 하숙생들처럼 밥을 먹으러 갔다.

어머니는 몹시 귀엽다는 듯이 얼굴을 살짝 꼬집었다.

"울었니? 눈이 붉게 충혈된 것 같은데……."

훌리타는 얼굴을 찡긋하며 대답했다.

"아뇨, 엄마! 뭘 좀 생각했어요."

훌리타는 장난꾸러기 아이처럼 웃었다.

"그 사람?"

"예!"

두 모녀는 팔짱을 꼈다.

"그 사람 이름이 뭐니?"

"벤투라예요!"

"아유, 이 앙큼한 년! 그래서 그 꼬마 아이에게 벤투라라는 이름을 붙여준 거구나."

아가씨는 눈을 반쯤 감았다.

"예!"

"그렇다면 그 사람을 알고 지낸 지가 꽤 오래됐다는 이야기 잖아?"

"예. 거의 한 달 반 내지 두 달 전부터 가끔씩 만났어요."

어머니는 심각한 표정을 지었다.

"그런데 왜 나한텐 아무 말도 하지 않았니?"

"그가 나를 사랑한다고 확실히 밝히기도 전에 엄마한테 그런 이야기를 할 필요는 없잖아요."

"그래, 그 말도 그럴듯하다. 내가 바보 같은 소리를 했네. 잘했다. 무슨 일이고 확실해질 때까지는 말을 아껴야 되는 법이지. 언제나 신중하게 처신해야 해!"

훌리타는 다리에 경련이 일고 가슴이 뛰는 것을 느낄 수 있었다.

"맞아요, 엄마! 정말 조심해야 해요!"

도냐 비시는 다시 미소를 지으며 질문을 던졌다.

"그런데 그 사람 무슨 일을 하니?"

"공증인 공부를 해요."

"합격만 하면 좋겠구나!"

"운이 좋았으면 더 바랄 게 없겠는데! 일급 공증인이 되라고 촛불을 두 개, 이급 공증인 이상이 되라고 촛불을 하나 봉헌했어요."

"잘했다. 하느님께 기도도 드리고, 공부도 열심히 하고……. 나도 하느님께 봉헌을 하마! 참, 그런데 그 사람 성은 뭐니?"

"아구아도예요."

"나쁘진 않구나. 벤투라 아구아도!"

도냐 비시는 기분 좋은 미소를 지었다.

"얼마나 좋을까! 훌리타 모이세스 데 아구아도라니. 너도 이런 것까지 생각했겠지?"

아가씨는 눈앞이 흔들리는 걸 느꼈다.

"그만해요!"

어머니는 혹시라도 이 모든 것이 꿈에 지나지 않고 백열등처럼 산산조각 날까 겁이 났는지 갑자기 김칫국 마시는 이야기를 꺼내 들었다.

"네 첫째 아이가 만일 아들이라면 할아버지 이름을 따서 로케, 그러니까 로케 아구아도 모이세스라고 부르렴! 아, 생각만 해도 기분이 좋구나. 네 아버지가 이 사실을 아시면 얼마나 즐거워하실까!"

훌리타의 마음은 이미 다른 데에 가 있었다. 강을 이미 건
너가 자기 이야기를 남 이야기하듯 했다. 어머니의 순수한 사
랑 말고는 더 이상 신경 쓰고 싶지 않았다.

"딸을 낳으면 엄마 이름을 붙일게요. 비시타시온 아구아도
모이세스도 괜찮은 것 같아요."

"고맙다! 정말, 고맙구나. 감격스럽기도 하고. 그렇지만 아들
을 낳게 해 달라고 하느님께 기도드리자. 아들이 더 쓸모 있으
니까 말이야."

아가씨는 다시 다리가 떨리는 걸 느꼈다.

"그래요, 엄마. 더 쓸모 있을 거예요."

어머니는 배 위에 두 손을 가지런히 포개 놓고서 이야기했다.

"하느님께서 당신을 모시는 성직자의 길을 주시면 얼마나
좋을까!"

"누가 알겠어요!"

도냐 비시는 멀리 높은 곳을 바라보았다. 천장엔 비가 새서
얼룩이 몇 군데 있었다.

"내 평생소원이 하느님을 모시는 아들이 있었으면 하는 것
이었는데."

이 순간 도냐 비시는 마드리드에서 가장 행복한 여인이었다.
벤투라가 도냐 셀리아의 집에서 하는 것과 똑같이 딸의 허리
를 껴안고서 어린애를 안은 듯이 흔들어 댔다.

"잘하면 내 손자가 성직자가 될지도 모르지. 잘하면!"

두 여자는 미모사처럼 다정하게 서로 껴안고서 킥킥대며 웃
었다.

"아, 지금 이대로라면 오래 살고 싶어!"

훌리타는 자기 이야기를 그럴듯하게 꾸며 대고 싶었다.

"엄마, 맞아요. 살다 보면 재미있는 일들도 정말 많아요."

훌리타는 목소리를 조금 낮췄다. 그녀의 목소리는 가늘면서도 리듬감이 있었다.

"벤투라를 만난 것은 나에겐 정말 큰 행운이에요."

아가씨는 귓가에서 조그맣게 윙윙거리는 소리가 나는 걸 느꼈다.

어머니는 자신이 생각이 깊다는 것을 보여 주고 싶었다.

"좀 더 두고 보자! 제발 네 생각이 맞았으면 좋겠다. 그렇지만 믿어 보자꾸나! 믿지 못할 것도 없지! 모든 사람을 선행으로 교화할 신부님 손자! 성스러운 설교자! 지금은 농담처럼 들릴지 모르지만 언젠가 '로케 아구아도 모이세스 신부님의 영성 교실'이라는 광고를 읽게 될지 누가 아니. 그때엔 나도 많이 늙었겠지. 하지만 몹시 자랑스러워 가슴이 터질 지경일 거야."

"저도요, 엄마."

마르틴은 곧 정신을 차리고 자랑스럽게 걸었다.

"멋지게 한 방 먹였거든! 하하!"

마르틴은 빨리 걷기 시작했다. 거의 뛰다시피 했다. 가끔은 껑충껑충 뛰기도 했다.

"지금쯤 그 멧돼지 같은 게 무슨 이야기를 할까?"

여기서 멧돼지란 도냐 로사를 가리키는 말이었다.

산베르나르도 로터리쯤 왔을 때 갑자기 나티의 선물이 생각났다.

"로물로가 아직 가게에 있으면 좋을 텐데."

로물로는 헌책방 주인인데 가끔 골방에서 멋진 판화도 팔았다.

마르틴은 대학교를 지나 오른쪽 비탈길을 따라 내려가 로물로가 사는 동굴 같은 곳에 갔다.

문에는 "폐업, 메모는 현관에."라는 안내문이 걸려 있었다. 안에서 불빛이 흘러나왔다. 로물로가 안에서 카드를 정리하거나 주문받은 물건들을 분류하는 게 분명했다.

마르틴은 마당 쪽으로 난 작은 문을 가볍게 손가락으로 두들겼다.

"로물로!"

"마르틴이잖아! 정말 반갑군!"

마르틴은 담배를 꺼냈다. 두 사람은 로물로가 탁자 아래에서 꺼내 놓은 난로 옆에 앉아 담배를 피웠다.

"하엔에 있는 누나에게 편지를 쓰던 참이야. 난 이곳에 살면서 식사 때를 제외하곤 나가지 않아. 가끔 밥맛이 없으면 하루종일 꼼짝도 않고 이곳에 처박혀 지내지. 가끔 앞집에서 커피를 가져다주면 그것으로 만사형통이야."

마르틴은 등받이가 다 떨어져 책을 올려놓는 데만 쓰이는 의자 위 책 몇 권에 시선이 갔다.

"물건이 별로 없네."

"그래! 별로야. 저건 로마노네스의 『어느 인생에 대한 주석』이란 작품인데 꽤 재미있어. 절판된 것이기도 하고."

"그래?"

마르틴은 책을 바닥에 내려놓았다.

"그런데 괜찮은 판화 작품 한 점이 필요해."

"얼마나 낼 수 있는데?"

"사오 두로 정도."

"오 두로를 내면 정말 멋진 작품을 하나 주지. 그렇게 크진 않지만, 이건 진국이야. 진품이거든. 게다가 액자도 되어 있고. 내가 사자마자 그대로 보관하던 건데, 선물하려면 이것보다 좋은 건 없어."

"맞아, 어떤 여자한테 선물할 거야."

"여자라고? 우르술리나 수녀만 아니라면 정말 제격이지. 어디 한번 봐! 우선 담배나 다 태우고 말이야. 재촉할 사람은 한 명도 없으니까."

"어떻게 생겼는데?"

"곧 보여 줄게. 아래쪽에 사람이 몇 명 그려진 비너스상이야. 토스카나 방언 아니면 프로방스 방언으로 된 시 몇 구절도 적혀 있고."

로물로는 담배를 탁자 위에 놓더니 복도 불을 켰다. 조금 후 바람막이 옷소매로 액자를 닦으며 돌아왔다.

"어때?"

판화는 예쁘게 색을 입힌 것이었다.

"색도 원래 그대로야."

"그래, 그런 것 같군!"

"맞는다니까. 믿어도 좋아."

판화 속 비너스는 나신으로 금발 머리엔 화관을 쓰고, 금박을 입힌 액자 속에서 다소곳하게 서 있었다. 길게 늘어뜨린 머리카락은 무릎까지 내려왔다. 배 위에는 서른두 방향의 방위

판이 그려져 있었는데, 마르틴은 이 모든 게 상징적이라는 생각이 들었다. 오른손엔 꽃 한 송이를, 왼손에는 책을 한 권을 든 비너스는 별로 가득 찬 푸른 하늘 위에 육체가 도드라지게 새겨져 있었다. 테두리 하단에 조그만 원이 두 개 있었는데, 책 아래쪽 원에는 황소자리가, 꽃 아래쪽 원에는 천칭자리가 그려져 있었다. 아랫부분에는 나무로 둘러싸인 목장과 그 아래쪽으로 플루트와 하프를 연주하는 악사 두 사람과, 남녀 세 쌍이 새겨져 있었다. 두 쌍은 앉아서, 한 쌍은 거닐면서 대화를 나누었다. 위쪽 모서리에는 볼이 볼록해진 두 천사가 나발을 불었다. 맨 아래에는 사행시가 있었는데 무슨 뜻인지는 알 수 없었다.

"뭐라고 쓰인 거야?"

"뒤에 번역이 있어. 카르데날 시스네로스 대학에 있는 로드리게스 엔트레나 교수가 해 준 거야."

> 비너스, 당신의 정열은
> 노래처럼 부드러운 가슴에 불을 밝히고
> 사랑의 향연으로 가는 길을
> 아름다운 춤과 달콤한 방황으로 인도하네.

"마음에 들지?"

"그래! 나는 이런 게 좋아! 시의 가장 큰 매력은 모호함에 있으니까. 네 생각은 어때?"

"내 생각도 마찬가지야."

마르틴은 다시 담뱃갑을 꺼냈다.

"자네 담배 사정이 괜찮은 것 같은데!"

"오늘은! 담배 한 개비도 없어서 매형이 피다 만 꽁초를 모아서 다니는 날도 있어. 자네도 잘 알겠지만 말이야."

로물로는 아무 말도 하지 않았다. 매형 이야기만 나오면 마르틴은 감정이 격해지곤 한다는 걸 잘 아는 탓에 가만히 있는 편이 현명하다고 생각했기 때문이다.

"얼마에 나한테 넘기겠다고?"

"그러니까 이십 페세타면 어떨까? 이십오 페세타라고 했지만 이십 페세타만 내고 가져가게. 십오 페세타를 주고 산 건데 벌써 일 년이 다 되도록 선반에 보관해 왔거든. 어떤가? 이십 페세타면 괜찮지?"

"좋아! 일 두로를 거슬러 줘."

마르틴은 호주머니에 손을 집어넣었다. 잠깐 뭔가를 생각하듯 두 눈썹을 찡그리고 미동도 하지 않았다. 손수건을 꺼내 무릎 위에 올려놓았다.

"분명히 여기 있었는데!"

마르틴은 벌떡 자리에서 일어났다.

"도대체 어디 갔지……?"

마르틴은 바지 호주머니를 뒤지더니, 뒤집어 보기까지 했다.

"이것 참 무슨 짓을 한 거야! 어디다 빠뜨린 건가?"

"무슨 일이야?"

"아무것도 아냐! 방정맞은 생각은 안 하는 편이 낫겠어."

마르틴은 웃옷 주머니를 뒤져 보기도 하고, 친구들의 명함과 신문 쪼가리만 잔뜩 든, 실이 너덜너덜한 지갑을 꺼내 보기도 했다.

"질질 흘려 버렸군……."

"뭘 잃어버렸는데?"

"오 두로……."

훌리타는 묘한 기분이 들었다. 가끔은 슬프기도 했지만 또 가끔씩은 웃음이 나와 참으려고 애를 썼다.

'인간의 머리는 완전한 기계는 못 돼! 만일 다른 사람의 머릿속에 떠오른 생각을 책으로 읽듯이 읽을 수만 있다면 얼마나 좋을까! 아냐! 이대로가 더 좋을지도 몰라! 아무것도 읽을 수 없고, 말을 통해서만 서로를 이해할 수 있는 게 더 나은 것 같기도 해! 빌어먹을! 거짓말이면 어때!'

훌리타는 가끔씩 앞뒤가 잘 맞지 않는 말을 혼자 하곤 했다.

남녀 한 쌍이 두 손을 꼭 잡고 거리를 걸어갔다. 언뜻 보기엔 삼촌이 조카를 데리고 산책을 나온 것 같았다.

소녀는 수위실을 지날 때 고개를 돌리고 다른 곳을 바라보았다. 지나치게 생각에 골몰한 탓에 첫 번째 계단을 보지 못했다.

"다치겠어, 앞 좀 잘 봐!"

"괜찮아요."

도냐 셀리아가 얼른 나와 문을 열어 주었다.

"어서 와요, 돈 프란시스코."

"안녕하세요, 여기 이 꼬마 아가씨 좀 들어가게 해 줘요. 당신과 할 말이 좀 있어요."

"그러세요. 얘야, 이리 들어오렴! 어디든 네가 앉고 싶은 곳에 앉으렴."

소녀는 푸른색 가죽 의자 가장자리에 걸터앉았다. 열세 살 먹은, 작은 장미꽃처럼 가슴이 막 피어오르기 시작한 아이였다. 이름은 메르세데타 올리바르 바예호로 친구들은 메르체라고 불렀다. 가족은 전쟁으로 인해 뿔뿔이 흩어졌다. 어떤 사람은 죽었고, 어떤 사람은 외국으로 이민을 가기도 했다. 메르체는 할머니의 시누이와 함께 살았다. 도냐 카르멘이라는 이 노파는 가발을 쓰기도 했고, 또 가끔 원숭이처럼 화장하고 레이스 장식으로 온몸을 덮고 다녀, 이웃들은 "시체 머리카락"이라고 부르곤 했다. 길거리에서 동네 아이들은 "메뚜기"라고 불렀다.

도냐 카르멘은 메르세데타를 백 두로를 받고 팔았는데, 진료소의 돈 프란시스코가 그 여자아이를 샀다.

도냐 카르멘은 남자에게 이야기했다.

"개시입니다! 돈 프란시스코, 개시요! 아직 카네이션 새싹 같은 아이예요."

그리고 소녀에겐 이렇게 말했다.

"얘야, 돈 프란시스코가 원하는 건 같이 놀자는 것뿐이야. 하긴 언젠가는 이렇게 될 수밖에 없어! 알았지?"

그날 밤 모이세스 집안에서는 흥겨운 저녁 식사 자리가 열렸다. 도냐 비시의 얼굴엔 기쁨이 넘쳐흘렀고, 훌리타는 얼굴이 붉어질 정도로 밝게 웃었다. 그렇지만 마음은 상당히 괴로웠다.

돈 로케와 다른 두 딸은 영문도 모르면서 덩달아 즐거워했다. 돈 로케는 가끔 계단에서 훌리타가 했던 말을 마음속으로 되새겼다. "저어…… 사진관에요." 포크를 쥔 손이 조금 떨리는 걸 느꼈다. 떨리는 게 멈출 때까지 딸의 얼굴은 쳐다볼 엄두도 내지 못했다.

❖ ❖ ❖

도냐 비시는 잠자리에 누웠지만 잠이 잘 오지 않았다. 머릿속에선 똑같은 생각이 계속해서 빙빙 돌았다.

"그 애한테 애인이 생겼다는 걸 당신도 아세요?"

"훌리타?"

"예! 공증인 공부를 하는 청년이래요."

돈 로케는 시트 속에서 몸을 한 번 뒤척였다.

"알았어. 그렇지만 당신 떠벌리고 다니진 마. 당신은 무슨 일만 있으면 동네방네 다 떠벌리고 다니는 걸 좋아하니 말이야. 어떻게 되어 가나 좀 두고 봐!"

"당신은 언제나 찬물만 한 바가지 퍼붓는 사람 같아요."

도냐 비시는 달콤한 꿈을 꾸었다. 서너 시간 후에는 불쌍한 수녀들이 있는 수녀원에서 새벽 종소리가 들려와 잠에서 깼다.

도냐 비시는 모든 일에서 행복의 전조와 길조, 그러니까 행복과 환희를 약속해 주는 징조를 볼 마음의 준비가 다 되어 있었다.

6

아침이 되었다.

아직도 잠에 취해 있는 마르틴은 잠에서 깨어나는 도시의 맥박 소리를 느꼈다. 싱싱하게 살아 있는 여자, 생명이 있는 발가벗은 여자와 이불을 덮고 나란히 누워 도시의 소리를, 요란한 고동 소리를 듣는 것은 기분이 괜찮았다. 푸엔카랄과 차마르틴에서 내려오고 라스벤타스와 인후리아스에서 올라오는 청소부들이, 추위 속에서 벌써 몇 시간 전부터 터덜터덜 걸으며 어지러운 손수레를 끄는 소리. 비쩍 마른 말과 잿빛 당나귀에 끌려 느릿느릿 처연한 모습으로 지나가는 청소부들의 마차 소리. 그 소리는 처량하고 스산한 묘지가 자아내는 풍경으로부터 거슬러 왔다. 포를리에르 장군 거리에 있는 청과물 상점에서 문을 열기 위해 이른 새벽부터 여주인들이 나오는 소리. 멀리서 어렴풋이 들려오는 첫새벽의 자동차 경적 소리. 가방을 어깨에 메고 따뜻하면서도 구수한 간식을 주머니에 넣고 학교에 가는 아이들 소리.

집 바로 옆에서는 물건 나르는 소리가 마르틴의 머리맡을 사랑스럽게 어루만졌다. 늘 이른 새벽에 일어나기 때문에 부족한 잠을 보충할 생각으로 점심만 먹으면 낮잠을 자는 도냐 헤수사는 사양길에 접어든 늙은 창녀와 상냥하고 다정한 가정부들의 도움을 받아 집을 정리했다. 오전 중에는 일곱 사람이 도냐 헤수사를 도와주었다. 가정부 두 사람은 점심시간인 오후 2시까지 아무 침대나 들어가 잠을 잤다. 아침 일찍 비워진 침대에서, 그러니까 버려지고 황량한 무덤 같은 침대에서, 철제 침대 머리맡에 깊은 바다와 같은 불행을 묶어 놓고서, 노새처럼 종기와 부스럼으로 덮인 별 볼 일 없는 창녀 때문에 아름다운 아내를 자기도 모르는 사이에 처음으로 속이게 된 젊은 남편의 비명 소리를 매트리스 솔기 사이에 간직한 채 잠을 자는 것이다. 매일 밤 다 꺼져 가는 화롯불 옆에서 양말을 기우며, 갓난아이의 요람을 발로 흔들어 주며, 아무리 읽어도 끝나지 않는 긴 연애소설을 읽으며, 조금만 운이 좋았다면 양말 두 켤레를 살 수 있었을 그런 복잡한 가계부를 이리저리 짜맞추며, 남편이 돌아오기만을 앉아서 기다리는, 그런 아내를 속인 남편의 울부짖는 소리를 말이다.

전체적인 질서를 책임지는 도냐 헤수사가 가정부들에게 일을 나눠 줬다. 도냐 헤수사의 집에서는 매일 침대보를 빨았다. 침대마다 침대보가 완벽하게 두 벌씩 있었는데, 가끔 손님 중에 희한한 사람은 침대보를 찢어 놓기도 해서, 그럴 때마다 조심스럽게 손을 보아야만 했다. 이제는 침대보를 구할 수 없었다. 라스트로 거리에 가면 시트와 베개에 쓸 천을 구할 수 있긴 했지만 그 값이 만만치 않았다.

도냐 혜수사는 아침 8시부터 오후 1시까지 빨래하는 사람 다섯과 다림질하는 사람 두 사람을 부렸다. 한 사람이 하루에 삼 페세타를 받는데 일은 그렇게 고되지 않았다. 다림질하는 두 사람의 손은 빨래하는 사람들보단 더 고왔다. 그들은 머리엔 기름도 바르고, 얼굴이 시들어 가는 것을 방치하지 않으려 애썼다. 두 사람 다 건강이 좋지 않았고 상당히 일찍 늙어 버리는 체질이었다. 아주 어렸을 적부터 몸을 팔았지만 저축을 모르고 산 사람들이었다. 그 대가를 지금 치르는 셈이었다. 그들은 일을 하면서도 매미처럼 노래를 부르고 기병대 상사처럼 앞뒤 가리지 않고 술을 마셔 댔다.

그중 한 여자가 마르가리타였는데 멜리시아스 역에서 짐꾼으로 일하던 사람의 딸이었다. 열다섯 살 땐, 호세라는 남자 친구를 사귀었다. 그녀도 이 남자에 대해선 이름밖에 아는 게 없었다. 남자는 봄비야에 있는 식당에서 댄서로 일했다. 그는 어느 휴일 그녀를 프라도 언덕으로 끌고 갔다가 그 뒤에 걷어차 버렸다. 그때부터 마르가리타는 탈선하기 시작했고, 안톤마르틴 광장에 있는 술집 여기저기에서 핸드백을 질질 끌고 돌아다니는 신세로 전락했다. 그다음 일은 흔한, 정말이지 아주 흔한 일이었다.

다른 한 사람은 도리타로 자기 마을에 휴가 와 있던 젊은 신학교 학생에게 순결을 잃었다. 이 신학생은 이미 죽었는데 이름이 코혼시오* 알바였다. 이 이름은 무진 난폭했던 그의

---

* 불알.

아버지의 장난기에서 비롯했다. 아들에게 코혼시오라는 이름을 붙이면 저녁을 사겠다는 내기에서 이길 생각에 이런 이름을 붙인 것이었다. 영세받던 날, 아버지 돈 에스타니슬라오 알바와 그의 친구들은 만취해서 그 추태가 이만저만이 아니었다. "왕 같은 건 죽어 버려라!", "공화국 만세!" 등을 외치며 고래고래 소리를 질러 댔던 것이다. 성녀처럼 착하기만 했던 어머니 도냐 콘치타 이바녜스는 처량하게 울며 이런 말만 해 댔다.

"아이! 이게 무슨 끔찍한 일이람! 정말 너무해! 행복해야 할 이런 날에 남편이 저렇게 고주망태가 되다니!"

몇 년이 지난 후 영세 기념일에도 여전히 한숨을 내쉬었다.

"아이! 이게 무슨 끔찍한 일이람! 정말 너무해! 오늘 같은 날에도 남편이 저렇게 고주망태가 되다니!"

훗날 레온 대성당의 수도승이 된 그 신학생은 도리타에게 성 호세 데 칼라산스의 기적을 그린 음울한 색상의 판화를 보여 주며 그녀를 쿠루에뇨 강가에 데려간 일이 있었는데, 결국 이곳 풀밭에서 마땅히 벌어질 만한 일이 일어나고 말았다. 도리타와 신학생 모두 레온 지방의 발데테하 출신이었다. 그녀는 그를 따라가면서도 좋은 일이라곤 하나도 없을 거라는 예감이 들었지만, 반은 넋이 나갔는지 멍청하게 따라가고 말았던 것이다.

도리타는 아들을 낳았다. 그런데 신학생은 방학이 아닌 때에 다른 일로 마을에 와 있으면서도 그녀를 만나 주지 않았다.

신학생은 이렇게 말했다.

"나쁜 여자예요. 아무리 단정한 남자라도 교활한 수단으로 타락시킬 수 있는 악마의 자식이에요. 우리 모두 그 여자에겐 눈길도 주지 맙시다."

도리타는 집에서 쫓겨나고 말았다. 얼마 동안은 갓난아이를 가슴에 매달고 이 마을 저 마을을 떠돌아다녔다. 어느 날 밤, 젖먹이는 팔렌시아 지방의 부레호 강 상류에 있는 동굴에서 죽고 말았다. 아이의 엄마는 아무 말도 하지 않았지만, 사실은 아이 시신의 목에 돌을 매달아 강에다 던져 송어가 아이를 먹어 치우게 했던 것이다. 그리고 달리 아무런 생각도 나지 않았던지, 동굴 속에 틀어박혀 닷새 동안이나 아무도 만나지 않고 아무것도 먹지 않으면서 울기만 했다.

그때 도리타의 나이는 겨우 열여섯으로, 주인을 잃고 길을 헤매는 강아지처럼 꿈을 꾸는 듯한 슬픈 표정을 지었다.

한동안 그녀는 망가진 가구처럼 바야돌릿과 살라망카의 사창가를 전전했다. 여행을 할 만한 여비가 약간 마련되자 그녀는 수도로 올라왔다. 마드리드에서 그녀는 라마데라 거리에서 내려가면서 보았을 때 왼쪽에 위치한 '지구 공동체'라는 술집에서 지냈다. 술집에 이런 이름이 붙은 건 외국 여자들이 여럿 있었기 때문이다. 프랑스, 폴란드, 이탈리아, 러시아, 그리고 갈색 피부에 콧수염이 난 포르투갈 여자가 있었는데 특히 프랑스 여자들이 무척 많았다. 목동처럼 생긴 튼실한 알사스 여자와, 결혼 예복을 사기 위해 몸을 팔아 돈을 버는 얌전한 노르망디 여자, 칠 페세타가 무슨 큰돈이나 되는 듯이 아까워하며 꺼내지 못하는 운전사나 장사꾼들을 경멸 어린 눈으로 바라보는 병색이 완연한 파리 여자(이들 중 몇몇은 정말 화려한 과거가 있었다.) 등이 모여 있었다. 발데페냐스에서 돈 좀 만지고 살았던 돈 니콜라스 데 파블로스는 도리타를 그 집에서 빼내고 법원에 가 결혼까지 해 주었다.

돈 니콜라스는, 철학과 문학을 공부하며 아름다운 시를 쓰는 조카 페드리토에게 이렇게 말했다.

"내가 바라는 건 색을 밝히고 엉덩이가 큼지막해 나를 즐겁게 해 줄 수 있는 그런 여자야. 내 말 잘 알았지? 살집이 있어 뭔가 만질 게 있는 그런 여자 말이야. 다른 여자들에 대한 이야기는 전부 헛소리나 쓸데없는 글짓기 대회에 불과한 거야."

도리타는 남편에게 아이 셋을 낳아 주었는데 셋 모두 사산하고 말았다. 아이들이 거꾸로 나와서, 예컨대 다리부터 나오는 바람에 출산 중에 질식사한 것이다.

돈 니콜라스는 1939년 스페인을 떠났다. 그 이유는 혹시 그가 비밀결사 회원이 아닌가 하는 의심을 받았기 때문이다. 그후 그가 어떻게 되었는지 아는 사람은 아무도 없었다. 도리타는 남편 식구들 곁으로는 갈 엄두가 나지 않아, 집에 남은 돈이 다 떨어지자 다시 길에 나가 손님을 받기 시작했는데 별로 성공을 거두지 못했다. 그녀가 아무리 호의를 보이고 상냥하게 대해 줘도 단골손님을 잡을 수 없었다. 이것은 1940년대 초반 이야기였다. 이젠 그녀도 젊다고는 할 수 없었고, 어리고 예쁜 애들이 늘어나기도 해서 점점 경쟁이 심해졌던 것이다. 그뿐만 아니라 많은 아가씨들이 단순히 즐기기 위해, 즉 돈을 받지 않고도 그 짓을 했기 때문에 다른 사람들의 밥벌이가 곤경에 처하는 상황이 온 것이다.

도리타는 이리저리 떠돌다가 도냐 헤수사를 만났다.

"나는 다림질을 잘하는 믿을 만한 사람을 구하는데 나와 함께 일하는 게 어때? 하는 일은 시트를 잘 말려 주름을 펴는 정도인데, 삼 페세타를 줄게. 그렇지만 일감은 날마다 있어. 또 오후와 밤은 자유고 말이야."

도리타는 오후엔 약간 장애가 있는 부인과 함께 레콜레토스를 산책하든지 마리아 크리스티나에서 음악을 들으며 지냈다. 그때마다 부인은 도리타에게 이 페세타와 우유를 주었고, 자기는 코코아를 마셨다. 그 부인은 도냐 살바도라였는데 한때는 산파 일을 했으며 성질이 고약한 불만 덩어리로 언제나 투덜거렸다. 입에서는 천박한 욕지거리가 그치지 않았고, 세상이 아무짝에도 쓸모없으니 불을 확 질러 버려야 한다고 그녀는 입버릇처럼 이야기했다. 도리타는 이런 이야기를 꾹 참으며 언제나 부인 말이 옳다고 동의를 표했다. 도리타 입장에서는 이 페세타와 커피를 지켜야만 했던 것이다.

손이 곱고 정신은 몽롱했지만 마음만은 한없이 여렸던 이 불쌍한 여인은 저녁때가 되면 레티로 거리의 후미진 곳에서 군인들이나 돈 없는 학생들에게 몸을 팔아 사오 페세타를 받기도 했다. 그런 다음에는 날씨가 좋으면 론다 거리 맞은편에 있는 마르케스데사프라 거리까지 한 바퀴 돌았고, 날씨가 너무 추우면 지하철을 타고 마누엘베르세라까지 다녀왔다. 그런 다음 잠자리에 들었다.

다림질하는 두 사람은 각자 다림판에 붙어 일을 했다. 노래도 부르고 가끔은 더덕더덕 기운 시트를 다리미로 가볍게 두드리기도 했다. 물론 때론 이야기도 나눴다.

"어제 배급품을 팔아 치웠어. 나에겐 별 필요가 없거든. 설탕 사 분의 일 파운드에 사 페세타 오십 센티모, 기름 사 분의 일 파운드에 삼 페세타, 콩 이백 그램에 이 페세타를 받았지.

그나마 콩은 벌레투성이였으니까. 커피만 남겨 두었어.”

“나는 딸한테 주었어. 언제나 딸한테 전부 다 줘. 매주 한 번씩 나를 초대해 식사를 대접하거든.”

마르틴은 다락방에서 두 사람의 이야기를 엿들었다. 그러나 무슨 이야긴지 또렷하게 들리진 않았다. 박자가 맞지 않는 유행가 소리와 다림판을 두들기는 소리가 뒤섞여 들렸다. 잠이 깬 지는 오래되었지만 눈은 뜨지 않았다. 꼼짝도 하지 않고 자는 체하면서 푸라가 해 주는 키스를 음미하고 싶었다. 얼굴에 그녀의 머리카락이 스치는 것을 느꼈다. 그리고 시트 아래 그녀의 벌거벗은 몸뚱이와 들릴락 말락 한, 그러나 조금은 거친 숨소리를 온몸으로 느꼈다.

한참 시간이 흘렀다. 여러 달 만에 느껴 보는 행복한 밤이었다. 지금 그는 마치 다른 사람이 된 듯한, 열 살은 어린 소년이 된 듯한 기분이었다. 미소를 지으며 조금씩 눈을 떴다.

푸라는 베개에 팔꿈치를 괴고 그를 뚫어지게 바라보았다. 마르틴이 깨어나는 것을 본 그녀도 그와 똑같이 미소를 지었다.

“잘 잤어요?”

“정말 잘 잤어. 푸리타, 당신은 어때?”

“나도 잘 잤어요. 당신 같은 남자하고만 있으면 괜찮아요. 지나치게 성가시게 하지 않으니까요.”

“그만! 다른 이야기나 해 봐!”

“좋아요.”

두 사람은 잠시 아무 말도 하지 않았다. 푸라는 다시 그에게 키스를 했다.

“당신은 정말 로맨티시스트예요.”

마르틴은 슬픔에 가까운 표정으로 씁쓸하게 웃었다.

"아냐. 오히려 너무 감상적이라고나 할까."

마르틴은 가볍게 여자의 얼굴을 어루만졌다.

"얼굴이 창백해. 마치 신부처럼 말이야."

"바보 같은 소린 하지 마요."

"아냐, 정말 방금 결혼한 신부 같아……."

푸라는 얼굴을 굳히며 이야기했다.

"그렇지 않다니까요!"

마르틴은 열여섯 살짜리 어린 시인처럼 그녀의 눈에 부드럽게 키스했다.

"나한테는 그렇게 보여. 푸라, 이건 진심이야."

이 말에 가슴이 부푼 여자는 슬픈 체념의 빛을 띠며 처연하게 웃었다.

"당신이 굳이 그렇게 이야기해 준다면! 싫진 않군요!"

마르틴은 일어나 침대에 앉았다.

"'위안을 주는 고결하고 다정한 모습'으로 시작하는 후안 라몬의 소네트 알아?"

"몰라요! 후안 라몬이 누군데요?"

"시인!"

"시를 쓰는 사람요?"

"그래!"

마르틴은 잠시 거친 눈빛으로 푸라를 바라보았다.

"잘 들어 봐!"

위안을 주는 고결하고 다정한 모습

344

슬픔의 바다를 비추는 여명,
순결한 향기의 평화로운 백합
내 오랜 고통의 성스러운 대가여!

"정말 아름다운 시군요! 조금은 슬프기도 하고!"
"마음에 들어?"
"정말 마음에 들어요!"
"다음번에 나머지를 들려줄게."

라몬 씨는 상반신을 벗고 찬물로 가득 채운 대야에 머리를 밀어 넣었다.

라몬 씨는 신체 건강하고 억센 남자였다. 먹성도 좋고, 그 흔한 감기 한 번 걸리지 않는 사람으로, 술도 마시고 도미노 게임도 하고 가정부의 엉덩이를 은근슬쩍 꼬집기도 하고 평생 새벽에 일어나 일해 온 그런 사람이었다.

라몬 씨는 이젠 철부지가 아니었다. 부자가 된 지금은, 구수하지만 건강에는 별로 좋지 않은 빵을 굽는 화로 곁엔 얼씬도 하지 않았다. 전쟁이 끝난 다음부터는 가게에서 한 발자국도 나가지 않고 정성껏 가게를 돌보며, 모든 여자 손님을, 연령, 신분, 지위, 용모에 따라 리스트까지 만들어 기분 좋게 해 주려고 노력했다.

라몬 씨 가슴에 난 털도 이젠 하얗게 변해 가기 시작했다.

"일어나렴, 애야! 네가 무슨 귀한 집 딸이라도 된다고 이 시간이 되도록 누워 있니!"

아가씨는 아무 말 없이 일어나 부엌에서 간단하게 얼굴을 씻었다.

아가씨는 아침이면 들릴락 말락 하게 기침을 한다. 가끔 감기에 걸리면 조금은 쉰 소리가 나는 마른기침을 하곤 했다.

"너는 언제나 그 폐병쟁이와 헤어질래?"

어머니는 심심하면 한 번씩 아침에 이런 말을 던지곤 했다.

꽃처럼 순한 그녀건만, 꽃처럼 개화하는 아픔에도 비명 하나 지르지 않을 수 있었던 그녀건만, 이럴 때마다 어머니를 죽여 버리고 싶다는 생각이 들었다.

"급사나 해 버렸으면 좋겠네! 사악한 독사 같으니!"

빅토리타는 면 코트를 입고, 하루 종일 서서 포장 일을 하는 라마데라 거리의 '엘 포르베니르' 인쇄소로 뛰어갔다.

빅토리타는 보통 때보다도 더 추위가 느껴졌던 탓에 울고 싶어지는, 정말 한없이 울고 싶어지는 그런 날들이 적지 않았다.

도냐 로사는 일찍 일어나 매일 아침 7시 미사에 간다.

도냐 로사는 이맘때면 자기가 고안한 따뜻한 플란넬 잠옷을 입고 잤다.

도냐 로사는 성당에서 돌아오는 길에 튀긴 과자를 사서 자기 카페로 갔다. 탁자 위에 올려놓은 의자 다리가 삐죽삐죽 서 있고, 커피 끓이는 기구와 덮개를 씌운 피아노가 마치 인기척이 끊긴 공동묘지 같은 분위기를 자아내는 자기 카페에서 오헨 술 한 잔과 함께 아침 식사를 했다.

도냐 로사는 아침 식사를 하면서 불안정한 이 시대에 대해 생각했다. 독일군이 패전할 것 같다는 생각과(하느님, 제발 지지 않게 해 주세요!) 종업원과 지배인 그리고 우유 따라 주는 아이와 약사, 더 나아가서는 심부름하는 아이까지도 요구사항이 많아졌을 뿐만 아니라 더 거드름을 피운다는 생각 따위를 하곤 했다.

도냐 로사는 오헨 술을 홀짝홀짝 마시며 무의식적으로, 아무런 생각 없이 작은 소리로 혼자서 중얼거리곤 했다.

"여기서 명령을 내리는 사람은 나야! 너희들에겐 안된 일이지만. 내가 원하면 한잔 더 하는 거지, 뭐. 다른 사람 눈치 볼필요 없어. 하고 싶은 생각이 들면 거울에 병을 던질 수도 있고 말이야. 그런 짓은 하고 싶지가 않아서 안 하는 거지……. 그리고 내가 원한다면 영원히 가게 문을 닫아 버리고 하느님이와서 커피를 달라고 해도 안 팔 수도 있어. 이 모든 게 내 것이야. 이만큼 키워 놓기 위해 내가 얼마나 노력했는데."

이른 아침, 도냐 로사는 그 어느 때보다도 가게가 더 자기것 같다는 생각이 들었다.

"카페란 고양이 같은 거야. 다만 고양이보다 조금 더 클 뿐이지. 고양이가 내 것인 경우에는 원한다면 고양이를 몽둥이로때려죽일 수도 있잖아!"

돈 로베르토 곤살레스가 집에서 의사당까지 걷는다면 삼십분 이상 걸린다고 봐야 했다. 돈 로베르토는 너무 피곤하지만않으면 어디든지 걸어 다녔다. 조금만 걸으면 다리 운동도 될뿐만 아니라, 최소한 하루에 일 페세타 이십 센티모, 한 달이면삼십육 페세타, 일 년이면 거의 십 두로에 가까운 돈을 절약할수 있었다.

돈 로베르토 곤살레스는 아침 식사로 뜨거운 우유를 탄 커피 대신에 붉은 보리차와 함께 빵을 반 덩어리 정도 먹었다. 나머지 반은 라만차 지방에서 만든 치즈와 함께 간식으로 먹기 위해 싸 갔다.

돈 로베르토 곤살레스는 자기보다 못한 사람도 많다는 생각에 절대로 불평하는 법이 없었다. 무엇보다도 건강하면 제일이라는 생각으로 살았다.

플라멩코를 부르는 남자아이는 공동묘지로 통하는 길목에 있는 다리 밑에서 잠을 잤다. 플라멩코를 부르는 아이는 어쩐지 집시같이 생활했다. 집시들은 가족 구성원 한 사람 한 사람이 가능한 최대의 자유와 완전한 자율권을 누리며 산다.

플라멩코를 부르는 아이는 비가 오면 비에 젖어, 날씨가 추우면 꽁꽁 언 채로, 8월이 되면 다리 밑에 얼마 되지 않는 그늘에서 얼굴을 태우며 살아갔다. 이것은 어쩌면 시나이 산에서 하느님께서 주신 태곳적 계율이었다.

플라멩코를 부르는 아이는 다리가 약간 굽었다. 벌채를 하는 산에서 굴러 한동안 심한 고통을 참으며 다리를 절고 돌아다닌 탓이었다.

푸리타는 마르틴의 이마를 가볍게 어루만졌다.

"지갑에 일 두로하고 조금 더 있을 거예요. 아침 먹을 것 좀 시킬까요?"

마르틴은 행복감에 젖어 부끄러움을 잊어버렸다. 누구에게나 흔한 일이었다.

"좋지!"

"뭐가 좋겠어요? 커피와 기름에 튀긴 빵은 어때요?"

마르틴은 미소를 짓더니 조금 날카로운 소리로 이야기했다.

"아니! 커피하고 스위스 빵 두 개. 어때?"

"나는 당신이 원하는 것이면 뭐든 괜찮아요."

푸리타는 마르틴에게 키스했다. 마르틴은 침대에서 일어나 방을 두 바퀴 돈 다음 다시 자리에 누웠다.

"또 해 줘!"

"당신이 원하면 얼마든 해 줄게요!"

마르틴은 아주 태연하게 꽁초가 든 봉투를 꺼내 담배를 말았다. 푸리타는 아무 말도 하지 않았다. 마르틴의 눈에는 승리의 환희가 스쳤다.

"자, 이젠 아침을 시켜!"

푸리타는 발가벗은 몸에 옷을 걸치고 복도로 나갔다. 마르틴은 잠시 후 일어나 거울을 바라보았다.

도냐 마르고트는 시체 안치소의 차가운 대리석 탁자 위에서 두 눈을 부릅뜬 채 깊은 잠에 빠져 있었다. 시체 안치소에 있는 시신들은 사람 같지 않고, 버림받은 허수아비 같기도 하고 태엽이 다 풀린 인형 같기도 했다.

목이 잘린 허수아비가 죽은 사람보다 더 진한 슬픔을 자아내는 법이다.

엘비라 양은 일찍 눈을 떴지만 일찍 자리에서 일어나지는 않았다. 엘비라 양은 담요를 단단히 덮은 채 자신의 여러 가지 문제를 생각하거나, 혹은 한 손을 약간 내놓고서 기름때가 꼬질꼬질하게 묻고 너덜너덜해진 『파리의 미스터리』를 읽으며 침대에서 게으름 피우는 것을 좋아했다.

아침은 천천히 벌레처럼 기어 도시 남녀의 가슴 위로 올라온다. 방금 뜬 눈의 시선을, 단 한 번도 새로운 지평선과 풍경을, 그리고 새로운 장식물들을 본 적이 없는 시선들을 두들겨깨운다.

아침은, 영원히 반복되는 저 아침은 장난삼아 도시의 얼굴과 무덤과, 그리고 손만 뻗어도 얻을 수 있는 저 삶과 벌집을 조금씩 아주 조금씩 바꿔 놓는다……

하느님, 저희에게 자비를 베푸소서!

마지막 장

사나흘이 지났다. 분위기가 확실히 크리스마스의 색채를 띠었다. 초록빛 어린 새싹이 돋아나는 늙은 고목 같은 마드리드 하늘 위로, 어느 성당의 종루에서 들려오는 달콤한 종소리가, 사랑스러운 종소리가 거리의 일렁임을 뚫고 퍼져 나갔다. 사람들은 바쁜 걸음으로 서로를 스치듯이 걸어갔다. 아무도 자기 옆에서 벌어지는 일에 관심을 두지 않았다. 위에 구멍이 나서, 혹은 폐에 염증이 생겼거나 머리가 어지러운 탓에 땅만 바라보고 걸을 수밖에 없는 사람들에 대해서조차도 생각하지 않았다.

돈 로베르토는 아침 식사를 하며 신문을 보았다. 그런 다음 조금 몸이 좋지 않아 침대에 누워 있는 아내 필로에게 작별 인사를 하러 갔다.

"어제 그 녀석을 본 게 분명해! 그 녀석 어떻게 해 줘야 할 것 같아! 잘 생각해! 그렇게까진 할 필요 없다고 생각할지도 모르겠지만, 어쩔 수 없어!"

필로는 눈물을 흘렸다. 두 아들은 침대 옆에서 도대체 무슨 일인지 모르겠다는 표정으로 서로를 바라보았다. 눈물이 그렁그렁 맺힌 필로의 두 눈에 슬픔과 절망이 떠올랐다. 김이 모락모락 나는 피를 땅바닥에 흘리며 마지막 숨을 몰아쉬는 송아지가, 무표정한 판사들처럼 자기 몸을 도려내는 백정의 더러운 겉옷을 딱딱하게 굳은 혀로 핥는 것 같았다. 담배를 입에 물고 한 여자를 떠올리며 아련한 목소리로 연애시를 웅얼거리는 판사들처럼…….

아무도 땅속에 묻힌 지 일 년이나 지난 죽은 사람을 떠올리진 않았다.

집에서는 이런 이야기가 들려왔다.

"잊지 말렴. 내일이 돌아가신 어머니 기일이다."

날짜를 기억하는 사람은 언제나 가장 슬픈 얼굴을 한 누나뿐이었다.

도냐 로사는 매일 장을 보기 위해 가정부를 데리고 코레데라로 갔다. 카페에서 자기 일이 끝나면 그녀는 언제나 광장으로 장을 보러 갔다. 번잡한 아침 시간이 지나 사람들의 발걸음이 조금 뜸해질 무렵 노점상에 들르곤 했다.

도냐 로사는 가끔 시장에서 동생과 마주치면 언제나 조카들의 안부를 물었다. 하루는 도냐 비시에게 이런 말을 했다.

"훌리타는?"

"똑같아요!"

"그 애한테도 애인이 필요한데……."

며칠 전, 한 이삼 일 전에 도냐 비시는 도냐 로사를 만나자마자 기쁜 얼굴로 다가왔다.

"훌리타에게 남자 친구가 생긴 거 알아요?"

"그래?"

"그렇다니까요."

"어떤 사람인데?"

"정말 괜찮은 남자예요. 난 반해 버렸어요."

"그래, 네 말대로 모든 게 잘되었으면 좋겠다. 일이 어긋나지 않고……."

"어긋나긴요!"

"내가 뭘 알겠느냐마는…… 요즘 아이들이란……."

"언니도! 왜 언제나 안 좋은 쪽만 보려고 해요?"

"그게 아냐. 나는 일이 어떤 식으로 되어 가는지를 확실히 보고 싶어 하는 것뿐이야. 일이 잘된다면 그보다 더 좋은 일이 어디 있겠니?"

"맞아요!"

"그렇지만 잘못……."

"잘못되면 다른 남자가 생기겠죠. 안 그래요?"

"그건 그래. 하지만 그건 몸을 망치지 않았을 경우에 한해서 말이지……."

사람들이 기다랗게 두 줄로 마주 보고 앉아 호기심에 서로를 힐끔거리는 그런 전차가 아직도 남아 있었다.

"불쌍한 표정을 짓고 있는 저치는 틀림없이 마누라가 어떤 놈팡이하고 바람나서 도망친 게 분명해. 아마 그 놈팡이는 경륜 선수일거야. 아니면 식량 배급소 직원 놈일지도 모르지."

전차를 타는 거리가 길수록 사람들은 서로에게 정을 느낀다. 설마 그럴 리가 싶은 생각이 들 수도 있지만, 저렇게 불행해 보이는 여자가 이 근처 어느 거리에서 계속 살아간다 해도 다시는 만날 수 없을 거라고, 평생 다시는 못 만날 거라고 생각하면 어딘가 한구석에 섭섭한 마음이 들기 마련이다.

"안 좋은 일들을 좀 정리해야 할 것 같군! 아이들은 많은데 남편이 일거리가 없는지도 모르지."

젊고 통통한, 그리고 언제나 화장을 짙게 하고 눈에 띄는 옷을 입는 여인이 있었다. 커다란 녹색 가죽 핸드백을 들고 뱀 가죽 신을 신고 뺨에 난 상처를 화장으로 가린 여인이었다.

"돈 많은 고물상 주인마누라가 아닐까? 의사 애인일지도 모르지. 의사들은 언제나 다른 사람들의 눈길을 끄는 여자를 택하니까. 마치 세상 사람들에게 '눈요깃거리가 있어요. 아시죠? 잘 보세요. 최고지요.'라고 떠벌리는 것처럼 말이야."

마르틴은 아토차에서 전차에 올랐다. 벤타스에 다다르자 전차에서 내려 에스테 거리를 따라 걷기 시작했다. 그는 몇 년 전 크리스마스를 며칠 남기고 죽은 어머니 도냐 필로메나 로페스 데 마르코의 묘지를 찾아가는 중이었다.

파블로 알론소는 신문을 접고서 벨을 눌렀다. 라우리타는 가정부에게 침대에 누워 있는 자신의 모습을 보이는 게 아직은 부끄러웠던지 시트를 뒤집어썼다. 특히 자신이 이 집에서 살기 시작한 지 이틀밖에 되지 않았다는 걸 염두에 두어야만 했다. 라가스카에 있는 문간방에서 나오자마자 프레시아도스의 하숙집으로 옮겼는데 그곳은 정말 끔찍했다.

"들어가도 되나요?"

"들어오렴. 마르코는 아직 있나?"

"아뇨! 조금 전에 가셨어요. 그런데 마르코 씨가 선생님의 검은색 넥타이를 좀 빌려 달라고 했어요."

"그래서 줬어?"

"예!"

"잘했어. 목욕물 좀 준비해 줘."

가정부가 방을 나갔다.

"나 그만 가 봐야겠어, 라우리타. 불쌍한 녀석, 뭐가 잘못됐는지, 원!"

"너무 안됐어요. 그를 찾을 수 있겠어요?"

"글쎄. 중앙 우체국이나 스페인 은행에 한번 들러 봐야지. 그는 그곳에서 자주 아침나절을 보내곤 하니까."

에스테 거리에서 보면 오래된 함석 쪼가리와 판자 조각으로 얼기설기 지은 누추한 오두막집들 몇 채가 눈에 들어왔다. 어린아이들 서너 명이 빗물 고인 웅덩이에 돌을 던지며 놀았다. 이 녀석들은 여름이 되어 아브로니갈 강이 완전히 마를 때까지는 더럽고 악취가 나는 물구덩이에 발을 담그고 막대기로 개구리를 잡으며 놀았다. 여자 몇이 쓰레기 더미를 뒤졌다. 장애가 있어 보이는 한 노인이 오두막 문간에 양동이를 엎어 놓고 그 위에 앉아 아직은 뜨겁지 않은 아침 햇살을 즐기며 담배꽁초가 가득한 신문지 뭉치를 펼쳤다.

"아직도 못 깨달았군! 아직도 못 깨달았어……"

마르틴은 며칠 전부터 어머니께 바칠 소네트를 쓰기 시작했다. 알맞은 각운을 찾다가 그는 어느덧 생산이 아니라 분배가 문제라는 오래된 이야기를 떠올리기에 이르렀다.

"이 사람들은 나보다 더 끔찍하군! 정말 너무하는군. 이럴 수가!"

파코는 나르바에스 거리에 있는 술집에 도착했다. 그는 혓바닥이 나올 정도로 지쳐서는 숨을 헐떡였다. 술집 주인인 셀레스티노 오르티스는 경찰인 가르시아에게 카사야 지방에서 생산한 포도주 한 잔을 따라 주었다.

"술을 너무 마시면 우리 몸을 구성하는 세포에 안 좋아요. 우리 몸에는, 예전에 이미 말했듯이 세포가 세 종류, 즉 혈액 세포, 근육 세포, 신경 세포가 있어요. 그런데 이 알코올은 이 세포들을 태워 버리고 망가뜨리지요. 그렇지만 가끔씩 한잔하는 건 장을 덥히기 때문에 괜찮은 것 같아요."

"저도 같은 생각이에요."

"……또한 인간 두뇌의 신비한 영역이 빛을 낼 수 있게 해 주기도 하고요."

경찰인 훌리오 가르시아는 멍청한 표정을 지었다.

"다른 사람들 이야기를 들자면 고대 철학자들은, 그러니까 그리스와 로마, 그리고 카르타고의 철학자들은 초자연적인 힘을 원할 때……"

문이 거칠게 열리며 사나운 찬바람이 계산대에 몰아쳤다.

"망할 놈의 문!"

"안녕하세요, 셀레스티노 씨!"

주인은 얼른 그의 입을 가로막았다. 오르티스는 어떻게 해야 좋을지 굉장히 조심스러웠다. 마치 상대가 외무부 의전실의 최고 실력자라도 되듯이 말이다.

"그냥 저를 친구처럼 대하는 게 어때요?"

"좋아요! 그건 그렇고 마르틴 여기 안 왔어요?"

"예, 안 왔어요. 며칠 전 다녀간 이후론 소식이 없어요. 그때 화가 났던 것 같아요. 나도 뭔가 좀 찜찜해요."

파코는 경찰에게 등을 돌렸다.

"여기 좀 읽어 줘요."

파코는 그에게 접힌 신문을 건네주었다.

"거기 아래쪽요."

셀레스티노는 미간을 찌푸리며 천천히 읽어 내려갔다.

"안 좋은 일이군."

"그래요."

"어떻게 할 생각이죠?"

"모르겠어요. 당신 생각은 어때요? 그의 누님과 상의하는 게 최선일 것 같은데. 어떠세요? 저는 내일이라도 그를 바르셀로나로 보냈으면 좋겠어요."

토리호스 거리에서는 개 한 마리가 나무 밑동 옆 구멍에 처박혔다. 택시한테 치여 배가 터져서는, 혀를 쭉 내밀고 애원하는 눈길로 사람들을 바라보았다. 어린아이들이 발로 개를 툭툭 건드렸다. 이 광경을 사람들 이삼십 명이 빙 둘러싸고 지켜보았다.

도냐 혜수사는 푸리타 바르톨로메와 마주쳤다.

"저기 뭔 일 있어요?"

"아무것도 아냐. 개 한 마리가 다쳤어."

"저런!"

도냐 혜수사는 푸리타의 팔을 잡아끌었다.

"마르틴 이야기 들었어?"

"아뇨. 무슨 일 있어요?"

"잘 들어!"

도냐 혜수사는 신문 기사 몇 줄을 푸리타에게 읽어 주었다.

"그러면 이제는?"

"몰라. 좋은 일은 없을 것 같아. 최근에 그를 봤어?"

"아뇨! 최근엔 본 적이 없어요."

청소부 몇 명이 죽어 가는 개 주변에 빙 둘러선 사람들에게 다가가더니, 개 뒷다리를 들어 손수레에 던져 넣었다. 개는 허공을 가로지르며 숨이 넘어갈 듯이 고통에 찬 신음 소리를 남겼다. 모인 사람들은 청소부를 물끄러미 바라보더니 금세 흩어졌다. 각자 제 갈 길로 갔다. 여전히 개가 숨이 끊어지지 않은 것을 즐기는 듯한 아이도 있었다. 그 아이는 다른 사람의 눈에는 좀처럼 띄지 않는 불길한 미소를 흘렸다.

벤투라 아구아도는 애인인 훌리타에게 전화했다.

"지금 당장?"

"그래, 지금 당장. 삼십 분 뒤에 지하철 빌바오 역에 있을 테니까 꼭 나와야 해!"

"꼭 나갈게. 걱정 마! 안녕!"

"안녕! 키스해 줘!"

"자기야, 키스를 보낼게!"

삼십 분 후, 벤투라가 지하철 빌바오 역 입구에 도착했을 때, 이미 훌리타는 나와서 기다렸다. 아가씨는 조바심이 지나쳐 걱정이 되는 모양이었다. 무슨 일 있는 거 아냐?

"도착한 지 오래됐어?"

"아니, 한 오 분 전쯤 도착했어. 그런데 무슨 일이야?"

"곧 말해 줄게. 자, 이리로 들어가자."

두 연인은 맥줏집으로 들어가 어두컴컴한 안쪽에 자리 잡았다.

"읽어 봐!"

벤투라는 애인이 신문을 읽을 수 있도록 성냥을 그었다.

"그렇네! 당신 친구가 현상 수배된 거 아냐?"

"내가 할 수 있는 말은 이것뿐이야. 그래서 당신한테 전화한 거야."

훌리타는 생각에 잠겼다.

"그래서 어떡할 건데?"

"나도 몰라. 나도 아직 그를 못 봤으니까."

아가씨는 애인의 손을 잡아당기며 담배를 한 모금 깊게 빨아들였다.

"이게 무슨 일이람!"

"맞아! 언제나 안 좋은 일은 겹쳐 오는 법이야……. 당신이 가서 이비사 거리에 산다는 그 친구 누님을 만나 보는 게 어떨까?"

"그렇지만 나는 그분을 만나 본 적이 없는걸."

"문제없어. 내가. 보냈다고 하면 돼! 지금 당장 가는 게 좋겠어. 돈 있어?"

"없어!"

"자, 여기 이 두로야. 택시 타고 다녀와. 서두를수록 좋아. 그를 숨겨 줘야겠어. 달리 방법이 없어."

"그렇지만…… 잘못하면 우리도 말려들게 되잖아?"

"몰라. 하지만 별다른 방법이 없는걸. 마르틴은 혼자 있으면 어떤 바보 같은 짓을 할지 몰라."

"좋아, 알았어. 당신이 시키는 대로 할게."

"자, 빨리 가 봐!"

"주소는 어떻게 되지?"

"몰라. 나르바에스를 따라 올라가다가 왼쪽으로 두 번째 골목 모퉁이야. 이름은 몰라. 길 건너 짝수 번지 쪽 길가에 접한 집이야. 남편 이름은 곤살레스야. 로베르토 곤살레스."

"여기서 기다릴 거야?"

"그래. 발이 넓은 친구가 있는데 그 친구를 만나 보고 삼십 분 안에 다시 이곳에 와 있을게."

라몬 씨는 돈 로베르토와 전화로 이야기했다. 돈 로베르토는 그에게 결근하겠다고 말하는 중이었다.

"아주 급한 일입니다. 라몬 씨, 정말이에요. 아주 급하면서 정말 안 좋은 일이에요. 잘 아시다시피 제가 아무 이유 없이 결근하진 않아요. 집안에 문제가 좀 생겼어요."

"좋아요! 좋아! 결근해도 돼요. 디아스에게 당신 일까지 신경을 좀 쓰라고 일러둘게요."

"감사합니다, 라몬 씨. 은혜는 절대로 잊지 않을게요. 하느님
께서 꼭 보답해 주실 거예요."

"천만에요. 아무것도 아니에요. 친구라면 이럴 때 도와야지
요. 우선 당신 일이나 잘 처리하도록 하세요."

"감사합니다, 라몬 씨. 그런데 가능하다면……."

라몬 씨는 무척이나 걱정스러운 모양이었다.

"곤살레스 씨, 나에게 부탁한다면 어떻게 한 이틀 정도는 여
기에 숨겨 줄 수 있지만 그 후엔 다른 곳을 찾아야 할 거예요.
내가 이곳 주인이니까, 그리 큰 문제는 아니지만…… 만일 파
울리나가 아는 날이면 불같이 화를 낼 테니까요."

마르틴은 공동묘지로 통하는 기다란 길로 구부러져 들어갔
다. 한 신부가 예배당 문간에 앉아 카우보이 소설을 읽었다.
12월의 희미한 햇살을 받으며 참새들이 이 나무에서 저 나무
로 오가며 벌거벗은 나뭇가지를 흔들었다. 소녀가 오솔길로 자
전거를 타고 가며 여린 목소리로 유행가를 불렀다. 그 외의 것
들은 침묵 속에 빠졌다. 마르틴은 어떻게도 설명할 수 없는 행
복감을 느꼈다.

페트리타는 주인아주머니인 필로와 이야기를 나눴다.

"무슨 일 있으세요, 아주머니?"

"아냐. 너도 알다시피 애가 아파서……."

페트리타가 다정한 미소를 지었다.

"아니에요. 아이는 멀쩡한걸요. 아주머니께 다른 심각한 문

제가 있는 게 틀림없어요."

필로는 손수건으로 눈물을 훔쳤다.

"얘야, 산다는 게 정말 재수 없는 일의 연속이구나. 이런 문제를 이해하기엔 넌 아직 어리단다."

로물로는 자기 헌책방에서 신문을 읽었다.

'런던 발. 모스코바 방송에 의하면 며칠 전 테헤란에서 처칠과 루스벨트 그리고 스탈린이 참석한 가운데 정상회담이 열렸습니다.'

"처칠이란 사람은 정말 대단한 인물이야. 젊은 사람처럼 여기저기 설치고 돌아다니는 걸 보면."

'독일군 사령부 발. 아군은 동부전선 중심부에 위치한 고멜에서 철수하기로 결정했습니다.'

"정말 가슴 아프군!"

'런던 발. 루스벨트 대통령은 전용기 더글러스를 타고 몰타섬에 도착했습니다.'

"정말 겁도 없군! 화장실까지 딸린 비행기가 있다고 불속으로 뛰어들다니!"

로물로는 다음 장으로 넘기더니 귀찮다는 표정으로 쓰윽 지면을 훑어보았다.

짤막하게 몇 줄로 압축된 기사에 눈길이 멈췄다. 목구멍이 바싹 타들어 왔고, 귀에선 윙윙거리는 소리가 들려오기 시작했다.

"아직도 불행이 모자라단 말인가! 정말 재수가 옴 붙은 친구일세."

마르틴은 어머니의 묘에 도착했다. 비문의 글자는 여전히 그대로였다. "고이 잠드소서. 돈 세바스티안 마르코 페르난데스의 아내 도냐 필로메나 로페스 모레노. 1934년 12월 20일 마드리드."

마르틴은 매년 기일마다는 아니었지만, 생각날 때면 어머니 묘소를 찾아오곤 했다.

마르틴은 모자를 벗어 들었다. 가벼운 안도감이 그의 온몸을 감싸는 걸 느꼈다. 멀리 묘지 담장 위로 꿈꾸는 듯한 태양과 빛나는 갈색 평원이 눈에 들어왔다. 공기가 차갑긴 했지만 춥다고 느낄 정도는 아니었다. 모자를 벗어 든 마르틴은 거의 잊힌 그 옛날의 따뜻한 손길이 이마에 와 닿는 것만 같았다.

"참 좋은 곳이야. 앞으론 좀 더 자주 와야겠군."

막 휘파람을 불려는데 문득 어떤 생각이 떠올랐다.

마르틴은 사방을 둘러보았다.

'호세피나 델라 페냐 루이스, 1941년 5월 3일 열한 살 나이에 하늘나라로 감.'

"아까 자전거를 타고 가던 아이만 했겠는데. 혹시 친구 사이일지도 모르지. 죽기 전에, 열한 살 정도 되는 여자아이들이 그러듯 '내가 어른이 되어서 결혼을 하면……'이라고 저 자전거를 타고 가던 아이한테 말했을지도 몰라."

'돈 라울 세리아 부에노 전하, 마드리드에서 서거.'

"명사도 관 속에서 썩어 가긴 마찬가지군."

마르틴은 스스로 별 의미 없는 짓을 한다는 걸 깨달았다.

"자, 마르틴, 이젠 마음을 좀 가라앉히고……."

다시 눈길을 돌려서 어머니에 대한 기억을 더듬었다. 이번에 떠오른 어머니 모습은 말년이 아니라 서른다섯 살 무렵이었다.

"하늘에 계신 우리 아버지여, 이름이 거룩히 여김을 받으시오며, 나라에 임하옵시며, 우리가 우리에게 죄 지은 자를 사하여 준 것 같이……. 아니, 이렇게 나가는 게 아닌 것 같은데."

마르틴은 다시 시작했다. 그러나 또 틀리고 말았다. 그는 이 순간만큼은 십 년이 걸려서라도 주기도문을 완벽하게 떠올리고 싶었다.

눈을 감았다. 눈을 꼭 감았다. 갑자기 그가 입을 열어 자연스럽게 말했다.

"무덤에 누워 계신 어머니! 어머니를 영원히 제 가슴속에 모시고 싶습니다. 당신께 합당한 영원한 영광을 내려 주시길 하느님께 빌겠습니다. 아멘."

마르틴은 미소 지었다. 즉석에서 만들어 낸 이 기도가 썩 마음에 들었던 것이다.

"무덤에 누워 계신 어머니! 당신께 합당한……, 아냐. 이건 안 돼!"

마르틴은 미간을 찡그렸다.

"어떻게 되더라?"

필로는 계속 울기만 했다.

"어떡해야 좋을지 모르겠어. 남편은 친구를 만나러 갔어. 동생은 아무 짓도 안 저질렀어. 내가 증명할 수 있어. 뭔가 착각이 있었던 거야. 아무도 완벽한 사람은 없어. 그 애는 언제나 제 일을 엉망으로 만들지는 않았는데……."

홀리타는 무슨 말을 해야 할지 몰랐다.

"아주머니 말이 맞아요. 분명히 뭔가 잘못된 거예요. 하여튼 누구를 만나 보든지 무슨 수를 써야만 해요. 자, 제 말대로 하세요."

"그래요! 로베르토가 돌아와 무슨 이야기를 하나 들어 보기로 해요."

필로는 갑자기 더 서럽게 울었다. 안고 있던 아이도 덩달아 큰 소리로 울기 시작했다.

"내가 할 수 있는 유일한 일은 영원한 구원의 성모님께 기도드리는 일뿐이에요. 성모님은 언제나 저를 궁지에서 구해 주셨으니까요."

로베르토와 라몬 씨는 의견 일치를 보았다. 마르틴의 일이 그리 심각한 문제는 아니니까 경찰서에 출두하는 게 최선이라는 결론을 내렸던 것이다. 숨길 만한 중요한 일도 없는데 도망 다닐 필요가 없다는 생각이었다. 마르틴도 라몬 씨 집에 종종 들르곤 했으니까, 수의사인 오베헤로 대위와 돈 테시폰테와 함께 이삼 일 안으로 경찰서에 출두하면 될 거라고 생각했다. 돈 테시폰테는 거절할 처지가 아니었을 뿐더러 보증인으로 세우기에 가장 적당한 인물이었다.

"라몬 씨, 좋은 생각 같군요. 감사합니다. 당신은 정말 좋은 분이십니다."

"무슨 말씀을요. 어떻든 제 생각엔 그 방법이 제일 좋을 것 같아요."

"저도 동감입니다. 답답한 가슴을 시원하게 해 주셔서 뭐라고 감사드려야 할지 모르겠습니다……."

셀레스티노는 이미 편지 세 통을 써 놓았고, 또 세 통을 더 쓸 생각이었다. 마르틴의 일이 걱정스러워 견딜 수 없었다.

"그가 은혜를 갚지 않는다고 해도, 갚지 않는다고 해도 절대로 이대로 놔둘 수는 없지."

마르틴은 두 손을 호주머니에 질러 넣은 채 공동묘지의 비탈길을 천천히 걸어 내려왔다.

"그래, 이제 나도 좀 정리를 해야겠어. 매일 조금씩이라도 일을 하는 게 제일 나을 것 같아. 어떤 곳이든 받아 주는 곳만 있으면 들어가야지. 처음에는 어렵겠지만, 조금만 지나면 틈틈이 글도 쓸 수 있을 거야. 난방장치만 잘 되어 있다면 말이야. 파블로에게 얘기해 봐야지. 틀림없이 아는 곳이 있을 거야. 조합에서 일하는 것도 괜찮을 거야. 임금도 잘 고려해 줄 거고."

마르틴의 머릿속에선 어머니에 대한 생각은 지우개로 지운 듯이 사라져 버렸다.

"사회보장기구에서 일하는 것도 괜찮은데. 거긴 들어가기가 너무 힘들 거야. 그런 곳이 은행보다 나은데. 은행은 은행원들을 착취하는 곳이야. 하루 지각하면 임금에서 그만큼 제하고 주니까. 개인 사무실 중에도 승진이 어렵지 않은 곳도 있겠지. 홍보 회사 같은 곳에서 나를 써 준다면 내가 잘 해낼 수 있을 텐데. '불면으로 고생하십니까? 벗어나십시오! 당신은 스스로를 불행하게 만들고 있습니다. 이 알약은 (예를 들면, 마르코) 당신의 심장에 전혀 무리를 주지 않으면서도 당신을 행복하게 해 드릴 겁니다.'"

마르틴은 이런 생각에 빠져들었다. 문을 지날 때 수위를 향해 물었다.

"신문 있으세요? 다 읽었으면 팔지 않으시겠어요? 보고 싶은 게 있어서……."

"다 읽었으니 가져가쇼!"

"감사합니다."

마르틴은 서둘러 그곳에서 벗어났다. 묘지 입구에 있는 작은 벤치에 앉아 신문을 펼쳐 들었다.

"가끔 신문이 직장을 구하는 사람에겐 좋은 방향을 제시해 주기도 하지."

마르틴은 너무 서두른다는 생각에 조금 뜸을 들였다.

"뉴스를 읽어야지. 무엇이든 일어날 일들은 일어나겠지. 일찍 일어난다고 아침이 빨리 오는 것도 아니고."

마르틴은 자기 자신에 빠져들기 시작했다.

"오늘 공기는 정말 산뜻하군. 덕분에 내 머리도 잘 돌아가고. 마치 교외에 나온 것처럼 말이야."

마르틴은 담배를 말아 물고 신문을 읽기 시작했다.

"전쟁이란 정말 야만적인 거야. 모든 것을 파괴하고, 문화 역시 단 한 걸음도 더 나아갈 수 없으니까 말이야."

마르틴은 속으로 미소를 지었다. 점점 기운이 솟구치는 것을 느꼈다.

가끔 멀리 지평선을 바라보며 읽은 것을 떠올렸다.

"자, 이젠 나아가기만 하면 되는 거야!"

마르틴은 꼼꼼하게 읽었다. 모든 것이 흥미로웠다. 외신 해설, 사설, 연설문, 연예 기사, 영화 소식, 축구…….

마르틴은 교외에 나와 상큼한 공기를 마시는 게 도시에 간혀 사는 것보다 인생이 훨씬 더 부드럽고 섬세해진다는 것을 깨달았다.

마르틴은 신문을 접어 겉옷 호주머니에 넣고 걷기 시작했다. 오늘은 그 어느 때보다도 자신이 많은 것을 아는 것 같았다. 그리고 그 어떤 문제에 대해서도 멋진 대화를 나눌 수 있을 것 같았다. 그는 신문을 위에서 아래까지 깡그리 다 읽었다. 혹시 주소를 적거나 전화할 일이 있을까 봐, 아무 카페고 들어가 조용히 읽을 생각에 광고란만 남겨 두었다. 광고란, 공고란, 그리고 마드리드 외곽 지대의 배급 기사 부분은 유일하게 읽지 않고 남겨 두었다.

토로스 광장에 도착했을 때 소녀들 한 무리가 자신을 바라보는 것을 느꼈다.

"안녕! 예쁜 꼬마 아가씨들!"

"안녕하세요! 관광객 아저씨."

마르틴은 가슴속에서 심장이 거세게 뛰는 것을 느꼈다. 행복했다. 그는 휘파람으로 행진곡 「마델론」을 부르며 씩씩한 걸음으로 알칼라 거리를 걸어 올라갔다.

"오늘 친구들이 나를 본다면 딴 사람이라고 느낄 거야."

그의 친구들도 똑같은 생각을 했다.

상당히 오랫동안 걸은 마르틴은 보석상 진열장 앞에서 걸음을 멈췄다.

"일을 해서 돈이 좀 모이면 필로 누나한테 목걸이를 사 줘야지. 그리고 푸리타한테도 하나 사 주고."

마르틴은 신문을 툭툭 건드리며 웃었다.

"바로 여기에 그 방법이 있을 수도 있지."

마르틴은 막연한 예감에 서두르고 싶지가 않았다……. 호주 머니에는 광고란과 공고란을 아직 읽지 않은 신문이 들어 있었다. 마드리드 외곽 지대의 식량 배급 기사도 아직 읽지 않은 채였다.

"하! 하! 외곽 지대! 정말 웃기네! 외곽 지대라!"

작품 해설

1. 내전 그리고 스페인 사회

스페인은 인류 역사에서 가장 비참한 사건, 즉 내전을 경험한 나라다. 서로 알지 못하는 생면부지의 이민족과 싸우는 전쟁과는 달리, 얼굴을 맞대고 살아가던 이웃들과 목숨을 걸고 싸웠던 전쟁은 전쟁 이상의 후유증, 예컨대 엄청난 트라우마를 남긴다. 스페인은 1936년부터 3년여에 걸쳐 전 세계 진보 진영과 전체주의 진영의 대리전을 치렀다. 1930년 대공황기의 경제 충격과 함께 등장한 전체주의 세력은 반동적인 세계 인식으로 스페인 내전을 표면화하면서 많은 지식인들의 공분을 불러일으켰다. 결국 진보와 반동, 민주 세력과 전체주의 세력의 투쟁 양상을 띠었던 스페인 내전은 전 세계적인 관심 속에 많은 실천적 지식인들의 개입을 이끌어 냈지만 불행하게도 전체주의 세력의 승리로 막을 내렸다. 이들 파시스트 세력의 승리는 전쟁의 종식되고 끝나는 게 아니라 또 다른 불행을 생산해 낼 수밖에 없었다. 내전 이후 엄청난 박해 속에 대부분 진보적 지식인들은 망명길에 올랐고, 여러 가지 사정으로 스페인에 남았던 지식인들은 납작 엎드려 숨을 죽인 채 살아가야만 했다. 냉혹한 승자는 화해보다는 패자들의 완벽한 숙청을 원했고, 그 결과 몇만 명이 죽고 몇십만 명이 감옥에 갇히는 참혹한 사건이 벌어졌다.

『벌집』은 이 비극적인 사건의 한가운데에 자리 잡는다. 내전은 끝났지만 파시스트 세력의 강압에 숨조차 제대로 쉴 수 없었던 시절, 암울한 마드리드의 표정을 카메라로 잡아낸다. 단절 없이 천천히 움직이는 카메라 렌즈를 따라 모든 사람들이 숨죽이고 살아가는 침침한 모습을 잿빛 인화지에 새긴다.

2. 인간 군상과 작품 구조

이 작품은 1940년대 2차 세계대전이 막바지로 치닫던 시대의 마드리드를 담아낸다. 내전 직후 파시스트 세력에 대항했던 많은 사람들은 죽거나 망명길에 오르고, 살아남은 자는 단순히 살아남은 것에 만족하며 지극히 건조함으로 위장한 채 암울하게 살아간다. 그들 가슴속에 남은 유일한 것은 앞으로 다가올 삶에 대한 막연한 두려움이다. 오늘의 삶은 버겁고 내일의 삶은 두려움으로 가득 차 있다. 그러나 작가는 다양한 양상으로 드러나는 이 막연한 두려움에 대해 정확하게 정의를 내리지 않는다. 다만 그들이 느끼는 두려움의 그림자만을 차갑고 사실적으로 그려 내는 것이다.

그러다 보니 이 작품은 뚜렷한 줄거리가 없다. 차가운 렌즈에 잡힌 마드리드의 모습을, 도냐 로사의 카페를 중심으로 여러 인간군상의 다양한 모습만을 있는 그대로 보여 준다. 카페를 중심으로 떠도는 인간들의 모습을 별다른 주인공도 없이 여러 가지 각도에서 비춰 주는 것이다. 고단한 노동자와 일을 찾아 헤매는 실업자들, 동성애자, 창녀, 하위직 공무원, 거리의 악사 등 이 작품에 드러난 인물들은 대부분이 사회 중심에서 밀려나 유령처럼 도시를 떠도는 주변인들이다.

물론 중심인물이 전혀 없는 것은 아니다. 어떤 면에서는 전체적인 비중으로 볼 때 마르틴 마르코를 이 소설의 주인공으로 여길 수도 있다. 한때 대학에 다니고 글을 썼던, 그래서 프랑코로 상징되는 파시스트 세력과는 어울릴 수 없어서 더 불행하고 슬픈 그의 모습에서 당시 지식인들의 암울한 일면을 찾아낼 수도 있다. 그러나 지식인이라는 마르코 역시 주변 사람들과 별반 다를 바 없는 삶을 영위한다. 어찌 보면 그는 오히려 주변 사람들보다 더 형편없이 살아간다. 누나와 대학 친구, 그리고 뚜쟁이를 하는 엄마 친구 등의 도움을 받아 살아가면서도 그는 지식인으로서 과연 무엇 때문에 그렇게 살아야 하는지 그다지 깊은 고민을 보여 주지도 못하는 것이다. 그런 의미에서 본다면 마르코도 마드리드를 떠도는 수많은 사람 중한 사람에 지나지 않는다고도 볼 수 있다.

이미 말했듯이 이 소설은 특별한 사건이나 줄거리도 찾아보기 힘들다. 각각 독립적인 에피소드들이 작은 방처럼 연결되어 하나의 커다란 벌집을 이루는 것과 구조가 똑같다. 눈길을 끌 만한 사건이 있다면 그것은 동성애자의 어머니인 마르고트의 죽음이나 바람을 피우는 돈 로케와 연애 중인 딸이 같은 장소에서 마주치는 사건, 그리고 누군가 이를 이용하려는 음모 정도일 것이다. 그러나 이러한 사건들 역시 전체 줄거리에서 커다란 비중을 차지하진 않는다. 그저 조금 큰 방을 차지한 일화에 불과하다.

결국 이 작품은 1940년대를 전후한 스페인 마드리드의 지극히 평범한 일상을 가감 없이 보여 주는 것으로 만족한다. 즉 서로 거미줄처럼 얽혀 있는 수많은 작은 이야기들을 병렬적으로 늘어놓는 구조를 택한 것이다. 도냐 로사와 마르코를 중심으로 하고, 주변 인물들의 삶을 교차적으로 보여 줌으로써 특정한 개인에게 비중을 두는 것이 아니라, 제목 그대로 『벌집』과 같은 당시 사회 공동체에 확실하게 무게중심을 놓는다.

3. 전율주의와 셀라

많은 사람들이 '전율주의'라는 말을 한다. 그리고 전율주의는, 사실을 바탕으로 미래에 대한 전망을 보여 주는 리얼리즘과는 다른 방법으로 세계를 그려 낸다고 한다. 리얼리즘에서 현실은 아무리 암울해도 그 어둠 안에 빛이 감춰져 있지만, 전율주의는 짙은 어둠과 냉기가 감도는 현실만을, 다시 말해 탈출구가 보이지 않는 암흑세계만을 그대로 카메라에 담듯이 그려 낸다는 것이다. 이러한 모습은 마르코의 마지막 모습에서도 확연하게 나타난다. 마르코는 주변 사람들의 온정을 토대로 마지막 희망을 찾으려 한다. 즉 뭔가를 새롭게 해 보겠다고 결심하지만 결국 그가 이 결심을 실행에 옮길 수 없도록, 수배라는 새로운 암시를 던지며 작품은 막을 내린다. 더욱이 여기서 수배는 그 원인도 확실하게 드러나지 않는다. 다만 희망이 또 다른 절망으로 연결되는 것을 보여 주면서 결말을 맺는다.

그렇다고 전혀 희망의 모습이 없는 것은 아니다. 전 애인과 결혼하기 위해 남편의 죽음을 기다리는 여인, 재산상속을 위해 처형의 죽음을 기다리는 남자, 신분이 괜찮은 유부남과 딸이 결혼할 수 있도록 본처의 죽음을 간절하게 바라는 여인들의 모습 등을 통해 희망은 간간이 얼굴을 내민다. 하지만 희망이 언제나 남의 불행과 연결된다는 점에서 오히려 더 암울하다.

그렇다면 왜 이 작품이 그려 내는 마드리드의 모습에선 전망을, 새로운 세계에 대한 비전을 찾아볼 수 없는 것일까. 여기서 작가 카밀로 호세 셀라에 대해 잠깐 살펴볼 필요가 있다. 그는 청년 시절에 자유를 추구하던 대다수 예술가들과는 달리 전체주의에 기울어 있었다. 우리가 살아가는 현실 속에서 또 다른 미래를 찾아내는 작업을 예술이라고 본다면, 그 예술가는 근본적으로 자유와 이상을 지향할 수밖에 없는데도, 그는 철저하게 반동적인 파시스트 세력을 추종하는 엉뚱한 성향을 보여 주었다. 그의 이러한 성향, 즉 부르주아와 보수 세력에 대한 막연한 동경은 『벌집』뿐만 아니라 다른 작품 속에서도 확연하게 드러난다.

그의 파시스트적인 정치 성향은 세계 대공황과 그 연장선에서 나타난 마드리드의 암울한 모습에만 관심을 둘 뿐, 그 근본적인 원인에 대한 분석으로 발전하는 것을 막는다. 오히려 도냐 로사의 입을 빌려 표현했듯이 당대 어둠의 원인을 파시스트 세력의 패배에서 찾으려는 엉뚱한 세계 인식을 보여 주기도 한다. 이렇듯 왜곡되고 편협한 셀라의 세계관은 많은 진보진영 예술인들에게 비판의 대상이 되기도 했다.

4. 우리가 찾아볼 수 있는 것

셀라는 자신의 정치적 성향 덕에 프랑코 정권하에서도 비교적 활발하게 창작 활동을 할 수 있었다. 그러나 그의 작품은 자신이 지지한 보수, 반동 세력의 이데올로기를 전파하는 데는 실패했을 뿐만 아니라 예기치 못한 엉뚱한 효과를 만들어 내고 말았다. '무엇이 마드리드를 무기력하고 어두운 세계로 만들어 가는가.'라는 질문에 대한 답을 찾는 과정이 전체주의에 대한 비판의 단초를 제공한다는 점을 간과한 것이다. 바로 이 때문에 자신이 그토록 지지했던 프랑코 정권에 의해 출판이 금지되는 역설적인 상황을 맞기도 했다.

우리는 셀라가 묘사한 '전율적인' 어두운 현실을 작품 속 인간관계를 통해 분석해 볼 필요가 있다. 앞에서 이야기했듯이 배경이 되는 1940년을 전후한 마드리드는 독재라는 악령이 무겁게 짓누르던 곳이다. 이런 곳에서는 인간은 누구나 막연한 두려움을 느낄 수밖에 없다. 언제, 어디서, 어떤 사람이 해코지를 할지 모르는 사회에서 인간은 한없이 소심해질 수밖에 없다. 두려움과 소심함은 또다시 이웃에 대한 무관심으로 연결된다. 나의 안전이 보장되지 않기 때문에 다른 사람에까지 신경

쏠 여력이 없는 것이다. 결국 그 집합은 하나로 응집될 수 없는 모래알 같은 사회가 되고 만다. 이웃이 끊임없이 고통스럽고 부당한 대접을 받아도 관심이 없는 사회, 누군가 죽어 가도 종이 울리지 않는 사회가 되고 마는 것이다. 우리는 여기에서 반나치 투쟁으로 수용소에 갇혔다가 구사일생으로 살아난 프리모 레비의 말을 상기해 볼 필요가 있다.

　괴물이 없지는 않다. 그렇지만 진정으로 위험한 존재가 되기에는 그 수가 너무 적다. 그보다 더 위험한 것은 평범한 사람들이다. 의문을 품어보지도 않고 무조건 믿고 행동하는 기계적인 인간들 말이다.

『예루살렘의 아이히만』에서 한나 아렌트가 지적했던 평범함, 즉 "의식 없음"의 뼈아픈 문제점을 프리모 레비는 또다시 거론한다. 바로 여기에서 셀라가 찾아내려 들지 않았던 무기력한 마드리드의 원인을 찾아볼 수 있지 않을까. 너무나 평범해서 자기 자신의 삶조차 버거워하는 인간들, 눈에 보이는 전체주의에 대한 두려움에 자꾸만 움츠러드는 인간들, 과연 지향해야 할 미래가 무엇인지 그리고 이를 위해서는 어떤 행동이 필요한지 질문하거나 깊이 고민하지 않는 인간들, 결국 삶에 대해, 세계에 대해 아무 의식 없이 하루하루 살아가는 인간들. 이들은 결국 인간세계를 오직 '희망이 단절되고 어둠만 가득한 세계일 뿐'이라고 정의하는 것이다. 결과적으로 자신은 절대 의도하지 않았겠지만, 셀라는 이 작품을 통해 프랑코 독재와 파시스트 세계의 문제점을 그대로 드러내 보이는 실수 아닌 실수를 저지른 셈이다.

우리는 셀라가 무심결에 드러낸 실수를 통해 우리의 미래를 볼 수 있다. 주변을 돌아보지 않는 인간들, 현실에 대해 문제의식을 품으며 다른 사람들과 함께 미래를 이야기하지 않는 인간들, '나'만의 삶에 급급한 인간들이 바로 우리가 아닐까? 혹은 우리가 살아가는 사회가 희망이 단절된 어둠의 세계는 아닐까? 『벌집』은 우리가 살아가는 현실이 바로 1940년대 마드리드가 아닌지 다시 한 번 생각해 보는 기회를 제공한다. 다시 말해 독한 어둠을 통해 희망을 찾아볼 수 있는 힘을 기를 수 있도록 해 주는 것이다.

2010년 3월
남진희

작가 연보

1916년   5월 11일 스페인 라코루냐(갈리시아)의 이리아 플라
비아에서 출생. 친가는 스페인 갈리시아 출신이지
만, 외조부는 영국인이고 외조모는 이탈리아인.

1925년   가족이 마드리드로 이주.

1931년   과다라마의 결핵 요양소에 입원하여 오르테가이가
세트를 비롯한 많은 스페인 고전들을 접함.

1934년   성 이시드로 고등학교를 마치고 의과대학에 입학했
으나 곧 중도 포기함. 대학 생활 중 인문대에서 페
드로 살리나스의 현대 스페인 문학 강의를 청강하
며, 작가이자 문헌학자인 알론소 사모라 비센테와
교우. 또한 미겔 에르난데스와 마리아 삼브라노, 막
스 아웁 등 작가, 지식인들과도 교류. 이때 처음으
로 시를 쓰기 시작.

1936년   내전 발발 당시 반란군(국민전선)에 입대.

1938년	부상을 입고 입원.
1940년	법대에 등록하고 3학기를 마침.
	섬유 노동조합 사무실에서 일하며 『파스쿠알 두아르테 가족(La familia de Pascual Duarte)』 원고를 집필.
1942년	12월 7일 『파스쿠알 두아르테 가족』 출판. 이 작품의 성공으로 여러 신문과 잡지에 필진으로 활동.
1943년	『요양소(Pabellón de reposo)』 출판.
	프랑코 체제하의 내무부 경찰 정보부에서 검열관을 지냄(1943년~1944년).
1944년	3월 12일 마리아 로사리오 콘데 피카베아와 결혼. 『라사리요 데 토르메스의 새로운 모험과 불행들 (Nuevas andanzas y desventuras de Lazarillo de Tormes)』 출판.
1946년	아들 카밀로 호세 출생.
1948년	『알카리아 여행(Viaje a la Alcarria)』 출판.
1951년	아르헨티나에서 『벌집(La colmena)』 출판. 이 작품의 스페인 출판은 금지됨.
1952년	칠레와 아르헨티나 및 다른 중남미 국가들 여행.
1953년	『카티라(La Catira)』 집필을 위한 자료 수집차 베네수엘라 방문. 가톨릭 여제 이사벨 훈장에 서훈.
1954년	팔마데마요르카로 이주(이후 1989년까지 거주).
1955년	『카티라』 출판.
1956년	카바예로 보날드와 함께 문학지 《파펠레스 데 손 아르마단스》(1956년~1979년) 창간.
1957년	스페인 왕립 학술원 회원으로 가입.

1964년	미국의 시러큐스 대학교에서 명예박사 학위 수여.
1965년	'라 카사 데 라스 아메리카스'의 심사위원 자격으로 쿠바 방문.
1969년	『1936년 성 카밀로(San Camilo, 1936)』 출판.
1973년	『어둠의 작업 5(Coficio de tinieblas)』 출판.
1975년	리카르도 프랑코 감독이 영화 「파스쿠알 두아르테」 제작, 상영.
1977년	민주주의 이양을 위한 초대 상원의원으로 국왕에 의해 지명돼 헌법 개정에 참여.
1980년	가톨릭 여제 대십자가상에 서훈.
1982년	갈리시아 왕립 학술원의 명예 회원. 마리오 카무스 감독이 영화 「벌집」 제작, 상영.
1984년	『두 명의 사자(死者)를 위한 마주르카(Mazurca para dos muertos)』로 국가 문학상 수상.
1987년	아스투리아 왕자 문학상 수상.
1989년	노벨 문학상 수상.
1991년	마리나 카스타뇨와 재혼. 팔마데마요르카를 떠나 과달라하라 근교에 정착.(로사리오 콘데와는 1980년대 말에 이혼.)
1994년	『성 안드레스의 십자가(La cruz de San Andrés)』로 플라네타상 수상.
1995년	세르반테스상 수상.
1996년	스페인 국왕 후안 카를로스 1세가 이리아 플라비아 후작 작위 하사.
2002년	1월 17일 마드리드에서 사망.

세계문학전집 242

벌집

1판 1쇄 펴냄 2010년 3월 19일
1판 15쇄 펴냄 2024년 1월 9일

지은이 카밀로 호세 셀라
옮긴이 남진희
발행인 박근섭, 박상준
펴낸곳 (주)민음사

출판등록 1966. 5. 19. (제 16-490호)
서울특별시 강남구 도산대로1길 62(신사동) 강남출판문화센터 5층 (우편번호 06027)
대표전화 02-515-2000 팩시밀리 02-515-2007
www.minumsa.com

ISBN 978-89-374-6242-9 04800
ISBN 978-89-374-6000-5 (세트)

* 잘못 만들어진 책은 구입처에서 교환해 드립니다.

세계문학전집 목록

세계문학전집은 계속 간행됩니다.